디지털인문학연구총서

2

고전문학 자료의
디지털 아카이브 편찬 연구

누정기(樓亭記) 자료를 중심으로

박순 지음

차례

여는 글

    이 책은 고전문학 자료를 디지털 아카이브로 편찬하기 위한 구체적인 방법론을 제기하고, 그 실제적 구현 모델을 제시하고자 하는 목적을 가지고 있다. 다만, 정보 기술적 측면의 접근이 아니라 고전문학 연구자의 역할에 중점을 두고 서술할 것이다.

    고전문학을 비롯한 인문학 연구자들은 기존의 연구 방식대로 산출된 결과물을 정보 기술자에게 맡기면 된다는 인식을 가지고 있는 경우가 많다. 그러나, 대상 자료의 본질과 학문적·사회적 활용 가치에 대한 전문적인 식견은 그 방면의 전문가가 아니고서는 갖추고 있기 어렵다. 따라서 실제적 활용 가치가 높은 디지털 아카이브를 구축하기 위해서는 그 시작 단계에서부터 해당 자료의 전문가가 참여해야 하는 것이다.[1]

    우리 문화유산의 상당 부분을 차지하는 고전문학 자료와 관련된 디지털 정보화는 이미 현실적인 문제이며, 앞으로는 더 확대될 것이 자명해 보인다. 상황이 이러함에도 고전문학 자료의 정보화를 정보 기술 전문가의 몫으로만 돌린다면 그 결과는 종이로 보던 것을 컴퓨터 모니터로 볼 수 있는 정도의 수준에 머물 것이다. 그러므로 고전문학 연구자의 시각에서 이와 같은 문제에 천착하는 것이 반드시 필요하다

---

1) 김현, 「인문 콘텐츠를 위한 정보학 연구 추진 방향」, 『인문콘텐츠』1집, 2003, 33면 참조.

고 여겨진다.

 이러한 문제의식 하에 본서는 고전문학 자료 중 한문학 산문의 한 갈래인 누정기(樓亭記)를 핵심 대상으로 설정하였다. 고전문학 자료 전체를 대상으로 하는 것보다 하나의 세부 갈래에 집중하는 것이 더욱 구체적이며 정밀한 논의를 가능케 하기 때문이다. 물론 누정기 디지털 아카이브 편찬에 대한 집중적인 논의가 여타 고전문학 자료 및 고문헌 자료의 정보화 방법론에도 직접적인 참고점이 될 수 있을 것이다.

 또한, 누정기는 그 자체로서도 활용 가치가 큰 기록물인데, 연구 대상으로서 누정기가 어떠한 특성과 가치를 지니고 있는지에 대해서는 안세현의 다음과 같은 서술을 참고할 수 있을 것이다.

 첫째, 누정기는 전통적으로 한문산문 작가들에게 가장 애호되었던 장르 중 하나이고, 한문산문의 여타 장르에 비해 상대적으로 문예성이 강하여 작가의 개성이 비교적 뚜렷하게 드러난다. 누정기는 누정이 위치하고 있는 곳의 지리적 현황과 주변 풍경 묘사, 누정 건립의 과정과 누정의 구조에 대한 기록, 누정 주인의 인격과 행적에 대한 칭송이 주요 내용을 이룬다. 따라서 누정기를 통해 자연을 바라보는 독특한 심미인식과 묘사 방식, 누정의 흥폐와 관련된 정치의식이나 사회의식, 누정의 명칭과 관련된 철학적 담론 등을 엿볼 수 있다. (……)
 둘째, 누정기는 당송고문의 전형성을 잘 보여주는 장르로 신라시대부터 조선후기까지 지속적으로 창작되었다. 따라서 누정기를 통해 시대의식, 작가정신, 문체와 수사 등을 통시적으로 고찰하는 것이 가능하다. (……)
 셋째, 누정기를 통해 전통시대 누정의 건축 양식, 정원과 조경의 방식, 사대부의 생활양식 등을 엿볼 수 있다.[2]

---

2) 안세현, 『누정기를 통해 본 한국한문산문사』, 고려대학교 민족문화연구원, 2015, 14-15면.

위 세 가지 사항만 보아도 누정기를 주목해야 할 이유는 충분하다 할 수 있다. 여기에 2가지를 더 첨언하자면 첫째, 오늘날 국내외를 막론하고 한옥에 대한 관심이 높아지고 있는데, 누정기야말로 한옥에 관한 담론으로서 가장 깊이 있고 풍부한 1차 자료이다. 둘째, 갈수록 문화콘텐츠에 관한 수요가 높아지고, 그 일환으로 고전 자료에 대한 관심이 커지고 있는데, 누정기에는 인간, 집, 자연, 건축, 조경, 역사, 철학, 미학, 생활, 취미 등에 관한 다채로운 이야기가 담겨 있어 문화콘텐츠 생산을 위한 양질의 수원지(水源池)라 할 수 있다. 이처럼 한문학적인 면에서도, 현재적 유용성 면에서도 누정기는 그 가치가 높은 기록 유산이다.

누정기는 본래 집 안에 부착하여 누구에게나 잘 보이도록 한 것이지만, 대부분의 전통 한옥이 멸실된 현재에는 문집(文集)을 위시한 문헌자료에서 그 내용을 보게 되는 것이 일반적이다. 주지하다시피 우리나라의 역대 문집은 한국고전종합DB(http://db.itkc.or.kr/)에서 손쉽게 열람해 볼 수 있는데, 여기에는 주요한 역대 문집이 모두 망라되어 있기 때문에 누정기 자료를 획득할 수 있는 가장 우선적인 창구라 할 수 있다. 한편, 연세대학교 국학연구원에서는 전국에 산재해있는 전통 한옥3)을 방문 조사하여 그곳에 부착되어 있는 한자 기록물들을 모두 원문 입력하고 한국어로 번역하는 프로젝트를 수행하였는데, 그 결과물을 한민족 정보마당〉한국전통옛집(http://www.kculture.or.kr/korean/oldhome/) 사이트에서 열람할 수 있다.4)

'한국고전종합DB'는 특정 누정기를 보고 싶을 경우 누정기 제목을 검색창에 입력하여 해당 누정기를 열람해볼 수 있고, 특정 작가의 누

---

3) 주택(住宅)·사묘(祠廟)·재실(齋室)만을 대상으로 하였다.
4) 여기에는 한국고전종합DB에 실려 있지 않은 누정기도 다수 포함돼 있다.

〈그림1〉'한국고전종합DB' 누정기 검색 화면

정기들을 보고 싶다면 해당 작가의 문집을 검색한 다음 '기(記)'5) 부분
을 찾아 그 안에서 누정기를 찾아보면 된다. 어느 쪽이건 간에 한 편
의 누정기를 화면에 띄우게 되면 누정기 원문 및 번역문6), 관련된 주
석, 원본 문집의 해당 페이지 사진을 열람할 수 있다.

한편, '한민족 정보마당〉한국전통옛집' 사이트는 집 이름으로 검색
을 하여 찾고자 하는 집이 나오면 '한자기록물' 버튼을 클릭하면 되는

---

5) '서(序)'나 '잡문(雜文)' 등의 항목에 누정기로 볼 수 있는 자료가 수록되어 있는 경우도
있다. 본서에서 상정하는 누정기의 범주에 대해서는 '3.1. 누정기 개관(槪觀)'을 참고하
기 바란다.
6) 번역문이 아직 없는 경우가 더 많다.

〈그림 2〉'한민족 정보마당〉한국전통옛집' 누정기 검색 화면

데, 누정기 현판 사진과 누정기 원문 및 번역문, 관련된 주석을 볼 수
있다. 또한, 해당 집에 대한 기본 정보와 여러 각도에서 촬영한 사진,
누정기를 비롯한 모든 한자기록물 현판의 사진, 지도 위에 표시된 집
의 위치 등도 열람할 수 있다.7)

두 사이트 모두 각각의 장점이 있고, 이렇게 온라인 서비스되는 것
만으로도 상당한 편리함을 주는 것이 사실이지만, 김현이 주장한 대

---

7) 처음부터 지도를 보면서 해당 집을 클릭해 들어가는 방법도 가능하다. 특정 지역의
집들과 그곳의 누정기를 전체적으로 보고 싶다면 이와 같은 방법이 좋을 것이다.

로 "고전 자료의 전산화가 단순히 원문이나 번역문을 입력하여 연구
자들에게 참고 자료를 제공하는 식으로만 전개된다면 그것의 효용성
에는 한계가 있기 마련"8)이다. 현재 '한민족 정보마당〉한국전통옛집'
사이트가 해당 집에 대한 사진과 지도에서의 위치, 해당 기록물 현판
의 사진 등을 제공하고 있어서 '한국고전종합DB'보다는 진일보한 측
면이 있지만, 풍부한 연관 지식 정보의 제공과 그것이 바로 연결될 수
있게 하는 하이퍼링크(Hyperlink), 연관 지식 정보 간의 관계 양상 제
시, 원하는 정보를 빠르게 얻어낼 수 있는 검색 기능, 연구자나 일반
대중의 참여 유도 등과 같은 사항들은 여전히 미흡한 실정이다. 따라
서 본서에서는 보다 효용성이 높은 누정기 디지털 아카이브의 편찬을
제안하고자 한다.

　누정기 디지털 아카이브에는 전문 연구자만이 수행할 수 있는 분석
결과가 모두 담길 것이며, 본서에서는 이를 구체적으로 예시할 것이다.
다만, '조선왕조실록' 사이트나 '한국민족문화대백과사전' 사이트가 연
구자를 비롯한 일반 대중 모두에게 유용하게 활용되는 것처럼 누정기
디지털 아카이브도 그러한 방향을 지향한다. 예컨대, 한문학 연구자라
면 누정기 및 관련된 한문학 작품에 더 관심이 있을 것이며, 일반 대중
은 전통 한옥이나 그 한옥에 살았던 유명 인물에 더 관심이 있을 것이
다. 누정기 디지털 아카이브는 이러한 관심을 모두 충족시킬 수 있도록
설계되었다. 좀 더 나아가자면 한옥에 관심이 있어 아카이브를 찾은
일반 대중이 연관 정보로 제시된 누정기에 관심이 생길 수 있으며, '누
정기'라는 글에는 전통 한옥과 그 곳에 실제로 살았던 사람에 대한 풍부
한 이야기가 담겨 있음을 새롭게 깨달을 가능성도 있는 것이다.

---

8) 김현, 「韓國古典籍의 電算化의 成果와 課題 - 《조선왕조실록 CD-ROM》 개발 사업
　의 경과와 발전 방향」, 『민족문화』18집, 한국고전번역원, 1995, 87면.

본서의 진행 순서를 요약하자면 첫째, 디지털 아카이브의 편찬 방향 및 방법을 설정하였다. 둘째, 대상 자료인 누정기에 대해 면밀히 분석하였다. 셋째, 그 분석 결과를 토대로 아카이브 편찬을 위한 설계안과 실제 구현 모델(위키 플랫폼)을 제시하였다. 넷째, 누정기 디지털 아카이브 데이터 모델의 종합 네트워크 양상을 보였다. 다섯째, 전체 논의를 맺음하면서 디지털 아카이브가 제대로 구축되었을 때의 활용 방안에 대해 제안하였다. 이를 각 장별로 설명하자면 아래와 같다.

제1장에서는 누정기에 대한 연구사와 인문학 자료의 디지털 정보화에 대한 연구사를 개괄적으로 짚어 보았으며, 본서의 논의가 선행 연구의 바탕 위에서 새로운 접근을 시도하고자 한 것임을 설명하였다. 그리고 본서가 지향하는 디지털 아카이브 편찬의 방향 및 방법에 관하여 서술하였다.

제2장에서는 누정기 자료의 연구 현황과 나아갈 방향에 대해 서술하였는데, 먼저 누정기가 지금까지 어떻게 연구되어 왔는지를 표로 정리해 제시하였고 이를 작가론, 작품론, 문체론, 문학사론 등으로 구분하여 살펴보았다. 그 다음에는 기존의 연구 방식에 어떠한 한계점이 있는지를 네 가지 측면에서 논하였으며, 마지막으로 누정기 연구의 나아갈 방향에 대해 언급하였는데, 디지털 아카이브 편찬을 통해 누정기 연구가 기존의 한계점들을 극복하고 더욱더 생산적인 연구가 가능하다는 점을 역설하였다.

제3장에서는 누정기 자료를 다각도로 분석하였는데, 먼저 누정기를 개관(槪觀)하는 차원에서 누정기의 범주, 누정기의 필자, 누정기의 유형, 누정기의 서술 방식 등에 대해 고찰하였다. 다음으로는 본서에서 구체적으로 분석할 누정기 표본 자료를 추출하였다. 표본 자료는 여러 가지 방식으로 추출할 수 있겠지만, 본서에서는 누정기가 대상으

로 한 건물 유형을 그 기준으로 하였다. 이에 따라 주거 건축(주택, 별당)에 대한 누정기, 조망 건축(정자, 누대)에 대한 누정기, 유교 건축(사당, 재실, 서원, 서당)에 대한 누정기, 관영 건축 및 불교 건축(관청, 객관, 사찰)에 대한 누정기를 선별하였으며 총 개수는 113편이다. 누정기 자료를 분석하기 위해서는 누정기의 내용 전문(全文)을 독해하는 것이 필수적인데, 표본 자료 중 14편을 들어 보이고 그 실제 면모를 구체적으로 확인하였으며, 각 누정기마다의 분석 결과를 표로 작성해 제시하였다.

제4장에서는 누정기 한 편을 택하여 집중적으로 분석하였다. 본서에서 선택한 누정기는 박팽년의 〈쌍청당기〉로서 본 누정기는 필자가 유명 인물이고, 관련되는 누정기도 적지 않으며, 대상 건물인 쌍청당이 지금까지 현존해 있는 명성 있는 건축물이고, 글의 내용을 보더라도 누정기를 통해 분석할 수 있는 사항들이 거의 다 포함되어 있어 본서의 논의를 위한 샘플로써 좋은 조건을 갖추고 있기에 선택하였다. 집중 분석은 본문 내용뿐만이 아니라, 내용 중에 드러나 있지 않더라도 관련성이 높은 정보를 함께 살펴보았다. 먼저 본문 내용을 정밀하게 분석하였으며, 그에 이어 연관된 인물을 살펴보았다. 다음은 쌍청당에 대해 쓰여진 모든 누정기 목록과 누정기 이외의 글(편액, 시, 산문, 설화 등)을 정리하였으며, 그 다음으로는 연관 인물이 건립한 집과 그 집에 대한 누정기 목록을 제시하였다. 그리고 박팽년의 〈쌍청당기〉와 관련하여 함께 보면 좋을 만한 관련 자료(출판자료, 웹문서, 시청각자료)의 예시를 들어 보았다.

제5장에서는 3장과 4장에서 누정기 자료를 분석한 결과를 토대로 온톨로지(Ontology) 설계를 수행하였다. 온톨로지 클래스(Class)로는 '누정기', '인물', '집', '장소', '사건', '문헌', '개념', '관련기록', '관련자

료'를 설정하였으며, 각각에 대한 개체(Individual)를 예시로 들었다. 관계(Relation) 설계에서는 각 클래스 개체 사이의 관계, 클래스 내 개체 사이의 관계를 구체적으로 열거하였다. 관계 속성(Relation Attribute) 설계에서는 클래스 개체 사이의 관계에 속성을 부여하여 각각의 관계를 보다 구체적으로 알 수 있도록 하였다. 속성(Attribute) 설계에서는 각 클래스별 개체에 해당되는 구체적인 속성들을 명시하였다. 그리고 각 클래스 개체 간의 관계망을 그래프로 시각화하면서 구체적인 예시를 들었다.

제6장에서는 지금까지의 결과물을 바탕으로 위키 소프트웨어를 활용한 누정기 디지털 아카이브를 구현하였다. 먼저 사용자가 원하는 정보에 쉽게 접근할 수 있도록 시작페이지를 제작하였고, '누정기' 클래스 개체 항목과 '집' 클래스 개체 항목을 제시하였다. 각각에 대해 "박팽년의 〈쌍청당기〉" 항목과 "쌍청당" 항목을 예로 들었는데, 실제 모니터 화면을 캡처한 그림을 보이면서 각 부분별로 설명을 덧붙였다. 그리고 이와 같이 예시한 디지털 아카이브가 기존의 사이트에 비해 어떠한 차별성이 있는지를 자세히 언급하였다.

제7장에서는 누정기 디지털 아카이브 데이터 모델이 모든 누정기에 적용 가능하다는 것을 입증하기 위해 대상으로 선정한 12편 누정기의 관계 양상을 모두 그래프로 제시하였으며, 최종적으로는 누정기 12편과 관련된 전체 네트워크를 종합적으로 분석하면서 누정기 데이터 모델의 효용성을 증명하였다.

제8장에서는 지금까지의 논의를 요약·정리한 이후 디지털 아카이브의 활용 방안에 대해 살펴보았는데, 크게 3가지 차원으로 접근하였다. 첫째는 학문적 효용으로서 디지털 아카이브를 통해 새로운 연구 방법이 가능해지는 것이다. 둘째는 교육적 기여로서 디지털 아카이브

내의 체계화된 관계망을 통해 지식의 연쇄적 습득이 가능해지고, 학생들이 직접 지식 생산에 참여함으로서 능동적 학습 효과가 발현될 수 있다는 것이다. 셋째는 대중적 활용으로서 대중들에게도 다양한 측면의 지식 정보 서비스를 제공할 수 있고, 이것이 문화콘텐츠로서도 활용될 수 있다는 것이다.

부록은 3가지로서 1)표본 자료 99편에서 분석할 수 있는 핵심 요소, 2)누정기 디지털 아카이브 데이터 모델의 이름 공간(Name Space)과 식별자 표기, 3)11편 누정기 클래스별 개체의 관계 및 관계 속성 데이터이다.

제1장
머리말

1. 연구사 검토 및 연구 제안

현재 누정기에 관한 연구 성과는 상당히 축적되어 있으며, 그 대강 (大綱)을 보자면 '누정기'라는 산문 양식 전반에 대한 총론적 성격의 연구, 작가별로 누정기를 살펴본 연구, 누정기 작품에 주목한 연구, 누정기 문체에 대한 연구, 누정기의 시대별 특징을 고찰한 연구 등을 들 수 있다. 본서가 집중적으로 분석하고 디지털 아카이브로 편찬하고자 하는 대상 자료가 누정기이므로 참고할만한 선행 연구 성과를 요약 정리하기로 한다.[1]

먼저 총론에 해당하는 연구를 보자면 김은미의 「조선초기 누정기의 연구」[2]와 안세현의 「조선중기 누정기 연구」[3]·『누정기를 통해 본 한국한문산문사』[4]를 들 수 있다. 앞의 두 논문은 각각 조선 초기와 중기라는 시대적 한정을 짓고 있긴 하지만, 둘 모두 누정기라는 산문 양식에 대한 자세한 고찰부터 시작하므로 총론적인 성격을 지니고 있다. 『누정기를 통해 본 한국한문산문사』는 누정기 양식에 대한 고찰을 비롯해 신라시대부터 조선 후기까지를 망라하는 누정기 전사(全史)를 아

---

1) 누정기와 관련된 보다 자세한 연구 현황은 2장에서 밝혔다.
2) 김은미, 「조선초기 누정기의 연구」, 이화여자대학교 박사학위논문, 1990.
3) 안세현, 「조선중기 누정기 연구」, 고려대학교 박사학위논문, 2009.
4) 안세현, 『누정기를 통해 본 한국한문산문사』, 고려대학교 민족문화연구원, 2015.

우르고 있어 총론적 성격에 가장 부합한다.

김은미의 논문은 '기(記)' 양식에 대한 상세한 개관으로부터 시작해 조선 초기 누정기 210여 편에 보편적으로 나타나는 서술유형을 분석함으로서 조선시대 누정기의 초기 양상을 살펴볼 수 있게 했다. 논자에 따르면 누정기의 체(體)는 서사체와 의론체가 혼합되어 서술대상인 누정의 외적 실상과 그 내재적 의리(義理)를 포괄하는 온전한 묘사를 추구하였으며, 누정기의 용(用)은 누정 경영자의 공덕을 널리 기리고자 하는 서술의도를 갖는다고 하였다. 그리고 조선 초기의 누정기는 사대부들이 도(道)를 궁구하고, 자신의 성정(性情)을 바르게 하며, 나아가 세도(世道)를 진작시키고자 하는 세도지문(世道之文)의 성격을 두드러지게 나타낸다고 했다. 즉, 조선 초기 누정기는 15세기 사대부 문학이 표방한 도문일치(道文一致)의 이념을 실현하고 있다는 것이며, 이에 더해 16세기 사림파 문학에서 본격화되는 조선시대 성리학 문학의 시발점으로 재평가되어야함을 역설하였다.

안세현의 「조선중기 누정기 연구」는 '누정기'의 개념 규정부터 출발하여, 신라 최치원부터 16세기 중반에 이르는 누정기를 우선적으로 검토하고, 그 뒤에 조선 중기의 이산해(李山海)·최립(崔岦)·유몽인(柳夢寅) 등 대표 누정기 작가 7인의 문장들을 자세히 분석하여 우리 한문학사의 최초 누정기부터 조선 중기까지의 누정기를 통시적으로 이해할 수 있게 했다. 또한, 조선 중기 누정기의 특성과 산문사적 의의를 비중 있게 다루어 조선 초기에 이은 조선 중기 누정기의 특성은 어떠한지를 파악할 수 있게 해준다. 논자는 조선 중기 누정기의 주제 의식적 특징으로 불우한 처지에서 오는 우수를 표출하거나 당대 현실을 비판하는 경향이 많아졌다는 점을 강조하였으며, 서술 방식에서는 전반적으로 의론(議論)이 확대되었고 문답법을 활용한 논쟁적 의론이 확산

되는 양상을 보인다고 하였다. 끝으로 조선 중기 누정기에는 『주역』
과 『장자』활용의 양상이 눈에 띄게 증가하였다고 하면서, 이는 『주역』
과 『장자』를 통해 불우한 처지에서 오는 우수를 해소하려 하거나, 사
회에 대한 간접적인 비판을 의도한 것이라고 분석하였다.

안세현의 『누정기를 통해 본 한국한문산문사』는 위에 밝힌 저자의
박사논문과 「조선후기 누정기의 특징적 면모」[5]를 합산하면서 수정
보완을 기한 저서인데, 누정기 전사(全史)를 드러내 보였다는 점에서
주목할 만하다. 논자는 누정기의 역사를 4등분하면서 신라 최치원~
고려후기는 한국 누정기의 성립기라 보고 있으며, 조선 전기 누정기
의 전반적 특징으로는 '경세의식의 발현과 완정미의 추구'를 꼽았고,
조선 중기 누정기의 전반적 특징으로는 '불우의식의 표출과 논쟁적 의
론의 확대'를, 조선 후기 누정기의 전반적 특징으로는 '자오(自娛)의
추구와 소품문의 필치'를 꼽았다. 이를 통해 누정기의 문체적 변화 양
상과 그 안에 내재된 사상적 변화를 확인할 수 있다.

한편, 허경진의 「집에 대한 문학적 이해」[6]는 누정기만을 고찰한 논
문은 아니지만, 조선시대 사대부들이 집에 대하여 어떠한 인식을 가
졌는지, 그들에게 집이 얼마나 큰 비중으로 자리해 있었는지를 자세
히 서술하였다. 또한, 누정기에서 가장 주된 비중을 차지하는 집 이름
에 대해서도 그것이 건물의 용도를 정하고, 그 이름에 걸맞게 살고자
하였던 사대부들의 가치관을 드러내었음을 역설하였다.

동일 저자의 『대전지역 누정문학 연구』[7]와 『충남지역 누정문학 연
구』[8] 또한 누정기를 주된 대상으로 하는 논문은 아니지만, 『신증 동

---

5) 안세현, 「조선후기 누정기의 특징적 면모」, 『동양한문학연구』31집, 2010.
6) 허경진, 「집에 대한 문학적 이해」, 『문학의 공간 옛집』, 보고사, 2012.
7) 허경진, 『대전지역 누정문학 연구』, 태학사, 1998.

국여지승람』및 관련 읍지 등을 대상으로 대전지역 및 충남지역에 소
재하였던 누정들을 거의 빠짐없이 소개한 것만으로도 자료적 가치가
크다. 이렇듯 특정 지역의 누정들을 망라해 놓음으로서 해당 누정기
를 찾아보기 쉽게 되었을 뿐 아니라, 대표적인 누정에 대해서는 누정
주인에 대한 자세한 서술을 비롯해 해당되는 누정기 및 한문 기록들을
밝혀 놓아 유용한 참고 자료가 되어준다.

　작가별로 누정기를 살펴본 연구를 보자면 대표적으로 안득용의 「계곡
(谿谷) 장유(張維) 누정기 연구」9), 안세현의 「채수(蔡壽) 누정기 연구」10),
문범두의 「탁영(濯纓) 김일손(金馹孫)의 누정기 연구」11)를 들 수 있다.

　안득용의 논문은 장유의 누정기를 분석하면서 그 특징으로 우언적
(寓言的)인 작품이 많다는 점, 당대 누정기 서술의 보편적 형식을 따르
기도 하지만 개성적인 글쓰기도 많이 시도했다는 점, 당대에 대한 현
실 인식을 갖고 비판의식을 잃지 않으면서 의론을 위주로 집필한 작품
이 많다는 점을 들어 보였다.

　안세현의 논문은 채수와 동시대에 활동하였던 서거정·성현·김종
직 등의 누정기를 중심으로 조선 전기 누정기에 나타난 일반적인 자연
인식 태도와 서술경향을 정리한 뒤에, 채수의 누정기에 보이는 자연
인식 태도가 성리학적이지 않고 다분히 장자적이라는 데 주목하였다.
채수에게는 완물상지(玩物喪志)에 대한 경계가 전혀 없으며, 감각적 인
지를 통한 쾌락을 중시하였다는 것이다.

　문범두의 논문은 김일손의 누정기가 단순한 유흥의 장소로서 누정

---

8) 허경진, 『충남지역 누정문학 연구』, 태학사, 2000.
9) 안득용, 「계곡(谿谷) 장유(張維) 누정기 연구」, 『고전문학연구』32집, 2007.
10) 안세현, 「채수(蔡壽) 누정기 연구」, 『동방한문학』36집, 2008.
11) 문범두, 「탁영(濯纓) 김일손(金馹孫)의 누정기 연구」, 『한민족어문학』55집, 2009.

을 인식하는 것이 아니라, 자연을 통해서 추구하고 성취하려는 이념
적 지향으로서 누정을 바라보았다는 점을 강조하였다. 김일손은 문학
을 도의 구현 수단으로 이해하였고, 누정기 역시 유학의 도를 세우기
위한 수단으로 인식하였기에, 윤리 실천을 위한 확고한 태도가 누정
기 전면에 드러난다는 점을 역설하였다.

누정기의 시대별 특징을 고찰한 연구로는 안세현의 「17세기 전반
누정기 창작의 일양상 -신식(申湜)의 "용졸재(用拙齋)"에 붙인 기문(記
文)을 중심으로-」[12), 임채명의 「영남루기의 변모양상 -주로 구성 방
식을 중심으로-」[13), 안세현의 「조선후기 누정기의 특징적 면모」를
들 수 있다. 그리고 앞에서 거론한 김은미와 안세현의 박사논문도 누
정기의 시대별 특징을 고찰한 연구에 포함시킬 수 있을 것이다.

안세현의 17세기 전반 관련 논문은 신식의 용졸재에 붙인 최립(崔
岦)·홍가신(洪可臣)·정구(鄭逑) 등의 누정기를 비교 분석하여, 17세기
전반 누정기 창작의 한 양상을 고찰하였다. 이를 통해 논자는 17세기
전반 누정기의 특징으로 의론의 확대와 성리학적 사변성의 강화, 장
자적 사유를 수용하고 제자서(諸子書)의 구법을 활용하는 등 새로운 경
향의 창작 확대, 누정기에서 자신의 불우함이나 당대 현실에 대한 불
만을 우의적으로 표현하는 경향이 많아진 점을 들었다.

임채명의 논문은 14세기부터 19세기까지 460년에 걸쳐 지어진 영
남루기 13편을 그 구성 방식의 변모 양상에 주목하여 비교 고찰한 것
이다. 결론만 보자면 14세기 영남루기의 특징은 서사와 의론의 혼재,

---

12) 안세현, 「17세기 전반 누정기 창작의 일양상 -신식(申湜)의 "용졸재(用拙齋)"에 붙인
　　기문(記文)을 중심으로-」, 『어문논집』58집, 2008.
13) 임채명, 「영남루기의 변모양상 -주로 구성 방식을 중심으로-」, 『한문학논집』28집,
　　2009.

15~16세기는 의론적 경향의 강화, 18~19세기는 서사성 위주의 전개가 두드러진다고 하였다. 그리고 영남루기가 서사 위주의 전개로 구성 방식이 변한 것은 이전 시기가 지나치게 의론화됨으로서 사실 기록을 중시한 누정기의 본래적 가치가 발휘되지 못했기 때문에 그에 대한 반동으로 의론보다 서사를 강조하는 방향으로 변모한 것이라는 결론을 제시하였다.

안세현의 조선후기 관련 논문은 17세기 후반부터 19세기 전반까지의 누정기를 대상으로 조선후기 누정기의 특징적 면모를 보여주는 글들을 표본적으로 분석한 것으로, 조선후기 누정기의 특징을 자락(自樂)을 위한 공간으로 누정을 인식하는 경향의 증대, 장자적·불교적 자연관이 이전 시기에 비해 확대되는 양상을 보인 점, 서술방식에서 전대의 수법을 계승하면서도 18세기 중·후반부터 유행한 소품문(小品文)의 필치에 영향을 받아 기발한 착상과 간결한 문장 및 참신한 비유를 보여주는 글들이 나타난 점이라 보았다.

인문학 자료의 디지털 DB 구축에 관한 연구도 적지 않게 나와 있다. 이는 두 가지 차원으로 구분해 볼 수 있는데, 첫째는 고문헌 자료의 전산화에 관한 연구이며, 둘째는 디지털 인문학의 방법론을 도입한 연구이다. 전자는 우리나라에서 처음으로 인문학과 정보학이 접점을 가지게 되면서 『조선왕조실록』의 전체 내용이 전산화되고, 『한국문집총간』도 모두 웹상에서 서비스되기 시작하던 때에 도출된 연구 성과이다. 후자는 2000년대 이후 미국·유럽 등지에서 '디지털 인문학(Digital Humanities)'이란 개념이 제기되고 한국에서도 같은 문제의식을 공유하면서 디지털 기술이 인문학 활동을 보다 창조적으로 이끌기 위해서는 어떠한 노력이 필요한가에 대한 연구 성과이다.[14]

먼저 고문헌 자료의 전산화에 관한 연구부터 보자면 안병학·정우
봉·정출헌의「한국 고전문헌 데이터베이스의 설계·구축 및 응용 방
안 연구」[15)]는 고전문학계에서 나온 선도적인 연구 성과로 한국 고전
문헌 데이터베이스의 설계 및 구축에 필요한 방법론, 모형 설계, 표본
·본격 데이터베이스 구축, 교정·활용 도구의 개발 및 응용 방안 모색
을 목표로 한 논문이다. 이러한 목표 하에 첫 번째 장에서는 분류체계
수립과 표준코드로 처리할 수 없는 비표준 문자에 관한 처리 방안에
대해 다루었는데, 문서 마크업 표준화 방안 등을 검토하여 우리 고전
문헌의 실상에 부합하는 방법론을 제시하였다. 두 번째 장에서는『진
본(珍本) 청구영언(靑丘永言)』·『홍길동전(洪吉童傳)』·『국조시산(國朝詩
刪)』·『시경(詩經)』을 대상으로 표본 데이터베이스를 구축한 내용을 서
술하였으며, 세 번째 장에서는 표본 데이터페이스를 기반으로 본격적
인 데이터베이스를 구축한 과정을 설명하였다. 마지막 장에서는 앞으
로의 과제로 한국학 연구의 새로운 방법론 개척, 각종 사전 편찬 사업
에 디지털 정보화 기술 응용, 유니코드(Unicode) 시대 다국어 정보 처
리를 위한 학술적 기반 조성, XML 방식의 적극적 활용을 제시하였다.

---

14) 이에 대해서는 우리나라에서 디지털 인문학의 최고 권위자인 김현 교수(한중연)의 다음과
　　같은 발언을 참조하면 좋을 것이다. "디지털 인문학이란 정보통신기술(Information
　　&Communication Technology)의 도움을 받아 새로운 방식으로 수행하는 인문학 연구와
　　교육, 그리고 이와 관계된 창조적인 저작 활동을 일컫는 말이다. 이것은 전통적인 인문학의
　　주제를 계승하면서 연구 방법 면에서 디지털 기술을 활용하는 연구, 그리고 예전에는
　　가능하지 않았지만 컴퓨터를 사용함으로써 시도할 수 있게 된 새로운 성격의 인문학
　　연구를 포함한다. 단순히 인문학의 연구 대상이 되는 자료를 디지털화 하거나, 연구
　　결과물을 디지털 형태로 간행하는 것보다는 정보기술의 환경에서 보다 창조적인 인문학
　　활동을 전개하는 것, 그리고 그것을 디지털 매체를 통해 소통시킴으로써 보다 혁신적으로
　　인문지식의 재생산을 촉진하는 노력 등이 '디지털 인문학'이라는 새로운 조어의 함의라고
　　할 수 있다." 김현·임영상·김바로, 『디지털 인문학 입문』, 휴북스, 2016, 17-18면.
15) 안병학·정우봉·정출헌, 「한국 고전문헌 데이터베이스의 설계·구축 및 응용 방안 연
　　구」, 『민족문화연구』34집, 2001.

이상용의 「한국 문집을 위한 XML DTD 개발에 대한 연구」[16]는 XML을 활용하여 국내 소장 고문헌 가운데 가장 많은 부분을 차지하고 있는 문집(文集)의 원문을 디지털화하여 이용자들이 웹상에서 손쉽게 검색할 수 있도록 하기 위한 방안에 대해 연구한 것이다. 그리고 한국 문집의 편찬체제를 구조화하여 이들의 원문을 디지털화 할 수 있도록 문집용 XML DTD(Document Type Definition)[17]를 설계하여 프로그램을 작성하고, 그것의 원문검색시스템 구축 방안에 대해 논의하였다. 아직 XML이란 개념이 낯설 때에 이를 인문학계에 본격적으로 소개하고, XML이 인문학을 위해 어떻게 활용될 수 있는지를 밝힌 선구적인 연구 업적이다.

김현의 「한국 고전적(古典籍) 전산화의 발전방향」[18]은 주로 민족문화추진회에서 추진하였던 조선왕조실록·한국문집총간 전산화 사업 등을 예로 들면서, 그간의 고전 정보화 사업의 성과, 고전 정보화 사업의 발전 과제, 고전용어 시소러스 개발 전략에 대해 서술한 논문이다. 논자는 특히 한국문집총간 데이터베이스를 위한 이전까지의 노력은 '원시자료의 디지털화'를 위주로 한 것이었기 때문에 고급 정보 기술의 도입이 시급하지 않았지만, 이 데이터베이스가 현재의 수준에 머물지 않고 차세대의 지식 자원으로 발전하기 위해서는 종전까지와는 다른 학제적 연구 노력이 필요하다는 점을 역설하였다.

김현의 「고문헌 자료 XML 전자문서 편찬 기술에 관한 연구」[19]는 고전 문헌을 정보화할 때에 XML(eXtensible Markup Language)이 가장

---

16) 이상용, 「한국 문집을 위한 XML DTD 개발에 대한 연구」, 『서지학연구』25집, 2003.
17) DTD(Document Type Definition): XML 문서를 체계적으로 기술하기 위한 기본 설계도.
18) 김현, 「한국 고전적 전산화의 발전방향」, 『민족문화』28집, 2005.
19) 김현, 「고문헌 자료 XML 전자문서 편찬 기술에 관한 연구」, 『고문서연구』29집, 2006.

적합한 프로그램 언어임을 강조하면서, 이것이 정보 시스템의 상호운
영성을 보장하는 표준화된 데이터 형식이라는 점 이외에도, 고전 문헌
을 다루는 인문학 분야의 연구자와 시스템 개발의 실무를 담당하는 정
보기술 전문가 사이의 의사소통을 원활하게 하는 매개자로서의 장점
이 있음을 설명한 논문이다. 이러한 점에서 고전 문헌 자료의 정보화
를 완전히 프로그래머의 손에 맡기는 것이 아니라, 그 자료 내용의 논
리적 구조가 어떠하고 그 속에서 중요한 의미를 갖는 요소는 무엇인지
를 고전 문헌 전문가가 먼저 표시하게 하자는 목표를 지향하였다. 이
를 위해 논자는 데이터베이스화 과정에서 원시 자료의 논리적 체계가
왜곡되지 않도록 하는 XML의 설계 방법을 제시하였고, 본문 텍스트
내의 정보 요소들이 기계적으로 식별되고 활용될 수 있도록 하는 문중
요소(In-Text Mark-up Element)의 처리 방법에 대해 설명하였다. 이러
한 두 가지 문제가 합리적으로 처리되면 인문학자들의 작업결과가 모
호성을 최소화한 상태로 정보기술자에게 인계될 수 있다는 것이다.

조형진의 「고문헌의 디지털화 성과 연구」[20]는 한국의 주요 고문헌
기관과 이들 기관이 소장한 고문헌이 디지털화된 과정과 그 내용을 분
석한 것이다. 그리고 고문헌의 이상적인 디지털화를 위해 다음과 같
은 사항을 제안하였다. 첫째, 고문헌 디지털화 업무의 통정기구를 조
직하여 일정한 수준의 권한을 부여하고 종합적 계획을 수립한 후 추진
하여야 한다. 둘째, 장단기 계획을 세워서 여러 디지털화 업무의 성격
을 분석하고, 점진적으로 추진하여야 한다. 셋째, 고문헌 자료의 전문
가를 양성하여 DB를 구축하고 관리하여야 한다. 이와 같은 점은 이
논문이 쓰여진 지 10년이 지난 지금에도 여전히 주요한 사항으로 지

---

20) 조형진, 「고문헌의 디지털화 성과 연구」, 『한국문헌정보학회지』40집, 2006.

속적인 관심을 가질 필요가 있다.

김현의 「향토문화 하이퍼텍스트 구현을 위한 XML 요소 처리 방안」[21] 은 '디지털 향토문화전자대전'이 지향하는 지식 정보의 연계가 보다 효과적으로 구현될 수 있도록 하는 데 연구 목적을 두고, 시행중인 XML 전자문서화 작업의 문제점을 사례 중심으로 분석함으로서 합리적인 개선책을 찾고자 한 것이다. 이를 위해 5개 지역(성남, 청주, 강릉, 진주, 진도) 문화대전의 고유명사 태그(tag) 표기 결과를 분석하고, 오류 사례 및 그러한 오류가 발생한 원인을 고찰함으로서 오류 발생을 최소화할 수 있는 새로운 식별 원칙을 제시하였다. 또한, 이 논문에서는 디지털 향토문화전자대전의 정보요소 태깅이 이후 한국 문화 지식 자원의 광범 위한 웹상에서의 소통에 어떻게 기여할 것인지를 설명하면서 디지털 향토문화전자대전 개발 사업의 의의를 입증하였다.

다음으로 디지털 인문학의 관점으로 수행된 연구를 보자면 먼저 김 현의 「디지털 인문학」[22]을 들 수 있다. 이 논문은 한국에 디지털 인문학을 본격적으로 소개한 총론적인 성격의 글이라 할 수 있는데, 인문콘텐츠학계와 전통적인 인문학계가 공동으로 관심으로 가져야 할 과제로 '디지털 인문학'(Digital Humanities)의 가능성에 주목해 볼 것을 제안하였다. 이 논문에서 특히 주목되는 부분은 3장에 제시된 해외 디지털 인문학의 연구개발 사례인데, 그 가운데 하나만 예를 들자면 미국의 스탠퍼드 대학에서 수행한 '편지 공화국 지도(Mapping the Republic of Letters)' 프로젝트가 있다. '편지 공화국'(Republic of Letters)이란

---

21) 김현, 「향토문화 하이퍼텍스트 구현을 위한 XML 요소 처리 방안」, 『인문콘텐츠』9집, 2007.
22) 김현, 「디지털 인문학」, 『인문콘텐츠』29집, 2013.

17-18세기 유럽과 미국에서 볼테르(Voltaire)·라이프니츠(Leibniz)·루소(Rousseau)·뉴톤(Newton) 등을 위시한 지식인들이 서로 편지를 주고받은 발신지와 수신지, 발신 날짜로 기록된 공간, 시간 정보, 편지 내용 등을 지도 위에 시각적으로 재현한 디지털 콘텐츠이다.

이 데이터베이스는 17세기 초에서 19세기 중반까지의 기간 동안 7,476명의 사람들에 의해 작성된 60,647건의 역사적인 기록물을 담고 있다. 단순히 원문을 디지털화 한 것이 아니라, 본문에 270,000여 건의 주석을 부가하고, 관련 있는 사람들을 연결시키고, 중요한 키워드는 옥스퍼드 인명사전 등 50여 개의 다른 데이터베이스에 하이퍼링크로 연결되도록 한 거대 프로젝트이다. 논자는 이와 같은 해외의 사례를 소개하면서 이러한 디지털 콘텐츠의 외형적인 모습은 우리나라에서 지난 10여 년간 공공기관 주도로 만들어낸 지식 정보 데이터베이스와 별반 다르지 않다고 말한다. 그러나 그 속에 담긴 데이터의 질적 수준을 비교하면 큰 차이를 발견하게 되는 경우가 많다고 하면서, 그 차이는 디지털 정보화 작업을 추진할 때에 인문학적 연구의 깊이가 어느 정도 반영되었는가의 차이일 것이라고 역설하였다. 본서의 문제의식도 이와 같으며, 고전문학 자료의 보다 질 높은 데이터베이스 구축을 위해 전문 연구자로서 어떤 노력이 필요한지를 논문에 담아내고자 하였다.

김현의 「디지털 인문학과 선비문화 콘텐츠」[23]는 대학의 학부 과정 학생들에게 조선 시대의 유교 서원에 관한 디지털 콘텐츠 편찬 방법을 교육하였던 필자의 경험을 바탕으로 하고 있는데, 이러한 디지털 인문학적인 교육을 통해 학생들이 디지털 문식의 능력을 향상시킬 뿐 아

---

23) 김현, 「디지털 인문학과 선비문화 콘텐츠」, 『유학연구』33집, 2015.

니라 '유교 서원'과 같은 오늘날의 학생들이 관심을 갖기 어려운 지식 분야에 대해서도 관심과 이해를 촉진시킬 수 있다는 사실을 확인하였다고 한다. 필자가 "대학의 인문교육 현장에서 바라볼 때, 디지털 콘텐츠는 만들어진 결과물보다 만들어 가는 과정이 더 의미 있고 중요하다. 이 논문은 디지털 인문학 교육이 한국의 전통 문화에 관한 교육의 새로운 방법으로 활용될 수 있는 가능성을 탐색한 것이다."라고 말한 바대로, 본 논문은 디지털 기술을 활용한 전통 문화 교육의 효용성을 현실의 사례를 통해 잘 증명해 주고 있다. 기성세대가 만든 완제품을 읽으라고 요구하는 것이 아니라, 학생들이 스스로 콘텐츠를 만들어보면서 관심과 흥미를 갖도록 하는 것이 훨씬 더 효과적이라는 사실은 모든 교육 담당자들이 귀담아 들어야 할 명제일 것이다.

김하영의 「門中古文書 디지털 아카이브 구현 연구」[24)]는 문중(門中)에 소장되어 있는 고문서를 디지털 아카이브로 구현하고자 한 논문으로서 대상 자료인 고문서는 한국학중앙연구원 장서각이 30여 년에 걸쳐 전국에 소재한 문중으로부터 수집한 자료들이다. 필자는 이 가운데 광산 김씨 오천가의 고문서와 광산김씨족보를 주대상으로 하여 문중 구성원의 가계 정보와 고문서의 연계를 위한 데이터베이스 설계안을 제시하였다. 그 구체적인 방법으로 대상 자료에 대한 온톨로지를 설계하였으며, 그에 기반한 관계망 그래프 예시를 들어 보였다. 본서에서도 디지털 아카이브 구축을 위한 온톨로지 설계를 비중 있게 다루고 있기 때문에 이 논문이 유용한 참고 자료가 되었다.

김현의 「디지털 인문학과 고문헌 자료 연구」[25)]는 디지털 인문학이

---

24) 김하영, 「門中古文書 디지털 아카이브 구현 연구」, 한국학중앙연구원 석사학위논문, 2015.
25) 김현, 「디지털 인문학과 고문헌 자료 연구」, 『열상고전연구』50집, 2016.

어떠한 과제와 목표를 가지고 있으며, 그 사례 중 하나로서 문중 고문
서 아카이브 구축을 어떻게 수행하였는지를 밝히고, 이러한 방법을
대학의 인문학 교육과 문화콘텐츠 개발에 활용할 수 있다는 것을 제시
한 논문이다. 먼저 필자가 밝힌 디지털 인문학의 과제는 '연구', '교
육', '응용'의 세 가지 측면인데, 각각 소통과 협업을 통한 인문학 연
구, 디지털 원어민(어렸을 때부터 디지털 환경에서 자라난 현대의 교육 수요
자들)을 위한 인문 교육, 인문 지식의 대중적 소통을 추구하는 것으로
서 디지털 인문학이 어떠한 효용성을 가지고 학계와 사회에 기여할 수
있는지에 대해 그 핵심을 잘 짚어주었다. 다음으로는 한국고문서자료
관에서 디지털 사본을 서비스하는 문중 고문서를 어떻게 디지털 아카
이브로 구축하였는지에 관하여 데이터의 범주와 데이터 개체간의 관
계성을 중심으로 설명하였다. 마지막으로 디지털 아카이브를 통하여
개별적인 데이터들이 어떠한 관계 속에 있는지를 알게 될 수 있고, 스
토리텔링은 이와 같은 '관계의 발견'이라는 점을 역설하였다. "개별적
인 사실만을 바라볼 때에는 어떠한 이야기도 만들어지지 않지만, 그
사실들이 서로에 대해 맺고 있는 관계들을 드러내는 순간, 그 관계와
관계의 연장은 스토리가 되고, 학술적인 지식일 뿐 아니라 흥미로운
이야깃거리의 자원이 된다."는 점은 충분히 동의할만한 제안이라 하
겠다.

　구지현·서소리의 「한중교류 척독의 시각화 방안 시론」[26]은 한중교
류 척독(尺牘) 자료의 시각화 방안을 제시하기 위한 논문으로서 편지
텍스트인 척독을 이해하기 위해서는 수신자, 발신자, 수발신자의 맥
락, 수발신자가 공유한 코드에 관한 정보와 함께, 수집자에 의해 척독

---

26) 구지현·서소리, 「한중교류 척독의 시각화 방안 시론」, 『열상고전연구』50집, 2016.

이 수집·편집된 맥락에 관한 정보를 유기적으로 파악해야만 한다는 점을 중시하였다. 필자는 이러한 척독의 특성을 고려하여 한중교류 척독 시각화를 크게 두 가지 맥락에서 구현할 수 있다고 하였는데, 그 하나는 한중교류 척독 정보의 관계망을 시각화하는 것이며, 다른 하나는 한중 지식인의 교류 양상을 분석할 수 있는 데이터를 시각화하는 것이다. 이와 같이 함으로써 인물 네트워크 데이터, 척독 교류의 공간 정보 데이터, 지식인의 문헌 교류 데이터 등이 시각적으로 구현되고, 이를 통해 한중 지식인의 교류 분석을 위한 토대 자료가 마련될 수 있다는 점을 강조하였다.

류인태의 「디지털 환경에서의 인문 지식 연구에 관한 小考 − 修信使 자료 DB 편찬 프로젝트를 중심으로」27)는 필자가 '修信使 자료 DB 편찬 프로젝트'를 진행하면서 얻게 된 2가지 시사점을 중점적으로 서술한 논문이다. 그 첫 번째는 기존 인문학 연구수행 방식과는 다른 디지털 인문학 연구수행 방식의 특징이 본 프로젝트에 반영되어 있다는 것으로, 결과보다는 과정에 집중하고, 개인보다는 집단 연구를 지향하는 디지털 인문학 연구의 기본 방향을 따르고 있음을 강조하였다. 두 번째는 디지털 인문학의 영역에서 DB 구축이 갖는 의미가 무엇이며, 그 연장선상에서 시각화 콘텐츠 구현과 DB 구축이 어떠한 차원에서 유기적으로 연결되어야 할 것인가에 대한 고민이 본 프로젝트에서 수행되었다는 것이다. 즉, 의미 있는 시각화 결과물을 구현하기 위해서는 그러한 결과물이 가능할 수 있게끔 치밀하게 설계된 DB가 전제되어야 하며, 본 프로젝트는 그와 같은 맥락에서 DB 설계 및 구축을 시도하고 있다는 점을 역설하면서 그 구체적인 설계 예시를 들어 보였다.

---

27) 류인태, 「디지털 환경에서의 인문 지식 연구에 관한 小考 − 修信使 자료 DB 편찬 프로젝트를 중심으로」, 『열상고전연구』50집, 2016.

허경진·구지현의 『조선시대 표류노드 시각망 연구일지』[28]는 필자가 '조선시대 표류노드 시각망 구축 프로젝트'의 진행 과정을 기록한 연구보고서로서 『표인영래등록(漂人領來謄錄)』·『조선왕조실록(朝鮮王朝實錄)』·『변례집요(邊例集要)』등의 자료에서 데이터를 추출하고, 이에 대한 온톨로지를 설계한 다음 관계 정보 시각화·공간 정보 시각화·시간 정보 시각화·파노라마 구축의 실제 예시를 들어 보인 것이다. 그리고 이러한 결과물을 종합적으로 제공할 수 있는 창구로서 위키(Wiki) 시스템을 활용하였음을 밝혔다. 본 연구일지는 디지털 아카이브를 구축하기 위한 전 과정이 자세히 서술되어 있어 상당히 유용한 참고 자료이다.

마지막으로 김현·임영상·김바로의 『디지털 인문학 입문』[29]은 디지털 인문학에 대한 종합 참고서라 할 수 있는데, 모두 3편으로 이루어져 있다. 제1편 '디지털 인문학의 이해'에서는 디지털 인문학이란 것이 무엇인지, 어떠한 지향점을 가지고 있는지, 그 목표와 방법은 어떻게 되는지를 설명하였으며, 디지털 인문학 교육의 첫걸음으로 위키 콘텐츠를 제작하는 방법을 소개하였다. 제2편 '인문정보학: 디지털 인문학을 위한 정보기술'에서는 인문정보학이란 무엇인지, 디지털 텍스트를 작성하기 위한 기술에는 어떠한 요소들이 있는지, 시각적 인문학을 실현하기 위해 어떠한 방법이 가능한지, 인문지식을 시맨틱 웹의 이상대로 구현하기 위해서는 어떠한 설계가 필요한지, 디지털 아카이브란 무엇이고 어떠한 지향점을 가지고 있는지를 설명하였다. 제3편 '디지털 인문학에 관한 제논의'에서는 세계의 디지털 인문학 동향이 어떠한지, 디지털 인문학의 한국적 전개는 어떻게 진행되어 왔는

---

28) 허경진·구지현, 『조선시대 표류노드 시각망 연구일지』, 보고사, 2016.
29) 김현·임영상·김바로, 『디지털 인문학 입문』, 휴북스, 2016.

지, 디지털 인문학 교육이 실제로 진행된 사례는 어떠한 것이 있는지
에 대해 설명하였다. 이상에서 보듯이 본 저서는 디지털 인문학을 이
해하고 학습하기 위한 필독서라 할 수 있으며, 본서를 진행하는 데에
도 많은 도움이 되었다.

이와 같이 인문학 자료의 DB 구축에 관하여 다양한 연구 성과들이
축적되어 있는데, 고전문학 자료와 관련된 논문으로는 안병학·정우
봉·정출헌의 논문과 이상용의 논문, 구지현·서소리의 논문 정도가
있을 뿐이다. 이 가운데에도 앞의 두 논문은 고전문헌 및 문집 자료의
전산화를 위한 기술적 방안에 중점을 둔 논문으로 대상 자료에 대한
인문학적 분석은 거의 시도되지 않았으며, 구지현·서소리의 논문은
척독 자료에 대한 개괄적 분석이 포함되어 있고 온톨로지 설계도 하였
지만 그 시각화 방안에 주목한 논문으로 종합적인 디지털 아카이브 편
찬을 의도한 연구는 아니다.

정리하자면 현재의 정보 기술을 활용하여 고전문학 자료를 보다 창
조적으로 활용하고자 하는 연구는 아직 이루어지지 않았다고 할 수 있
다. 특히 이러한 연구는 해당 자료의 전문가가 수행하는 것이 보다 생
산적이라 할 수 있는데, 본 연구자는 고전문학 전문 연구자의 시각에
서 디지털 인문학에 기반한 새로운 연구 방법론을 제기하고자 한다.

본서는 누정기를 주된 대상으로 하여 이를 디지털 아카이브로 편찬
하기 위한 고전문학 연구자의 역할에 대해 차례대로 서술할 것이다.
이와 같은 작업은 고전문학 자료를 각 장르별로 디지털 아카이빙하기
위한 선도적인 제안이라 할 수 있다. 이러한 제안이 고전문학 연구자
들의 아카이빙 작업을 위한 유용한 매뉴얼로서 기능할 수 있기를 바
란다.

2. 디지털 아카이브 편찬 방향 및 방법

본서에서 제시하는 디지털 아카이브는 시맨틱 웹(Semantic Web) 개념에 기반하여 편찬하도록 할 것이다. "시맨틱 웹이란 별도로 존재하는 웹이 아니라 현재 웹의 확장된 개념으로서, 웹 정보에 잘 정의된 의미를 부여하여 인간뿐만 아니라 컴퓨터도 그 정보의 의미를 이해하고 처리할 수 있는 웹을 말한다."30) 또한, "시맨틱 웹의 이상은 월드와이드웹 상에서 '지식의 조각'이라고 할 수 있는 개체들(individuals)이 서로서로 어떤 의미로 관계를 맺는지 명시적으로 드러내고, 그 바탕 위에서 개체와 개체 사이의 관계를 추론하여 새로운 사실을 발견하거나 종합적인 지식을 얻으려는 것이다."31) 즉, 지식 정보에 잘 정의된 의미와 관계를 부여하여 컴퓨터가 그것들을 인식하고 자체적으로 추론할 수 있도록 하자는 것이다. 이를 통해 달성하고자 하는 디지털 아카이브의 지향점은 다음의 4가지로 요약될 수 있다.

첫째, 지식 정보가 총체적으로 제공되도록 하는 것이다. 예컨대 누정기 한 편을 보게 되면 원문과 번역문, 주석만 열람할 수 있는 것이 아니라, 필자 정보, 집주인 정보, 대상으로 한 집의 현존 여부, 현존할 경우 문화재로서의 가치와 지도상에서의 위치, 대상으로 한 집과 연관된 모든 누정기 목록, 대상 집과 연관된 누정기 이외의 한문 기록(상량문, 주련, 제영시, 제문, 설화 등), 대상 집과 관련이 많은 다른 집들의 목록, 그 집들의 누정기 목록, 해당 필자가 쓴 모든 누정기 목록, 대상

---

30) "The Semantic Web is not a separate Web but an extension of the current one, in which information is given well-defined meaning, better enabling computers and people to work in cooperation." Berners-Lee, T., Hendler, J. and Lassila, O., *The Semantic Web*, Scientific American, May, 2001, 3-4면.
31) 김현·임영상·김바로, 『디지털 인문학 입문』, 휴북스, 2016, 147면.

으로 한 집과 관련된 시청각자료, 누정기 내에 사용된 어려운 용어에
대한 뜻풀이, 본 누정기와 연관이 있는 연구 자료 및 웹문서 등이 모
두 연계되어 바로 열람 가능할 수 있도록 하는 것이다.

현재의 웹 환경에서도 사용자 스스로 웹서핑을 통해 해당 정보들을
하나씩 찾아낼 수는 있겠지만, 상당한 시간과 노력이 투여되어야 하
므로 당장 필요한 정보를 찾는 선에서 탐색을 그칠 가능성이 많다. 이
러한 까닭에 연구 시야가 확대될 가능성이 차단되고, 흥미로운 이야
기 소재로 발전할 가능성도 낮아진다. 따라서 관련이 있는 지식 정보
들이 다양하게 연계될 수 있어야 하며, 각 기관에서도 보유하고 있는
자료들을 공개하고 서로 공유할 수 있도록 하여야 할 것이다.[32]

둘째, 지식 정보간의 관계 양상을 파악할 수 있도록 하는 것이다.
존재하는 모든 지식 정보가 그러하겠지만, 누정기 지식 정보의 경우
에도 전방적위적인 관계로 얽혀 있다. 이러한 정보들이 총체적으로
제공됨과 동시에 각기 어떠한 관계를 형성하는지가 확인되는 것도 중
요한 일이다. 예를 들어 '박지원'이라는 키워드에서 출발한다면 일부
만 제시하더라도 다음과 같은 관계 요소를 찾아낼 수 있을 것이다.

- 박지원이 집필한 누정기들
- 각 누정기의 대상이 되는 집
- 그 집의 집주인들(박지원에게 누정기를 청탁한 사람들)
- 대상이 되는 집에 대한 중수기(重修記)

32) "현재까지 국내 공공기관에서 운영하는 '디지털 아카이브'는 자기 '기관'이 소장 또는
생산하는 자료의 디지털화와 온라인 서비스를 위주로 하는 것인데 반하여, 디지털 데
이터의 생산과 유통에 관한 국제 사회의 선진적인 논의는 이른바 'Open Archives' 또
는 'Linked Open Data'(LOD)라고 하는, 개방과 공유의 세계를 지향하는 데 초점을
모으고 있다." 김현, 『국립한글박물관 디지털 아카이브 구축 기본 구상』, 국립한글박
물관, 2013, 22면.

- 대상이 되는 집에 대한 다른 필자의 누정기
- 각 누정기 속에 언급된 인물들
- 대상이 되는 집의 지역
- 그 지역의 집에 대한 누정기들
- 누정기 속에 인용된 선현(先賢)의 문장
- 동일한 선현의 문장을 인용한 누정기

　예로 든 요소들은 극히 일부에 불과하며 얼마든지 확장될 수 있다. 이러한 정보들이 서로 어떠한 관계가 있는지 드러나면서 긴밀히 연결되어야 할 것이다. 또한, 이와 같은 관계망을 그래프(Graph)로 시각화하여 각 지식 정보의 관계 양상을 직관적으로 파악할 수 있게 하는 것도 중요한 과제이다.

　셋째, 지식 정보 전반에 대한 검색 기능이 보다 고도화되도록 하는 것이다. 예를 들어 현재 구축되어 있는 DB 사이트에서는 자찬 누정기(청탁을 한 것이 아닌 집주인 스스로 쓴 누정기)만을 따로 검색해보는 것이 불가능하다. 각 누정기를 일일이 읽어보고 나서야 그것을 알 수 있는 것이다. 현존해 있는 집들만의 누정기 목록을 추출하는 것도 불가능하다.『노자(老子)』나『장자(莊子)』의 문장을 인용한 누정기만을 보고 싶은 경우라면 본문 내에 '老子', '莊子' 등의 단어가 등장하지 않거나, 주석에도 별도의 설명이 부가되어 있지 않다면 검색이 되지 않는다.[33] 전근대 시기에는 사람의 이름보다 호(號)나 자(字), 관직명 등으로 그 사람을 지칭하는 경우가 더 많았는데, 누정기 내에 그 사람에 대한 언급이 있더라도 이름으로만 검색하면 찾을 수가 없다.

---

33)『노자』내의 문장을 인용하면서도 굳이 서명(書名)을 밝히지 않고 그 문장만을 가져온 경우가 상당히 많은데, 따로 주석이 달려있지 않다면 검색이 안 된다.

이는 현재의 웹 환경이 키워드 중심의 검색 시스템을 갖추고 있기 때문이다. 즉, 누정기 내용 안에 해당 글자가 포함돼 있어야만 검색이 가능하며, 컴퓨터가 해당 지식 정보를 단순한 문자로만 인식하고 있기 때문이다. 이는 하나의 단어가 여러 가지 뜻으로 쓰일 경우에도 문제를 발생시키는데, 만약 지명(地名)인 '순천(順天)'에 대한 기록을 찾고자 검색을 해보았다면, 사람 이름이나 호(號)로 쓰인 '순천(順天)'도 검색이 되고, '하늘의 뜻에 따르다(順天)'라는 의미로 쓰인 구절도 같이 검색이 된다. 이 가운데 지명으로 쓰인 '순천(順天)'을 가려내기는 쉽지 않다. 결국 사람이 일일이 읽어보고 가려내는 방법 밖에 없다. 따라서 컴퓨터가 지식 정보의 의미를 파악하고, 사용자가 원하는 정보를 분명히 구분하여 검색해줄 수 있어야 할 것이다.

넷째, 다중 참여형 지식 정보 구축을 지향한다는 것이다.[34] 웹의 대중화는 전세계 누구와도 소통할 수 있는 길을 열어주었다. 시간과 장소에 구애받지 않으면서 자신의 생각을 웹 상에 올리고, 그것이 활발히 소통될 수 있게 된 것이다. 이는 '집단 지성'이라는 새로운 개념을 낳았는데, 대표적으로 위키피디아(Wikipedia)의 예에서 알 수 있듯

---

34) 시맨틱 웹을 구현하기 위한 다중 참여 방식이 왜 중요한지에 대해서는 다음의 서술을 참고할 수 있다. "특정 조직 내의 데이터베이스 시스템과 달리 시맨틱 웹은 월드와이드 웹이라는 개방된 세계에서 만들어지는 것이며, 그 개방의 장점을 최대한 이끌려는 의도를 갖고 있기 때문에 어떠한 주제의 시맨틱 웹이든 그것을 이용하거나 데이터의 생산에 참여할 수 있는 범위는 항상 열려 있다. (……) 인문학 분야의 학술적인 일에 종사하는 사람들이 '인문지식 시맨틱 웹'을 만들고자 한다면, 그 필요성에 공감하는 사람들이 공동의 약속을 정하고, 그들이 이제부터 만들어낼 '인문지식 데이터' 속에 그 약속에 의한 메타데이터를 첨가하는 노력을 기울여 가야 한다. 그 노력은 한꺼번에 전체를 만들고자 하는 노력이 아니다. 관심이 모여지는 곳에서부터 부분적인 것을 만들되, 그 범위와 경계를 한정하지 않음으로서 향후에 더 확장될 수 있게 하고, 경우에 따라서는 전혀 다른 영역에서 만들어진 시맨틱 웹 데이터와도 소통할 수 있게 하는 것이다." 김현·임영상·김바로, 앞의 책, 185-186면.

이 한 사람이 아닌 수많은 사람들의 지식이 모여 그 산출물이 더욱 풍부해지고 정교해질 수 있었던 것이다. 많은 사람들이 참여하여 오류를 지속적으로 수정해 나가기 때문에 정확도 면에서도 신뢰성을 높여가고 있다.[35)]

본서에서 제안하는 디지털 아카이브도 이러한 다중 참여 방식을 지향한다. 현재 한국고전종합DB를 보자면 '열린마당'을 통해 기존 문서에 대한 문의를 하거나 오류 신고를 할 수 있는 정도이며, 관련 연구자가 직접 참여하여 한문 번역을 한다거나, 새로운 항목을 작성한다거나, 주석을 첨가하는 등의 행위는 이루어지지 않고 있다. 지금까지 수많은 연구자들이 한국고전종합DB에 접속하여 자료를 찾고 연구를 진행하면서 방대한 지식 정보들이 산출되었을 텐데 이것들이 전혀 축적되지 않고, 최종 연구 성과만이 논문의 형태로 발표되고 있는 것이다.

예를 들어 번역이 안 된 누정기의 경우 한 문장이라도 번역을 하였다면 이것은 귀중한 지식 정보라 할 수 있다. 주석 작업이 안 되어 있는데 누정기의 어떠한 문장이 『근사록(近思錄)』에서 인용되었음을 알게 되었

---

35) 흔히 위키피디아의 신뢰성을 의심하지만, 세계 최고의 백과사전이라 칭해지는 브리태니커(Britannica)와 정확도 면에서 차이가 없다는 연구 결과가 발표되었다. 물론, 위키피디아 내에 부정확한 사실이 기재돼 있는 경우도 얼마든지 있을 수 있겠으나 일반인들의 선입견만큼 신뢰할 수 없는 매체라는 인식은 제고될 필요가 있을 것이다. 다음의 기사를 보자. "온라인 개방형 사전이라 신뢰도가 낮다는 주장은 2005년 12월 〈네이처〉에 실린 논문을 통해 반박됐다. 위키피디아와 브리태니커에 실린 50개의 과학 분야 항목을 무작위로 선정해 조사한 결과, 두 사전이 각각 4곳씩 오류를 보여 정확도 차이가 없었다. 위키피디아가 세계 최고 권위의 백과사전과 정확도에서 차이가 없다는 연구결과에 일반인은 물론 세계 지성계가 놀랐다. 진짜 놀라운 일은 〈네이처〉 논문 게재 이후 벌어졌다. 오류로 지적된 항목에 대해 위키피디아는 금세 수정됐지만, 종이 〈브리태니커〉는 오류인 채 남아 있을 수밖에 없었다." 구본권, 〈허핑턴포스트 코리아〉 2015년 12월 14일자 기사(http://www.huffingtonpost.kr/bonkwon-koo-/story_b_8802594.html); Giles, Jim, *Internet Encyclopaedias Go Head to Head*, Nature, Vol.438, 2005, 900~901면 참조.

다면 이 역시 훌륭한 지식 정보가 된다. 하지만 이러한 정보들이 논문
에 수록되지 않았다면 각 연구자의 하드디스크에만 머물러있는 정보일
뿐이다.[36] 이렇듯 각 연구자만이 소유하고 있는 지식 정보들의 양은
대단히 많을 것이다. 개인적으로는 별 것 아니라고 생각할 수 있겠지
만, 이러한 정보들이 한 데 모인다면 엄청난 연구 자산이 된다.

또한, 누정기 디지털 정보화 사업팀이 꾸려진다고 했을 때에도 '결
과'만을 논문의 형태로 발표하는 차원을 넘어서 '과정'이 공유되는 연
구 환경을 지향하여야 할 것이다.[37] 팀 프로젝트를 진행하는 연구자
사이에서도 연구 과정들을 서로 공유함으로서 오류를 수정해 나가고,
학제간 협업을 추구하면서 더욱 정확하고 풍부한 성과를 얻어낼 수 있
을 것이다.[38]

대중적인 차원에서는 남녀노소 누구나 누정기와 관련된 집이나 인
물에 대해 자신이 아는 정보를 제공할 수 있을 것이며, 고건축 방문기
나 관련 사진 등도 귀중한 지식 정보가 될 수 있다. 또한, 누군가가
누정기를 읽고 흥미로운 사항이 있었다면 그것을 간략하게라도 기록

---

36) 논문에 쓰였다 해도 어떤 논문 안에 해당 정보가 있는지를 찾기는 쉽지 않다.
37) 류인태, 「디지털 환경에서의 인문 지식 연구에 관한 小考」, 『열상고전연구』50집,
    2016, 107-110면 참조.
38) 이와 관련하여 김현의 다음과 같은 언급을 주목하게 된다. "다수의 연구자들이 디지털
    네트워크 상에 마련된 협업 공간에서 자료의 발굴과 정리, 해석 등의 연구 업무를 수행
    할 경우를 상정해 보자. 내가 방금 정리한 내용은 즉각적으로 다른 연구자들에게 참고
    가 될 수 있고, 나 역시 다른 연구자가 발견하거나 해석한 것을 나의 연구의 일부로
    수용할 수 있다. 서로의 작업이 아직 미완성이고 진행 중에 있다고 하더라도, 그 과정
    이 공유되기 때문에 다른 사람에 의해 무엇이 만들어지고 있는지를 알 수 있고, 내가
    할 일의 범위와 방향, 심도를 조율할 수 있으며, 이를 통해 협업의 성과를 증대시킬
    수 있게 된다. 특정 주제별로 지식의 표준적인 기술 체계를 약속하는 일이 그와 같은
    공동연구를 가능하게 하는 출발점이며, 이것이 디지털 인문학이 '연구'의 영역에서 가
    장 먼저 관심을 두는 부분이다." 김현, 「디지털 인문학과 고문헌 자료 연구」, 『열상고
    전연구』50집, 2016, 15-16면.

할 수 있는 장치가 필요하다. 이를테면 집주인의 독특한 일상생활에
대한 흥미, 특정 문장에 대한 감흥, 어떤 인물의 일화에 대한 감동,
해당 집이나 집주인과 관련하여 지역에 전해져온 이야기 등 구체적인
사항들을 발언할 수 있는 장치가 마련되고, 이러한 발언들이 방대한
데이터로 축적된다면 상당히 값진 정보가 될 것이다. 또한, 개인 홈페
이지나 블로그에 이미 기록되어 있는 정보들이 연계될 수 있게 하는
것도 중요한 일이다.[39]

　이상으로 제기한 디지털 아카이브 편찬의 4가지 지향점을 실현하기
위해서는 그에 맞는 편찬 방법이 필요하다. 이에 따라 본서에서는 다
음과 같은 방법을 수행하였다.
　먼저 온톨로지(Ontology) 설계가 필요하다. 시맨틱 웹에 기반한 디
지털 아카이브를 편찬하기 위해서는 정보의 의미와 관계를 체계적으
로 정리해주어야 하는데, 이를 위한 명세서를 '온톨로지'[40]라고 한다.
그리고 온톨로지 기술 언어 가운데 국제적으로 표준이 되는 언어가

---

39) 전문 연구자 또한 누정기를 연구하면서 개인적인 느낌이 얼마든지 있을 수 있는데,
　　논문에 적합하지 않다는 이유로 그냥 지나치는 경우가 많은 듯하다. 하지만, 그러한
　　느낌들이 새로운 연구 주제의 단초가 되거나, 문화콘텐츠 자원으로 활용될 수도 있는
　　것이므로 기록으로 남아 축적되는 것이 필요하다. 누정기를 가장 많이 보는 사람들은
　　전문 연구자들이기에 더욱 그러하다.
40) "온톨로지(Ontology)는 철학에서 '존재론'이라고 번역되는 용어로서 '존재에 대한 이
　　해를 추구하는 학문'의 의미를 갖는 말이었다. 그러한 용어가 정보과학 분야에서 중요
　　한 개념으로 등장하게 된 것은 인간이 세계를 이해하는 틀과 컴퓨터가 정보화 대상(콘
　　텐츠)을 이해하는 틀 사이에 유사성이 있다고 보았기 때문이다. 그 틀은 바로 대상을
　　구성하는 요소들에 대응하는 개념들 또는 그 개념들간의 연관관계이다. 다시 말해,
　　정보 기술 용어로서의 온톨로지는 '정보화 대상이 되는 분야의 기본 개념과 그 개념들
　　간의 상관관계를 정리한 명세서'를 의미한다." 김현, 「한국 고전적 전산화의 발전 방향
　　- 고전 문집 지식 정보 시스템 개발 전략 -」, 『민족문화』 28집, 한국고전번역원,
　　2005, 168-169면.

W3C(World Wide Web Consortium)가 권장하는 OWL(Web Ontology Language)이다.[41)]

여기에 더해 김현이 제안한 〈인문정보학 온톨로지 설계 가이드라인〉은 OWL 문법을 따르면서 여기에 '관계 속성'을 추가하여 대상 정보의 관계를 보다 구체적으로 제시할 수 있는 장점이 있다.[42)] 따라서 본서에서는 이 가이드라인에 의거하여 누정기 지식 정보의 온톨로지를 설계할 것이며, 그 구성 요소는 아래와 같다.[43)]

〈표 1-1〉 인문정보학 온톨로지 설계 가이드라인

온톨로지 구성 요소	용도	Web Ontology Language (OWL)
클래스(Class)	공동의 속성을 가진 개체들을 묶는 범주	owl:Class
개체(Individual)	클래스에 속하는 개체	owl:NamedIndividual
관계(Relation)	(같거나 다른 클래스에 속하는) 개체들 사이의 관계	owl:ObjectProperty
속성(Attribute)	개체가 속성으로 갖는 데이터 값	owl:DatatypeProperty
관계 속성 (Relation Attribute)	관계 정보에 부수되는 속성	N/A in OWL
영역(Domain)	특정 ObjectPrpperty 또는 Dataproperty가 적용될 수 있는 클래스를 한정	rdfs:domain
범위(Range)	특정 ObjectPrpperty 또는 DatatypeProperty가 Data 값으로 삼을 수 있는 클래스를 한정	rdfs:range

---

41) 김하영, 「門中古文書 디지털 아카이브 구현 연구」, 한국학중앙연구원 석사학위논문, 2015, 18면 참조.
42) 김하영, 앞의 논문, 28면 참조.
43) http://digerati.aks.ac.kr:82/index.php?title

간단히 예를 들자면, '누정기' 클래스(Class)와 '인물' 클래스(Class)가 있다고 할 때, '누정기' 클래스에 속하는 개체(Individual)로는 '쌍청당기', '동춘당기', '야명정기' 등을 들 수 있을 것이고, '인물' 클래스에 속하는 개체로는 '박팽년', '송유', '장자' 등을 들 수 있을 것이다. 속성(Attribute)은 '박팽년'을 예로 든다면 그의 한자명, 생몰연대, 자(字), 호(號) 등이 '박팽년'이란 개체의 속성이 된다.

두 클래스에 속하는 개체들의 관계(Relation)는 다양하게 설정될 수 있는데, '누정기 A에 인물 B가 언급되었다.(mentioned)'라는 관계만 놓고 본다면, '쌍청당기에 송유가 언급되었다.', '쌍청당기에 장자가 언급되었다.'라는 관계 양상이 성립된다.44) 그리고 '쌍청당기에 송유가 언급되었다.'라는 관계의 관계 속성(Relation Attribute)은 '집 건립자'라 상정할 수 있으며, '쌍청당기에 장자가 언급되었다.'라는 관계의 관계 속성은 '인용 인물'로 상정할 수 있다.45)

이러한 온톨로지 설계를 통하여 지식 정보들이 체계적으로 정리되고 각각의 개체들이 긴밀히 연결되어 지식 정보가 총체적으로 제공될 수 있으며, 그 관계 양상도 분명히 드러날 수 있는 것이다.

온톨로지 설계를 수행하고 나면 그 결과로서 체계화된 지식 정보를 사용자가 편리하게 열람할 수 있는 플랫폼(Platform)이 요구된다. 본서에서 추구하는 디지털 아카이브는 그러한 플랫폼으로 위키(Wiki) 소프트웨어를 활용하고자 한다.

---

44) '송유는 쌍청당기에 언급되었다.', '장자는 쌍청당기에 언급되었다.'와 같은 역방향(B→A) 관계도 성립한다. 양 방향 모두를 기술해야 하는 것이 온톨로지 설계의 기본 원칙이다.

45) '5.1. 온톨로지(Ontology) 설계 내용'에서 구체적으로 예를 들어가며 설명할 것이다.

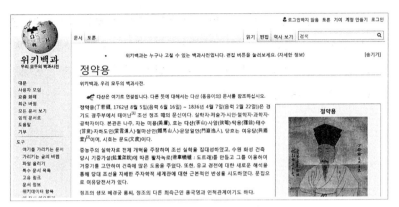

〈그림 1-1〉 위키피디아(위키백과) '정약용' 항목 예시

위키 소프트웨어는 위키피디아의 예에서 보듯이 위키 문서 내에서의 링크 및 외부 문서와의 링크를 간단하게 실행할 수 있어 연관 지식 정보를 총체적으로 제공하는 데에 적합한 도구가 되어준다. 또한, '분류' 기능을 잘 활용하면 모든 지식 정보를 색인화(索引化)할 수 있는 것도 유용한 점이다.46) 하지만 무엇보다도 위키 소프트웨어의 가장 큰 장점은 누구나 문서 작성을 쉽게 할 수 있고, 편집과 수정이 자유롭다는 것이다.47) 앞서 밝혔듯 누정기 디지털 아카이브는 다중 참여 방식을 지향하므로 위키 소프트웨어야말로 가장 이상적인 플랫폼이라 할 수 있다.

온톨로지 설계는 위키 콘텐츠를 체계적으로 조직하는 근간이 된

---

46) 예를 들어, 박지원이 집필한 모든 누정기에 대해 '필자-박지원'이라는 태그를 붙여두었다면 '필자-박지원' 분류명을 클릭했을 때, 박지원이 집필한 누정기의 전체 목록이 가나다순으로 열거되며, 총 편수도 제시된다.

47) 무분별한 편집과 수정을 지양하기 위해 관리자의 검토 후에 편집·수정이 가능할 수 있게 하는 방법을 취할 수 있으며, 편집 권한자를 특정인으로 제한하는 방법도 가능하다. 또한, 전문적인 항목은 편집에 제한을 두고, 그 외의 항목은 편집을 자유롭게 열어두는 방법을 선택할 수도 있다.

다.48) 즉, 온톨로지 설계를 통해 체계화한 지식 정보를 위키 플랫폼
에 고스란히 담아내는 것이다. 본서가 주된 대상으로 한 누정기의 디
지털 아카이브는 이러한 절차에 의해 편찬될 것이며, 5장과 6장에서
구체적으로 제시하도록 하겠다.

48) 김현·임영상·김바로, 앞의 책, 73-80면 참조.

제2장

누정기 자료의 연구 현황과 나아갈 방향

앞 장의 연구사 검토에서 누정기에 대한 연구 성과를 간략히 짚어 보았는데, 이번 장에서는 보다 구체적으로 누정기가 어떻게 연구되어 왔는지를 살펴보겠으며, 기존의 연구 방식에 어떠한 한계점이 있는 지, 누정기 연구가 앞으로 나아갈 방향은 무엇인지에 대해 차례로 논 하도록 하겠다.

1. 누정기 연구 현황

지금까지 누정기에 대한 연구는 거의 대부분 한문학 연구자들에 의 해 수행되어 왔다. 이에 따라 누정기를 한문학 산문의 한 갈래로 보고 문학적 연구 방식의 틀을 그대로 적용시켰는데, 그러한 결과로서 누 정기 작가 연구(작가론), 누정기 작품 연구(작품론), 누정기 문체 연구 (문체론), 누정기의 시대적 변모 양상 연구(문학사론), 특정 지역에 대 한 누정기나 특정 문헌에 수록된 누정기 연구(자료 연구) 등이 주된 흐 름을 형성하였다. 이 중에 가장 많은 비중을 차지하는 작가론은 누정 기만을 주목한 연구도 있지만, 한 작가의 산문 연구나 기문(記文) 연구 를 수행하면서 그 안에 누정기를 포함시킨 경우가 대부분이다. 한편, 건축학계나 조경학계에서 전통 한옥에 대한 연구를 수행하면서 누정

기를 주된 자료로 이용한 논문들이 있다. 이러한 연구는 대체로 "누정
기를 통해 누정의 건축 양식이나 별서 조성의 공간미학적 특성, 사대
부들의 자연관 등을 고찰"[1]한 것이다.

이와 같이 누정기만을 연구 대상으로 하였거나 보다 넓은 범위의
연구 속에서 누정기도 포함시킨 논문들을 표로 정리하자면 다음과 같
다. 최근에 나온 논문부터 연도순으로 열거하였으며, 표 아래에 유형
별로 그 대강(大綱)을 살피도록 하겠다.[2]

〈표 2-1〉 누정기 관련 연구 현황 목록

No.	저자	제목	연도	분류	유형
1	차오후이	연행록 소재 누정기(樓亭記)의 정의 및 특징	2016	학술지논문	자료 연구
2	권진옥	운양(雲養) 김윤식(金允植)의 기문(記文) 연구	2015	학술지논문	작가론
3	명평자	금대(錦帶) 이가환(李家煥) 기문(記文)의 주제 표출 양상	2015	학술지논문	작가론
4	안세현	누정기를 통해 본 한국한문산문사	2015	단행본	문학사론
5	강혜선	남학명(南鶴鳴) 산문문학 연구	2014	학술지논문	작가론
6	이병주	성호(星湖) 이익(李瀷)의 기문(記文) 연구	2014	학술지논문	작가론
7	김홍백	유몽인의 경세(經世) 의식과 산문세계	2014	박사논문	작가론
8	김광년	상촌(象村) 신흠(申欽) 산문 연구	2014	박사논문	작가론
9	김하윤	석정(石亭) 이정직(李定稷)의 기문(記文) 연구	2014	학술지논문	작가론
10	안은주	연암의 〈불이당기(不移堂記)〉고찰: 전략적 용사(用事) 사용을 중심으로	2014	학술지논문	작품론
11	황의열	지리산권 누정 관련 기문에 나타난 자연과	2013	학술지논문	자료 연구

1) 안세현, 앞의 책, 21면.
2) 각 논문마다 여러 유형을 포괄하는 경우도 있으며, 어떤 유형이라고 분명히 명시하기
어려운 경우도 있다. 본서에서는 개별 논문의 성격을 파악하기 쉽도록 유형 분류를
하였을 뿐 이것이 절대적인 기준이 아님을 밝혀둔다.

No.	저자	제목	연도	분류	유형
		인간에 대한 인식			
12	이진호	양촌 권근(權近)의 기문 연구	2013	석사논문	작가론
13	최혜미	허백당 성현(成俔) 산문 연구	2013	석사논문	작가론
14	안세현	조선후기 상상의 공간을 소재로 한 기문의 창작 배경과 특징 -권섭의 몽기(夢記)와 유경종의 의원지(意園誌)를 중심으로-	2013	학술지논문	작품론
15	강정화	누정기에 나타난 하동 누정의 공간 인식	2012	학술지논문	자료 연구
16	김광섭	조선후기의 유기(遊記)와 누정기에 나타난 산수관과 글쓰기 양상	2012	학술지논문	문체론
17	김우정	옥오재 송상기(宋相琦) 산문의 성격과 의의	2012	학술지논문	작가론
18	나종선	간재(艮齋) 전우(田愚)의 기문(記文) 연구	2012	학술지논문	작가론
19	박은정	『신증동국여지승람』 소재 누정기 연구	2010	석사논문	자료 연구
20	증사제	박지원(朴趾源) 기(記)의 연구	2010	석사논문	작가론
21	안세현	조선후기 누정기의 특징적 면모	2010	학술지논문	문학사론
22	안득용	16세기 후반~17세기 전반 산문의 구도와 전개	2010	박사논문	문학사론
23	안세현	조선 중기 한문산문에서 『장자』수용의 양상과 그 의미	2010	학술지논문	문학사론
24	조문주	유몽인(柳夢寅) 산문 연구	2010	박사논문	작가론
25	김영주	안중관(安重觀) 기문(記文)의 의론성(議論性) 연구	2010	학술지논문	작가론
26	안세현	조선중기 누정기 연구	2009	박사논문	문학사론
27	조정윤	장유(張維) 산문(散文) 연구	2009	박사논문	작가론
28	문범두	탁영(濯纓) 김일손(金馹孫)의 누정기 연구	2009	학술지논문	작가론
29	임채명	영남루기(嶺南樓記)의 변모 양상 -주로 구성 방식을 중심으로-	2009	학술지논문	작품론 문학사론
30	유호선	교은(郊隱) 정이오(鄭以吾) 문학 연구	2009	학술지논문	작가론

No.	저자	제목	연도	분류	유형
31	임채명	〈영남루중수기(嶺南樓重修記)〉의 결구(結構)와 그 특성: 1851년경의 안씨(安氏)작품을 중심으로	2009	학술지논문	작품론
32	오석환	농암 김창협의 건축기(建築記)에 나타난 문장기법 연구	2009	학술지논문	작가론
33	김광섭	금릉(金陵) 남공철(南公轍) 산문 연구	2009	박사논문	작가론
34	안세현	15세기후반~17세기 전반 성리학적 사유의 우언적 표현양상과 그 의미	2009	학술지논문	문학사론
35	이대형	성현(成俔) 기문(記文)의 관료문인적 성격	2009	학술지논문	작가론
36	안세현	17세기 전반 누정기 창작의 일양상 -신식(申湜)의 "용졸재(用拙齋)"에 붙인 기문(記文)을 중심으로	2008	학술지논문	문학사론 작품론
37	안세현	채수(蔡壽) 누정기 연구	2008	학술지논문	작가론
38	최기숙	조선후기 사대부의 생활공간과 글쓰기 문화 -이계 홍양호의 "기(記)"를 중심으로-	2008	학술지논문	문체론
39	변구일	계곡 장유(張維) 산문 연구	2008	석사논문	작가론
40	김우정	'졸(拙)'을 통해 본 문학담론의 한 양상: 신식(申湜)의 용졸재(用拙齋)에 관한 기문(記文)을 중심으로	2008	학술지논문	작품론
41	서정화	이규보 산문 연구	2008	박사논문	작가론
42	유호선	조선중기 승가의 기문(記文) 연구	2008	학술지논문	작품론
43	이경미	학음(鶴陰) 심원열(沈遠悅) 기문(記文)의 서술 방식과 역사인식	2008	학술지논문	작가론
44	손혜리	청성(靑城) 성대중(成大中) 기문(記文) 연구	2008	학술지논문	작가론
45	김수진 김태수 심우경	이태의 월연정(月淵亭) 별서(別墅) 경영과 이상향	2008	학술지논문	조경학계
46	오용원	누정기의 문체적 특성과 공간적 상상력	2007	학술지논문	문체론
47	안득용	계곡(谿谷) 장유(張維) 누정기 연구	2007	학술지논문	작가론
48	조상우	〈식영정기(息影亭記)〉의 우언(寓言) 글쓰기와 문학사적 의의	2007	학술지논문	작품론

No.	저자	제목	연도	분류	유형
49	조정윤	계곡(谿谷) 장유(張維)의 기문(記文) 연구	2007	학술지논문	작가론
50	원주용	양촌(陽村) 권근(權近)의 기(記)에 관한 고찰	2007	학술지논문	작가론
51	김종서	박팽년(朴彭年)의 문학과 정신	2007	학술지논문	작가론
52	권진옥	택당(澤堂) 이식(李植)의 병문(騈文)·고문(古文) 연찬과 산문 창작의 실제	2007	석사논문	작가론
53	김우정	선조,광해 연간 문풍(文風)의 변화와 그 의미 -전후칠자(前後七子) 수용 논의의 반성적 고찰을 겸하여-	2007	학술지논문	문체론
54	김우정	허균 산문의 연구 - 산문 텍스트의 확장과 문예미를 중심으로 -	2007	학술지논문	작가론
55	박세진	교산(蛟山)의 기(記) 작품 연구	2007	학술지논문	작가론
56	오승준	농암(農巖) 김창협(金昌協)의 기문(記文) 연구	2007	석사논문	작가론
57	윤상림	목은 이색의 누정기 기사(紀事)의 기술 방식	2006	학술지논문	작가론
58	김우정	누정기를 통해 본 조선중기 지식인의 공간의식	2006	학술지논문	문학사론
59	오용원	누정문학의 양식(樣式)과 문체적 특징 - 누정 상량문(上樑文)과 기문(記文)을 중심으로-	2006	학술지논문	문체론
60	서한석	백사(白沙) 이항복(李恒福)의 산문에 관한 연구	2006	박사논문	작가론
61	김영미	어우 유몽인의 산문론과 산문의 서술방식 연구	2006	박사논문	작가론
62	김우정	조선중기 복고적 산문의 두 경향 -최립(崔岦)과 유몽인(柳夢寅)을 중심으로-	2006	학술지논문	작가론 문학사론
63	원주용	목은(牧隱) 이색(李穡)의 기(記)에 관한 고찰	2006	학술지논문	작가론
64	김우정	유몽인 산문에 있어서 자득(自得)의 의미와 실현 양상	2006	학술지논문	작가론
65	김재욱	목은(牧隱) 이색(李穡)의 불교관 - 그의 기문(記文)을 중심으로	2006	학술지논문	작가론
66	김철범	한국 잡기류(雜記類) 산문의 특성과 양상	2006	학술지논문	문체론

No.	저자	제목	연도	분류	유형
67	홍형순 이원호	고려말 누정문화에 시도된 실험정신 -이규보 〈사륜정기〉를 중심으로-	2006	학술지논문	조경학계
68	김건곤 안대회 이종묵 정 민	한국 명승고적 기문 사전: 고려·조선 전기 편	2005	단행본	자료 해제
69	강주란	계곡(谿谷) 장유(張維) 산문 연구	2005	석사논문	작가론
70	조정윤	계곡(谿谷) 장유(張維)의 산문에 나타난 현 실 비판 의식과 대응 양상	2005	학술지논문	작가론
71	김우정	15세기 기서문(記序文)의 성격과 의의 - 괴 애, 사가, 점필재를 중심으로 -	2005	학술지논문	문체론 작가론
72	김우정	최립의 〈산수병서(山水屛序)〉와 유몽인의 〈무진정기(無盡亭記)〉를 통해본 고문사(古 文辭)의 문예미(文藝美)	2005	학술지논문	작품론
73	여상진 심우갑	기문(記文)을 통해 본 조선시대 객사(客舍) 의 성격 연구	2005	학술지논문	건축학계
74	이희수	번암(樊巖) 채제공(蔡濟恭)의 기문(記文) 연구	2005	석사논문	작가론
75	안세현	연암 박지원의 〈발승암기(髮僧菴記)〉에 대 한 수사학적 분석	2005	학술지논문	작품론
76	성동환 조인철	조선 중기 유가의 세계관이 반영된 집터 선 정과 건축적 표현 -택당 이식의 택풍당을 중심으로-	2005	학술지논문	건축학계
77	홍성욱	선초(鮮初) 응제(應製) 누정기의 심미의식 연구 - 〈환취정기〉를 중심으로-	2004	학술지논문	작품론
78	김우정	간이(簡易) 최립(崔岦) 산문 연구	2004	박사논문	작가론
79	송지영	어우(於于) 유몽인(柳夢寅) 산문 연구	2004	석사논문	작가론
80	원주용	목은(牧隱) 이색(李穡) 산문 연구	2004	박사논문	작가론
81	조정림	고봉 기대승의 〈면앙정기〉 연구	2004	학술지논문	작품론
82	금동현	유몽인(柳夢寅) 산문 이론의 구조와 의미 - 이른바 "진한고문파" 이론에 대한 재검토 를 겸하여-	2004	학술지논문	작가론

No.	저자	제목	연도	분류	유형
83	김영진	조선후기 명청소품(明淸小品)의 수용과 소품문(小品文)의 전개 양상	2004	박사논문	문체론
84	김기림	서거정 기문(記文)에 나타난 서술 전략 고찰	2003	학술지논문	작가론
85	이구의	매계(梅溪) 조위의 문학에 나타난 정신세계 -그의 산문을 중심으로-	2003	학술지논문	작가론
86	강경미	항해(沆瀣) 홍길주(洪吉周) 산문 연구	2003	석사논문	작가론
87	박상영	동계(東谿) 조귀명(趙龜命) 산문 연구	2003	석사논문	작가론
88	김정인	16세기 사림(士林)의 기문(記文) 연구	2002	박사논문	문학사론
89	이현식	〈문승상사당기(文丞相祠堂記)〉, 북학의 논리와 대비의 미학	2002	학술지논문	작품론
90	김기림	서거정 기문(記文)과 그 의미	2002	학술지논문	작가론
91	정정숙	이색(李穡) 산문(散文)의 일고찰 -기(記)의 양상과 내용 분석을 중심으로-	2002	학술지논문	작가론
92	박경남	박지원의 〈발승암기(髮僧菴記)〉 연구 -파격의 형식과 우의를 중심으로	2002	학술지논문	작품론
93	박관규	우암(尤庵) 송시열(宋時烈)의 기문(記文) 연구	2002	석사논문	작가론
94	권헌준	허백정(虛白亭) 홍귀달(洪貴達)의 기문(記文) 연구	2001	석사논문	작가론
95	김종철	『동문선(東文選)』소재 누정기 연구	2000	석사논문	자료 연구
96	허경진	충남지역 누정문학 연구	2000	단행본	자료 연구
97	조문주	탁영 김일손의 기문에 대한 일고찰	1998	학술지논문	작가론
99	허경진	대전지역 누정문학 연구	1998	단행본	자료 연구
100	박철완	다산(茶山) 기문학(記文學) 연구	1997	석사논문	작가론
101	윤채근	조선전기 누정기의 사적 개관과 16세기의 변모양상: 윤근수의 고문사창도 문제와 연관하여	1996	학술지논문	문학사론 문체론
102	강혜선	박지원(朴趾源) 산문의 고문(古文) 변용 양상에 대한 연구	1996	박사논문	작가론
103	신익철	유몽인(柳夢寅)의 문학관과	1995	박사논문	작가론

No.	저자	제목	연도	분류	유형
104	박미영	표현 수법의 특징 고려후기 기문학(記文學) 연구: 불교 인식을 중심으로	1995	석사논문	문학사론
105	김남형	계곡 장유의 〈잠와기〉에 대하여	1992	학술지논문	작품론
106	경일남	이색(李穡) 수필 문학의 특성 -『동문선(東文選)』소재 기(記)를 중심으로-	1991	학술지논문	작가론
107	황의열	박연암(朴燕巖)의 〈이존당기(以存堂記)〉에 대하여	1991	학술지논문	작품론
108	김은미	조선초기 누정기의 연구	1990	박사논문	문학사론
109	김은미	'기(記)'의 문체(文體)에 대한 시고(試考)	1990	학술지논문	문체론
110	강민구	동계(東谿) 조귀명(趙龜命)의 문학론과 산문세계	1990	석사논문	작가론
111	홍승화	연암(燕巖) 인식론 형성 과정과 의미: 기문(記文)을 중심으로	1990	학술지논문	작가론
112	박언곤 외	〈사륜정기〉 고찰에 의한 정자건축의 연구	1989	학술지논문	건축학계

이와 같이 112편의 누정기 관련 논문을 들어 보였는데, 각 유형별로 그 대강을 살피자면 다음과 같다.

첫째, 작가론 연구는 주지하다시피 한 작가의 문체, 사상, 자연에 대한 인식, 현실 세계에 대한 태도 등이 어떠한 특징을 보이는가에 대한 연구이다. 이는 해당 작가의 문집에 보이는 누정기 자료에 집중하거나3), 그 작가의 산문 및 기문을 연구 대상으로 하면서 누정기도 포함시킨 경우가 있는데4), 어느 쪽이건 간에 특정 작가가 작품 속에서

---

3) 1장에서 언급한 작가별로 누정기를 살펴본 연구가 이에 해당된다. 목록을 재차 밝히자면 문범두, 「탁영(濯纓) 김일손(金馹孫)의 누정기 연구」, 『한민족어문학』55집, 2009; 안세현, 「채수(蔡壽) 누정기 연구」, 『동방한문학』36집, 2008; 안득용, 「계곡(谿谷) 장유(張維) 누정기 연구」, 『고전문학연구』32집, 2007. 등이 있다.

4) 몇 가지만 예를 들자면 권진옥, 「운양(雲養) 김윤식(金允植)의 기문(記文) 연구」, 『한국인물사연구』24집, 2015; 이병주, 「성호(星湖) 이익(李瀷)의 기문(記文) 연구」, 『동양문

빈번히 드러내는 개성적 요소에 주목하는 연구 방식이다. 표에서 확인되듯이 이러한 작가론 연구는 상당수 축적되어 왔지만, 이색·유몽인·장유·허균 등 특정 작가에 편중되는 경향이 있었고, 대상으로 한 작가가 아직 40명 정도에 불과하다는 점에서5) 앞으로 더 폭넓은 연구가 이루어질 필요가 있다.

둘째, 작품론 연구는 말 그대로 누정기 작품에 대한 연구로서 작품을 분석하지 않는 문학 연구는 거의 없기 때문에 사실상 모든 유형의 연구가 이에 해당된다고도 할 수 있다. 다만, 일반적으로 특정 작품 및 작품군에 집중한 연구를 작품론 연구라 지칭하는데, 먼저 누정기 1편에 집중한 연구는 박지원의 누정기가 주된 대상이 되었음을알 수 있다.6) 그 외에 영남루기(嶺南樓記) 13편의 시대적 변모 양상을 살핀 논문7), 신식의 용졸재(用拙齋)에 대해 최립·홍가신·정구·유몽인·이준·이수광이 집필한 누정기들을 비교 분석한 논문8), 역시 신식의 용

화연구』17집, 2014; 김우정, 「옥오재(玉吾齋) 송상기(宋相琦) 산문의 성격과 의의」, 『동양학』52집, 2012; 김광섭, 「금릉(金陵) 남공철(南公轍) 산문 연구」, 고려대학교 박사논문, 2009; 박세진, 「교산(蛟山)의 기(記) 작품 연구」, 『한문고전연구』15집, 2007; 정정숙, 「이색(李穡) 산문(散文)의 일고찰 -「기(記)」의 양상과 내용분석을 중심으로-」, 『한성어문학』21집, 2002. 등이 있다.

5) 본서에서는 누정기를 어느 정도 비중 있게 다룬 논문만을 정리한 것이다. 한문학 작가에 대한 모든 논문에서 누정기를 잠깐이라도 언급한 경우까지 포함한다면 해당 작가 수는 더 늘어날 수 있을 것이다.

6) 안은주, 「연암의 〈불이당기(不移堂記)〉 고찰: 전략적 용사(用事) 사용을 중심으로」, 『한국언어문학』89집, 2014; 안세현, 「연암 박지원의 〈발승암기(髮僧菴記)〉에 대한 수사학적 분석 」, 『수사학』3집, 2005; 박경남, 「박지원의 〈발승암기(髮僧菴記)〉 연구 -파격의 형식과 우의를 중심으로」, 『한국한문학연구』29집, 2002; 황의열, 「박연암(朴燕巖)의 〈이존당기(以存堂記)〉에 대하여」, 『한국한문학연구』14집, 1991.

7) 임채명, 「영남루기(嶺南樓記)의 변모 양상 -주로 구성 방식을 중심으로-」, 『한문학논집』28집, 2009. 1389년부터 1848년까지 460년간 동일한 누대에 대해 집필된 13편의 누정기가 어떻게 변모되었는지를 살핀 논문이다.

8) 안세현, 「17세기 전반 누정기 창작의 일양상 -신식(申湜)의 "용졸재(用拙齋)"에 붙인

졸대에 대한 최립·홍가신·유몽인·이수광의 누정기를 분석한 논문9),
기대승의 〈면앙정기(俛仰亭記)〉에 대해 살핀 논문10) 등이 나와 있다.
작품론 연구 또한 대상이 된 작품이 많지 않은데, 앞으로 더욱 폭넓은
연구가 시도될 가능성이 충분하다고 하겠다.

셋째, 문체론 연구는 작품의 문체(글쓰기 양상)에 주목한 연구로서
작가론 연구에서와 같이 누정기에 집중한 연구11)와 한문학 산문 전반
이나 기(記) 양식의 문체에 대해 논하면서 누정기도 포함시킨 연구12)
가 있다. 이 가운데 최기숙의 논문을 보자면 다음과 같은 설명이 눈에
띈다.

기문(記文)을 중심으로」, 『어문논집』28집, 2008.

9) 김우정, 「'졸(拙)'을 통해 본 문학담론의 한 양상: 신식(申湜)의 용졸재(用拙齋)에 관한
기문(記文)을 중심으로」, 『태동고전연구』24집, 2008. 안세현의 논문이 용졸재에 대한
6편의 누정기를 통해 17세기 전반 누정기의 특징을 도출해낸 것이라면, 김우정의 논문
은 용졸재에 대한 4편의 누정기를 통해 '졸(拙)'이라는 성리학적 인식이 어떻게 드러났
는가를 분석한 것이다.

10) 조정림, 「고봉 기대승의 면앙정기 연구」, 『인문학연구』31집, 2004. 기대승이 송순의
면앙정에 대해 쓴 2편의 누정기를 살핀 논문이다. 한 작가가 같은 건물에 대해 재차
누정기를 쓴 경우는 매우 드물다는 점에서 관심을 가져볼만 하다.

11) 산수유기와 누정기를 묶거나 누정기와 상량문을 묶어서 논한 연구도 이에 해당되는
것으로 간주한다. 해당 논문의 예를 들자면 김광섭, 「조선후기의 유기(遊記)와 누정기
에 나타난 산수관과 글쓰기 양상」, 『고전과 해석』13집, 2012; 최기숙, 「조선후기 사대
부의 생활공간과 글쓰기 문화 -이계(耳溪) 홍양호(洪良浩)의 "기(記)"를 중심으로-」,
『고전문학연구』33집, 2008; 오용원, 「누정기의 문체적 특성과 공간적 상상력」, 『어문
논총』47집, 2007; 오용원, 「누정문학의 양식(樣式)과 문체적 특징 -누정 상량문(上樑
文)과 기문(記文)을 중심으로-」, 『어문논총』44집, 2006. 등이 있다.

12) 김우정, 「선조,광해 연간 문풍(文風)의 변화와 그 의미 -전후칠자(前後七子) 수용 논
의의 반성적 고찰을 겸하여-」, 『한국한문학연구』39집, 2007; 김철범, 「한국 잡기류
(雜記類) 산문의 특성과 양상」, 『동방한문학』31집, 2006; 김우정, 「15세기 기서문(記
序文)의 성격과 의의 - 괴애(乖崖), 사가(四佳), 점필재를 중심으로 -」, 『동양학』38집,
2005; 김영진, 「조선후기 명청소품(明淸小品)의 수용과 소품문(小品文)의 전개 양상」,
고려대학교 박사논문, 2004; 김은미, 「'기(記)'의 문체(文體)에 대한 시고(試考)」, 『한
국한문학연구』13집, 1990. 등이 있다.

공간을 대상으로 한 기의 창작에서 창작자의 관직 여부나 학문 경향, 활동 지역, 가치관 등은 기문의 내용과 주제, 형식 구성에 중요한 변수로 작용한다. 이계의 경우 글쓰기의 동기나 청탁자와의 관계에 따라 주제 구성이 상이해지는데, 자발적 창작의 경우에 기문 쓰기는 자기 정체성에 대한 사유와 성찰의 기회로 작용하거나 생애 기념의 의미를 지니며, 관리로서의 공적을 기념하고 다른 관리의 업무를 격려하는 계기로 작용한다. (……) 이계는 청탁을 받아 창작한 경우에도 글쓰기 과정을 자기 성찰의 계기로 삼았으며, 사승, 교우, 공적 관계 등의 관계 방식에 따라 차별적으로 주제를 구성했다.[13]

이계는 자신이 사적 공적으로 관련을 맺은 공간에 대해서 자발적으로 다수의 기를 창작했다 그 중 사적 공간을 대상으로 한 경우에는 주로 자기 정체성에 대한 사유와 성찰의 내용을 담았으며 생애의 의미 있는 시점에 공간에 제호하고 기를 창작함으로써 삶의 변화에 대한 의미를 성찰하고 이를 기념하고자 했다. 외직을 맡으면서 공관에 부쳐 쓴 글에서는 치민과 정사와 관련된 공적을 기념하는 내용을 담았다.[14]

이는 이계뿐만이 아니라 대부분의 누정기 작가에게서 공통적으로 보이는 양상이다. 스스로 쓴 글인가, 청탁받아 쓴 글이라면 어떤 사람에게 써준 것인가, 누정기의 대상이 사적 건물인가 공적 건물인가에 따라 작가는 글쓰기 방식을 달리 하였으며, 그 안에 담는 내용도 구분했던 것이다.[15]

넷째, 문학사론 연구는 누정기 연구에 문학사적 시각을 도입한 것

---

13) 최기숙, 앞의 논문, 333-334면.
14) 최기숙, 앞의 논문, 362면.
15) 누정기 문체론을 다룬 거의 모든 논문에서는 한 편의 누정기가 어떻게 구성되는지 그 서술방식에 대해 설명하였는데, 이는 다음 장의 누정기 개관 부분에서 별도로 정리하도록 하겠다.

이다. 최근에 단행본으로 출간된 안세현의 『누정기를 통해 본 한국한 문산문사』16)가 대표적인 연구 성과인데, 1장에서 언급하였으므로 더 부언하지 않겠다. 한편, 누정기 전사(全史)를 포괄하진 않더라도 누정 기의 시대별 특징을 고찰하여 문학사적인 연구를 시도한 논문들이 있 으며17), 이를 통해 누정기에 담긴 사상적·문체적 변모 양상을 확인할 수 있다.

다섯째, 특정 지역에 대한 누정기나 특정 문헌에 수록된 누정기를 연구한 논문들이 있는데, 먼저 지역별로 누정기를 살핀 연구를 보자 면 황의열의 「지리산권 누정 관련 기문에 나타난 자연과 인간에 대한 인식」18)과 강정화의 「누정기에 나타난 하동 누정의 공간 인식」19)을 들 수 있다. 둘 다 지리산 인근의 누정에 붙인 기문을 살핀 논문으로 전자가 지리산 관련 누정기들을 들어 보이면서 개괄적으로 논의를 전 개하였다면 후자는 '하동'으로 지역을 한정하여 보다 구체적인 접근을 시도한 차이가 있다. 강정화는 이에 앞서 『지리산 누정기 선집』20)을 펴내기도 하였는데, 지리산 권역 누정에 대해 조선시대 사대부들이 집필한 누정기를 모아놓은 책이다. 누정기 자료만 열거해 놓았을 뿐

---

16) 안세현, 『누정기를 통해 본 한국한문산문사』, 고려대학교 민족문화연구원, 2015.
17) 1장에서 살펴보았던 논문 외로 좀 더 예를 들자면 안득용, 「16세기 후반~17세기 전반 산문의 구도와 전개」, 고려대학교 박사논문, 2010; 안세현, 「15세기 후반~17세기 전반 성리학적 사유의 우언적 표현 양상과 그 의미」, 『민족문화연구』51집, 2009; 김우정, 「조선 중기 복고적 산문의 두 경향 −최립(崔岦)과 유몽인(柳夢寅)을 중심으로−」, 『한 국한문학연구』37집, 2006; 김정인, 「16세기 사림(士林)의 기문(記文) 연구」, 이화여자 대학교 박사논문, 2002. 윤채근, 「조선전기 누정기의 사적 개관과 16세기의 변모 양 상: 윤근수의 고문사창도 문제와 연관하여」, 『어문논집』35집, 1996. 등이 있다.
18) 황의열, 「지리산권 누정 관련 기문에 나타난 자연과 인간에 대한 인식」, 『태동고전연 구』30집, 2013.
19) 강정화, 「누정기에 나타난 하동 누정의 공간 인식」, 『남명학연구』34집, 2012.
20) 강정화·최정은, 『지리산 누정기 선집』, 이회문화사, 2010.

관련된 연구를 보이거나 해제를 붙인 것은 아니지만 이렇듯 특정 지역에 대한 누정기 자료를 모아놓은 것만으로도 적지 않은 의의가 있다.

허경진은 『대전지역 누정문학 연구』21)와 『충남지역 누정문학 연구』22)를 연이어 출간하였는데, 1장에서도 언급하였듯이 누정기만을 대상으로 한 연구는 아니지만 해당 지역의 거의 모든 누정에 대해 설명하고 주요한 누정에 대해서는 관련된 시문(詩文)·누정기·집 주인의 문학적 교유 활동 등을 자세히 서술해 두어 좋은 참고 자료가 된다.

김건곤·안대회·이종묵·정민의 『한국 명승고적 기문 사전: 고려·조선 전기 편』23)은 연구서는 아니며 자료 해제집이라 할 수 있는데, 『한국문집총간(韓國文集叢刊)』1~50집을 대상으로 기문을 추출하고 이를 지역별로 구분하여 해제를 붙인 것이다. 여기에는 누정기뿐만 아니라 해당 누정과 관련이 있는 시문도 소개되어 있는데, 속편 포함 전체 500집인 『한국문집총간』에서 50집까지 만을 대상으로 하다 보니 조선 전기 이후의 자료는 누락되어 있는 아쉬움이 있다. 모든 고문헌 자료가 마찬가지이지만 누정기도 조선 후기로 갈수록 자료의 양이 풍부해지며 문학사적으로 중요한 작가도 상당수 포함되어 있다는 점에서 후속 작업이 필요하리라 본다.

다음으로 특정 문헌에 수록된 누정기를 연구한 논문을 보자면 차오후이의 「연행록 소재 누정기의 정의 및 특징」24), 박은정의 「『신증동국여지승람』소재 누정기 연구」25), 김종철의 「『동문선』소재 누정기

21) 허경진, 『대전지역 누정문학 연구』, 태학사, 1998.
22) 허경진, 『충남지역 누정문학 연구』, 태학사, 2000.
23) 김건곤·안대회·이종묵·정민, 『한국 명승고적 기문 사전: 고려·조선 전기 편』, 이회문화사, 2005.
24) 차오후이, 「연행록 소재 누정기의 정의 및 특징」, 『연민학지』25집, 2016.

연구」26)를 꼽을 수 있다. 차오후이의 논문은 연행록에 수록된 모든 누정기를 연구한 것은 아니지만 그동안 학계에서 연행록을 연구하면서 누정기를 부수적으로 다루는 데서 한 발 나아가 연행록 소재 누정기를 전면에 내세운 장점이 있다. 후속 연구가 계속 나올 수 있는 주제란 점에서 주목할 만하다. 박은정과 김종철의 논문은 각각『신증동국여지승람』과『동문선』에 소재한 누정기를 집중적으로 분석하였고 문헌 내의 전체 누정기 목록표도 제시하였는데, 여러 작가의 누정기가 망라되어 있고 가장 많은 누정기를 볼 수 있는 문헌이 바로 이 2개 문헌이란 점에서 꼭 필요한 연구가 수행되었다고 할 수 있다.

여섯째, 건축·조경학계에서 전통 한옥을 연구하면서 누정기를 자료로 활용한 연구27)가 있다. 일차적으로는 누정기에 드러난 건축 정보·정원(庭園) 조성에 대한 정보 등에 주목하였고, 나아가 그 집에 살았던 인물이 어떠한 생각으로 집을 짓고 삶을 영위하였는지를 살핀 논문들이다. 한문학계에서 배출된 논문과는 또 다른 시각이 있을 것으로 기대되지만 누정기에 대한 분석만을 놓고 보았을 때 별다른 특징은 발견되지 않는다. 다만, 김수진·김태수·심우경의 논문 및 성동환·조인철의 논문은 지도에서의 집 위치·집의 평면도·집에서 바라본 경관 등을 사진 자료로 제공하고 있어 해당되는 집의 실제 환경을 보다 잘

---

25) 박은정,「『신증동국여지승람』소재 누정기 연구」, 계명대학교 석사논문, 2010.
26) 김종철,「『동문선』소재 누정기 연구」, 울산대학교 석사논문, 2000.
27) 김수진·김태수·심우경,「이태의 월연정(月淵亭) 별서(別墅) 경영과 이상향」,『한국전통조경학회지』26집, 2008; 홍형순·이원호,「고려말 누정문화에 시도된 실험정신 -이규보 〈사륜정기〉를 중심으로-」,『Journal of Korean Institute of Traditional Landscape Architecture』4집, 2006; 여상진·심우갑,「기문(記文)을 통해 본 조선시대 객사(客舍)의 성격 연구」,『대한건축학계논문집』4집, 2005; 성동환·조인철,「조선 중기 유가의 세계관이 반영된 집터 선정과 건축적 표현 -택당 이식의 택풍당을 중심으로-」,『한국지역지리학회지』11집, 2005; 박언곤,「〈사륜정기〉 고찰에 의한 정자건축의 연구」,『대한건축학회 학술발표대회 논문집』9권, 1989.

체감할 수 있는 장점이 있다.

2. 기존 연구 방식의 한계점

앞 절에서 확인하였듯이 누정기 자료에 대한 다각도의 분석은 상당한 수준에 이르렀다고 할 수 있다. 이러한 연구 방식은 지금까지 많은 성과를 축적해 왔고, 앞으로도 지속되어야 할 가치가 충분하다고 하겠다. 다만, 날로 진일보하는 기술적 환경에 발맞추어 누정기 연구에도 새로운 패러다임이 필요하리라 생각된다.[28] 이러한 관점에서 기존의 연구 방식이 어떠한 한계점을 가지고 있는지 네 가지 측면에서 고찰하였다. 이번 절에서는 한계점만을 지적하고 다음 절에서 그 극복 방안에 대해 논하도록 한다.

첫째, 일부 자료만을 보고 연구 결과를 도출한 경우가 적지 않았다. 즉, 숲을 보지 못하고 나무에만 천착한 한계가 있었다는 것이다. 특정 작가에 대한 연구나 특정 작품에 대한 연구라 해도 그 작가와 작품이 처한 공시적·통시적 기반을 모두 고려해야만이 제대로 된 연구라 할 수 있는데, 연구 주제로 선정한 자료만을 보고 나름대로의 결론을 도출한 경우가 대부분이었다고 할 수 있다. 특정 시기의 문학사적 경향을 따지는 연구는 특히 많은 자료를 봐야 하는데, 이 경우에도 적게는 몇 편, 많아야 몇 십 편 정도의 누정기만을 분석하고 한 시대의 특징을 정의내리는 식의 연구가 적지 않았다.

---

28) 이는 모든 누정기 연구가 새로운 패러다임 하에 전면적으로 변화되어야 한다고 주장하는 것이 아니다. 기존의 연구 방식은 그것대로 학문적 축적을 이루어가며 지속적으로 진행하되, 새로운 연구 방식도 도입될 필요가 있다는 것이다. 그리고 새로운 기술적 환경이 기존의 연구 방식에 많은 도움을 줄 가능성도 얼마든지 있다.

 이는 연구자의 잘못이라기보다 인간 능력의 한계를 먼저 생각하는
것이 타당할 것이다. 한 연구자가 논문(학술지논문) 한 편에 몇 년을 투
자할 수는 없는 노릇이므로 결국 한정된 자료만을 독해할 수밖에 없는
데, 그에 따라 무리한 일반화의 오류가 발생할 수 있는 것이다. 특히
신진 연구자의 경우 축적된 연구 자산이 적다 보니 더욱 이러한 문제
점에 노출되어 있다.

 둘째, 과학적 근거 제시가 미흡했다는 점을 지적할 수 있을 것이다.
물론 인문학 연구는 자연과학 연구와는 다르며 연구자의 주관적 해석
이 개입할 수밖에 없다. 다만 인문학 연구의 경우에도 모든 것이 추측
으로 이루어지는 것은 아니며 충분한 논리적 정합성을 갖추어야만 한
다. 작품에 대한 문학성 평가라면 해석에 해당되지만 한 작가의 특징
·한 작품의 특징·한 시대의 특징 등을 규정하는 것이라면 합당한 근
거를 제시해야 하는 것이다. 이는 첫 번째 한계점과 결부된 것이라 하
겠는데, 전체를 볼 수 있으면 정확한 통계 수치를 제시할 수 있지만
그렇게 하는 것이 불가능에 가까우니 한정된 자료만을 보고 전체적 양
상을 추측할 수밖에 없는 것이다.

 예를 들어 누정기 관련 논문 중에 "조선 중기 누정기에서『주역』과
『장자』를 빈번하게 활용하는 것을 흔히 볼 수 있다"[29]라는 언급을 볼
수 있는데, 이는 논문 필자가 조선 중기의 누정기 자료를 최대한 모으
고 그것들을 하나하나 독해한 끝에 얻어낸 결론이겠지만, 조선 중기
에 집필된 입수 가능한 모든 누정기를 봤다면 '흔히 볼 수 있다'라고
하는 다소 막연한 언급이 아니라 정확한 통계 수치를 제시할 수 있었
을 것이다.

---

29) 안세현, 「조선중기 누정기 연구」, 고려대학교 박사학위논문, 2009, 189면.

셋째, 누정기 전체에 흩어져 있는 여러 요소들의 관계 양상을 폭 넓게 인식하지 못했다는 점이다. 이 또한 전체를 보지 못하다보니 파생된 문제인데, 조선조 사대부들의 다양한 인맥 관계를 알지 못하고 누정기를 독해하게 되면 왜 이 필자가 이 사람을 언급했는지, 왜 이 집에까지 찾아가게 되었는지, 왜 집주인에 대해 이러한 말을 하게 되었는지 등을 정확히 이해하기 어렵다. 누정기에 자세히 언급해놓은 경우도 있지만 서로 잘 아는 사연은 굳이 말로 하지 않는 것이 일반적이므로 행간에 숨어 있는 중요한 의미들을 놓치게 될 가능성도 많은 것이다.

사람끼리의 관계만이 아니라 집과 집의 관계, 시문과 시문의 관계, 누정기와 사람의 관계, 해당 지역과 사람의 관계 등 수많은 관계들 속에서 발견해낼 수 있는 논점이 적지 않은데, 연구자들이 이러한 관계망을 총체적으로 파악하지 못한 한계가 있었다.

넷째, 누정기를 문학 텍스트로만 간주하는 경향이 지배적이었다는 것이다. 주로 한문학 연구자들이 누정기를 연구해 왔기 때문에 일견 당연한 현상이라 하겠으나 누정기를 문학 텍스트로만 한정할 때 누정기의 가치가 제대로 발현되기 어렵다고 생각된다. 누정기를 집필한 필자는 집과 집 주변의 자연, 집에 살고 있는 사람, 그 사람의 내면세계 등을 글 한 편에 모두 담고자 했다. 그런데 이러한 글을 작가론, 작품론, 문학사론, 문체론 등의 시각에서 분석하다보면 본질을 놓칠 수 있는 것이다.

물론 누정기를 문학적 관점에서 연구하는 것도 분명히 중요한 일이겠으나 이것이 대체적인 경향이 되었던 것은 문제가 있다고 생각된다. 누정기 필자의 원래 의도에 맞게 누정기를 독해해야 할 필요가 있다.

3. 누정기 연구의 나아갈 방향

앞 절에서 지적하였던 일부 자료만을 보고 연구 결과를 도출하였던 경우가 적지 않았다는 점과 과학적 근거 제시가 미흡했다는 점은 사실 같은 문제로서 누정기 빅 데이터가 구축되면 해결될 수 있는 사안이다. 빅 데이터가 마련되면 부분만을 보고 무리한 일반화를 하게 될 염려도 없어지며 자신이 입증하고자 하는 주장에 정확한 통계 수치를 제시할 수 있을 것이다.

다만, 누정기는 자료만 많이 모아 놓는다고 해서 빅 데이터가 구축되는 것이 아니며 자료를 세밀하게 분석하고 체계화하는 노력이 수반되어야만 빅 데이터로서의 기능을 제대로 실현할 수 있다. 한국고전종합DB에 몇 천 편에 달하는 누정기가 수록되어 있지만 이것이 빅 데이터로서 제대로 기능하지 못하고 있는 실정이다. 간단한 예로 도연명의 시를 인용한 누정기 목록을 보고 싶다고 했을 때에도 한국고전종합DB에서 검색은 되지만 그 가운데 누정기만을 골라내는 것은 여간 어려운 일이 아니다. 더욱이 도연명의 이름이 언급되지 않고 그의 시가 인용되었을 경우 해당 주석이 없다면 찾기가 거의 불가능하다. 해당 자료에 대한 데이터 정리가 되어 있지 않기 때문이다.

동시대 작가 십여 명의 누정기를 읽고 우언적(寓言的) 글쓰기 양상이 많이 보인다면 연구자는 당대 누정기의 특징으로 우언적 글쓰기 양상이 두드러진다고 결론을 내리기 쉽다. 하지만 다른 시대에 우언적 글쓰기가 더 많았을 수도 있으며, 오히려 연구자가 주목했던 시기에 우언적 글쓰기가 적었을 수도 있다. 이러한 문제를 사람이 모든 자료를 섭렵해서 해결하라고 한다면 상당히 난감한 일이다. 하지만 빅 데이터가 구축되어 있다면 빠른 시간 내에 정확한 판단을 내릴 수 있다.

이미 데이터로 정리되어 있는 것을 컴퓨터가 계산해주기 때문이다.

그렇다면 이와 같이 생산적인 빅 데이터를 어떻게 구축하느냐의 문제가 뒤따르는데, 1장에서 강조하였듯이 해당 자료의 전문가들이 그 일을 담당해야 하는 것이다. 이는 혼자서 할 수 있는 일이 아니며 집단의 노력이 뒷받침되어야 한다. 단지 시간적·체력적 문제가 아니라 집단이 모였을 때 지식의 체계가 더욱 공고해지기 때문이다.[30]

누정기와 관련된 데이터들의 관계 양상을 파악하는 일도 누정기 디지털 아카이브가 할 일이다. 5장에서 자세히 서술되겠지만 본서에서 추구하는 아카이빙 방법론은 모든 지식 정보의 관계망을 긴밀히 연결시키고자 한다. A와 B의 연결은 굳이 컴퓨터에 담지 않더라도 직관적인 파악이 가능한 수준이지만, A-B-C의 연결만 되더라도 사람들은 A와 C의 관련성을 파악하기 어렵다. 이것도 하나가 아니라 무수히 많은 관계들이 이와 같이 연결되어 있다면 사람의 능력으로는 한계에 부딪칠 수밖에 없는 것이다. 하지만 컴퓨터는 이를 간단히 계산해낼 수 있으며 사람이 할 수 없는 일을 쉽게 해준다. 사람보다 훨씬 뛰어난 컴퓨터의 계산력을 적극 활용할 필요가 있는 것이다.

마지막으로 누정기를 문학 텍스트로만 보는 데서 벗어나 원저자의 의도를 보다 충실히 독해할 수 있게 하는 것도 누정기 디지털 아카이브의 중요한 목표이다. 사실 이것이야말로 컴퓨터가 가장 잘 할 수 있는 일 가운데 하나이다. 종이 문서는 뭘 어떻게 하더라도 종이 문서일 뿐이지만 컴퓨터는 얼마든지 화면을 바꿔가며 다양한 시청각 자료를 제시할 수 있고, 여러 개 창을 동시에 띄우는 일도 충분히 가능하다.

---

30) 누정기 디지털 아카이브는 바로 이러한 연구 환경을 지향한다. 이는 단순히 홈페이지 하나를 만드는 일이 아니며 연구의 패러다임을 바꾸는 결과를 낳을 수도 있다. 본서의 논의 전개는 이러한 목표 아래 서술될 것이다.

누정기 필자가 그 집에서 바라보았던 자연 경관을 독자들도 간접 체험할 수 있기를 의도했다면 아카이브는 이를 그대로 컴퓨터 화면으로 보여줄 수 있는 것이다. 나아가 어려운 개념어를 관련된 사전과 연결시켜주는 작업이라든가 연관된 고지도(古地圖)나 고미술(古美術) 작품을 함께 제공하는 등의 지식 연계도 얼마든지 가능할 것이다.

이렇듯 컴퓨터로 많은 것이 가능해진다고 하여 누정기 연구가 이러한 방향만을 추구해야 한다는 것은 아니다. 도서관에 앉아 자료 한 편 한 편과 씨름하는 기존의 연구 방식은 충분히 존중되어야 하며 앞으로도 지속되어야 할 것이다. 다만 디지털 아카이브는 연구자들에게 큰 편의를 제공할 수 있으며, 기존에는 엄두도 낼 수 없었던 문제를 쉽게 해결해줄 수도 있다는 것이다.

이러하기 때문에 본서에서는 디지털 아카이브 편찬을 적극적으로 지향하는 것이며, 누정기를 주된 자료로 하여 그 실제를 보이고자 한다.

제3장
누정기 자료 분석

　본서의 목적은 누정기 디지털 아카이브를 편찬하는 것이므로 그 대상 자료인 누정기에 대한 이해를 분명히 할 필요가 있다. 따라서 다음과 같은 순서로 누정기 자료를 분석하였다.

　첫째, 누정기를 개관(槪觀)하였다. 즉, 누정기의 정의, 누정기의 범주, 누정기의 필자, 누정기의 유형, 누정기의 서술 방식, 누정기의 자료 현황 등에 대해 설명하였다. 이를 통해 누정기에 대한 개념을 정립할 수 있을 것이다.

　둘째, 본서에서 구체적으로 분석할 누정기 표본 자료를 추출하였다. 본서에서 모든 누정기를 다 살필 수 있다면 가장 좋겠지만 현실적으로 불가능하거니와 대부분의 누정기가 유사한 패턴으로 이루어져 있기 때문에 가급적 다양한 표본 자료를 추출하여 누정기의 전체적 양상을 파악하고자 한 것이다. 표본 자료는 여러 가지 방식으로 추출할 수 있겠지만 본서에서는 누정기가 대상으로 한 건물 유형을 그 기준으로 하였다. 이에 따라 주거 건축(주택, 별당)에 대한 누정기, 조망 건축(정자, 누대)에 대한 누정기, 유교 건축(사당, 재실, 서원, 서당)에 대한 누정기, 관영 건축 및 불교 건축(관청, 객관, 사찰)에 대한 누정기를 각각 35편 가량씩 선별하였으며[1], 총 개수는 113편이다.

---

1) 관영 건축 및 불교 건축에 대한 누정기는 전체 개수가 많지 않으므로 10편만 선별하였다.

셋째, 누정기 자료를 분석하기 위해서는 누정기의 내용 전문(全文)을 독해하는 것이 필수적인데, 표본 자료 중 14편을 들어 보이고 그 실제 면모를 구체적으로 확인하였다. 그리고 각 누정기마다의 분석 결과를 표로 작성해 제시하였다.[2]

1. 누정기 개관(槪觀)

한문학 문체 가운데에서 기(記)는 무엇인가에 대해 기록을 하는 산문(散文) 형식으로서 필자의 생각을 간명하게 잘 드러내주는 문장 양식이다. 이러한 기문(記文) 중에서도 집[3]에 관한 글인 누정기(樓亭記)는 선인(先人)들이 즐겨 썼던 양식으로, 남겨진 작품수도 대단히 많거니와 문학적으로도 높은 수준을 보여주는 글들이 적지 않다.[4]

누정기는 글자 그대로 해석하자면 '누정(樓亭)을 대상으로 한 기문'의 의미를 갖지만, 『신증동국여지승람(新增東國輿地勝覽)』의 '누정(樓亭)'조를 보면 누(樓)와 정(亭) 뿐만 아니라 당(堂)·헌(軒)·재(齋)·암(庵)·관(館)·사(舍) 등 거의 모든 건물 형태가 포함되어 있어 이미 각종 건물을 통칭하는 말로 '누정'이란 말이 쓰였음을 알 수 있다.[5] 또한, 학계에서

---

2) 표본자료로 선정한 113편 중 14편을 제외한 나머지 99편의 분석 결과는 부록에 제시하였다.

3) 본서에서는 인간이 활동할 수 있는 모든 형태의 건물(주택, 정자, 누각, 궁궐, 서원, 사당, 관청, 사찰 등)을 통칭하는 개념으로 '집'이란 용어를 사용하도록 하겠다. 다만, 경우에 따라 '건물'이란 용어도 사용할 것이다.

4) 윤채근은 "일반 산문 가운데 가장 보편적으로 애호되었던 양식 중의 하나가 記이고, 그 중에 양적 분포가 가장 많으며 작가적 개성도 상대적으로 강하게 발현되었던 것이 누정기"라고 하였다. 윤채근, 「조선전기 누정기의 사적 개관과 16세기의 변모 양상」, 『어문논집』35집, 1996, 1면.

5) 김무조, 「조선조 누정문학 연구」, 『한국문학논총』10집, 1989, 8-14면 참조.

도 이미 '누정기'라는 용어를 널리 쓰고 있기 때문에 그에 따르는 것이 학문적 소통을 위해 유리할 것이다. 따라서 본서에서는 누·정·당·헌·재를 비롯하여 궁궐·서원·사당·사찰 등을 아우르는 모든 전통건축에 대한 기문을 대표하는 용어로서 '누정기'를 사용하고자 한다.

누정기의 제목을 보면 '집이름+기(記)'의 형태로 되어 있으며, 문집에서도 '기(記)' 항목에서 누정기를 찾게 된다. 그런데, '집이름+서(序)'나 '집이름+설(說)', '집이름+지(識)'와 같은 형태를 띄는 글들이 있다. 뒤에서 보게 될 정곤수(鄭崐壽)의 〈절우당시서(節友堂詩序)〉나 송남수(宋楠壽)의 〈쌍청당지(雙淸堂識)〉 등이 그러한 예로서, 내용을 보면 제목이 '집이름+기(記)'인 누정기와 차이가 없는 경우가 대부분이다. 실제로 송남수의 문집인 『송담집(松潭集)』을 보면 제목이 〈쌍청당지〉이지만, 쌍청당에 대한 누정기 및 시문을 모아놓은 『쌍청당제영(雙淸堂題詠)』에는 〈쌍청당중수기(雙淸堂重修記)〉라는 제목으로 실려 있으며 두 글의 내용은 동일하다. 따라서 내용을 확인한 후 여타 누정기와 서술방식에서 별 차이가 없다면 '집이름+서(序), 설(說), 지(識)' 등의 제목을 가진 글들도 누정기로 간주하는 것이 합당할 것이다.[6]

누정기는 집주인이 직접 쓰는 경우도 있지만, 인맥 관계를 통해 당대의 능문자(能文者)에게 청탁하는 경우가 일반적이다. 청탁받은 필자는 집주인의 세계관을 중점에 두고 그것을 드러내는 데에 주력하였다. 본인의 철학을 기술하는 경우도 있으나, 이는 집주인의 세계관을 보다 강조하고 구체화하려는 것이었다. 누정기가 누구를 위한 글인지를 분명히 한 것이다.

청탁을 하는 인맥 네트워크는 여러 가지인데, 교우(交友) 관계, 사제

6) 안세현, 『누정기를 통해 본 한국한문산문사』, 고려대학교 민족문화연구원, 2015, 38-44면 참조.

(師弟) 관계, 친척 관계, 공직의 선후배 관계, 동향(同鄕) 관계 등을 꼽을 수 있으며, 전혀 모르는 사이지만 '선생님께 글을 받고자 합니다'라는 식으로 당대의 유명 인사에게 글을 청탁하는 경우도 있었다.

청탁을 받지 않았는데 필자 스스로 느끼는 바가 있어 집필한 누정기도 있다. 전통 있는 서원에 방문했을 때의 느낌을 적은 것이라든지, 특정 지역의 누각에 올라 그 경관에 대한 감흥을 적은 것 등이 그러한 예이다. 필자는 건립자의 존재를 아는 경우도 있고, 모르는 경우도 있는데, 전자의 경우 건립자에 대한 상찬이 들어가 있는 것이 일반적이고, 후자의 경우는 자신만의 생각과 느낌으로 글을 채우는 것이 보통이다.

오늘날의 관점으로 보자면 현존하는 집에 대한 누정기와 없어진 집에 대한 누정기를 구분할 수 있을 것이다. 없어진 집에 대한 누정기는 대상으로 하는 실체가 없기 때문에 그 속에 담긴 철학이나 문학성이 중시되는 기록이라 할 수 있다. 비록 실체는 없더라도 역사 속에 존재했던 집이었던 만큼 역사적 추체험을 가능케 하는 기능도 있다. 또한, 집주인의 실제 삶을 면밀히 들여다볼 필요성이 있거나 해당 집에 대한 복원을 계획하는 경우 매우 유용한 자료가 될 수 있다.

현존하는 집에 대한 누정기는 그 내용에서 확인되는 철학이나 문학성뿐만 아니라 대상으로 하는 실체가 있기 때문에 건축·조경·미술·서예·관광산업·향토문화 등의 분야와 연계되어 다양한 활용 가치를 생각해 볼 수 있는 기록이 된다. 멸실되었지만 현대에 와서 복원된 경우라도 과거 기록에 충실하게 복원이 이루어졌다면 현존하는 집으로 간주할 수 있을 것이다.

한편, 대상으로 하는 건물의 유형으로 누정기를 구분해볼 수 있다. 누정기는 결국 집에 대한 글이기 때문에 집의 유형과 그에 따른 성격이 어떠한가는 가장 핵심적인 사항이라 할 수 있을 것이다. 크게는 공적 건물에 대한 누정기와 사적 건물에 대한 누정기로 구분할 수 있겠는데[7], 공적 건물로는 국가 차원에서 건립한 궁궐(宮闕)·관청(官廳)·객관(客館) 등의 관영(官營) 건축, 재실(齋室)·서원(書院)·사당(祠堂) 등의 유교 건축, 사찰(寺刹)·암자(庵子) 등의 불교 건축을 들 수 있을 것이고[8], 사적 건물로는 정자(亭子)[9]·별당(別堂)·주택(住宅) 및 서재(書齋) 등을 들 수 있다. 각기 그 내용에 어떠한 특징들이 있는 지는 다음 절에서 상세히 살펴보도록 하겠다.

누정기의 전체 구조를 보자면 크게 "건물의 조성 과정에 대해 기록한 '기사(記事)', 건물 주변의 산수 경물에 대해 묘사한 '사경(寫境)', 건물 명칭과 관련된 논설인 '의론(議論)'으로 이루어진다."[10] 이 셋 중에 하나만으로 이루어진 누정기는 거의 없다고 할 수 있으며, 이 세 가지 요소가 적절히 혼재되어 한 편의 누정기를 구성하는데, 대체로 필자의 의론이 중심이 되는 경우가 많다.[11] 집 이름의 의미 부여에 관한 논설을 통해 필자의 생각과 집주인의 세계관을 자연스레 드러낼 수 있기 때문이라 여겨지며, 필자의 철학과 개성도 이 부분에서 가장 잘 드러난다.[12] 과거 사대부들의 문장이 거의 대부분 그러하듯 누정기에서도 선현(先賢)의 문장 및 고사(古事)가 많이 인용되는데, 이러한 인용도 의론 부분에서 집중적으로 나타난다.

여기에서 '기사' 항목을 넓게 보자면 누정기를 청탁받게 된 사연, 집주인과 청탁자와의 관계, 집의 지리적 위치와 해당 지역 설명, 집주인

---

7) 안세현, 앞의 책, 50-54면 참조.

8) 이왕기, 『한국의 건축문화재』, 기문당, 1999, 2면 참조.

9) 관(官)에서 건립한 정자도 없지 않은데, 이러한 경우는 공적 건물에 해당된다.

10) 안세현, 「조선후기 누정기의 특징적 면모」, 『동양한문학연구』31집, 2010, 146면.

11) 오용원, 「누정기의 문체적 특성과 공간적 상상력」, 『어문논총』47집, 2007, 413면 참조.

12) 허경진, 『문학의 공간 옛집』, 보고사, 2012, 30-33면 참조.

이 그곳에 살게 된 역사적·사회적 배경, 집주인과 관련된 일화 등이 해당된다. '기사'와 '사경'은 대체로 누정기의 서두 부분에 기술되며, 본론부에서는 집주인과 관련된 일화나 '의론'이 길게 펼쳐지는 경우가 많고, 결말부에서는 집주인에 대한 권고 및 누정기를 집필한 일시·필자의 관직명과 이름 등을 기술해놓은 것이 일반적이다. 누정기에서 주로 서술되는 요소들을 정리하자면 다음과 같다. 아래의 요소들이 한 누정기 안에 모두 들어간다는 것은 아니며, 이 중에 몇 가지들이 각 부분별로 혼재되어 한 편의 누정기를 형성하게 된다.

〈표 3-1〉 누정기에 주로 서술되는 요소

서두 부분	• 필자가 해당 지역에 오게 된 계기 • 해당 지역에 대한 소개 및 자연 환경 묘사 • 해당 지역에서 있었던 일화 소개 • 해당 집을 둘러싼 경관 묘사 • 집 이름 언급과 간략한 소개 • 집 건립자(중수자(重修者))에 대한 언급 • 건립자(중수자)와 필자의 인연 소개 • 누정기를 청탁받게 된 사연과 수락한 이유
본론 부분	• 건립자가 해당 지역에 오게 된 계기 • 건립자가 집을 짓게 된 계기 • 중수자가 집을 중수하게 된 계기 • 집을 지을(중수할) 때의 과정 • 집의 건축 정보 • 건립자(중수자)의 간략한 일대기 • 시대적 배경 및 역사적 사건 언급 • 건립자(중수자)와 관련된 일화 • 건립자에 대한 상찬 • 집을 다녀간 사람 및 집에 글을 준 사람 언급 • 집 이름을 짓게 된 사연 • 집 이름 뜻에 대한 의론(議論)
결말 부분	• 집 이름 뜻에 걸맞게 살라는 권고 • 후학들에 대한 권계 • 누정기를 쓴 날짜, 필자의 관직명 및 이름

서두와 결말 부분은 짧으며, 본론 부분이 대부분을 차지한다. 특히, 의론이 길어지는 경우가 많다. 다만, 서두 부분의 요소라 했던 것이 결말 부분에 나오는 누정기도 있으며, 본론 부분의 요소라 한 것이 서두 부분에 등장할 수도 있다. 그 외로 다양한 경우들이 있을 수 있겠는데, 위에서 밝힌 것은 가장 일반적인 서술 패턴으로서 이러한 요소 중의 일부가 각 부분마다 혼재되어 있는 것을 대부분의 누정기에서 확인할 수 있다.

현재 누정기 자료를 볼 수 있는 문헌은 문집(文集)이 가장 대표적이며, 『동문선(東文選)』·『신증동국여지승람(新增東國輿地勝覽)』등에도 상당수의 누정기가 수록되어 있다.[13] 그리고 각 지방의 군지(郡誌)나 읍지(邑誌)에서도 누정기를 찾아볼 수 있다. 이 가운데 역대 주요 문집을 집대성한 『한국문집총간(韓國文集叢刊)』과 『동문선』·『신증동국여지승람』은 주지하다시피 '한국고전종합DB'에 전산화된 형태로 서비스되고 있어 누구나 쉽게 열람할 수 있다.

한편, 문헌에는 수록되어 있지 않지만 현존해 있는 고건축에 현판으로 부착되어 있는 누정기들도 적지 않은데, 1장에서 언급하였던 '한민족 정보마당〉한국전통옛집' 사이트에서 해당 누정기의 원문 및 번역문을 볼 수 있다. 다만, 이 사이트는 전국의 주거·사묘·재실 건축만을 조사 대상으로 한 것이기 때문에 자료의 범위가 제한적이다. 전국에 소재한 모든 고건축 현판을 조사·정리하는 사업이 추진된다면 더욱 풍부한 누정기 자료를 볼 수 있을 것이다.

---

13) 『동문선』과 『신증동국여지승람』에 수록되어 있는 누정기는 대부분 해당 필자의 문집에도 실려 있다.

2. 누정기 표본 자료 추출

누정기 디지털 아카이브는 궁극적으로 입수 가능한 모든 누정기 자료를 망라하도록 할 것이지만, 누정기 분량이 상당하기 때문에 아카이빙의 우선순위를 정할 필요가 있다.14) 이에 따라 본서에서는 2가지 우선순위를 설정하고자 한다.

첫째는 전산화되어 있는 자료(인터넷을 통해 쉽게 열람하고 복사할 수 있는 자료) 부터 아카이빙한다는 것이다. 1장에서 언급하였듯이 '한국고전종합DB'와 '한민족 정보마당〉한국전통옛집'은 방대한 자료를 수록하고 있으면서도 활용성 면에서 많은 한계가 있는데, 이미 구축되어 있는 데이터베이스부터 개선할 필요가 있다. 기존 사이트에 없는 자료를 수집하고 그것을 전산화하는 데 힘을 쏟는 것도 중요하겠지만, 이미 전산화되어 있는 자료부터 아카이브를 편찬하는 것이 시간적 효율성 면에서 유리하다. 또한, 문집에 수록되어 있는 누정기('한국고전종합DB'), 현판으로 걸려 있는 누정기('한민족 정보마당〉한국전통옛집')는 이미 당대의 인정을 받은 글이라 할 수 있으므로 자료의 질적 측면에서도 이점이 있다고 할 수 있다.

둘째는 현존하는 집에 대한 누정기를 우선시한다는 것이다. 앞 장에서도 강조했다시피 '집'이라는 실체와 누정기를 긴밀히 연계해서 생각하는 것이 중요한데, 그러한 점에서 현존하는 집은 실제로 우리가 볼 수 있고 체험할 수 있는 대상이라는 점에서 그러한 집에 대한 누정기는 그 역사적 의미와 더불어 현대적 가치가 더욱 분명하다고 할 수 있다. 다만, 멸실된 집에 대한 누정기라 하더라도 그 속에 담긴 정신

---

14) 한국고전종합DB에서 확인되는 누정기만 해도 대략 6,000편에 이른다. 군지나 읍지에 수록돼 있는 누정기, 전국의 고건축에 현판으로 걸려 있는 누정기를 모두 합치면 10,000여 편을 상회할 것이다.

적 가치는 중요한 자산이며, 학계의 연구 활동이나 문화콘텐츠 생산
을 위한 텍스트로서도 충분한 의의가 있기 때문에 이를 간과해서는 안
될 것이다. 현존하는 집에 대한 누정기를 1순위로 하되, 없어진 집에
대한 누정기도 누락시키진 않도록 한다.

전산화되어 있는 누정기는 '한국고전종합DB'와 '한민족 정보마당〉한
국전통옛집'에 실려 있는 자료가 될 것이며, 현존하는 집에 대해서는
문화재로 지정된 고건축[15]이 가장 공신력있는 기준점이 될 것이다. 전
통 있는 고건축은 거의 빠짐없이 문화재로 지정되어 있기 때문에 문화
재 리스트를 본 아카이브의 기준점으로 삼아도 무방하리라 본다.[16]

정리하자면 본서에서는 전산화되어 있는 누정기와 현존하는 집에
대한 누정기를 우선순위로 하여 표본 자료를 추출하였다. 그리고 '현
존하는 집'이 하나의 기준점이기 때문에 누정기 구분도 건물 유형별로
하였는데, 주거 건축(주택, 별당)에 대한 누정기, 조망 건축(정자, 누대)
에 대한 누정기, 유교 건축(사당, 재실, 서원, 서당)에 대한 누정기, 관영
건축 및 불교 건축(관청, 객관, 사찰)에 대한 누정기로 구분하였다. 누

---

15) 문화재청(http://www.cha.go.kr/) 홈페이지에서 전체 리스트를 확인할 수 있다. 엑
셀 파일로도 제공된다. 문화재의 종류는 국가지정문화재(국보, 보물, 사적, 명승, 천연
기념물, 국가무형문화재, 중요민속문화재), 시도지정문화재(유형문화재, 무형문화재,
기념물, 민속문화재), 문화재자료, 등록문화재, 비지정문화재로 구분되어 있는데, 이
가운데 고건축물은 국보, 보물, 사적, 중요민속문화재(이상 국가지정문화재), 무형문
화재, 기념물, 민속문화재(이상 시도지정문화재), 문화재자료에 속해 있다. (문화재청
홈페이지 '문화유산정보-문화재알기-종류' 페이지 참조)
16) 문화재로 지정된 집이라고 해서 유명한 건물만을 대상으로 한 것이 아니라 단계별로
전국 곳곳의 고건축을 지정해 놓았기 때문에 의미 있을만한 집은 충분히 다 망라되어
있다고 할 수 있다. 문화재청 홈페이지에 들어가 보면 문화재의 유형분류를 확인할
수 있는데, 이 중에 고건축은 '유적건조물' 분류 중에서 '주거건축', '조경건축(정자 및
누대)', '궁궐·관아', '교육기관(서원, 향교, 서당 등)', '불교(중에서 사찰 건물)', '인물
기념(중에서 사당 및 재실)' 항목에 포함되어 있다. 이들을 모두 합산하면 2,000곳이
넘는다.

정기는 대상으로 하는 건물 유형에 따라 그 내용의 성격이 가장 크게
달라지므로 건물 유형으로 구분하는 것이 가장 합리적이라 본다.

유형별 구분을 한 뒤에도 각각에 해당되는 누정기가 수 천 편에 달
하기 때문에 표본 자료를 선별할 수 있는 기준이 필요하다. 이에 본서
에서는 건물 유형별로 하나의 주제 아래 묶일 수 있는 누정기들을 먼
저 선별하고, 해당 지역이나 집필 시기를 적절히 안배하여 표본 개수
를 추가하는 방법을 취하였다.17) 주제를 설정한 것은 누정기를 대상
으로 하여 전문 연구자가 이러한 문제의식을 가질 수 있다는 점을 예
시하기 위한 것이며, 표본 개수를 추가한 것은 보다 많은 누정기를 보
면서 전체적인 실상을 좀 더 잘 파악하기 위함이다.

그리고 학계에서 아직 연구가 이루어지지 않은 신자료를 다수 포함
시켰는데, 20세기 이후에 배출된 누정기가 그것이다. 이는 '한민족 정
보마당〉한국전통옛집' 사이트에 공개돼 있는 자료로서 연세대학교 국
학연구원이 옛집 프로젝트를 통해 전국의 전통 한옥을 방문 조사하고
내부의 모든 현판을 조사·정리하여 전산화한 결과물이다. 여기에는
20세기 이후에 배출된 누정기가 상당수 포함되어 있으며 한글로 작성
된 누정기도 적지 않다. 이러한 자료들이 아직 주목을 받지 못하고 있
지만 본서를 통하여 그 일단을 드러내고자 한다.18)

이와 같이 각 유형별로 35편 가량씩 총 113편의 누정기를 표본 자료
로 선별하였다. 차례대로 일람하도록 하겠는데, 먼저 표본 자료를 선

---

17) 관영 건축 및 불교 건축에 대한 누정기는 자료의 양이 많지 않으며 관련 누정기들을
본다는 데 의의를 두었으므로 별도의 주제를 설정하진 않았다. 표본 자료도 10편만
선별하였다.
18) 1장에서도 언급하였듯이 본서는 '한민족 정보마당〉한국전통옛집' 사이트의 한계점을
극복하고 보다 활용성이 높은 디지털 아카이브를 구축하고자 하는 목적을 가지고 있
다. 즉, 위 사이트의 자료를 수렴하되 그것을 더 활용성 높게 가공하겠다는 것이다.

별한 기준에 대해 밝힐 것이며, 그 다음으로 선별된 표본 자료의 목록
을 제시하겠다.

1) 주거 건축: 주택, 별당에 대한 누정기

주거 건축은 사적인 건물로서 말 그대로 사람이 거주하며 생활하였
던 집을 말한다. 대표적으로 주택(住宅)과 별당(別堂)이 있다. 별당을
정자로 분류하는 경우가 있는데, 이에 대해서는 전통문화 학자인 허
균의 정자 분류법이 도움이 된다. 허균에 따르면 정자의 종류를 6개로
나눌 수 있다. 즉, '계곡·계류가의 정자', '강호·해안의 정자', '별서(別
墅) 정원의 정자', '궁궐의 정자', '사찰·서원의 정자', '향리·관아의 정
자'이다.[19] 이들 가운데 우리가 흔히 연상하는 사면(四面)이 트여 있고
경치 좋은 곳에 위치한 정자는 '계곡·계류가의 정자'와 '강호·해안의
정자'이다. 그런데, '별서 정원의 정자'는 주택 가까이에 건립되고, 벽
체가 있으며 온돌이 설치된 경우도 많아서 정자라기보다는 주택에 가
까운 외형을 가지고 있다. 실제로 별당을 거의 주거 공간처럼 사용한
경우가 많았던 것으로 보인다. 따라서 이러한 건물은 정자의 한 종류
이기는 하지만, '정자'라 하기보다는 '별당'이라 지칭하여 따로 구분하
는 것이 건물의 실상을 이해하는 데에 보다 편리한 방법이다.[20]

주거 건축에 대한 누정기 가운데 본서에서 주목한 대상은 은진 송

---

19) 허균, 『한국의 누와 정』, 다른세상, 2009, 16-22면 참조.

20) '별당'이란 명칭은 이미 널리 쓰이고 있는 용어이며, '별당'에 대한 한국민족문화대백
   과사전의 설명 중 앞부분만 들어 보이면 다음과 같다. "몸채의 곁이나 뒤에 따로 지은
   집. 주택에 부속된 별당은 주택 내에서 사랑채의 연장으로 가장(家長)의 다목적인 용도
   로 쓰여지거나, 자녀나 노모의 거처로 쓰여지기도 한다. 또 그 지역 사회에서 공공대화
   의 처소로 또는 사회적·경제적·문화적 중심으로서의 모든 구실을 담당하였던 곳이다.
   이와 같이 별당은 접객(接客)·독서·한유(閑遊)·관상(觀賞) 등의 목적이 있었으므로 우
   리 건축의 정취(情趣)와 세부 구법(構法)의 정교함이 잘 나타나 있다."

씨의 송촌(宋村) 형성과 그에 연관된 누정기이다. 4장에서 자세히 살펴겠지만 고려 말·조선 초의 인물인 송유(宋愉, 1388~1446)는 충청도 회덕(현재의 대전 대덕구 일대)으로 이주하여 쌍청당(雙淸堂)을 건립하고 평생을 보냈는데, 그의 후손들 중에 송남수·송시열·송준길·송규렴·송상기 등 당대의 재사(才士)들이 여럿 배출되었고 이들이 쌍청당 인근에 집을 짓고 살면서 송촌(宋村)이 형성되기에 이르렀다. '송촌'이란 말 그대로 송씨(宋氏)들의 마을이란 뜻으로 대전 대덕구 일대가 은진 송씨의 집성촌이 된 것이다.[21] 이곳의 집들은 아직 여러 채가 현존해 있고 그 집에 대한 누정기도 적지 않게 남아 있어 흥미로운 연구 대상이다. 이에 본서에서는 송촌을 형성하였던 집들 중 현존해 있는 쌍청당·동춘당·남간정사·제월당·옥오재에 대한 누정기를 모두 모았다.

이에 더해 같은 지역에 위치한 송애당은 김경여가 건립한 집이지만, 그는 송시열과 절친했던 사이로서 송애당에 대한 누정기를 송시열이 지었으며, 송애당중수기도 송시열의 후손인 송도순이 집필한 인연이 있어 함께 넣었다. 그리고 충북 괴산군에 위치한 암서재는 송촌에 있는 것은 아니지만 송시열이 건립한 집으로 송촌에 있는 집들과 맥락이 닿는다는 점에서 목록에 포함시켰다.

그 외로는 임경당·강릉 오죽헌·모한재·상주 양진당·청주 과필헌에 대한 누정기를 추가하였으며, 현존하지 않는 집에 대한 누정기도 2편(이정귀의 〈송월헌기〉, 허균의 〈사우재기〉) 선별하였다.

---

21) 권선정, 「지명의 사회적 구성: 과거 懷德縣의 '宋村'을 사례로」, 『국토지리학회지』38집, 국토지리학회, 2004, 171-174면; 정하균, 「대전 동춘고택과 송촌의 역사문화환경 보존에 관한 연구」, 목원대학교 석사학위논문, 2002, 16-18면 참조.

〈표 3-2〉 주거 건축에 대한 누정기 표본 자료

- 건물명은 문화재청 홈페이지에 등재되어 있는 문화재 명칭을 그대로 따랐다. 건물명 앞에 지명이 붙어 있는 것도 있고 아닌 것도 아닌데 문화재로서 공식화된 명칭을 따랐기 때문이다. 다만, 해당되는 누정기가 과거의 집 이름을 제목에 썼을 경우 문화재 명칭 뒤에 과거의 집 이름을 병기하였다.
- 누정기 명칭에 건물명 이외의 다른 이름(부속건물명)이 나왔을 경우 한자를 병기하였다.
- 20세기 이후에 집필된 누정기만 연대를 표기하였다. 현대에 쓰여진 누정기임을 바로 확인할 수 있게 하기 위함이다.
- 한글로 쓰여진 누정기에 한해서만 언어를 표기하였다. 누정기가 한글로 쓰여졌다는 것이 특이한 경우이므로 이를 별도로 나타낸 것이다.
- 현존하지 않는 건물은 지역명을 괄호로 묶었다.
- 누정기 목록은 모두 '한국고전종합DB'와 '한민족 정보마당〉한국전통옛집' 사이트에서 정보를 얻은 것이다.

No.	건물명	지역	누정기	필자	연대	언어
1	회덕 쌍청당 (懷德 雙淸堂)	대전 대덕구	쌍청당기	박팽년		
2			쌍청당기	김수온		
3			중수쌍청당기	박상		
4			쌍청당지	송남수		
5			쌍청당중수기	송상기		
6			쌍청당중수기	송근수		
7			중수기	송종국	1937	
8			중수기	송원빈	1970	
9			쌍청당중수기	송제영	1980	
10	대전 회덕 동춘당 (大田 懷德 同春堂)	대전 대덕구	동춘당기	조익		
11	남간정사 (南澗精舍)	대전 대덕구	남간정사기	이희조		
12			남간정사중수기	송달수		
13	제월당(霽月堂)	대전 대덕구	제월당기	김창협		
14	옥오재(玉吾齋)	대전 대덕구	옥오재기	송상기		
15	송애당(松崖堂)	대전 대덕구	송애당기	송시열		
16			송애당중수기	송도순		
17	암서재(巖棲齋)22)	충북 괴산군	암서재중수기	권상하		
18			화양초당암서재 중수기	송근수		

19			암서재중수기	박동식	1945	
20			암서재중수기	이정로	1960	
21	임경당(臨鏡堂)	강원 강릉시	임경당중수기	홍석주		
22			몽룡실중수기 (夢龍室重修記)	최병위	1949	
23			오죽헌중수기	이룡	1962	한글
24	강릉 오죽헌 (江陵 烏竹軒)	강원 강릉시	오죽헌중수기	박경원	1968	한글
25			오죽헌중수기	정호		
26			어제각기 (御製閣記)	맹지대		
27			어제각복원기 (御製閣復元記)	안명필	1987	한글
28	모한재(慕寒齋)	경남 하동군	모한재기	허목		
29	상주 양진당 (尙州 養眞堂)	경북 상주시	양진당중수기	조학수		
30			양진당중수기	조원연	1982	
31	청주 과필헌 (淸原 果必軒)	충북 청주시	중수기	신관우	1995	한글
32	송월헌(松月軒)	(서울 종로구)	송월헌기	이정귀		
33	사우재(四友齋)	(未詳)	사우재기	허균		

2) 조망 건축: 정자, 누대에 대한 누정기

　정자(亭子)와 누대(樓臺)를 건립한 목적은 여러 가지가 있지만 주변 경관을 조망하지 못한다면 정자나 누대로 보기 어렵다는 점에서 '조망 건축'이란 분류명을 사용해 보았다.

　허균의 분류법을 재차 인용하자면 정자는 '계곡·계류가의 정자', '강호·해안의 정자', '별서(別墅) 정원의 정자', '궁궐의 정자', '사찰·서원의 정자', '향리·관아의 정자'로 대별할 수 있다. 이 중 '별서 정원

22) 문화재 명칭으로는 '괴산 송시열 유적'으로 되어 있다. 이 유적지 중의 한 건물이 '암서재'이다.

의 정자'는 '별당'으로 본다고 하였으므로 사적 건물인 '계곡·계류가의 정자'와 '강호·해안의 정자', 공적 건물인 '궁궐의 정자', '사찰·서원의 정자', '향리·관아의 정자'를 '정자'로 간주하고자 한다. 정자는 공적인 목적보다는 사적인 목적으로 건립된 경우가 훨씬 많았으므로 사적 건물로서의 정자가 대부분을 이룬다.

반면, 누대는 사적으로 지은 것도 있지만 대부분 관(官)에서 지은 것으로 공적 건물이 더 많다. 누대의 규모를 보자면 정자보다 훨씬 크며 단층으로 되어 있는 정자와는 달리 2층으로 되어 있다. 또한, 누대는 누가 지었느냐에 따라 유교 건축으로 분류될 수도 있으며, 불교 건축으로 분류될 수도 있다. 전자의 대표적인 예로는 병산서원의 '만대루'가 있고, 후자의 대표적인 예로는 부석사의 '부석루'를 꼽을 수 있다.

조망 건축에 대한 누정기 가운데 본서에서 주목한 대상은 허목(許穆, 1595~1682)과 정약용(丁若鏞, 1762~1836)의 누정기이다. 주지하다시피 허목과 정약용은 근기남인(近畿南人) 실학파로서의 학문적 계승 관계를 가지는데[23], 두 사람의 누정기 서술 방식이 독특한데다가 서로 비슷한 공통점이 있다. 이러한 유사성은 아직 연구된 바가 없으며, 본서를 통해 관련 연구의 단초를 마련한다는 취지에서 우선 두 사람의 조망 건축에 대한 누정기를 전부 모았다. 이 가운데 영귀정·이요정·반구정·삼척 죽서루는 문화재로 지정된 현존하는 건물이다.

그 외로는 활래정에 대한 누정기, 삼척 죽서루에 대한 허목 이외 필자들의 누정기, 강릉 경포대·밀양 영남루·남원 광한루·정읍 피향정·만세루에 대한 누정기를 추가하였다. 여기까지는 모두 문화재로 지정된 현존 건물이며, 이에 더해 야명정·영의정·담연정에 대한 누정기

---

23) 윤재환, 「近畿南人學統의 展開와 星湖學의 形成」, 『온지논총』36집, 2013, 19-20면 참조.

를 추가하였는데 이는 멸실된 건물에 대한 누정기이다. 그리고 113편
표본자료가 조선 중기 이후에 작성된 누정기들이 대부분이므로 시대
적 균형을 맞추기 위해 고려말·조선초에 집필된 이곡의 〈청풍정기〉,
정도전의 〈석정기〉, 권근의 〈월파정기〉, 하륜의 〈봉명루기〉, 정이오
의 〈고창현빈풍루기〉, 이언적의 〈해월루기〉를 목록에 포함시켰다.

〈표 3-3〉 조망 건축에 대한 누정기 표본 자료

No.	건물명	지역	누정기	필자	연대	언어
1	영귀정(詠歸亭)	경북 의성군	영귀정기	허목		
2	이요정(二樂亭)	경남 산천군	이요정기	허목		
3	반구정(伴鷗亭)	경기 파주시	반구정기	허목		
4	한송정(寒松亭)	(강원 강릉시)	한송정기	허목		
5	시우정(時雨亭)	(경기 양평군)	시우정기	허목		
6	낙오정(樂悟亭)	(서울 용산구)	낙오정기	허목		
7	삼척 죽서루 (三陟 竹西樓)	강원 삼척시	죽서루기	허목		
8	임청정(臨淸亭)	(경기 남양주시)	임청정기	정약용		
9	우화정(羽化亭)	(경기 연천군)	우화정기	정약용		
10	품석정(品石亭)	(경기 남양주시)	품석정기	정약용		
11	추수정(秋水亭)	(서울 마포구)	추수정기	정약용		
12	만어정(晩漁亭)	(서울 마포구)	만어정기	정약용		
13	반학정(伴鶴亭)	(경북 예천군)	반학정기	정약용		
14	망하루(望荷樓)	(경남 진주시)	망하루기	정약용		
15	조석루(朝夕樓)	(전남 강진군)	조석루기	정약용		
16	활래정(活來亭)24)	강원 강릉시	활래정기	조인영		
17			활래정중수기	이근우	1924	
18	삼척 죽서루 (三陟 竹西樓)	강원 삼척시	죽서루중수기	이학규	1921	
19			죽서루중수기	홍백련	1947	
20			중수기	김광용	1991	한글
21	강릉 경포대	강원 강릉시	경포신정기	안축		

	(江陵 鏡浦臺)						
22	밀양 영남루 (密陽 嶺南樓)	경남 밀양시	영남루기	신숙주			
23	남원 광한루 (南原 廣寒樓)	전북 남원시	광한루기	신흠			
24	정읍 피향정 (井邑 披香亭)	전북 정읍시	피향정기	조두순			
25	만세루(萬歲樓)	경북 청송군	만세루중수기	심원열			
26			만세루중수기	이만좌			
27	야명정(夜明亭)	(서울 용산구)	야명정기	장유			
28	영의정(永矢亭)	(전남 곡성군)	영의정기	황현			
29	담연정(澹然亭)	(未詳)	담연정기	박지원			
30	청풍정(淸風亭)	(경기 광주시)	청풍정기	이곡			
31	석정(石亭)	(未詳)	석정기	정도전			
32	월파정(月波亭)	(경북 구미시)	월파정기	권근			
33	봉명루(鳳鳴樓)	(경남 진주시)	봉명루기	하륜			
34	고창현 빈풍루 (高敞縣 豳風樓)	(전북 고창군)	고창현빈풍루기	정이오			
35	해월루(海月樓)	(경북 포항시)	해월루기	이언적			

3) 유교 건축: 사당, 재실, 서원, 서당에 대한 누정기

'유교 건축'이란 공식적인 용어라기보다는 유교 사상을 함양하기 위
한 건축물이란 의미로 사용하였다. 유교 사상을 함양한다는 것은 크
게 두 가지로 구분되는데, 하나는 조상에 대한 추모와 제사이며, 다른
하나는 유교 사상을 교육하는 것이다. 전자는 사당(祠堂)과 재실(齋室)
이 대표적이고, 후자는 서원(書院)과 서당(書堂)이 대표적이다. 주지하
다시피 조선은 유교를 국시로 한 국가였으므로 이와 같은 건축물이 매
우 많았으며, 지금도 적지 않게 남아 있다.

---

24) 강릉 선교장 내에 있는 정자이다. 문화재 명칭은 '강릉 선교장'으로만 등재되어 있다.

유교 건축에 대한 누정기 가운데 본서에서 주목한 대상은 송시열(宋時烈, 1607~1689)과 김장생(金長生, 1548~1631)에 관련된 사당·재실에 대한 누정기이다. 송시열은 김장생의 제자이기도 한데, 충청도 지방에 두 사람과 관련된 사당·재실이 많아서 흥미로운 분석 대상이다. 여기에서는 문화재로 지정돼 있는 현존 건물만을 대상으로 하였는데, 구체적으로 밝히자면 충북 옥천군에 위치한 경현당에는 송시열의 영정이 모셔진 감실(龕室)이 있으며, 경현당에 대한 중수기도 송시열의 후손이 썼다. 충남 논산시에 위치한 노성 궐리사는 본래 송시열이 건립하려고 하였으나 뜻을 이루지 못하고 별세하자 그의 제자들이 건립한 사당이다. 충북 제천시에 위치한 황강영당(한수재)는 송시열과 그의 제자들의 영정이 모셔진 사당이다. 그리고 충북 보은군에 있는 풍림정사에는 송시열의 초상화가 모셔져 있으며, 같은 지역에 있는 고봉정사는 현판을 송시열이 썼다.[25]

한편, 충남 논산시에 있는 염수재는 김장생 묘소의 부속 재실이며, 같은 지역에 있는 모선재는 김장생의 조부인 김호(金鎬)와 아버지 김계휘(金繼輝)의 위패를 모시기 위하여 자손들이 건립한 재실이다. 또한, 충남 계룡시에 있는 두마 신원재는 김장생의 아들인 김비(金棐)의 재실이며, 같은 지역에 위치한 염선재는 김장생의 부인인 순천 김씨의 재실이다.[26]

이와 같이 송시열·김장생과 관련 있는 사당·재실이 많아 이에 대한 누정기를 모두 모았다. 그 외로는 옥천 후율당·포항 하학재·경양사·한국공 정공 사당·사가재에 대한 누정기를 추가하였으며, 한국공 정공 사당을 제외하고는 모두 현존해 있는 건물이다. 그리고 서원 및

---

25) 이상의 내용은 문화재청 홈페이지(http://www.cha.go.kr/)를 참조하였다.
26) 이상의 내용은 한민족 정보마당〉한국전통옛집(http://www.kculture.or.kr/korean/oldhome/) 홈페이지를 참조하였다.

서당과 관련해서는 영주 소수서원·안동 도산서원·옥동서원·함양 남
계서원·옥천서원·자양서당·백호서당에 대한 누정기를 선별하였다.
모두 문화재로 지정돼 있는 현존 건물이다.

〈표 3-4〉 유교 건축에 대한 누정기 표본 자료

· 한글 이외에 국한문 혼용, 한문 현토로 쓰여진 누정기에 대해서도 그 언어를 표기하였다.
  특이한 경우이기 때문에 바로 구분될 수 있도록 한 것이다.
· 문화재 명칭과 누정기에서 지칭한 건물명이 다른 경우가 있는데, 이러한 경우 '(문화재
  명칭) / (누정기 지칭 건물명)'과 같이 표기하였다. 누정기 지칭 건물명이 본래의 이름이
  라고 생각하면 좋을 것이다.

No.	건물명	지역	누정기	필자	연대	언어
1	옥천 경현당 (沃川 景賢堂)	충북 옥천군	용문서당중수기 (龍門書堂重修記)	송재직	1970	
2	노성 궐리사 (魯城 闕里祠)	충남 논산시	궐리사강당초건기(闕里 祠講堂初建記)	이원섭		
3			궐리사중수기	양치호	1933	
4			궐리사전사청수선급정전 원장중수기(闕里祠典祀廳 修繕及正殿垣墻重修記)	박건화	1935	
5			궐리사현송당 모성재중수기 (闕里祠絃誦堂 慕聖齋重修記)	박재구	1948	
6			궐리사중수기	홍익표	1954	
7			노성궐리사모성재중수기	김용제	1998	한문 현토
8	제천 황강영당 / 한수재(寒水齋)	충북 제천시	한수재벽서정실기(寒水 齋壁書庭實記)	권섭		
9	보은 풍림정사 (報恩. 楓林精舍)	충북 보은군	풍림정사기	김병덕		
10	보은 고봉정사 (報恩. 孤峰精舍)	충북 보은군	고봉정중수기	구철희	1914	
11			고봉정중수기	구윤조	1959	
12	염수재(念修齋)[27]	충남 논산시	염수재중수기	김선필	1964	
13	모선재(慕先齋)	충남 논산시	모선재창건기	김영섭,	1937	

				김고현		
14			모선재중수기	김영원	2002	국한문혼용
15	두마 신원재 (豆磨 愼遠齋)	충남 계룡시	신원재기	김재엽		
16	염선재(念先齋)	충남 계룡시	염선재기	김내현		
17	옥천 후율당 (沃川 後栗堂)	충북 옥천군	후율당중수기	박회수		
18			후율당중건기	박치복		
19			후율당중건기	송근수		
20			중봉조선생정려중수기 (重峰趙先生旌閭重修記)	송내희		
21			후율당중수기	정병묵	1949	
22			후율당중수기	송공호	1968	
23	포항 하학재 (浦項 下學齋)	경북 포항시	하학재중수기	이홍구	2008	
24	경양사(鏡陽祠)	강원 강릉시	경양사기	박원동	1939	
25			경포재실중수기 (鏡浦齋室重修記)	박영수	1948	
26			경양사중건기	박증순	1979	
27	한국공 정공 사당 (韓國公 鄭公 祠堂)	(未詳)	한국공정공사당기	이곡		
28	사가재(四可齋)28)	인천 강화군	사가재기	이우성	1989	한글
29	영주 소수서원 (榮州 紹修書院)	경북 영주시	백운동소수서원기	신광한		
30	안동 도산서원 (安東 陶山書院)	경북 안동시	알도산서원기 (謁陶山書院記)	이익		
31	옥동서원 (玉洞書院)	경북 상주시	옥동서원기	정탁		
32	함양 남계서원 (咸陽 灆溪書院)	경남 함양군	남계서원기	강익		
33	옥천서원 (玉川書院)	전남 순천시	옥천서원기	기대승		
34	자양서당 (紫陽書堂)	경북 영천시	자양서당기	황준량		
35	백호서당 (栢湖書堂)	경북 청송군	백호서당기	김낙행		

4) 관영 건축 및 불교 건축: 관청, 객관, 사찰에 대한 누정기

관영(官營) 건축이란 말 그대로 민(民)이 아닌 관(官)에서 건축한 집을 말하는데, 궁궐(宮闕)·관청(官廳)·객관(客館) 등이 이에 해당된다. 불교 건축으로는 사찰(寺刹)과 암자(庵子)가 대표적인데, 일반 사대부가의 주택을 '○○암(庵)'과 같이 이름 붙인 경우도 적지 않았으므로, 집 이름만으로 불교 암자임을 단정 지어서는 안 된다.

관영 건축 및 불교 건축에 대한 누정기는 남아 있는 자료의 양도 많지 많고, 연구자의 주목도 받지 못했지만 실제 내용을 보면 흥미로운 점이 많다. 관청이나 객관에 대한 누정기는 주택이나 정자에 대한 누정기에서는 볼 수 없는 관리로서의 사명감이나 당시의 문물 제도 등을 엿볼 수 있으며, 사찰에 대한 누정기는 공적인 측면도 기술되지만 승려 개개인에 대한 사적인 측면도 많이 언급되어 있어 여타 사적 건물에 대한 누정기와 유사한 면모를 보여주기도 한다.

여기에서는 관청에 대한 누정기 4편, 객관에 대한 누정기 3편, 사찰에 대한 누정기 3편을 선별하였다. 이중 검서청·상주 상산관·석림사는 현존해 있는 건물이다.

〈표 3-5〉 관영 건축 및 불교 건축에 대한 누정기 표본 자료

No.	건물명	지역	누정기	필자
1	도평의사사청 (都評議使司廳)	(황해 개성시)	고려국신작도평의사사청기 (高麗國新作都評議使司廳記)	정도전
2	훈련원사청(訓鍊院射廳)	(서울 중구)	훈련원사청기	성간
3	동관대청(潼關大廳)	(함경북도 종성군)	동관신구대청기 (潼關新搆大廳記)	이식

27) 문화재 명칭으로는 '김장생선생묘소일원'이며, 염수재는 그 부속 건물이다.
28) 문화재 명칭으로는 '이규보 묘'이며, 사가재는 묘에 부속된 건물이다.

4	검서청(檢書廳)29)	서울 종로구	검서청기	이덕무
5	상주 상산관(尙州 商山館) / 상주객관(尙州客館)	경북 상주시	상주객관중영기 (尙州客館重營記)	안축
6	강서객관(江西客館)	(평양)	강서객관중신기 (江西客館重新記)	이행
7	영덕객사(盈德客舍)	(경북 영덕군)	영덕객사기	권근
8	승련사(勝蓮寺)	(전북 남원시)	승련사기	이색
9	석림사(石林寺) / 석림암(石林庵)	경기 의정부시	석림암기	박세당
10	원주 법천사 (原州 法泉寺)	(강원 원주시)	원주법천사기	허균

3. 표본 자료 중 14편 전문(全文) 보기

앞에서도 언급하였듯이 본서에서 아카이브로 편찬하고자 하는 주된 대상이 누정기이므로 누정기의 실제 내용 전체를 면밀히 독해할 필요가 있다. 이에 따라 앞 절에서 표본 자료로 추출한 113편의 누정기 중에서 14편을 선별하여 그 전문(全文)을 보겠다. 주거 건축·조망 건축·유교 건축에 대한 누정기에서는 4편씩을 예로 들었으며, 주제로 묶일 수 있는 누정기 2편과 그 외의 누정기 2편으로 구성하였다. 관영 건축 및 불교 건축에 대한 누정기는 2편만 제시하였다.

본문 내에서 중요하다고 생각되는 단어나 문장은 굵은 글씨로 표시하였으며, 설명을 필요로 하는 용어(개념어)는 밑줄을 그어두었다.

---

29) 창덕궁 내에 있으며 규장각의 부속 건물이다. 현존해 있다.

(1) 박팽년(朴彭年, 1417~1456), 〈쌍청당기(雙淸堂記)〉

쌍청당기(雙淸堂記)
(『동문선(東文選)』과 『여지승람(輿地勝覽)』에 보인다.)[30]

하늘과 땅 사이에는 바람과 달이 가장 맑다. 사람 마음의 오묘함도 역시 이 것과 차이가 없으나, 형기(形氣)의 구애를 받거나 물욕(物慾)에 더럽혀지기 때 문에 그 체(體)를 온전하게 보존하는 자가 적을 뿐이다. 대개 연기와 구름이 사방을 뒤덮으면 하늘과 땅은 그늘져서 어두워진다. 이럴 때 맑은 바람이 이것 을 쓸어버리고, 밝은 달이 공중에 뜨게 되면 상하가 환하게 밝아서 털끝만한 잡티도 없게 되는데, 이러한 기상은 진실로 형용하기가 쉽지 않다. 오직 그 마 음을 온전하게 보존하여 더럽히는 일이 없게 할 수 있는 사람만이 이것을 감당 하여 스스로 즐길 수 있는 것이다.

그러므로 황노직(黃魯直)이 일찍이 이것을 가지고 용릉(舂陵)에 견주었고, 소강절(邵康節)도 〈청야음(淸夜吟)〉이란 시에서 그 맛을 아는 자가 적다고 탄 식하였다. 요즘 세상에 이러한 즐거움을 아는 자가 있겠는가?

시진(市津) 송유(宋愉) 공은 본래 오래전부터 벼슬을 해 오던 집안이었는데, 공명(功名)을 좋아하지 아니하고 시골로 물러가서 살고 있는 지가 지금 30여 년이 되었다. 그 고을은 충청도 회덕(懷德)이요, 마을은 백달리(白達里)이다.

살고 있는 집의 동쪽에 사당을 지어서 선세(先世)를 모시고, 몇 이랑의 밭을 두어서 제사의 음식에 이바지하게 하였다. 그리고 사당의 동쪽에 별도로 당 (堂)을 지었는데 모두 7칸이다. 중간을 온돌로 만들어 겨울을 나기에 편리하게 하고, 오른쪽 3칸을 터서 대청을 만들어 여름철을 나기에 편리하게 하고, 왼편 3칸을 터서 주방과 욕실(浴室)과 제기(祭器)를 보관하는 곳을 각각 따로 만든 다음, 단청을 하고 담장을 둘러쳤는데 화려하면서도 사치스럽지는 않았다.

매번 시사(時祀)나 기일(忌日)이 돌아오면, 공은 반드시 심의(深衣)를 입고 그 당에 들어가 재계(齋戒)하고, 공경과 정성을 다하되 무릇 제사에 관한 모든

---

30) 괄호로 묶은 문장은 원문에 있는 주석이다. 이하의 누정기에서도 동일하게 표시하였다.

예절은 한결같이 예경(禮經)을 준수하였다. 또 명절이 돌아오면 반드시 술을 마련해 놓고 손님을 청하여 시를 짓기도 하고 노래를 부르기도 하여, 고을 사람들과 기쁨을 함께하였다. 만년(晩年)에는 선학(禪學)을 좋아하여 그 마음을 담박하게 갖고 사물에 구애되지 않았으니, 대개 그 성품이 고명하여 명성이나 이로움을 도외시한 경향이 있었기 때문이다.

중추(中樞) 박연(朴堧) 공이 그 당을 쌍청(雙淸)으로 편액(扁額)하여 시를 지었고, 안평대군(安平大君)이 또 따라서 화답하였다고 한다. 나는 이 말을 듣고 옷깃을 여미며 말하기를 "쌍청이란 바로 이런 것이구나!" 하였다. 백이(伯夷)는 성인 중에 청(淸)에 속하는 자인데, 공은 백이의 풍문을 듣고 흥기한 것인가? 대개 바람 소리는 귀로 들을 수 있고, 달은 눈으로 볼 수 있기 때문에 사람마다 두 물건이 맑다는 것을 안다. 그러나 자기 마음속에 그것을 부러워하지 않아도 될 만한 것이 있다는 것을 모르고 있다. 그렇다면 어찌 그 아는 자가 알지 못하는 자와 더불어 견줄 수 없다는 것을 알겠는가?

지금 공의 선조를 받드는 정성과 손님을 즐겁게 하는 흥취를 보건대, 그 스스로 즐기는 취미를 알 수 있겠다. 그러나 호상(濠上)에서 물고기가 즐겁게 노는 것을 보고 장자(莊子)도 그 이유를 알지 못하였고, 장자가 알지 못했던 물고기의 즐거움을 혜자(惠子)도 역시 알지 못하였는데, 내가 어찌 감히 그 한 구석인들 엿볼 수 있겠는가?

그러나 공의 아들인 주부(主簿) 계사(繼祀)가 나를 말단에 속해 있다는 이유로 문장이 졸렬함에도 개의치 않고 기문(記文)를 쓰게 하므로, 그 말을 들은 대로 기록하였다.

정통(正統) 10년(1445) 가을 9월 보름에 봉훈랑(奉訓郞) 집현전(集賢殿) 교리(校理) 지제교(知製敎) 세자우사경(世子右司經) 박팽년은 기문을 쓰다.

『여지승람(輿地勝覽)』에는 "호상(濠上)에서 물고기가 즐겁게 노는 것을 보고 장자는 물고기의 즐거움을 알지 못하였고 혜자도 역시 알지 못하였다."라고 되어 있다.[31]

집 이름에 대한 의론, 집주인에 대한 일화와 상찬, 집의 건축 구성, 의론과 연관된 고사의 인용, 누정기를 청탁받게 된 사연, 집필일시와 필자의 이름 등이 차례로 서술되어 있는 글로서 일반적인 누정기의 패턴을 잘 보여준다. 의론부터 시작한 점이 약간 특이한 점이긴 하지만, 그 뒤에 사실 기록도 충실히 서술되어 있으며, 그 뒤에 다시 의론이 연결되는 구조여서 일반적인 패턴을 크게 벗어나지 않는다. 의론이 많은 비중을 차지하고 있는데, 이와 같은 사적 건물에 대한 누정기에 서는 대체로 의론의 비중이 높은 편이다.

이 글에서 분석 가능한 중요 사항으로는 누정기 제목, 필자, 누정기 출전, 대상으로 한 집, 지역명, 건축 정보, 개념어, 건립자 이름, 집에 편액을 써준 인물, 집에 대한 글을 써준 인물, 집 이름 뜻, 누정기 청탁자, 인용 인물, 인용 고사, 집필 일시 등이 있는데, 이를 표로 정리하자면 다음과 같다.[32]

---

31) 『朴先生遺稿』 "雙淸堂記 (見東文選及輿地勝覽) 天地間 風月最淸 人心之妙 亦與之無異焉 拘於形氣 累於物欲 於是焉能全其體者鮮矣 蓋煙雲四合 天地陰翳 而淸風掃之 明月當空 上下洞徹 無纖毫點綴 其氣象固未易形容 惟人之能全其心而無累者 足以當之而自樂之 故黃魯直嘗以此 擬諸舂陵 而邵康節亦有淸夜之唫 歎知味者之少也 蓋今世亦有知此樂者乎 市津宋公愉 本簪履之舊 而不喜功名 退居村野今三十有餘年矣 其縣曰忠淸之 里曰白達 構祠堂於居第之東 以奉先世 置田數頃 以供祭祀之需 乃於祠東 別立堂 凡七間 埃其中以宜冬 而右闢之者三 豁其軒以宜夏 而左闢之者三 庖廚湢浴 藏祭器各有所 丹碧繚垣 華而不侈 每時祀與忌日 公必衣深衣 入其堂以齋 克敬克誠 凡所致享 皆遵禮經 且値佳節 必置酒邀客 或詩或歌 以洽鄕黨之歡 晚好禪學 淡漠其心 不以事物攖之 蓋其性高明而外乎聲利者也 中樞朴公堧 扁其堂曰雙淸而詩之 安平大君又從而和之 余聞而歆羡曰 有是乎 雙淸之說也 伯夷 聖之淸者也 公其聞伯夷之風而興起者乎 蓋風而耳得之 月而且寓之 人皆知二物之淸 而不知於吾一心 有不羡乎彼者存焉 然則安知其知之者之不與不知者比也 今觀公奉先之敬 娛賓之興 其自樂之趣 可知已 然濠上觀魚之樂 莊子不知 莊子不知魚之樂 惠子亦不知 余何敢窺其涯涘哉 公之令胤主簿繼祀 以余在末屬 不鄙辭拙 俾記之 聞其說而記之 正統十年秋九月望 奉訓郞集賢殿校理 知製敎 世子右司經 朴彭年 記 (輿地勝覽本 濠上觀魚之樂 莊子不知魚之樂 惠子亦不知云)" 원문과 번역은 모두 한국고전종합DB(http://db.itkc.or.kr/)(번역자: 조동영)에서 가져온 것이다. 번역은 부분적으로 수정한 곳이 있으며, 단락 구분도 약간씩 달리 하였다.

〈표 3-6〉 박팽년의 〈쌍청당기〉 본문 분석 표

제목	쌍청당기(雙淸堂記)
필자	박팽년(朴彭年)
집필연대	1445
출전	『박선생유고(朴先生遺稿)』, 『동문선(東文選)』, 『신증동국여지승람(新增東國輿地勝覽)』
대상 집	쌍청당(雙淸堂)
지역명	대전광역시 대덕구 쌍청당로 17
집이름 뜻	중국 북송(北宋)의 시인인 황정견(黃庭堅)이 자신의 스승인 대 유학자(大儒學者) 주돈이(周敦頤)의 인품을 평하면서 말하였던 '광풍제월(光風霽月, 맑은 바람과 비 개인 뒤의 밝은 달)'에서 뜻을 가져온 것으로, 바람과 달을 2개의 맑음, 즉 '쌍청(雙淸)'으로 표현한 것이다.
집 건립자	송유(宋愉)
누정기 청탁자	송계사(宋繼祀): 송유의 아들
개념어	형기(形氣), 체(體), 시사(時祀), 심의(深衣), 선학(禪學), 주부(主簿), 봉훈랑(奉訓郎), 집현전(集賢殿), 교리(校理), 지제교(知製敎), 세자우사경(世子右司經)
언급된 인물	송유(宋愉): 쌍청당의 건립자 송계사(宋繼祀): 송유의 아들, 누정기를 박팽년에게 청탁함 박연(朴堧): '쌍청당' 편액을 써주고 쌍청당 시를 지음 안평대군(安平大君): 박연 시에 차운해 쌍청당 시를 지음 황정견(黃庭堅): 그의 문장이 고사로 인용됨 소옹(邵雍): 그의 시가 고사로 인용됨 백이(伯夷): 그와 관련된 이야기가 고사로 인용됨 장자(莊子): 그의 문장이 고사로 인용됨 혜자(惠子): 장자의 문장 속에 등장한 인물
언급된 기록	박연의 시, 안평대군의 시
인용 고사	1) 황정견 - '광풍제월(光風霽月)' 고사 　　(『송사(宋史)』 「주돈이전(周敦頤傳)」) 2) 소옹, 〈청야음(淸夜吟)〉

32) 집이름 뜻의 유래와 인용 고사의 출전은 위의 본문만으로는 전부 알기 어려운데, 이에 대해서는 본 연구자가 해당 출처를 찾아 작성하였다. 이하의 13편 누정기에 대해서도 마찬가지이다.

	(『이천격양집(伊川擊壤集)』) 3) '백이는 성인 중에 청(淸)에 속하는 자인데…' (『사기(史記)』「백이열전(伯夷列傳)」) 4) '호상(濠上)에서 물고기가 즐겁게 노는 것을 보고…' (『장자(莊子)』「추수(秋水)」제8장)
건축 정보	총 7칸으로 중간에 온돌을 설치하고, 오른쪽 3칸을 터서 대청 으로, 왼쪽 3칸을 터서 각각 주방·욕실·제기 보관소로 만들었음
특이사항	집에 단청이 되어 있음

(2) 조익(趙翼, 1579~1655), 〈동춘당기(同春堂記)〉

동춘당기(同春堂記)

진선(進善) 송군(宋君, 송준길(宋浚吉))이 회덕(懷德)에서 수백 리 떨어진 나에게 글을 보내 이른바 동춘당(同春堂)이라고 하는 곳의 기문을 써 달라고 요청하였다. 대개 송씨(宋氏)가 회덕에 터를 잡고 산 것이 200여 년쯤 된다. 송군의 7세조인 쌍청공(雙淸公, 송유(宋愉))이 태종(太宗) 때에 관직을 버리고 향리에 돌아와서는 처음으로 회덕에서 은거하며 거기에서 생을 마쳤다. 이때 집 한 채를 지어 쌍청당(雙淸堂)이라고 이름하고는 자신의 호로 삼았는데, 교리(校理)인 박팽년(朴彭年)이 그 기문을 지었다. 그 뒤로 자손이 많아지면서 한 마을이 모두 송씨로 되었으므로 사람들이 그곳을 이름하여 송촌(宋村)이라고 하였다.

송군의 집은 마을의 상류(上流) 지역에 있다. 그의 선인(先人) 역시 집 한 채를 지었는데, 난간에 올라서면 앞이 툭 터져서 사방이 모두 보이고, 방도 그윽하고 따스해서 겨울이나 여름이나 모두 지내기에 좋았으니, 이른바 '군자가 편히 쉴 만한 곳(君子攸寧)'이라고 할 만하였다.

그런데 그 집이 난리(병자호란)를 겪은 뒤로 퇴락해졌으므로 송군이 다시 세워서 새롭게 단장하였는데, 그 제도는 모두 한결같이 예전대로 하면서 집터만 약간 동쪽으로 옮겨 시내와 가깝게 한 것이었다. 그리고 그곳은 계룡(鷄龍)의 동쪽과 봉무(鳳舞)의 북쪽에 위치하여 명산이 한눈에 들어왔으며, 냇물이 바로 집 아래에서 흐르고 있었으므로 사계절에 따라 아침저녁으로 천변만화하는 산의 기상(氣象)과 마을을 감싸며 휘돌아가는 맑은 시냇물의 정취를 모두 즐기며 음미할 수가 있었다. 그 집의 이름을 동춘(同春)이라고 하였으니, 이는 만물과 더불어 봄을 함께하겠다는 뜻을 취한 것이었다.

내가 생각건대 회덕의 송씨는 동방의 명족(名族)으로서 옛날 중국의 **범양** (范陽) **노씨(盧氏)**라든가 **청하(淸河) 정씨(鄭氏)**와 같다고 여겨지니, 이는 그 종족들이 번창한 가운데 현사(賢士)들이 또 많이 배출되었기 때문이다.

그의 선조인 **쌍청공**은 은둔하며 평생을 보냈으니 덕이 높은 분임을 짐작할 수 있는데, **박공(朴公, 박팽년)**이 그 집의 기문을 지었고 보면 서로 교유한 사실이 있었을 것이 또 분명하다. 박공의 충렬(忠烈)이야말로 우주 사이에 늠름하여 일월과 빛을 다투고 있으니, 박공과 함께 노닌 사람도 현인(賢人)일 것이 분명하다. 현인이 아니었다면 박공이 필시 기문을 써 주지도 않았을 것이니, 이를 통해서도 그가 현인이었다는 것을 더욱 확인할 수 있다. 따라서 그의 자손들이 번창하는 가운데 현사가 많이 배출된 것 역시 당연한 일이니, 하늘이 선인(善人)에게 복을 내려 주는 것이야말로 이치상 필연적인 일이라는 것을 여기에서 또 확인할 수 있다고 하겠다.

송군이 현인의 후예로 태어나 현사의 마을에서 생장하면서, 멀리로는 선조의 업적을 추모하고 가까이로는 **송족(宋族)**의 가풍을 이어받았으니, 그의 정성 (情性)과 하는 일 모두가 자연히 범인과 다르게 된 것도 당연한 일이다. 게다가 옛사람의 학문에 뜻을 두고 옛사람이 행했던 일을 스스로 힘쓸 수 있었고 보면, 이것은 또 종당(宗黨)의 여러 사람들이 따라갈 수 있는 바가 아니라고 하겠다. 그런데 지금 집을 다시 새로 지으면서 선인(先人)의 옛 제도를 폐하지 않았으니 효성스럽다고 할 만하고, 그 집의 이름을 지은 의미를 살펴보면 그 뜻이 원대하다는 것을 또 알 수가 있다.

대저 하늘의 덕(德)에 네 가지가 있는데 그중에서 원(元)이 으뜸이 되고, 그 기운이 유행함에 따라 또 사계절이 전개되는데 그중에서 춘(春)이 으뜸이 되니, 그리고 보면 춘이라는 것은 원의 덕이 계절에 적용되어 행해진 것이라고 하겠다. 그런데 사람의 인(仁)이라는 것도 바로 여기에서 나오는 것이고 보면, 원(元)과 춘(春)과 인(仁)은 하나라고 할 것이다. 그래서 정자(程子)가 말하기를 "마음이 조용해진 뒤에 만물을 보면 모두 봄의 뜻을 지니고 있다(靜後觀萬物 皆有春意)"라고 한 것이며, 또 말하기를 "만물을 내는 하늘의 그 뜻이 가장 볼 만하다. 이 원(元)이라는 것은 뭇 선(善)의 으뜸이 되니, 이것이 바로 사람에게는 인이 되는 것이다(萬物之生意最可觀 此元者 善之長也 斯所謂仁也)"라고 한 것이다.

대저 천지(天地)는 만물을 생(生)하는 것으로 마음을 삼는데, 원(元)이라는 것은 천지가 만물을 생하는 그 마음을 가리켜서 말한 것이요, 춘(春)이라는 것은 천지가 만물을 생하는 그 기운을 가리켜서 말한 것이다. 만물은 모두 천지의 기운을 받아서 나오기 때문에 만물 모두에 생의(生意)가 있게 되는 것이니, 이른바 춘의(春意)라는 것은 바로 생의인 것이다. 그런데 인(仁)이라는 것은 바로 만물을 생(生)하는 사람의 마음인데, 송군이 동춘(同春)으로 자기 집의 이름을 지은 것을 보면 그의 뜻이 인을 추구하는 데에 있다는 것을 알 수가 있다.

대저 인은 천지의 공평무사한 마음이요, 모든 선(善)의 근본이 되는 것이다. 그런데 송군의 뜻이 바로 여기에 있고 보면, 그 뜻이 어찌 크다고 해야 하지 않겠는가? 성인의 문하에서 배운 사람들이 인을 얻기 위해 노력하였지만, 유독 안자(顔子)만이 석 달 동안 인을 어기지 않을 수 있었으니, 이것이 바로 안자가 성인의 경지에 가깝게 된 까닭이라고 하겠다. 그런데 정자(程子)가 또 그를 춘생(春生)이라고 한 것을 보면 이를 통해서도 인이 춘과 같다는 것을 더욱 알 수가 있다.

이러한 이치는 사람마다 균등하게 품부받은 것이다. 그런데 군자(君子)는 다른 사람과 자기 사이에 간격을 두지 않기 때문에, 자기가 일단 그러한 경지를 얻고 난 뒤에는 또 반드시 다른 사람들과 공유(共有)하려고 한다. 그리하여 이러한 이치를 균등하게 품부받은 사람들로 하여금 빠짐없이 그러한 경지를 얻게 하려고 하니, 이것이 바로 군자가 낙으로 삼는 것이다. 송군이 자기의 집을 이렇게 이름 지은 그 뜻도 바로 여기에 있을 것이다.

내가 생각건대 군자라면 물론 사람들마다 모두 이 도를 얻게 하려는 데에 뜻을 두어야 하겠지만, 반드시 자기부터 이루고 난 뒤에야 남을 이끌어 줄 수 있는 법이니, 그렇다면 군자의 급선무는 바로 자기를 완성하는 데에 있을 것이다. 그리고 자기를 이루어 나가는 방도와 같은 것은 성인이 제자(諸子)에게 일러 준 말씀 속에 갖추어져 있는데, 이에 대해서는 송군이 익히 강구하면서 공부하고 있을 테니, 내가 더 말할 것이 뭐가 있겠는가?

내가 그동안 송군 선조의 높은 덕의(德義)를 흠모해 오던 차에, 집의 이름을 지은 뜻이 다른 사람과 다른 점을 또 기뻐한 나머지 사양을 하지 않고 이렇게 기문을 지어서 답하게 되었다.

계사년(1653) 늦은 봄에 조익은 쓰다.[33]

---

33) 『浦渚集』卷之二十七. "進善宋君自懷德 以書走數百里 請記其所謂同春堂者 蓋宋氏之家 懷德 二百年餘矣 宋君七世祖雙淸公 當太宗朝 棄官歸鄕里 始隱於懷德以終其身 搆一堂 名之爲雙淸 因以自號 而校理朴公彭年記之 其後子孫衆多 一里皆宋氏 故人名之爲宋村 宋 君之家在村上流 其先人亦搆一堂 其軒楹敞豁四達 其室屋靚深溫暖 冬夏皆宜 所謂君子攸 寧者也 其堂亂後頹廢 宋君乃重建以新之 其制一皆因舊 稍東徙以近溪澗 且其地在鷄龍之 東 鳳舞之北 名山在望裏 流水在屋下 山之四時朝暮 氣象萬千 而一練抱村 縈回淸澈 皆可 樂而翫之 而名其堂曰同春 取與物同春之意也 余惟懷德之宋 爲東方名族 如古范陽之盧 淸 河之鄭 以其族衆多而又多賢士也 其祖雙淸公隱遁終世 其爲高人可知 而朴公記其堂 則必 嘗與之交遊 朴公忠烈 凜凜宇宙 爭光日月 與之遊者必賢人也 非賢人 必不爲之記 於此益 見其爲賢也 宜其子孫蕃庶而多賢也 於此見天之福善人 理所必然也 宋君以賢人之裔 長於 賢士之里 遠追祖先之業 近取宋族之風 宜其情性事爲自與凡人異也 又能志乎古人之學 以 古人之事自勵 則又非宗黨諸人所能及也 一堂構重新 不廢先人之舊 可謂孝矣 而觀其名堂 之義 則又可見其志之遠矣 夫天之德有四 而元其首也 其氣之流行亦有四 而春其首也 然則 春者 元之行乎時者也 人之仁 卽出於此 故元也春也仁也 一也 程子曰 靜後觀萬物 皆有春 意 又曰 萬物之生意最可觀 此元者善之長也 斯所謂仁也 夫天地以生物爲心 元者天地生物 之心也 春者天地生物之氣也 萬物之生 皆受之天地 故萬物皆有生意也 所謂春意 乃生意也 仁者 人之生物之心也 宋君以同春名其堂 則可見其志在於求仁也 夫仁 天地之公 萬善之本 也 宋君之志乃在於此 其志豈不大哉 聖門之學 以求仁爲務 獨顔子能三月不違 此顔子所以 幾於聖人也 程子謂之春生 此尤見仁之爲春也 此理人所均稟 君子 物我無間 旣得乎己 又 必欲與人同之 使均稟是理者咸有得焉 此君子之所樂也 宋君所以名堂之意 其在斯乎 余謂 君子之志 固欲人人皆得乎此道也 然必成己而後乃能及物 然則君子之所急者 其在於成己

내용에서 보이다시피 동춘당은 쌍청당과 관련이 깊은 집으로서 필자도 그 점을 충분히 인식하고 누정기를 서술하였다. 이 글 역시 의론이 상당 부분을 차지하며, 성리학적 사유가 짙게 반영되어있다. 이는 〈동춘당기〉 뿐만이 아니라 조선 시대에 작성된 거의 대부분의 누정기가 그러한데, 동춘당은 사적 건물이므로 개인적 수양에 초점을 맞추고 있음을 확인할 수 있다.

이 글에서 분석할 수 있는 중요 사항으로는 누정기 제목, 필자, 누정기 출전, 대상으로 한 집, 지역명, 주변의 자연 경물, 개념어, 건립자 이름, 건립자의 선조, 건립자의 선조가 지은 집, 그 집에 누정기를 써준 인물, 관련 사건, 집 이름 뜻, 누정기 청탁자, 인용 인물, 인용 고사, 집필 일시 등이 있는데, 이를 표로 정리하자면 다음과 같다.

〈표 3-7〉 조익의 〈동춘당기〉 본문 분석 표

제목	동춘당기(同春堂記)
필자	조익(趙翼)
집필연대	1653
출전	『포저집(浦渚集)』
대상 집	동춘당(同春堂)
지역명	대전광역시 대덕구 동춘당로 80
주변 자연	계룡산, 봉무산
관련 사건	병자호란
집이름 뜻	『주역(周易)』에 나오는 하늘의 네 가지 덕인 원형이정(元亨利貞) 중에 원(元)은 봄에 해당하며 인(仁)을 가리킨다. 이에 '봄을 함께 한다'라는 뜻의 '동춘(同春)'이란 이름을 지어 인(仁)을 추구하는 마음을 나타내었다.

乎 若夫成己之方 則聖人所告諸子者備矣 此則宋君所熟講而從事者 何待余言也 余旣慕宋君先世德義之高 而又喜其名堂之義異於人也 乃不辭而爲之說以復之 癸巳暮春 趙翼 記"
원문과 번역은 모두 한국고전종합DB(http://db.itkc.or.kr/)(번역자: 이상현)에서 가져온 것이다. 번역은 부분적으로 수정한 곳이 있으며, 단락 구분도 약간씩 달리 하였다.

집 건립자	송준길(宋浚吉)
누정기 청탁자	송준길(宋浚吉)
개념어	교리(校理), 정성(情性), 종당(宗黨)
언급된 인물	송준길(宋浚吉): 동춘당의 건립자 송유(宋愉): 송준길의 선조이자 쌍청당을 건립한 인물 박팽년(朴彭年): 쌍청당에 대한 누정기를 쓴 인물 정자(程子): 그의 문장이 고사로 인용됨. 　　　　　정이(程頤)·정호(程顥) 형제. 안자(顏子): 그와 관련된 일화가 고사로 인용됨. 　　　　　공자의 제자 안회(顏回).
언급된 집	쌍청당(雙淸堂)
인용 고사	1) '군자가 편히 쉴만한 곳' 　(『시경(詩經)』「소아(小雅)」) 2) '하늘의 덕에 네 가지가 있는데…' 　(정이(程頤) - 『주역(周易)』건괘(乾卦)에 대한 전(傳)) 3) '마음이 조용해진 뒤에 만물을 보면…' 　(정이(程頤) - 『근사록(近思錄)』권4「존양류(存養類)」) 4) '만물을 내는 하늘의 그 뜻이 가장 볼만하다' 　(정호(程顥) - 『근사록(近思錄)』권1「도체류(道體類)」) 5) 정자가 안자를 '춘생(春生)'에 비유 　(정호(程顥) - 『근사록(近思錄)』권14「관성현류(觀聖賢類)」) 6) '안자만이 석달동안 인(仁)을 어기지 않았다' 　(『논어(論語)』「옹야(雍也)」)

(3) 홍석주(洪奭周, 1774~1842), 〈임경당중수기(臨鏡堂重修記)〉

임경당중수기(臨鏡堂重修記)

옛사람들이 자손을 통해 선업(先業)을 이어가는 것을 긍당긍구(肯堂肯構)라고 부른다. 이른바 '긍당긍구'라는 것은 단지 사는 집만 말하는 것은 아니다. 그러나 효자와 효손들은 선조의 물품 가운데 비록 하찮은 그릇일지라도 손때가 많이 묻은 것은 차마 버리거나 망각하지 않거늘 하물며 종신토록 잠자고 거처하며 쉬는 곳은 말해 무엇 하겠는가? 또 하물며 터 잡아 집 짓는 일을 경영하여 평생 깃들어 사는 곳으로 삼는 것은 말해 무엇 하겠는가? 자거나 거처하는 장소를 경영하는 것에 대해 걱정하지 않고 능히 조상의 일을 버려두지 않는다고 스스로 말할 수 있는 자를 나는 아직 감히 믿지 못한다.

율곡(栗谷) 이 선생이 임영(臨瀛, 강릉)의 김 처사공(處士公, 김열)을 위하여 〈호송설(護松說)〉을 지어서 조상의 일을 능히 이어가도록 하는 데 게으르지 않게 하고 효제(孝悌)를 불러 일으켜 그 자손들을 힘쓰게 하였다. 대개 김공(金公)의 집은 수백 무(畝) 크기의 소나무밭으로 둘러싸여 있는데, 그 모두가 조상님이 손수 심어놓은 것들이다.

김공은 명종과 선조 때에 시례(詩禮)의 가르침으로 선업(先業)을 계승하여 벗들의 존경을 받았다. 그러나 문을 닫아걸고 궁벽하게 살면서 세상에 나아가는 뜻은 담백하게 여기고 영광스럽게 생각하지 않았다. 그리고 집 이름은 집이 경포(鏡浦)에 가까이 있다는 데에서 '임경(臨鏡)'이라고 이름 붙이니, 또한 선조가 터를 잡아 쌓은 곳이다.

지금 김공이 살던 때로부터 200년 쯤 흘러오면서 그 사이에 집이 자주 무너져 내려서 그 후손들이 서로 계승하면서 집을 고치고 지붕을 새로 얹었다. 선영의 아래와 정봉(鼎峰)의 남쪽에 시내를 가까이 하여 우뚝이 집이 들어서니 옛날 모습 그대로이다. 아, 이것은 참으로 율곡 선생이 말한 대로 조상의 업적을 이어가는 일을 게을리하지 않는 사람이라고 하겠다. 이 어찌 김공이 자손들에게 남겨준 효제(孝悌)의 규범 덕분이 아니겠는가?

김공이 살던 세상은 이미 아득하여 그 유풍(遺風)과 남은 향기에 대해서는 상세한 것을 살펴볼 수는 없다. 그러나 강릉은 영동 바닷가 지방 가운데 한 도회지여서 금강산과 오대산의 맑고 맑은 기운이 이곳으로 서로 모여들며, 호수와 바다가 서로 이어지고 들판이 광활하여 임금의 덕이 두루 퍼지니 진실로 호걸과 군자들이 많이 태어나는 것은 마땅하다. 명종과 선조 무렵에 인문(人文)이 지극히 극성해지는 때를 맞았을 때 율곡 선생이 이곳에서 태어났다. 율곡 선생과 서로 교유하고 왕래하니 그때의 뛰어난 인재들은 참으로 많았다. 그러나 율곡 선생의 글에 나오는 사람들 가운데 오직 김공만이 특히 두드러지니 김공의 어짊을 상상할 수 있다.

나는 어려서 율곡 선생의 글을 읽었고, 자라서는 임금의 일을 받들어 강릉에 왔다가 **경포호** 호숫가를 배회할 때 선생의 유풍을 생각하면서 그때 율곡 선생을 좇아서 따르던 자취들을 구해보고자 했으나 얻어 보지 못하여 오랫동안 크게 탄식했다. 강릉에서 돌아온 지 12년 쯤 뒤에 김공의 9세손인 **동원**(東源)씨가 뱃길로 600리를 건너서 찾아와 옛일을 예로 들면서 나에게 말하기를, "우리 집의 남쪽에는 율곡 선생의 사당이 있고, 그대의 고조할아버지이신 **참판공**(參判公, 홍석보)께서 실로 그곳의 비문을 쓰시며, 우리 **고조할아버지**(김하주)께서 또한 일찍이 그 사당에 모셔져 받들어졌습니다. 지금 그 비석은 이미 바뀌고 옛날의 **탑본**(榻本)만 우리 집에 남아 있으니, 어찌 그대가 우리 집에 대하여 한 마디 말이 없을 수 있겠습니까?"라고 했다.

아, 나는 이제 늙고 병이 들어서 능히 다시 글을 지을 수 없다. 그러나 다행히 율곡 선생의 뒷자리에 내 이름을 맡길 수만 있다면, 참으로 애써 글을 짓지 아니할 수 없다. 하물며 내 고조할아버지 때의 옛 우의까지 겹쳐 있는데 어찌 그만 두겠는가? 이에 손을 깨끗이 씻고 공경한 마음으로 적는다.

이 집을 다시 지은 사람은 김공의 5세손인 **하주**(夏柱)이고, 이어서 지붕을 얹은 것은 7세손인 **기명**(夔鳴)씨가 시작하여 그 아들인 **태호**(台浩)씨에서 끝맺었다. 동원 씨는 바로 태호 씨의 아들이다. 옛날에는 집에 여러 분들의 **제영시**(題詠詩)가 걸려 있었는데, **기재**(企齋) **신광한**(申光漢)과 김 **쌍계**(雙溪) 이하 이름을 알 수 있는 분들만 해도 6~7명 쯤 된다. 이분들의 글을 모두 새로 새겨서 걸어 놓으니, 아, 조상님의 뜻을 잇고자 하는 김씨 가문은 참으로 부지런하다고 하겠다. 앞으로 대관령의 동쪽 마을에 효제(孝悌)와 시례(詩禮)로서 이름을 드날릴 집안은 반드시 김씨 가문일 것이다.

기축년(1829) 중추(仲秋) 하한(下澣) 자헌대부(資憲大夫) 예조참판(禮曹參判) 겸 **홍문관제학**(弘文館提學) 풍산(豊山) 홍석주(洪奭周) 적고, **수록대부**(綏祿大夫) **영명위**(永明尉) 홍현주(洪顯周) 쓰다.[34]

34) 『淵泉集』卷之十九. "古人以子孫之能紹先業者 謂之肯堂肯構 夫所謂堂構者 非直居室之

조선 후기의 저명한 유학자이자 문필가인 홍석주의 글이다. 집 이
름에 대한 의론은 없지만 전통을 망각하지 않고 때마다 집을 중수하여
건립자 김열의 정신을 계승하고 있음을 상찬하면서 필자의 생각을 드
러내었다. 건립자에 대한 상찬과 중수자에 대한 상찬을 차례로 글에
담으면서 '긍당긍구(肯堂肯構)'35)의 정신을 훌륭히 실천하고 있음을 칭
송하였는데, 이는 중수기의 전형적인 서술 방식이기도 하다. 특히 『서
경(書經)』에서·인용한 '긍당긍구' 고사는 중수기에서 매우 빈번하게 볼

謂也 然孝子慈孫之於其先也 雖梧栲槃盂之微 手澤之過而留者 尙不忍棄而忘 況於其終身
之所寢處居息乎 又況其經營卜築 以爲其所依歸者乎 慦然於經營寢處之所 而自謂能不墜
先業者 吾未敢信也 栗谷李先生爲臨瀛處士金公 作護松說 以堂構不隳 興孝興悌 勖其子孫
盖金公之宅 有松數百畝環而植焉 皆其先人手種也 金公當我朝明宣際 以詩禮之敎 克紹先
業 爲士友所推重 而杜門竆居 泊然無榮進意 其所居之堂 取其近鏡浦 以爲名曰臨鏡 亦其
先人所卜築也 今去公餘二百年 堂之圮屢矣 其裔孫相繼修葺之 邱山之下 鼎峰之陽 臨川而
翼然者 猶舊日也 嗚呼 此眞栗谷先生所謂堂構不隳者也 斯豈非公孝悌之遺範耶 公之世已
遠 其遺風餘芬 不可得而聞其詳矣 然江陵於嶺海之間 一都會也 金剛五臺淸淑之氣 於是焉
交湊 而湖海相涵 原野豁然 英華之所融播 固宜多傑人君子之産 明宣之際 又當人文極盛之
會 栗谷先生實是地 其所與交游往來 一時髦雋 宜亦不爲不衆矣 而見於先生之文者 惟金
公爲特著 則公之賢亦可想已 余少而讀栗谷先生之書 旣壯奉使至江陵 徘徊鏡浦之上 想望
先生之遺風 求見其當時從游之躅而不可得 則喟然太息者久之 旣歸後二十餘歲 金公之九
世孫東源 舟跋涉六百里來 徵言于余曰 吾堂之南 有栗谷先生祠 子之高祖參判公 實書其繫
牲之石 吾高祖亦甞有事于祠 今其刻已改 而曺碑之撝 獨留吾家 子何可無一言于吾堂耶 嗟
乎 余今老且病 不能復爲文矣 然幸而得托名於栗谷先生之後 固不可以不勉 而況重之以吾
高祖考之舊誼耶 乃盥手而敬識之 重構斯堂者 爲公之五世孫夏柱 繼而葺之者 始於七世孫
夔鳴 而卒成於其子台浩 東源卽台浩之子也 堂舊有諸賢題詠 申企齋,金雙溪以下知名者
六七人 咸新其刻而揭之 嗚呼 金氏之堂構 可謂勤矣 異日大關之東 有以孝悌詩禮蔚然名於
其鄕者 必金氏家也夫 己丑仲秋下澣 資憲大夫禮曹判書兼弘文館提學 豊山洪奭周記 綏祿
大夫永明尉 洪顯周書"

원문과 번역은 모두 한민족 정보마당〉한국전통옛집(http://www.kculture.or.kr/
korean/oldhome/) 사이트에서 가져온 것이며, 번역은 수정한 부분이 있다.

35) 긍당긍구(肯堂肯構): 가업(家業)을 이어받아 발전시키는 것을 비유하는 말이다.『
서경(書經)』「대고(大誥)」의 "아버지가 집을 지으려 하여 이미 설계까지 끝냈다 하더
라도, 그 자손이 집터도 닦으려 하지 않는다면 어떻게 집이 완성되기를 기대할 수 있겠
는가?(若考作室 旣底法 厥子乃不肯堂 矧肯構)"라는 말에서 비롯된 것이다.

수 있는 표현이다.

이 글에서 분석할 수 있는 중요 사항으로는 누정기 제목, 필자, 누
정기 출전, 대상으로 한 집, 지역명, 주변의 자연 경물, 개념어, 건립
자 이름, 중수자 이름, 집 이름 뜻, 누정기 청탁자, 인용 고사, 집필연
대 등이 있는데, 이를 표로 정리하자면 다음과 같다.

〈표 3-8〉 홍석주의 〈임경당중수기〉 본문 분석 표

제목	임경당중수기(臨鏡堂重修記)
필자	홍석주(洪奭周)
집필연대	1829
출전	『연천집(淵泉集)』
대상 집	임경당(臨鏡堂)
지역명	강원도 강릉시 소목길 18-26
주변 자연	경포호, 정봉(鼎峰)
집이름 뜻	강릉의 옛 이름인 '임영(臨瀛)'에서 '임(臨)' 자를 따고, 집이 '경포호(鏡浦湖)'에 가까이 있기 때문에 '경(鏡)' 자를 따서 '임경(臨鏡)'이라는 이름을 붙였다. 글자대로 해석하자면 '거울에 임한다'라는 뜻이 된다.
집 건립자	김열(金說)
집 중수자	김하주(金夏柱), 김기명(金虁鳴), 김태호(金台浩)
누정기 청탁자	김동원(金東源)
개념어	시례(詩禮), 탑본(榻本), 제영시(題詠詩), 하한(下澣), 자헌대부(資憲大夫), 예조참판(禮曹參判), 홍문관제학(弘文館提學), 수록대부(綏祿大夫), 영명위(永明尉)
언급된 인물	이이(李珥): 김열에게 글을 써준 인물 김열(金說): 임경당의 건립자 명종(明宗): 김열이 관직에 있을 때의 임금 선조(宣祖): 김열이 관직에 있을 때의 임금 김동원(金東源): 김열의 9대손. 누정기 청탁자 홍석보(洪錫輔): 홍석주의 고조할아버지. 김하주의 지인 김하주(金夏柱): 김동원의 고조할아버지. 홍석보의 지인. 임경당의 중수자

	김기명(金夔鳴): 임경당의 중수자 김태호(金台浩): 임경당의 중수자 신광한(申光漢): 임경당에 대해 글을 써준 인물 홍현주(洪顯周): 〈임경당중수기〉의 현판 글씨를 쓴 인물. 홍석주의 동생
언급된 기록	이이, 〈호송설(護松說)〉
인용 고사	1) '긍당긍구(肯堂肯構)' (『서경(書經)』「대고(大誥)」)

(4) 조원연(趙元衍), 〈양진당중수기(養眞堂重修記)〉

양진당중수기(養眞堂重修記)

이 집은 우리 선조 검간(黔澗, 조정) 선생께서 한가로이 태연하게[燕申] 거처하시던 곳이다. 집을 지은 때는 병인년(1626)이니 지금 이미 3백여 년이나 되었다. 돌아보건대 이곳 상산(商山, 상주)은 임진왜란 때의 요충지로서 적들이 모여드는 곳이었기 때문에 선조의 예전 집이 모두 전쟁의 잿더미가 되어 완전히 없어져 빈터가 되었다.

그로부터 35년 뒤에 선생께서는 맏아드님 초은공(樵隱公, 조기원)으로 하여금 가시덤불을 베어내고 불타고 남은 잿더미도 쓸어내게 하여 남은 터에 집터를 닦아 먼저 감실(龕室)을 세우니 고요한 사당의 모습을 갖추게 되었다. 중간에 정침(正寢, 본채)을 세우니 집이 나는 듯 아름다웠으며, 그 나머지 병사(丙舍, 재실)와 부엌 등도 각각 그 용도에 맞도록 하였다. 그로부터 3년이 지나 무진년(1628)에 이르러 차례로 다 갖추어 이루어졌으니, '이만하면 충분히 갖추었고 이만하면 충분히 훌륭하다.'라고 할 만하여 위(衛)나라 공자(公子)가 집안 살림을 잘 한 데 비해 부족함이 없었다.

양진당(養眞堂)이라고 편액을 걸어두어 자손에게 남겨주셨으니, 이는 오랜 세월 무궁하게 전할 계책이었다. 180년이 지나 영조(英祖) 임금 무진년(1808)[36)]에 이르러 세월이 더욱 오래되어 비바람에 쓸리고 씻기어 허물어져 쓰러지는 근심을 면할 수 없게 되니, 당시의 어르신들이 수리를 하여 전부 새롭게 하였다. 그 일은 가은공(可隱公, 조학수)의 중수기(重修記)를 보면 모두 상세하니 지금 감히 다시 군더더기 말을 덧붙이지 않는다.

그 후 다시 2백여 년이 지나 오늘에 이르렀으니 오늘의 형세는 다만 궂은비를 걱정할 뿐이 아니요 집이 쓰러질 걱정이 급급하다. 큰 집이 장차 기울어진다면 누가 능히 지탱하겠는가? 우리 선조의 후손 된 사람으로서 근심하여 탄식하지 않을 수 없어 밤낮으로 두려워한 지가 이미 여러 해가 되었다. 다행히 삼종질(三從姪) 조성철(趙誠徹)과 일가 아우 조시연(趙是衍)이 선조를 존경하며 추모하는 정성이 보통 사람보다 월등히 뛰어나 즉시 선도자로 나서 자손들에게 모금을 하고 관청에 도움을 구하였다.

신유년(1981) 봄에 공사를 시작하여 임술년(1982) 여름에 완공하였다. 차례대로 술잔을 받는 잔치에서 낙성(落成)을 고하고 예전의 처마에 집 이름을 걸었다. 감실과 외랑(外廊)과 대청은 아직 완전히 잘 된 상태는 아니지만 하늘에 계시는 선생의 영령이 양진당 위에 뚜렷이 계시는 것 같으니 어찌 우리 가문의 크나큰 경사가 아니겠는가?

아! 양진당의 '양(養)'은 존양(存養, 착한 본마음을 잃지 않도록 잘 기름)을 말하고, '진(眞)'은 심진(心眞, 마음의 참됨)을 말한다. 마음의 참됨을 잃지 않고 잘 기른다면 덕성(德性)을 이루는 일도 여기에서 벗어나지 않는다. 효성으로 어버이를 섬기는 것으로 마음을 삼는다면 바로 그 참됨을 잘 기르는 것이고, 충성으로 임금을 섬기는 것으로 마음을 삼는다면 바로 그 참됨을 잘 기르는 것이다.

세상을 피해 숨어 살면서도 걱정이 없어 죽더라도 착한 도리의 마음을 지킨다면 그것이 바로 그 참됨을 잘 기르는 것이며, 숨어 살면서도 뜻을 구하여 외물에 휘둘리지 않는 마음을 간직한다면 그것이 바로 그 참됨을 잘 기르는 것이다. 이러하기를 잘 따른다면 수신제가(修身齊家) 치국평천하(治國平天下)의 사

36) 무진년(1628)에서 180년이 지난 무진년은 1808년이며 순조 임금 때이다. 영조 임금 때라고 한 건 잘못 쓴 것으로 보인다. 1808년에 집필된 조학수의 〈양진당중수기〉를 보아도 양진당이 중수된 해는 1808년이 맞다.

업과 격물치지(格物致知) 성의정심(誠意正心)의 공부가 모두 양진(養眞, 참됨
을 잘 기름)하는 사람에게 있을 것이다.

만약 혹시 집에서 불효하고 나라에 불충하며 이익을 도모하고 도의를 도모
하지 않으며 바깥에 힘쓰고 안에는 힘쓰지 않는다면 이러한 사람은 바로 참됨
을 잃은 사람이니 어찌 그것을 잘 기를 수 있겠는가? 무릇 수놓은 문과 무늬
넣은 창, 우람한 용마루와 아로새긴 들보도 다만 보기에 아름다운 자료가 될
뿐이요, 계곡과 산과 샘과 바위와 풀과 나무와 안개와 구름들도 경치를 돕는
데 지나지 않는다. 이 집에 들어오고 이 집에 머무는 사람이 이름을 돌아보고
뜻을 생각하여 두려워하며 스스로 반성하며 이러한 데서 어그러지지 않는다면
이 집의 이름을 지은 뜻을 잘 계승하는 일이라고 할 터이니, 어찌 스스로 힘쓰
고 서로서로 노력하게 하지 않겠는가?

지금 이 집을 중수하는 일은 신중하게 하였으므로 예전 제도를 따라 감히
고치지 않았다. 그러나 소용되는 비용이 매우 많고 공사도 방대하여 물자와 인
력이 다하여 부족한 때에 만약 여러 겨레붙이가 한마음으로 협력하지 않았다
면 어찌 유종(有終)의 미(美)를 볼 수 있었겠는가? 오늘 그동안의 일을 기록하
는 글이 없을 수 없기에, 나의 능력에 넘치는 죄를 함부로 무릅써서 후세 사람
으로서 이어 수리할 이가 눈으로 보고 마음으로 느끼기를 기다린다.

  임술년(1982) 음력 8월에 후손 조원연(趙元衍)이 삼가 글을 짓고 아울러
  글씨를 쓰다.[37]

---

37) 상주 양진당(尙州 養眞堂) 현판. "堂卽我先祖黔澗先生燕申之堂也 堂之作在宣廟丙寅 今
   已三百餘年之久矣 顧此商山 當壬辰之亂 地在要衝 爲賊淵藪 故先人舊廬 盡入兵燹 蕩然
   爲墟耳 其后三十五年 先生使長胤樵隱公 翦荊棘 掃灰燼 治第宅於遺墟 先立龕室 廟貌有
   血 中設正寢 堂廡乃翼 其餘丙舍庖廚間架 各適其用 越三年至戊辰 而次第俱成 可謂苟完
   苟美 不讓於衛公子之善居室也 緫顏之曰養眞堂 以遺子孫 欲傳於千秋無窮之計矣 歷一百
   八十年 至英宗戊辰 則日月滋久 風雨磨洗 而自不免漫漶傾庋之憂 故當時父老 乃加葺理
   一切新之 觀於可隱公重修記文 旣詳且悉 今不敢復贅焉 其後又過二百餘年 以至今日 則不
   翅有陰雨之慮而已 岌岌有顚覆之患 大廈將傾 誰能扶持也 爲吾祖子孫者 莫不憂嘆 夙夜懼
   懼者 已有年所矣 惟幸三從姪誠徹 族弟是衍 尊祖追遠之誠 逈出於人 立爲前矛 醵斂於子
   孫各家 求助於當時官府 始役於辛酉之春 而訖工於壬戌之夏 告落於旅酬之宴 而揭號於舊

현대에 쓰여진 누정기이다. 하지만 조선 시대의 누정기라 해도 믿
겨질 만큼 차이를 느낄 수 없는데, 이는 필자가 과거의 누정기를 전범
으로 삼아 그 서술 방식을 충실히 따랐기 때문이라 여겨진다. 현대의
누정기는 한글로 된 것도 적지 않지만, 이 글은 한문으로 집필되었으
며, 한문 원문을 보아도 어색함을 느끼기 어렵다. 과거의 전통이 현대
에도 계승되어 이와 같이 활용되고 있음을 보여주는 예라 할 수 있다.

이 글에서 분석할 수 있는 중요 사항으로는 누정기 제목, 필자, 누
정기 출전, 대상으로 한 집, 지역명, 주변의 자연 경물, 개념어, 건립
자 이름, 관련 사건, 중수자 이름, 집 이름 뜻, 인용 고사, 집필 일시
등이 있는데, 이를 표로 정리하자면 다음과 같다.

〈표 3-9〉 조원연의 〈양진당중수기〉 본문 분석 표

제목	양진당중수기(養眞堂重修記)
필자	조원연(趙元衍)
집필연대	1982
출전	양진당(養眞堂) 현판
대상 집	양진당(養眞堂)

日之楣 龕室與外廊大廳 姑未盡善 然先生在天之靈 宛然如在於養眞堂上 豈非吾族之一大
慶幸者乎 嗚呼 養者 存養之謂也 眞者 心眞之謂也 存養心眞 則成德之事 莫過於此 事親以
孝爲心 則養其眞也 事君以忠爲心 則養其眞也 遯世無悶 有守死善道之心 則養其眞也 隱
居求志 有不役外物之心 則養其眞也 從事於此 則齊治平之業 格致誠正之工 皆在於養眞之
人矣 若或不孝於家 不忠於國 謀利而不謀道 務外而不謀內 則此失眞之人也 安能養之也
凡繡戶紋窓 隆棟雕樑 則只爲觀美之資而已 溪山泉石 草樹煙雲 則不過所助之景而已 入此
堂而居此堂者 顧名思義 惕然自省 不悖於此 堂命名之義 則可謂善繼善述之事 盍自勉而胥
勖哉 今於重修之役事在愼重 故仍舊貫 而不敢改作 然貲費浩穰 工役尨大 當此物力凋殘之
日 若非僉宗之同心協力 豈見有終之美 於今日也 不可無顚委記實之文 故肆犯僭踰之罪 以
待後人繼修者之所觀感焉 壬戌撲棗節 後孫元衍謹記并書"
원문과 번역은 모두 한민족 정보마당〉한국전통옛집(http://www.kculture.or.kr/
korean/oldhome/) 사이트에서 가져온 것이며, 번역을 수정한 부분이 있다.

지역명	경북 상주시 낙동면 양진당길 27-4
관련 사건	임진왜란
집이름 뜻	'양(養)'은 존양(存養, 착한 본마음을 잃지 않도록 잘 기름)을 말하고, '진(眞)'은 심진(心眞, 마음의 참됨)을 말하는데, 이 둘을 합쳐 '양진(養眞)'이란 이름을 붙였다. 참된 마음을 잘 기른다는 뜻이다.
집 건립자	조정(趙靖)
집 중수자	조성철(趙誠徹), 조시연(趙是衍)
중수연대	1982
개념어	감실(龕室), 정침(正寢), 병사(丙舍), 낙성(落成), 외랑(外廊), 존양(存養), 심진(心眞)
언급된 인물	조정(趙靖): 양진당의 건립자 조기원(趙基遠): 조정의 장남. 양진당의 중수자 영조(英祖): 양진당이 중수되었던 때의 임금 조학수(趙學洙): 〈양진당중수기〉의 필자 조성철(趙誠徹): 조정의 후손. 양진당의 중수자 조시연(趙是衍): 조정의 후손. 양진당의 중수자
언급된 기록	조학수, 〈양진당중수기〉
인용 고사	1) '한가로이 태연하게[燕申] 거처하시던' (『논어(論語)』「술이(述而)」) 2) '이만하면 충분히 갖추었고 이만하면 충분히 훌륭하다' (『논어(論語)』「자로(子路)」) 3) '수신제가(修身齊家) 치국평천하(治國平天下)의 사업과 격물치지(格物致知) 성의정심(誠意正心)의 공부' (『대학(大學)』1장)
특이사항	현대에 쓰여진 누정기

(5) 허목(許穆, 1595~1682), 〈반구정기(伴鷗亭記)〉

반구정기(伴鷗亭記)
(임진강 하류에 있다.)

반구정(伴鷗亭)은 그 옛날 태평 시대의 정승 황 익성공(黃翼成公, 황희)의 정자이다. 상국이 돌아가신 지 근 300년인데, 정자가 허물어져 소가 쟁기를 끄는 땅이 된 지도 100년이 다 되었다. 이제 **황생(黃生)**은 상국의 자손으로 강가에 집을 짓고 살며 반구정이라 이름 붙여서 옛 이름을 없애지 않았으니 그 또한 어질다고 하겠다.

상국의 업적과 공렬에 대해서는 지금까지 무지한 촌부들조차 모두 칭송하고 있다. 상국은 나아가 조정에 벼슬할 때에는 **선왕(先王, 세종)**을 잘 보좌하여 나라를 다스리는 강령을 확립하고 백관을 바로잡았으며, 현명하고 유능한 사람들에게 직책을 주어 사방에는 우환이 없고 백성들이 생업을 즐겼으며, 물러나 **강호(江湖)**에서 노년을 보낼 때에는 화락하게 갈매기와 **함께 어울려** 살며 세상의 벼슬을 뜬구름처럼 여겼으니, 대장부의 일은 그 탁월함이 의당 이러하여야 한다.

야사(野史)에 전하는 명인의 고사에 "상국은 평소에 담소하는 일이 적었으므로 사람들은 그 마음의 기뻐하고 노여워하는 것을 알 수 없었고, 일에 당면해서는 큰 원칙에 주력하고 자질구레한 것은 묻지 않았다." 하였으니, 이야말로 훌륭한 정승으로서 이름이 백대 뒤에도 사라지지 않는 경우이다.

정자는 파주 읍내에서 서쪽으로 15리 되는 **임진강(臨津江)** 하류에 있는데, 썰물이 되어 갯벌이 드러날 때마다 갈매기들이 강가로 날아 모여든다. 잡초가 우거진 넓은 벌판이 있고 모래톱에는 강물이 넘실거려 9월이면 기러기가 찾아온다. 서쪽으로 바다 어귀까지 20리이다.

　　금상 6년(1665) 5월 16일에 미수는 쓰다.[38]

---

38) 『記言』卷之十三. "伴鷗亭記 (在臨津下) 伴鷗亭者 前古昇平相黃翼成公亭也 相國歿近二百年 亭毁 爲耕犁棄壤 且百年 今黃生 相國之子孫 結廬江上居之 仍名曰伴鷗亭 以不沒其名 亦賢也 相國之事業功烈 至今愚夫愚婦 皆誦之 相國進而立於朝廷之上 則能佐先王 立治體正百僚 使賢能在職 四方無虞 黎民樂業 退而老於江湖之間 則熙熙與鷗鷺相忘 視軒冕如浮雲 大丈夫事 其卓犖當如此 野史傳名人古事 相國平生寡言笑 人莫知其喜怒 當事務大體 不問細故 此所謂賢相國而名不沒於百代者也 亭在坡州治西十五里臨津下 每潮落浦生白鷗翔集江上 平蕪廣野 沙渚瀰滿 九月陽鳥來賓 其西距海門二十里 上之六年仲夏旣望 眉叟 記" 원문과 번역은 모두 한국고전종합DB(http://db.itkc.or.kr/)(번역자: 김민선)에서 가져온 것이다.

일반적인 누정기와는 상당히 다른 면모를 보여주는 글이다. 분량도 짧은데다가 의론이 없이 기사와 사경만으로 구성돼 있어 마치 산수유기(山水遊記)에서 잠시 머문 곳을 기술할 때의 문장 양식을 보는 듯하다. 청탁 받은 글이 아니며 자찬한 것인데, 방문한 감상을 간결하게 기록하였다. 허목의 누정기는 모두 이와 같은 글쓰기 방식을 보여준다.

이 글에서 분석할 수 있는 중요 사항으로는 누정기 제목, 필자, 누정기 출전, 대상으로 한 집, 지역명, 주변의 자연 경물, 개념어, 건립자 이름, 집 이름 뜻, 인용 고사, 집필 일시 등이 있는데, 이를 표로 정리하자면 다음과 같다.

〈표 3-10〉 허목의 〈반구정기〉 본문 분석 표

제목	반구정기(伴鷗亭記)
필자	허목(許穆)
집필연대	1665
출전	『기언(記言)』
대상 집	반구정(伴鷗亭)
지역명	경기 파주시 문산읍 사목리 190번지
주변 자연	임진강
집이름 뜻	'반구(伴鷗)'란 갈매기와 짝이 된다는 의미이다. 갈매기와 함께 어울려 놀 만큼 순수한 마음을 지녔다는 뜻으로, 『열자(列子)』「황제(黃帝)」편에 '갈매기와 노는 아이'의 고사에서 유래한 것이다.
집 건립자	황희(黃喜)
언급된 인물	황희(黃喜): 반구정의 건립자 황생(黃生): 황희의 후손 세종대왕(世宗大王): 황희가 모신 조선의 임금

인용 고사	1) '갈매기와 함께 어울려 살며…'
	  (『열자(列子)』「황제(黃帝)」)
	2) '벼슬을 뜬구름처럼 여겼으니…'
	  (『논어(論語)』「술이(述而)」)

특이사항	분량이 짧으며, 의론이 없이 기사와 사경만으로 구성돼 있음. 청탁 받은 글이 아니며, 방문한 감상을 적은 자찬 누정기.

(6) 정약용(丁若鏞, 1762~1836), 〈우화정기(羽化亭記)〉

우화정기(羽化亭記)

나는 일찍이 미수(眉叟) 허목(許穆)의 글을 읽은 적이 있는데, 그 중에는 우화정(羽化亭)의 시내와 산, 물과 바위의 뛰어난 경치를 적은 글(유우화정서(遊羽化亭序))이 실려 있었다. 이 글을 읽으니, 마치 현포(縣圃, 신선이 산다는 곳)에 오르고 낭원(閬苑, 신선이 산다는 곳)에 들어가 선인(仙人)·우객(羽客, 신선)과 이리저리 거닐며 서늘한 바람을 쐬는 것과 같았다. 나는 자나 깨나 그곳에 가보려고 하였으나, 뜻을 이루지 못하였다.

갑인년(1794) 초겨울에 내가 왕명을 받들어 암행어사가 되어 나갈 때였다. 장현(漳縣)에서부터 걸어서 북쪽으로 가는데, 험한 산을 넘고 시내를 건너 정오(正午)가 지나도록 걸었으나, 겨우 40리를 갔다. 발은 부르트고 가슴은 숨이 차서 헐떡거렸다. 매우 피곤하고 아울러 배도 매우 고팠다.

이때 갑자기 깎아지른 듯한 절벽이 눈에 띄었는데, 그 절벽 꼭대기에는 날아오를 듯한 정자가 서 있었다. 풀과 바위를 더위잡고 그 정자에 올라가서 정자의 앞면을 바라보니 바로 우화정(羽化亭)이었다.

아, 이것이 바로 우화정이다. 이에 난간에 기대어 사방을 바라보니 산봉우리들은 이리저리 꾸불꾸불 이어져 있었고, 구름 빛과 돌 빛이 난간과 서까래에 아른거렸다. 두 강줄기가 합류하는 곳은 옷깃같이 환하게 빛나는데, 고기 잡는 사람과 모래 위의 물새는 강 가운데 있는 섬을 왕래하였다. 이 같은 경치를 바라보노라니 마음과 눈이 확 트이는 것 같았으며, 피로도 곧 가셨다.

나를 따라온 손이 술과 물고기를 사가지고 왔으므로 그와 함께 즐겁게 취하도록 마시면서 해가 저물어 가는 것조차 알지 못하였다. 저녁때가 되자 손이 나에게 길 떠나기를 재촉하며 말하기를, "공(公)이 호랑이에게 변을 당하면 어떻게 신선이 되시겠습니까?"라고 하였다. 서로 바라보며 크게 웃고는 서운한 마음으로 자리에서 일어났다.[39)]

허목의 누정기와 유사한 글쓰기 방식을 보여준다. 이 글 역시 분량이 짧은데다가 의론이 없이 기사와 사경만으로 구성돼 있다. 청탁 받은 글이 아니며, 방문한 감상을 적은 자찬 누정기로서 집 건립자나 소유자에 대한 언급이 없고 단지 집에 대해서만 관심을 가진 기록이다. 정약용이 쓴 누정기 또한 모두 이와 같은 식으로 되어있는데, 허목의 누정기와 함께 연구해볼만한 소재라 생각된다.

이 글에서 분석할 수 있는 중요 사항으로는 누정기 제목, 필자, 누정기 출전, 대상으로 한 집, 지역명, 개념어, 집 이름 뜻, 인용 인물, 인용 고사, 집필 연대 등이 있는데, 이를 표로 정리하자면 다음과 같다.

〈표 3-11〉 정약용의 〈우화정기〉 본문 분석 표

제목	우화정기(羽化亭記)
필자	정약용(丁若鏞)
집필연대	1794
출전	『여유당전서(與猶堂全書)』

39) 『與猶堂全書』第一集詩文集, 第十四卷. "余嘗讀許眉叟之書 其記羽化亭溪山水石之勝 若登縣圃入閬苑 而與仙人羽客 消搖乎御泠風也 夢寐思一至而不得焉 甲寅首冬 余奉命爲暗行御史 自漳縣徒步北行 踰險涉川 日過午僅四十里 足爲之繭 脅爲之喘 疲困至極 兼之飢甚 忽見石壁削立 當壁之頂 有亭翼然 攀而上 瞻其額 乃羽化亭也 嗟乎 此羽化亭也 於是馮檻四望 山巒邐迤 雲光石色 照映軒楣 兩水合流 襟帶皎然 漁人沙鳥 往來洲渚 心目豁然 勞疲卽蘇 客之從行者 買酒與魚而至 欣然一醉 不知日之將暮也 旣夕 客趣余前就途曰公將虎變 安能羽化 相視大笑 悵然而起"
원문과 번역은 모두 한국고전종합DB(http://db.itkc.or.kr/)(번역자: 김도련)에서 가져온 것이다.

대상 집	우화정(羽化亭)
지역명	경기 연천군
집이름 뜻	이 곳에 머물면 우객(羽客, 신선)이 되는 집이라는 뜻에서 '우화(羽化)'라는 집 이름을 붙인 것이다.
개념어	현포(縣圃), 낭원(閬苑), 우객(羽客)
언급된 인물	허목(許穆): 우화정에 대한 글을 쓴 인물
언급된 기록	허목, 〈유우화정서(遊羽化亭序)〉
특이사항	분량이 짧으며, 의론이 없이 기사와 사경만으로 구성돼 있음. 청탁 받은 글이 아니며, 방문한 감상을 적은 자찬 누정기. 집 건립자나 소유자에 대한 언급이 없고 단지 집에 대해서만 관심을 가진 기록.

(7) 안축(安軸, 1282~1348), 〈경포신정기(鏡浦新亭記)〉

경포신정기(鏡浦新亭記)

　천하의 사물 중에 대체로 형상을 가지고 있는 것은 모두 이치를 담고 있다. 크게는 산수, 작게는 조그마한 돌멩이나 한 치의 나무에 이르기까지 그렇지 않은 경우가 없다. 유람하는 사람들이 이 사물을 둘러보고 흥취를 붙이고 이를 통해 즐거움으로 삼으니, 이것이 누대와 정자가 만들어진 까닭이다. 형상이 기이한 것은 드러나는 곳에 존재하여 눈으로 완상할 수 있고, 이치가 오묘한 것은 은미한 곳에 숨어 있어서 마음으로 터득한다. 눈으로 기이한 형상을 완상하는 것은 어리석은 사람이나 지혜로운 사람이나 모두 같아서 한쪽만을 보고, 마음으로 오묘한 이치를 터득하는 것은 군자만이 그렇게 하여 그 온전함을 즐긴다. 공자께서 말씀하시길 "어진 사람은 산을 좋아하고 지혜로운 사람은 물을 좋아한다."라고 하였으니, 이것은 기이한 것을 완상하여 한쪽만을 보는 것을 말하는 것이 아니라 그 오묘함을 터득하여 온전함을 즐기는 것을 말하는 것이다.

　내가 아직 관동을 유람하지 않았을 때에 관동의 승경(勝景)을 논하는 자들은 모두 국도(國島)와 총석정(叢石亭)을 말했지 경포대(鏡浦臺)는 그다지 칭송하지 않았다. 태정(泰定) 병인년(1326)에 지금의 지추부학사(知秋部學士) 박숙

(朴淑, 박숙정) 공이 관동의 임기를 마치고 돌아와 나에게 말했다.

"임영(臨瀛, 강릉)의 경포대는 신라 때 영랑선인(永郎仙人)이 놀았던 곳이오. 내가 이 대(臺)에 올라 산수의 아름다움을 보고는 마음이 참으로 즐거워서 지금까지도 아른거려 잊어 본 적이 없소. 경포대는 예전부터 정자가 없어서 비바람이 칠 때면 유람하는 자들이 괴로워하였소. 그러므로 고을 사람들에게 명하여 그 위에다 작은 정자를 지었소. 그대는 나를 위해 기문을 지어 주시오."

내가 이 말을 듣고 박공이 본 것이 여러 사람들이 논하던 것과 같지 않음을 괴이하게 여겼다. 그래서 감히 함부로 품평하지 못하고 한번 유람한 뒤에 기문을 지어야겠다고 생각하였다.

이제 나는 다행스럽게도 임금의 명을 받들어 외직으로 나가 이 지방을 다스리게 되었다. 뛰어난 경관을 두루 둘러보니 저 국도와 총석정의 기괴한 암석은 실로 사람의 눈을 놀라게 하였으니, 과연 기이한 형상을 한 사물이었다. 그런데 이 대(臺)에 올라 보니 담담하게 조용하고 넓어서 사람의 눈을 놀라게 하는 기괴한 사물은 없고, 다만 멀고 가까운 산과 물뿐이었다. 앉아서 사방을 둘러보니 멀리 있는 물인 바다(동해)는 드넓고 질펀하여 안개 속 물결이 출렁거렸고, 가까이 있는 물인 경포호(鏡浦湖)는 맑고 깨끗하여 바람 따라 잔물결이 찰랑거렸다. 멀리 있는 산은 골짜기가 천 겹이어서 구름과 이내가 아득하였고, 가까이 있는 산은 봉우리가 십 리에 뻗어 초목이 푸르렀다. 항상 갈매기와 물새가 나타났다 잠겼다 하고 왔다 갔다 하면서 대(臺) 앞에서 한가하게 놀았다. 봄가을의 안개와 달, 아침저녁의 흐리고 갬이 이처럼 때에 따라 기상이 변화무쌍하다. 이것이 이 경포대의 대체적인 경관이다.

내가 오랫동안 앉아 조용히 사색해 보니 나도 모르게 막연하게 정신이 엉기어 지극한 맛이 조용하고 담박한 가운데에 보존되어 있고, 고상한 생각이 기이한 형상 밖에서 일어나 마음으로는 알지만 입으로는 형용할 수 없는 것이 있었다. 이런 연후에야 박공이 즐긴 것이 기괴한 사물에 있지 않고 내가 말한 이치의 오묘함을 얻었다는 것을 알았다. 옛날에 영랑이 이 대에서 노닐 때에도 반드시 즐기는 바가 있었을 것이니, 지금 박공이 즐기는 것이 영랑의 마음일 것이다.

박공이 고을 사람들에게 이 정자를 지으라고 하니, 고을 사람들이 모두 말하기를, "영랑이 이 대에서 노닐 때에도 정자가 있었다는 말을 들어 본 적이 없습니다. 이제 천년이 지난 뒤에 어째서 정자를 지으려고 하십니까?"라고 하며 풍수가가 꺼리는 말로 아뢰었다. 박공이 듣지 않고 재촉하여 명하니 일꾼들이 흙을 파다가 옛 정자 터를 발견하였는데, 주춧돌이 아직도 남아 있었다. 고을 사람들이 기이하게 여기고는 감히 말을 하지 못했다. 정자 터의 자취는 이미 옛날과의 거리가 멀어서 매몰되었는데도 고을 사람들이 알지 못하다가 이제 우연히 발견하게 되었으니, 이것은 영랑이 지금 세상에 다시 태어난 것이 아니겠는가? 내가 이전에는 박공의 말을 듣고 그 단서를 알았고, 지금은 이 대에 올라 그 상세함을 알게 되었다. 그러한 고로 정자 위에 쓴다.

지순(至順) 2년(1331) 2월 아무 일에 쓰다.[40]

---

40) 『謹齋集』卷之一. "天下之物 凡有形者皆有理 大而山水 小而至於拳石寸木 莫不皆然 人之遊者 覽是物而寓興 因以爲樂焉 此樓臺亭榭所由作也 夫形之奇者 在乎顯而目所翫 理之妙者 隱乎微而心所得 目翫奇形者 愚智皆同而見其偏 心得妙理者 君子爲然而樂其全 孔子曰 仁者樂山 智者樂水 此非謂翫其奇而見其偏 蓋得其妙而樂其全也 余未遊關東時 論關東形勝者 皆曰國島叢石 而鏡浦臺則不甚稱美 越泰定丙寅 余知秋部學士朴公淑 自關東杖節而還 謂余曰 臨瀛鏡浦臺 羅代永郎仙人所遊也 余登是臺 觀山水之美 心誠樂之 到今惓惓 未嘗忘也 臺舊無亭宇 有風雨則遊者病焉 故命邑人 構小亭于其上 子爲我記之 余聞是言 怪朴公之見 與衆人之論不同 不敢妄自評品 思欲一覽而後記之 今余幸承命 出鎭是方 歷觀奇勝 彼國島叢石亭 奇巖怪石 實驚駭人目 而乃奇形之一物也 及登是臺 淡然開曠 無奇怪異物驚駭人目者 但遠近山水而已 坐而四顧 水之遠者 滄溟浩瀚而煙浪峥嶸 近則鏡浦澄淸而風漪溶漾 山之遠者 洞壑千重而雲霞縹緲 近則峯巒十里而草樹靑蔥 常有沙鷗水鳥 浮沈來往 容與乎臺前 其春秋煙月 朝暮陰晴 隨時氣像 變化不常 此臺之大率也 余久坐而冥搜 不覺漠然凝神 只味存乎開淡之中 逸想起乎奇形之外 有心獨知之 而口不可狀言者 夫然後知朴公之所樂者 不在奇怪一物 而得吾所謂理之妙者 昔永郞之遊是臺也 必有所樂焉 今朴公所樂者 其得永郞之心歟 朴公命邑人 構是亭 邑人咸曰 永郞遊是臺而未聞有亭宇 今千載之下 安用亭爲 遂以陰陽忌語告之 朴公不聽 督命之 役者除土而得亭舊基 礎砌猶存 邑人異之 不敢有言 亭之基迹 旣去古綿遠 至於堙沒 而邑人不知 今而偶見 此安知非永郞復生于今耶 余前聞朴公之言而得其端 今登是臺而考其詳 因書于亭上 至順二年二月日 記" 원문과 번역은 모두 한국고전종합DB(http://db.itkc.or.kr/)(번역자: 서정화, 안득용, 안세현 공역)에서 가져온 것이다. 번역은 부분적으로 수정한 곳이 있다.

고려 후기에 집필된 누정기로서 대상 건물인 강릉 경포대는 지금도 현존해 있는 유명 정자[41]여서 이 글이 갖는 의미가 크다고 할 수 있다. 앞에서 본 허목·정약용의 누정기와는 달리 정자에 대한 누정기의 전형성을 잘 보여주고 있는데, 정자에서 바라보는 경관의 아름다움을 상찬하는 내용이 주를 이루고 있다. 정자의 목적이 주변의 자연을 완상하는 데 있으므로 그에 걸맞는 글을 쓴 것이다. 한편, 정자에 대한 누정기에서도 의론이 많은 비중을 차지하는 누정기도 있지만, 경포대는 바로 앞의 경포호에서 이름을 딴 것이어서 별다른 의론을 전개하지는 않았다.

이 글에서 분석할 수 있는 중요 사항으로는 누정기 제목, 필자, 누정기 출전, 대상으로 한 집, 지역명, 주변의 자연 경물, 개념어, 건립자 이름, 집 이름 뜻, 누정기 청탁자, 인용 인물, 인용 고사, 집필 일시 등이 있는데, 이를 표로 정리하자면 다음과 같다.

〈표 3-12〉 안축의 〈경포신정기〉 본문 분석 표

제목	경포신정기(鏡浦新亭記)
필자	안축(安軸)
집필연대	1331
출전	『근재집(謹齋集)』
대상 집	강릉 경포대(江陵 鏡浦臺)
지역명	강원 강릉시 경포로 365
주변 자연	경포호, 동해
집이름 뜻	바로 앞에 있는 '경포호(鏡浦湖)'에서 이름을 따온 것이다.
집 건립자	박숙정(朴淑貞)

---

41) 강릉 경포대는 정자라고 하기엔 상당히 큰 규모를 가지고 있어 누대로 간주할 수도 있을 것이다.

누정기 청탁자	박숙정(朴淑貞)
개념어	지추부학사(知秋部學士)
언급된 인물	박숙정(朴淑貞): 경포대의 건립자 영랑선인(永郎仙人): 신라 시대에 경포대에서 놀았다는 인물 공자(孔子): 그의 어록이 인용됨
언급된 집	총석정(叢石亭)
인용 고사	1) '어진 사람은 산을 좋아하고 지혜로운 사람은 물을 좋아한다.' (『논어(論語)』 「옹야(雍也)」) 2) '나도 모르게 막연하게 정신이 엉기어…' (『장자(莊子)』 「소요유(逍遙遊)」)

(8) 이언적(李彦迪, 1491~1553), 〈해월루기(海月樓記)〉

해월루기(海月樓記)

고을에 누관(樓觀)이 있는 것이 다스림과는 무관한 듯하지만, 기분을 풀어주고 마음을 맑게 하여 정무를 베푸는 근본으로 삼는 것이 또한 반드시 여기에서 얻어진다. 기분이 답답하면 생각이 어수선하게 되고, 시야가 막히면 뜻도 막혀 트이지 못한다. 그러므로 군자는 반드시 유람할 수 있는 장소와 멀리 조망할 수 있는 누대를 두어 넓고 원대하고 맑고 겸허한 덕을 길러 다스림이 이로부터 나오게 하는 것이니, 관계되는 바가 도리어 크지 않겠는가?

청하현(淸河縣)은 바닷가 한구석에 붙어 있는 고을이다. 옛날에 객관(客館) 동쪽으로 작은 누대가 있었는데, 협소하고 나지막한 건물이 성첩(城堞) 사이에 가려져 있어서 사방을 둘러봐도 눈에 들어오는 것이 없어 답답한 가슴을 후련하게 하거나 맑고 탁 트인 경치를 볼 수가 없었다. 그리하여 아득하게 끝없이 펼쳐진 바다의 장관(壯觀)이 지척에서 막혀 버리게 하고, 보이는 것이라곤 반 평가량의 네모난 못과 몇 그루의 매화와 대나무뿐이었다.

가정(嘉靖) 무자년(1528) 겨울에 현감(縣監) 김자연(金自淵)이 처음으로 개축하고자 하여 옛 누대를 증축하여 높이를 높이고 면적을 넓히니, 아득히 펼쳐진 푸른 바다가 눈을 들면 바로 보이게 되었다. 그래서 이 누대에 오른 사람이 누대가 높은 줄을 모르되 하늘과 땅이 열린 듯이 광활하게 펼쳐진 바다의 전경을 볼 수 있었다. 마침내 이를 **임명각**(臨溟閣)이라고 이름 붙였다. 다만 훌륭한 목수를 얻지 못한 탓으로 기초 공사가 부실하고 영건(營建)이 잘못되어 몇 년이 지나지 않아 기울어지고 말았다.

그 뒤에 유무빈(柳茂繽)이 후임 현감으로 부임하여 지탱시키고 일으켜 세웠으나 얼마 지나지 않아 다시 기울어져 버렸다. 그래서 청하현에 온 빈객들이 비록 한여름철을 만나 찌는 듯한 무더위에 시달리더라도 배회하다가 발을 멈추고 감히 누대에 오르지 못한 지가 거의 10년이 되었다.

정유년(1537) 가을에 철성(鐵城) 이고(李股)가 연로한 어버이의 봉양을 이유로 고을 수령으로 나가기를 청하여 청하현에 부임하였는데, 능숙하게 고을을 다스리는 여가에 엄숙히 이 누대를 중수하려는 뜻을 가졌다. 그렇지만 고을은 쇠잔하고 재정은 부족한 상황에서 피로한 백성들을 거듭 괴롭히게 될 것을 염려하였다. 이에 아전과 백성들의 미납(未納)한 조세를 찾아내어, 밀린 조세의 많고 적음에 따라 부담할 부역의 양을 책정하였다. 또 <u>수사</u>(水使) 이몽린(李夢麟)에게 도움을 요청하여 인근 고을 <u>수졸</u>(戍卒)들 가운데 <u>부방</u>(赴防)에 빠져 응당 벌을 받아야 할 사람 100명을 확보하고, 이들의 벌을 면제해 주는 대신에 그 힘을 쓰니, 백성들을 성가시게 하지 않고도 공사를 해낼 수 있었다.

흙을 쌓아 기초공사를 한 뒤 건물을 정교하게 짓고 처마와 난간에 단청을 입혀 영롱하고도 우아한 자태를 드러내니, 재목은 대부분 옛것을 그대로 썼는데도 외관적인 모습은 완전히 일신되었다. 이에 그 편액을 **해월루**(海月樓)로 고치고 나에게 기(記)를 요청하였다.

내 고향42)은 청하현과의 거리가 얼마 되지 않는다. 한 번 가서 누대에 올라 경관을 바라보며 먼지 세상의 번뇌를 씻어 버리고 싶었지만, 조정에 매여 벼슬살이를 하느라고 바람을 이루지 못하였다. 그러나 이 누대의 아름답고 장엄한 경관은 그 이름을 가지고 생각해 보더라도 한두 가지는 알 수 있다.

난간에 기대어 시야가 닿는 곳까지 한껏 바라보면 가지가지 경치가 눈앞에

---

42) 필자인 이언적의 고향은 경주 양동마을이다.

펼쳐지는데, 가까이 녹색 들판과 접하고 멀리 하늘빛과 섞여 울창하게 북쪽에 우뚝이 솟은 것은 내연산(內延山)이고, 높다랗게 서쪽에 빼어난 것은 회학봉 (回鶴峯)이다. 소나무 숲이 원근에 있어 짙푸른 산색을 감상할 만하고, 연무와 이내가 아침저녁으로 만 가지 자태와 형상을 빚어내는데, 유독 바다와 달 두 가지만을 취하여 이름 붙인 이유는 누대에서 보는 것 중에서 가장 큰 것을 기록함이다. 그 큰 것을 보고서 마음에 터득함이 있으니, 어찌 눈을 즐겁게 하고 경치를 감상할 뿐이겠는가?

아침 해가 물결에 비치고 자욱한 해무(海霧)가 처음 걷히면 아득하게 펼쳐진 물이 하늘과 맞닿아 만 리 밖까지 푸른빛을 띠고, 넘실거리고 철썩거리는 파도가 하늘의 해를 삼킬 듯하며, 한없이 깊고 넓은 바다는 그 끝이 보이지 않는다. 이때에 높은 누대에 올라 난간에 기대어서 시야가 닿는 곳까지 한껏 멀리 바라보면, 아득하기가 하늘로 올라가서 바람을 타고 은하수에 다다른 것과 같아 사람의 마음을 툭 트이게 하여 광대하고 화평하게 하며 호연지기가 천지 사이에 가득 차도록 할 것이다. 이는 바다 보기를 잘 하는 것이라 하겠다.

한편 대지에 날씨가 개고 하늘가에 구름이 흩어져 푸른 하늘에 달이 떠가고 흰 저녁 연무가 비낄 때면, 물빛과 하늘빛은 하나가 되고 별들은 빛을 숨기며 갠 하늘은 더할 수 없이 아름다워 맑고 깨끗한 빛을 띤다. 이때에 높은 누대에 올라가 사랑스럽게 바라보면서 맑고 높은 곳에 몸을 맡기고 끝없이 공허하고 밝은 곳에 눈을 붙인다면, 아득히 세속을 버리고 신선이 사는 봉래산(蓬萊山) 과 영주산(瀛洲山)에 오른 것과 같아 사람의 마음을 상쾌하고 시원하게 하여 가슴속의 찌꺼기가 모두 씻기고 본연의 천성이 가슴속에 넘치도록 할 것이다. 이는 달 보기를 잘 하는 것이라 하겠다.

아! 군자가 사물을 보는 것은 세속의 안목과 달라서, 그 물을 보면 반드시 그 이치를 깨달아 마음에 체득하는 것이다. 그러므로 하늘의 운행을 관찰하여 편안히 쉴 겨를이 없으며, 땅의 형세를 살펴 그 덕을 두텁게 하기를 생각하는 것이다. 이고가 해월루라는 이름을 붙인 것이 어찌 의미 없이 그냥 한 일이겠는가? 바다에서 그 너그러움을 취하고 달에서 그 밝음을 취하고자 함이다. 너

그러움으로 나의 도량을 넓게 하고 밝음으로 나의 덕을 밝게 한다면 천하도
다스릴 수 있을 것인데, 더구나 한 고을이야 말해 무엇하겠는가? 이 누대에
오른 자가 이 편액을 보고서 그 뜻을 생각한다면 아마도 세속적인 안목을 면할
수 있을 것이다.

　가정 계묘년(1543) 3월 하순에 <u>자헌대부(資獻大夫) 의정부(議政府) 우참찬
(右參贊) 여강(驪江) 이언적</u>이 기(記)를 쓰다.[43]

---

43) 『晦齋集』卷之六. "邑之有樓觀 若無關於爲政 而其所以暢神氣淸襟懷 以爲施政之本者 亦
必於是而得之 蓋氣煩則慮亂 視壅則志滯 君子必有遊覽之所高明之具 以養其弘遠淸虛之
德 而政由是出 其所關顧不大哉 淸之爲縣 僻在海隅 客館之東 古有小樓 陜隘低微 隱在雉
堞中 四顧無眼界 無以宣暢堙鬱 導迎淸曠 至使浩渺無涯之壯觀 礙於咫尺而莫收 所見者半
畝方塘 數叢梅竹而已 嘉靖戊子冬 縣宰金侯自淵 始欲改構 增其舊制 峻而寬之 滄溟浩汗
擧眼斯得 人之登斯樓者 不知樓之高 而悅然如天開地闢而敞豁也 遂名爲臨溟閣 第以匠不
得良 築址不牢 營構失宜 不數年而傾側 厥後柳茂績繼之 支撐起正 未久旋頹 賓客之至縣
者 雖當夏月 困於炎蒸 而徘徊却立 不敢登者殆將十年矣 歲丁酉秋 鐵城李侯股 以親老出
紐縣章 游刃之餘 慨然有志於重修 尚慮邑殘力薄 重勞疲氓 乃搜吏民之欠科納者 隨其多少
而稱其役之輕重 又求助於水使李公夢麟 得隣境戍卒之關防應罰者百名 除其罰而用其力
不煩民而事集 累土築基 結構精緻 碧窻丹檻 玲瓏宛轉 材頹仍舊而制作一新 乃改扁爲海月
樓 屬余記之 余惟吾鄕距縣纔數程 庶幾一往登覽 以滌塵煩 而繫官于朝 顧莫之遂 然玆樓
之勝狀 因其名而求之 亦可得其一二矣 凭欄縱目 萬景森羅 邇延野綠 遠混天碧 鬱然而峙
於北者 內延山也 巍然而秀於西者 回鶴峯也 松林遠近 葱翠可玩 煙嵐朝暮 變態萬狀 而獨
取二物以爲名者 志其所見之大者也 見其大而有得於懷 豈但快目玩物而已哉 若乃桑暾照
波 煙霧初消 森森漫空 一碧萬里 浟浟瀲灩 浮天浴日 沖瀜滉瀁 不見涯岸 憑高而極目 渺
茫邈乎 如凌虛御風而臨河漢 使人心境廓然廣大寬平 而浩然之氣充塞於兩間 此則觀海之
善者也 至若氣霽坤倪 雲斂乾端 氷輪輾碧 暮靄橫白 水天混光 星河韜映 霽色嬋娟 澄輝咬
潔 人在危樓 愛而玩之 寄身於淸高之域而寓目於虛明無盡之境 杳然如離世絶俗而登蓬瀛
使人胸次洒落 査滓淨盡而本然之天 浩浩於襟靈 此則玩月之善者也 嗚呼 君子之觀物 異於
俗眼 觀其物 必悟其理 而體于心 故觀天行而不遑寧息 察地勢而思厚其德 侯之以海月名樓
夫豈徒然哉 海以取其寬 月以取其明 寬以弘吾量 明以昭吾德 雖以之治天下可也 而況於爲
一邑乎 登斯樓者目其額而思其義 則庶免於俗眼矣 嘉靖癸卯三月下澣 資憲大夫議政府右
參贊 驪江李彥迪 記"
원문과 번역은 모두 한국고전종합DB(http://db.itkc.or.kr/)(번역자: 조순희)에서 가
져온 것이다. 번역은 부분적으로 수정한 곳이 있다.

누대를 새로 짓게 된 사연이 자세히 서술되어 있고, 건립자가 백성
들의 노고를 최소화했다는 것을 강조하였다. 누대는 앞에서도 언급하
였듯이 사적인 목적으로 지어진 경우도 있지만, 대개는 관(官)에서 지
은 것으로 공적 건물에 해당하는 경우가 많다. 해월루는 공적인 목적
을 가진 건물이다. 그래서 "너그러움으로 나의 도량을 넓게 하고 밝음
으로 나의 덕을 밝게 한다면 천하도 다스릴 수 있을 것인데, 더구나
한 고을이야 말해 무엇하겠는가? 이 누대에 오른 자가 이 편액을 보고
서 그 뜻을 생각한다면 아마도 세속적인 안목을 면할 수 있을 것이
다."라는 말이 단적으로 드러내듯 공공적 교훈을 강조하고 있다.

또한, 이 누대는 '해월(海月)'이라는 이름을 가지고 있어 '바다[海]'와
'달[月]'에 관한 의론을 길게 펼치면서 정신적 교훈을 이끌어내고 있는
데, 공인으로서의 자세를 강조했음을 알 수 있다. 여타 관영 건축에
대한 누정기도 이와 크게 다르지 않아서 관료로서 어떠한 자세를 갖고
그 집을 대해야 하는지가 중점을 이룬다.

이 글에서 분석 가능한 중요 사항으로는 누정기 제목, 필자, 누정기
출전, 대상으로 한 집, 집의 건립연대, 대상으로 한 집의 이전(以前) 이
름, 지역명, 개념어, 건립자 이름, 중수자 이름, 건립에 도움을 준 인
물, 주변의 자연 경물, 집 이름 뜻, 집필일시 등이 있는데, 이를 표로
정리하자면 다음과 같다.

〈표 3-13〉 이언적의 〈해월루기〉 본문 분석 표

제목	해월루기(海月樓記)
필자	이언적(李彦迪)
집필연대	1543
출전	『회재집(晦齋集)』

대상 집	해월루(海月樓)
지역명	경북 포항
주변 자연	동해, 내연산, 회학봉
집이름 뜻	누대에서 보이는 것 중에서 가장 큰 것인 '바다[海]'와 '달[月]'을 합하여 '해월(海月)'이라는 이름을 붙인 것이다. 이언적은 여기에 '바다에서 그 너그러움을 취하고 달에서 그 밝음을 취하여, 너그러움으로 나의 도량을 넓게 하고 밝음으로 나의 덕을 밝게 한다.'는 의미를 덧붙였다. 그러한 마음으로 고을을 다스리라는 것이다.
집 건립자	이고(李股)
누정기 청탁자	이고(李股)
건립연대	1537
개념어	성첩(城堞), 현감(縣監), 수사(水使), 수졸(戍卒), 부방(赴防), 자헌대부(資憲大夫), 의정부(議政府), 우참찬(右參贊)
언급된 인물	김자연(金自淵): 해월루의 첫 개축자. 당시 그 곳의 현감 유무빈(柳茂繽): 해월루의 다음 개축자. 당시 그 곳의 현감 이고(李股): 해월루의 중수자 이몽린(李夢麟): 해월루 중수에 공을 세운 인물

(9) 송재직(宋在直), 〈용문서당중수기(龍門書堂重修記)〉

용문서당중수기(龍門書堂重修記)

옥천(沃川) 구룡촌(九龍村)에 있는 용문서당(龍門書堂)은 창건된 지 이미 몇 백 년이 되었다. 옛날 우리 선조이신 우암(尤庵) 송시열(宋時烈) 선생께서 이 고을에서 태어나셨고, 이 집에서 독서하셨다. 이에 산천(山川)은 광채를 더욱 띠게 되었고, 건물은 빛이 나게 되었다. 그래서 마침내 사림(士林)들이 존중하는 땅이 되었고, 이곳에 우암 선생의 영정을 모셔두고 석채(釋菜, 제사)의 예를 행하여 왔다. 그러나 세상의 도덕과 풍속이 크게 변하여 제향의 의식이 폐지되고, 집도 황폐하여 무너져 버렸다. 우리 고장 선비인 박인보(朴仁輔)는 이를 매우 개탄스러워했다. 그래서 여러 방면으로 도모하고 계획하던 끝에 우리 옥천군 강태봉(姜泰鳳) 군수에게 이런 사정을 이야기하였다.

군수는 이 말을 듣고 감동하여 말하길, "이 땅은 공자(孔子)가 태어나신 중

국 곡부(曲阜)의 마을이나 주자(朱子)가 태어나신 홍정(虹井) 전설이 있는 마
을과 같은, 우리나라의 성지(聖地)입니다. 그러니 풀 한 포기 나무 한 그루라
도 모두 아끼고 보호해야 할 일이지요. 하물며 이곳은 우암(尤庵) 선생이 태어
나시고, 또 도(道)를 강론하신 곳이고, 돌아가신 후에는 제사가 거행되는 곳입
니다. 멋대로 황폐하게 놓아둔다면 우리 고장의 큰 수치이니, 다른 고장에 알
려지게 할 수 없는 일입니다."라고 하였다.

이에 거금을 내어 기술자를 모으고 일을 감독하여 재실의 면모를 일신(一
新)시켰다. 이는 우리 유학(儒學)의 아름다운 일이라 말할 만하다. 만약 현인
(賢人)을 높이고 덕(德)을 숭상하는 군수와 마음과 힘을 다해준 박인보(朴仁輔)
가 없었다면 어떻게 이런 재실의 중수(重修)를 이룰 수 있었겠는가? 그야말로
사람들에게 공경하는 마음을 일으켜준다. 비록 그러하지만 이런 건물의 중수
(重修)는 시설을 마련하는 데 불과하다. 우암 선생의 도(道)를 강론하고 우암
선생의 의(義)를 되새겨 세상을 다시 밝게 교화할 조짐을 만든 연후에야 바야
흐로 그 실제를 다하였다고 말할 수 있을 것이다.

이번 공사에는 옥천군 공보실장(公報室長) 정상영(鄭祥永)이 많은 수고를
했고, 마을의 선비 남계창(南啓昌), 이두환(李斗煥), 정종소(郭鐘韶), 김치옥
(金致玉), 곽래홍(郭來洪), 박준보(朴俊輔), 양창환(梁昌煥), 곽종옥(郭鐘玉),
박용보(朴龍輔), 김정홍(金呈洪), 곽경연(郭敬淵), 곽도연(郭道淵), 곽복헌(郭
福憲) 등도 모두 힘껏 정성을 기울였다.

선생이 태어나신 후 여섯 번째 경술년(1970) 한여름 후손(後孫) 송재직(宋在
直)이 삼가 쓰다.44)

---

44) 용문서당(龍門書堂) 현판. "沃川九龍村之龍門書堂 創建已屢百年矣 昔我先子尤庵先生
嶽降於斯鄉 讀書於是堂 使山川增彩 堂宇生色 遂爲士林尊重之地 奉安先生眞影 行釋菜之
禮焉 粤自世道太變 享儀廢而堂亦荒頹矣 鄉章甫朴仁輔深庸慨恨 多方謀劃之餘 詢議于本
倅姜侯泰鳳 侯聞而興歎曰 此地乃吾東之曲阜虹井 則其一草一木 皆所愛護 況先生之生而
講道 沒而腏享之所 而一任荒廢 則大爲吾鄉之恥 而不可使聞於他也 於是 捐出巨貲 招工
董役 一新侖奐 可謂斯文盛事 若非侯之尊賢尚德仁輔之殫心竭力 烏能至此 令人起敬也 雖
然有此興作 不過擧其具也 講先生之道 服先生之義 以爲世教復明之兆 然後方可謂盡其實

1970년에 쓰여진 누정기이다. 한문으로 쓰여졌으며 〈양진당중수기〉처럼 과거의 누정기와 서술 방식 면에서 거의 차이가 없다. 다만, 글의 말미에 여러 사람의 이름이 언급되어 있는데, 중수 공사에 비용을 보탠 인물들이라 짐작된다. 현대에 쓰여진 누정기는 이처럼 누정기 말미에 공사비를 지원한 인물들의 이름을 모두 기록해두는 형태가 자주 보인다. 아예 얼마씩 냈다는 것까지 기록한 경우도 적지 않은데, 이는 오늘날 건물을 지을 때 공사비를 기부한 인물들의 명단을 동판에 기록해놓는 방식에서 영향을 받은 것으로 보인다.

본문에서 확인되듯이 용문서당은 송시열이 제자들을 가르친 서당이기도 했고, 송시열의 제사를 거행하는 곳이기도 하다. 따라서, 사적인 주택이나 정자와는 누정기 내용도 다를 수밖에 없는데, "만약 현인(賢人)을 높이고 덕(德)을 숭상하는 군수와 마음과 힘을 다해준 박인보(朴仁輔)가 없었다면 어떻게 이런 재실의 중수(重修)를 이룰 수 있었겠는가? 그야말로 사람들에게 공경하는 마음을 일으켜준다. 비록 그러하지만 이런 건물의 중수(重修)는 시설을 마련하는 데 불과하다. 우암 선생의 도(道)를 강론하고 우암 선생의 의(義)를 되새겨 세상을 다시 밝게 교화할 조짐을 만든 연후에야 바야흐로 그 실제를 다하였다고 말할 수 있을 것이다."라는 언급이 단적으로 보여주듯이 제향되는 인물에 대한 존숭과 계승 의지가 두드러지게 드러나 있다.

이 글에서 분석할 수 있는 중요 사항으로는 누정기 제목, 필자, 누정기 출전, 대상으로 한 집, 지역명, 주변의 자연 경물, 개념어, 건립

也 是役郡公報室長鄭祥永 多有賢勞 而鄕士南啓昌 李斗煥 郭鐘韶 金致玉 郭來洪 朴俊輔 梁昌煥 郭鐘玉 朴龍輔 金呈洪 郭敬淵 郭道淵 郭福憲等 亦皆効誠云 先生巖降後 六庚戌仲夏 後孫 在直 謹記"
원문과 번역은 모두 한민족 정보마당〉한국전통옛집(http://www.kculture.or.kr/korean/oldhome/) 사이트에서 가져온 것이다. 번역을 수정한 부분이 있다.

자 이름, 중수자 이름, 중수자 연대, 집 이름 뜻, 인용 인물, 집필연대 등이 있는데, 이를 표로 정리하자면 다음과 같다.

〈표 3-14〉 송재직의 〈용문서당중수기〉 본문 분석 표

제목	용문서당중수기(龍門書堂重修記)
필자	송재직(宋在直)
집필연대	1970
출전	옥천 경현당(沃川 景賢堂) 현판
대상 집	옥천 경현당(沃川 景賢堂)
지역명	충북 옥천군 이원면 용방3길 88-17
집이름 뜻	현인(賢人)을 '환히 밝힌다[景]'는 뜻이다.
집 중수자	박인보(朴仁輔)
중수연대	1970
개념어	석채(釋菜)
언급된 인물	송시열(宋時烈): 경현당(용문서당)에 영정이 모셔진 인물 박인보(朴仁輔): 경현당(용문서당) 중수자 강태봉(姜泰鳳): 경헌당 중수 시의 옥천군수 공자(孔子): 군수가 칭송하며 언급한 인물 주자(朱子): 군수가 칭송하며 언급한 인물 정상영(鄭祥永): 경현당 중수 시의 옥천군 공보실장 남계창(南啓昌), 이두환(李斗煥), 정종소(郭鐘韶), 김치옥(金致玉), 곽래홍(郭來洪), 박준보(朴俊輔), 양창환(梁昌煥), 곽종옥(郭鐘玉), 박용보(朴龍輔), 김정홍(金呈洪), 곽경연(郭敬淵), 곽도연(郭道淵), 곽복헌(郭福憲): 경현당 중수 공헌자
특이사항	현대에 쓰여진 누정기

(10) 김내현(金來鉉, ?~?), 〈염선재기(念先齋記)〉

염선재기(念先齋記)

묘소에 재실을 두는 것은 역사가 오랜 일이니, 진씨(甄氏)의 사정(思亭)과 왕씨(王氏)의 춘우정(春雨亭)이 그러하다. 대개 인정에 끌려서 예절을 행하게

되는 것이다. 우리 동방에서는 **퇴도**(退陶, 이황) 선생께서 묘 아래에 집 한 채를 미리 지어 놓았다가 바람 불고 비가 오더라도 제사를 지내야 할 때가 되면 제사를 모실 수 있도록 하라는 가르침이 있었다. 이것이 참으로 우리나라에서 재실(齋室)을 두게 된 유래이다.

우리 집안 묘소 아래에도 재실이 있으나, 조상 할머니 순천(順天) 김씨의 묘소에만 유독 재실이 없었다. 그분은 재상(宰相)을 지내신 절재공(節齋公, 김종서)의 후손으로서 직장공(直長公) 김수언(金秀彦)의 따님이고, 당평군(唐平君) 홍천옥(洪川玉)의 외손녀이시다. 17세에 우리 선조이신 문원공(文元公, 김장생)께 시집 와 건즐(巾櫛)을 받들고 제사를 모시며 여러 자손들을 법도 있게 가르치셨다.

이렇게 하신 것이 거의 40여 년인데 처음부터 끝까지 덕을 쌓음에 어그러진 적이 없었다. 그러나 본가의 원한을 품은 채 원한이 풀리기 전에 돌아가셨다. 묘소는 다시 골라 동북쪽 수암(水巖)에 모셨다. 돌 비석에 단지 6자 큰 글자만 있을 뿐, 재실의 모습은 초가집 몇 칸일 뿐이다. 당시에는 참고 견디며 두려워 조심하느라 감히 높이 드러내지 못하였다.

영조(英祖) 때에 이르러 절재공 할아버지의 원한이 통쾌하게 풀려 참의공(參議公)의 절개와 함께 분명히 드러났으니, 두 대에 걸친 충성과 효도가 특별히 세상에 드러나는 것이 마땅하다. 그러니 묘도(墓道)를 아름답게 꾸미더라도 구애될 일이 없게 되었다. 그러나 혈족(血族)이 적고 힘이 미약하여 뜻은 있으나 수행하지 못한 지가 여러 해였다.

지난 을해년 제사 때 문중에서 의논한 결과 모두 한 뜻으로 재실을 짓기로 하였다. 집짓기에 노력하여 7년 후인 임오년에 재실(齋室)이 완성되었다. 이때 나의 큰아버지 돈녕공(敦寧公)은 팔순의 고령인데도 정력이 쇠하지 않고 지극한 효도가 매우 돈독하였다. 천 명의 목수를 쓸 밑천을 모으고 또 사륙변려문(四六騈儷文)으로 상량문을 걸고 또 두 종족(宗族) 김상돈(金相惇)·김기익(金箕翊)씨와 함께 일을 도와 7개월 후에 집이 완성되었다.

재실의 이름을 염선재(念先齋)라 하여 직접 편액을 써서 걸었다. 우뚝한 다섯 기둥, 날 듯한 두 회랑, 비늘처럼 빛나는 기와, 높다란 문짝 등이 튼튼하고 시원하게 되었다. 이는 참으로 2백여 년 동안 시행할 겨를이 없었던 일이다. 아! 우리 문중 친척이 모두 힘쓴 것이다. 무릇 모든 일은 지켜내는 일이 처음 시작하는 일보다 어려운 법이다. 만약 오늘의 마음으로 마음을 삼아 잊지 않고 계속 선조를 생각하며 집이 낡을 때마다 따라서 수리를 한다면 비바람이나 참새나 쥐의 피해를 입지 않을 것이다. 이 재실의 이름이 사정(思亭)·춘우정(春雨亭)과 더불어 무궁하게 썩지 않을 것이다. 삼가 원운(原韻)에 차운하여 시를 지었다.

孝友吾宗世襲休	효성하고 우애 있는 우리 가문 대대로 아름답고
念先慈範曠千秋	선조 할머니의 자애로운 모범 생각하니 천년에 드무네.
光胚丞相精忠節	영광을 간직한 승상의 충절은 순결하고
慶積雲仍久遠謀	경사를 쌓은 후손들은 원대한 계책이 오래도다.
棟宇改觀非直美	마룻대와 추녀가 모습을 바꾸니 아름다울 뿐만이 아니고
斧斤禁護亦紓憂	낫과 도끼 금하여 보호함이 또한 아름답네.
後人紹述知何事	뒷사람 이어서 무슨 일인지 알려면
墓祀齋居勿替修	시제(時祭)와 재실을 바꾸지 말고 지내야 하리.

숭정(崇禎) 후 265년 임진년(1892) 중구일(重九日)에 9대손 통사랑(通仕郞) 행의금부도사(行義禁府都事) 김내현(金來鉉)이 삼가 쓰다.[45]

---

45) 염선재(念先齋) 현판. "墓之有齋尙矣 如甄氏之思亭王氏之春雨亭是也 蓋緣人情以起之 禮 而吾東退陶先生有預構一屋於墓下 遇風雨 依時祭儀以祭之之訓 此實我國墓齋之所由 設也 吾家楸下 亦皆有之 惟先祖母順天金氏之墓 獨未得具焉 金氏卽節齋相公之孫 直長公 諱秀彦之女 唐平君洪公諱川玉之外孫也 十七歲歸我先祖考文元公 奉巾櫛 攝蒸嘗 敎諸子 有法 殆四十餘年 終始無違德積 抱本宗之冤 未伸而沒焉 墓再卜于艮之水巖 碣面只書六大 字 齋貌僅存數椽茅而已 當時則含忍畏約 不敢顯揚 至英廟世 快伸節爺之冤 竝闡參議公之 節 兩代忠孝 特著於世宜 卽貴飾墓道 無所嫌碍 然屬踈力綿 有意莫遂者 積有年所 往在乙 亥餍席 宗議僉同 經營拮据 粤七年壬午 克建齋舍 時則我世父同敦寧公 以八耋耈齡 精力 未衰 誠孝罕篤 旣鳩數千都料之資 且揭四六郞偉之文 與二族相惇箕翊氏共相役 七箇月而 功告訖 名其齋曰念先 手筆題扁而揭之 巋然五楹 翼如兩廊 鱗鱗瓦角 屹屹門扉 鞏固暢潤 實就二百年所未遑者 嗟 我門親盍相勉 夫凡事之守成有難於創始 若以今日之心爲心 念念

재실에 대한 누정기이다. 묘소에 묻힌 인물을 추모하고 기리기 위해 묘소 옆에 지은 건물이 재실이므로 주택이나 정자 등과는 글의 성격이 다를 수밖에 없다. 응당 추모하는 인물에 대한 기사(記事)가 주를 이루고 있음을 볼 수 있는데, 주변 자연에 대한 묘사나 재실 이름에 대한 의론은 없다. 재실명에 깊은 뜻이 담겨 있다면 의론을 길게 서술하는 경우도 많이 보이는데, '염선(念先)'이란 선조(先祖)를 생각한다[念]는 뜻이므로 굳이 의론을 붙이지 않은 것으로 생각된다. 누정기 말미에 시를 첨부한 것이 특징이다. 다른 누정기에서도 시가 덧붙어 있는 경우가 없는 것은 아니지만 흔히 볼 수 있는 형태는 아니다. 시의 내용은 선조를 칭송하고 후손들이 그 뜻을 이어받아야 한다는 것으로 재실 누정기에 잘 부합된다.

이 글에서 분석할 수 있는 중요 사항으로는 누정기 제목, 필자, 누정기 출전, 대상으로 한 집, 지역명, 주변의 자연 경물, 개념어, 건립자 이름, 관련 사건, 집 이름 뜻, 인용 인물, 인용 고사, 집필 일시 등이 있는데, 이를 표로 정리하자면 다음과 같다.

〈표 3-15〉 김내현의 〈염선재기〉 본문 분석 표

제목	염선재기(念先齋記)
필자	김내현(金來鉉)
집필연대	1892
출전	염선재(念先齋) 현판

在先 隨毁而隨補之 無爲風雨雀鼠所害 庶斯齋之名與思亭雨亭 同其不朽於無窮云爾 謹次原韻 繼之以詩曰 孝友吾宗世襲休 念先慈範曠千秋 光胚丞相精忠節 慶積雲仍久遠謀 棟宇改觀非直美 斧斤禁護亦紓憂 後人紹述知何事 墓祀齋居勿替修 崇禎後二百六十五年壬辰 重九 九代孫 通仕郎行義禁府都事 金來鉉 謹書"
원문과 번역은 모두 한민족 정보마당〉한국전통옛집(http://www.kculture.or.kr/korean/oldhome/) 사이트에서 가져온 것이다. 번역을 수정한 부분이 있다.

대상 집	염선재(念先齋)
지역명	충남 계룡시 사계로 5-16
주변 자연	천호산
주변 시설물	순천 김씨 묘
관련 사건	계유정난(癸酉靖難)
집이름 뜻	선조(先祖)를 생각한다[念]는 뜻에서 '염선(念先)'이란 이름을 붙인 것이다
집 건립자	김상돈(金相惇), 김기익(金箕翊)
개념어	건즐(巾櫛), 사륙변려문(四六騈儷文), 중구일(重九日), 통사랑(通仕郎), 행의금부도사(行義禁府都事)
언급된 인물	이황(李滉): 재실(齋室)을 두라는 가르침을 내려 우리나라 재실의 유래를 만든 인물 순천(順天) 김씨: 염선재에 모셔진 인물. 김장생의 부인 김종서(金宗瑞): 순천 김씨의 선조 김수언(金秀彦): 순천 김씨의 아버지 홍천옥(洪川玉): 순천 김씨의 외할아버지 김장생(金長生): 순천 김씨의 남편 영조(英祖): 김종서를 신원(伸冤)시켜준 임금 김상돈(金相惇): 염선재의 건립자 김기익(金箕翊): 염선재의 건립자
언급된 기록	김내현의 시
언급된 집	사정(思亭), 춘우정(春雨亭)
특이사항	누정기 말미에 필자가 지은 시를 넣었음

(11) 송근수(宋近洙 1818-1902), 〈후율당중건기(後栗堂重建記)〉

후율당중건기(後栗堂重建記)

중봉(重峯) 조헌(趙憲) 선생의 정려(旌閭)는 옥천(沃川) 안읍현(安邑縣)의 도리동(道理洞)에 있어 지나는 사람들은 반드시 공경을 표하는데, 모두들 조선생이 군자가 거처할 집(攸芋)의 터로 삼으신 것을 안다. 정자(程子)께서 이른바 "물은 차마 버리지 못하고, 땅은 차마 황폐하게 할 수 없다(水不忍廢 地不忍

荒)"는 것이니 그 말이 이 땅을 이름이로다.

조선생은 율곡(栗谷) 이이(李珥) 선생을 스승으로 모시고 정성된 마음으로 기쁘게 따르셨으니 마치 공자(孔子)에게 72제자가 있는 것과 같다. 일찍이 이르기를 "율곡선생은 우리 동방의 주자(朱子)이시다. 여러 선비들이 학문을 하기를 바라지 않는다면 그만이겠지만 그렇지 않다면 이 분을 버리고 마땅히 배울 곳이 없을 것이다."라고 하였다.

한 집을 열어 '후율(後栗)'이라고 편액을 하고 제자들을 모아 교육하였는데 한결같이 『주자대전(朱子大全)』과 『주자어류(朱子語類)』를 날마다 더불어 강독하며 읽었다. 이보다 먼저 왜적의 우두머리 풍신수길(豊臣秀吉)이 그 임금을 시해하고 장차 명나라를 범하려고 하자 선생이 상소문을 올려 그 사신을 베고 명나라에 알릴 것을 요청하였다. 풍신수길이 우리나라에 들어와 노략질을 하게 되자 선생이 경전을 놓아두고 의병을 일으켜 인솔하다 금산(錦山)에서 순절하였고 따르는 사람들이 하나도 남김없이 바로 그 뒤를 따랐으니 모두 이 후율당에 있던 사람들이었다.

이로부터 수백 년이 지나 당이 폐기되고 세워진 것이 일정함이 없었다. 대개 선생이 창시한 것이 율현(栗峴)에 있었는데 여기와 거리가 수리가 못된다. 율현으로부터 몇 번 옮겨 방곡(芳谷)에 터를 정하였는데 선생의 옷과 신발을 묻은 무덤과 가까운 곳을 취하였다.

고종 기묘년(1879)에 본손과 많은 선비들의 뜻이 모두 유허(遺墟)가 있는 땅만 못하다고 여겨 마침내 의견을 합하고 힘을 모아 정려각의 곁에다가 옮겨 세웠다. 아울러 홍살문과 더불어 선조의 자취가 남은 마을에 우뚝하다. 선생이 지나신 곳이 비록 보통 산보하던 곳이나 산천과 초목이 아직도 정갈한 빛을 띠고 있어 마땅히 뒷사람들이 애호하는 곳이 되는데, 게다가 이곳은 한가하게 살던 터(蕳軸)와 공부하던 방이 있어 황홀하기가 마치 가르침을 친히 받드는 것과 같음에 있어서랴!

아! 이치를 연구하여 그 지식이 자기의 몸에 되돌림을 이루고, 그 실로 거경(居敬)의 공부를 실천하고, 그 처음과 끝을 이루니 이 세 가지 것은 실로 율곡 어른이 주자의 학문을 이은 까닭이며 조선생이 부지런히 공부하여 종사했던 것도 또한 이것이다. 세상에서 조선생을 존경하는 자들이 다만 조선생의 절개만 알뿐이고 선생의 학문을 모른다.

그러므로 우리 선조(宋時烈)께서 이르시기를 "『춘추(春秋)』를 읽지 않으면 조선생의 의리를 모르고, 주자의 글을 읽지 않으면 조선생의 학문을 모른다."라고 하셨다. 본손(本孫)과 여러 선비들로서 이 당에 출입하게 되는 자들은 다만 옛 집을 지킨다는 것을 능사로 삼지 말고 반드시 서로 더불어 선생의 책을 읽어 선생의 학문을 강의하고, 거슬러 올라가 석담(石潭, 이이) 선생이 전수한 비결을 연구해야 한다. 이것이 진실로 이 당의 일이 된다.

일찍이 조선생이 비록 급한 상황에서도 『격몽요결(擊蒙要訣)』을 외우셨고 여관에 이르러서도 관솔불을 태워 밝혀 남에게 베껴 전하셨다는 것을 들었다. 여기에서 선생의 강한추양(江漢秋陽)의 뜻을 볼 수 있다. 또 남을 가르침에 게으름이 없었던 일단을 볼 수 있다. 바라건대 여러분들은 선생의 마음으로 자신의 마음을 삼아 먼저 이 책으로 익숙하게 반복하여 이해되지 않거든 매월 초하루에 늘 함께 모여 돌아가면서 강의하여 바로 과정을 삼는다면 거의 그 문하에 들어갈 수 있을 것이다. 여러분들은 각자 힘쓸지어다.

선묘(宣廟)의 교유서(敎諭書)는 1차로 회인(懷仁)의 후율사(後栗祠)에 간직해 받들던 것으로 지금 이곳에 옮겨 봉안하였다. 그 내용을 돌에 새기고 정려각을 세웠는데 아직도 사당의 옛 터에 남아있다. 지난번 당을 낙성할 때에 그 일을 기록해달라고 나에게 부탁했는데 내가 그만한 사람이 아니어서 도움을 주지 못한 채 그대로 10년이 지났다.

선생의 9대손 조천식(趙天植)과 당의 임원 박윤양(朴潤陽)·김상현(金象鉉)이 이전의 정성을 다시 청하니 감히 끝내 사양할 수 없어 이와 같이 대략 기록한다. 일찍이 운창(芸囱, 박성양)·계운(溪雲, 김낙현) 두 분과 당에서 하룻밤 잘 적에 높은 산과 큰 행실에 대한 그리움을 아름답게 이야기하였다. 늘 다시 나아가 옛날 실천했던 일을 이어가고자 했으나 사람의 일이 변고가 많아 이미 삶과 죽음의 감개가 있다. 나와 김낙현(金洛鉉) 공도 또한 모두 쇠하고 병들어

서로 불쌍하게 여기는데 마음대로 할 수가 없어 다만 속에 한스러움만 탄식할 뿐이다.

숭정(崇禎) 기원후 5번째 신묘년(1891) 12월 어느 날에 후학 은진(恩津) 송근수(宋近洙)가 짓고 조천식(趙天植)이 쓰다.[46)]

사당에 대한 누정기인데, 재실에 대한 누정기와 거의 다르지 않다. 사당이건 재실이건 추모하는 인물을 모시고 있는 건물이라는 공통점이 있기에 역시 추모하는 인물에 대한 일화와 칭송이 두드러지게 기술되어 있다. "본손(本孫)과 여러 선비들로서 이 당에 출입하게 되는 자들은 다만 옛 집을 지킨다는 것을 능사로 삼지 말고 반드시 서로 더불

---

46) 『立齋集』卷十二. "重峯趙先生旌閭 在沃川安邑縣之道理洞 過者必式 皆知爲先生 攸芋之壚 程夫子所謂 水不忍廢 地不忍荒者 其此地之謂也歟 先生師事栗谷李先生 誠心悅服 如七十子之於孔子 嘗曰 栗谷 我東之朱子也 諸生不欲爲學則已 不然則舍是 宜無所學 闢一室 扁以後栗 聚徒教授 一以朱子大全語類 日與講誦 先是倭酋秀吉 弑其君 將犯天朝 先生上疏 請斬其使 以奏天朝 及秀吉入寇 先生釋經而起倡率義旅 殉于錦山 而从者無一旋踵此皆堂中人也 自是數百年 堂之廢興無常 盖先生之咐始 在栗峴 距此爲數里遠 自栗峴幾遷而定基于芳谷 取近先生衣履之藏 今上己卯 本孫與多士之意 咸以爲不如遺壚之所在 遂合謀鳩功 移建于旌閭之傍 并與綽楔 而蔚然於桑梓之里 凡先生所過 雖尋常杖屨之所 山川艸木尚有精彩 當爲後人之愛護 矧玆薖軸之址 藏修之室 怳然若謦欬之親承者乎 嗚呼 窮理以致其知反躬 以踐其實眞敬 以成其始終 此三者 實栗翁所以繼朱子之學 而先生之服勤而從事者 亦此也 世之尊先生者 只知先生之節而不知先生之學 故吾先子曰 不讀春秋 不知先生之義 不讀朱書 不知先生之學 爲本孫與諸生之出入於堂者 毋徒以遵守舊舍爲能事 必相與讀先生書 講先生學 溯以究石潭傳授之訣 此眞爲此堂事也 嘗聞先生雖造次必誦擊蒙要訣 至於逆旅 爇松明膽傳於人 此可見先生江漢秋陽之意 而亦可見誨人之不倦之一端 願諸君以先生之心爲心 先以此書而熟複 不解 每於月朔 齊會輪講 定爲課程 則庶乎得其門而入矣 諸君其各勤之哉 有宣廟教諭書 一度藏奉于懷仁之後栗祠 今移奉于此 其勒石建閣者 尚在祠之舊壚云 眼在落成時 屬余記其事而非其人未卽副 居然餘十年 先生九代孫天植 堂員朴潤陽金象鉉 復申前懇 不敢終辭 略識如此 嘗與芸囱溪雲二公 一宿于堂 娓娓道高山景行之思 每擬更造以續舊踐而人事多故 已有存沒之感 余與金公 亦皆癃病相憐 无以從心 只有歎恨于中也已 崇禎五辛卯蠟月日 後學恩津宋近洙記 朝天植書"
원문과 번역은 모두 한민족 정보마당〉한국전통옛집(http://www.kculture.or.kr/korean/oldhome/) 사이트에서 가져온 것이다. 번역을 수정한 부분이 있다.

어 선생의 책을 읽어 선생의 학문을 강의하고, 거슬러 올라가 석담(石潭, 이이) 선생이 전수한 비결을 연구해야 한다. 이것이 진실로 이 당의 일이 된다."라는 언급이 잘 보여주듯이 재실이나 사당에 대한 누정기는 선조에 대한 정신적 계승을 가장 중요시했음을 확인할 수 있다.

한편, 앞 절에서 유교 건축에 대한 표본 자료를 추출하면서 김장생과 송시열에 관련된 사당·재실 누정기를 우선적으로 선별한다고 하였는데, 위 누정기는 그 대상이 아니었음에도 송시열에 대한 언급이 있어 관계가 형성된다. 4장에서 자세히 살피겠지만 송시열은 쌍청당의 건립자인 송유의 8대손이며, 송근수는 16대손이다. 이렇게 보면 조헌, 이이, 송시열, 송근수, 송유가 모두 관계를 맺으며 연결될 수 있는데, 2장(누정기 연구의 나아갈 방향)에서도 언급하였듯이 이러한 관계 양상이 체계적으로 정리된다면 대단히 유용할 것이다.

이 글에서 분석할 수 있는 중요 사항으로는 누정기 제목, 필자, 누정기 출전, 대상으로 한 집, 지역명, 주변의 자연 경물, 주변의 인공 시설물, 개념어, 건립자 이름, 중수자 이름, 관련 사건, 집 이름 뜻, 누정기 청탁자, 인용 인물, 인용 고사, 집필 일시 등이 있는데, 이를 표로 정리하자면 다음과 같다.

〈표 3-16〉 송근수의 〈후율당중건기〉 본문 분석 표

제목	후율당중건기(後栗堂重建記)
필자	송근수(宋近洙)
집필연대	1891
출전	『입재집(立齋集)』
대상 집	후율당(後栗堂)
지역명	충북 옥천군 안내면 도이길 42

주변 자연	금산(錦山), 율현(栗峴)
주변 시설물	조헌(趙憲) 정려각
관련 사건	임진왜란
집이름 뜻	율곡(栗谷) 이이(李珥)의 뒤를 잇는다는 의미로 '후율(後栗)'이란 이름을 붙였으며, 건립자인 조헌의 호도 후율(後栗)이다
집 건립자	조헌(趙憲)
집 중수자	박성일(朴聖一)
중수연대	1879
누정기 청탁자	조천식(趙天植), 박윤양(朴潤陽), 김상현(金象鉉)
개념어	정려(旌閭), 거경(居敬), 교유서(敎諭書)
언급된 인물	조헌(趙憲): 후율당의 건립자. 임진왜란 때의 의병장 이이(李珥): 조헌의 스승 송시열(宋時烈): 송근수의 선조 박성양(朴性陽): 송근수의 지인 김낙현(金洛鉉): 송근수의 지인 조천식(趙天植): 조헌의 9대손. 　　　　　　〈후율당중건기〉의 현판 글씨를 쓴 인물 박윤양(朴潤陽): 누정기 청탁자 김상현(金象鉉): 누정기 청탁자 풍신수길(豊臣秀吉): 도요토미 히데요시. 　　　　　　임진왜란을 일으킨 인물 공자(孔子): 존경하는 성인으로 언급된 인물 주자(朱子): 존경하는 선현(先賢)으로 언급된 인물 정자(程子): 그의 시가 인용됨
언급된 기록	정자의 시
언급된 문헌	『주자대전(朱子大全)』, 『주자어류(朱子語類)』, 『춘추(春秋)』, 『격몽요결(擊蒙要訣)』
언급된 집	후율사(後栗祠)
인용 고사	1) '군자가 거처할 집(攸芋)' 　　(『시경(詩經)』「사간(斯干)」) 2) '한가하게 살던 터(蘆軸)' 　　(『시경(詩經)』「고반(考槃)」)

(12) 기대승(奇大升, 1527~1572), 〈옥천서원기(玉川書院記)〉

옥천서원기(玉川書院記)

가정(嘉靖) 계해년(1563)에 구암(龜巖) 이공(李公, 이정(李楨))이 외직으로
나와 승평부(昇平府)를 맡았는데, 한훤당(寒暄堂) 김선생(金先生, 김굉필(金宏
弼))이 이곳에 유배되었다가 별세하셨다고 하여 엄숙히 선생을 추모하였다. 마
침 〈임청대기문(臨淸臺記文)〉한 편을 얻고는 이것이 선생이 지으신 것인가 생
각하였다. 부임한 다음 임청대 옛터를 찾아서 승평부 사람들에게 물어보니 기
문은 매계(梅溪) 조공(曺公, 조위(曺偉))이 지은 것임을 알게 되었다.

이공은 마침내 그 옛터에다가 당(堂) 3칸을 짓고 경현당(景賢堂)이라 이름
붙였는데, 내가 일찍이 이 일에 참여하였다 하여 나로 하여금 이 사실을 기록
하게 하고, 퇴계(退溪) 선생에게 편지를 올려서 품재(稟裁)를 받았으며 아울러
편액(扁額)을 써 줄 것을 요청하여 퇴계 선생이 쓰셨으니, 이 사실은『경현록
(景賢錄)』과 기문 가운데 나와 있다.

다음 해 을축년(1565)에 선비들은 이공을 뵙고 "만일 다시 정사(精舍)를 세
워서 이것을 잘 수호(守護)하게 한다면, 경현당은 이로 말미암아 의뢰할 것이
있게 되어 오래도록 실추되지 않을 것이다." 하니, 이공이 이를 승낙하고는 경
현당 오른쪽에 터를 정하였다. 그러나 땅이 민가(民家)에 소속되었으므로 관전
(官田)을 주고 바꾸었다. 이에 공정(工程)을 헤아려서 일을 시작하자 기꺼이
달려와 일하는 자들이 많아서 5개월 만에 완성되었다. 그 제도를 보자면 중앙
은 당(堂)이고, 양익(兩翼)은 서(序)이며, 좌우에는 재(齋)가 있고, 부엌과 창고
가 그 뒤에 있었으며, 당의 편액을 '옥천정사(玉川精舍)'라 하고 재는 '지도재
(志道齋)'와 '의인재(依仁齋)'라 하였으니, 이것은 모두 퇴계 선생이 명명하고
손수 쓰신 것이었다.

낙성(落成)하는 날에 이공이 선비들을 거느리고 선성(先聖, 공자(孔子))의
신위(神位)를 경현당에 진설(陳設)하였으며, 또 한훤 선생과 매계 조공의 신위
를 설치하여 술잔을 올리고 고유(告由)하였다. 고유가 끝나자 다른 신위는 거

두고 마침내 한훤 선생의 위패(位牌)를 당의 왼쪽 한 칸에 봉안(奉安)하여 당을 사당으로 만들어서 조두(俎豆)의 의식(儀式)을 정하고는, 매년 중춘(仲春)과 중추(仲秋)의 중정일(中丁日)에 제사를 지내도록 하였다. 이공은 또 여러 제자들을 정사에 모으게 하고는 이들을 위하여 물자를 저축하고 서적(書籍)과 노비(奴婢)를 마련하는 일에 대해서도 모두 그 힘을 쓰지 않은 것이 없었으며, 도(道)를 창명(彰明)하고 어진 이를 바라는 뜻에 대해서 특히 관심을 두었다.

다음 해에 이공이 모친상을 당하여 떠나가자 부령(扶寧) 김계(金啓)가 와서 이를 주관하였다. 서원의 제도를 둘러보니, 신위가 한쪽에 있어서 만족스럽지 못하므로 사람을 보내어 이공에게 질정한 다음 다시 신위를 당 한가운데에 봉안하니, 의식이 이미 잘 갖추어졌고 조리가 또한 구비되었다.

융경(隆慶) 무진년(1568) 여름에 선비들은 "정사를 건립하면서 위에 보고하지 않았기 때문에 국가의 은전(恩典)이 다른 서원과 같이 내리지 않는다." 하여 마침내 상소하여 사액(賜額)을 내려 줄 것을 요청한 결과 성상(聖上, 선조)의 허락을 받아 '옥천서원'이라는 편액(扁額)이 내려지고 아울러 사서(四書)를 반포해 주니, 제생들은 다투어 권면하지 않은 이가 없었으며, 그 뒤에 목사가 되어 부임한 자들도 또한 마음을 두어 조처하지 않은 이가 없었으므로 원중(院中)의 모든 일이 더욱 완벽하게 마련되어 유감(遺憾)이 없게 되었다.

처음에 이공은 한훤 선생의 유사(遺事) 및 경현당을 지은 사실의 시말(始末)을 기록하여 『경현록』을 만들었는데, 정사(精舍)를 지은 일은 미처 기록하지 못하였다. 그리하여 지금 부사로 있는 이선(李選)이 나에게 편지를 보내오기를 "경현당의 일을 그대가 이미 기록하였는데, 그간의 연혁(沿革)과 서원을 건립하게 된 사유(事由)를 기록하지 않을 수 없다. 그러나 아직도 누구에게 부탁하지 못하였으니, 그대가 이것을 써 주기를 바란다." 하였다.

그리고 원생(院生)으로 있는 허사증(許思曾)이 산을 넘고 물을 건너는 수고로움을 꺼리지 않고 두 번이나 나의 집에 찾아와 요청하기를 더욱 견고히 하였으며, 또 말하기를 "이것은 비단 이사군(李使君)의 뜻일 뿐만 아니라 또한 구암(龜巖)의 뜻이다." 하였다. 나는 진실로 감히 사양할 수가 없었으나, 질병이 오래 되었고 잡스러운 일까지 많아 오랫동안 붓을 잡지 못하였으므로 항상 스스로 부끄러웠다. 이선과 제생들이 나의 글을 얻고자 하며 여러 번 요청을 그치지 않는 것은 깊은 뜻이 있다고 생각되나, 나는 소견이 어둡고 고루하여 이에 응할 수 없음이 두려울 뿐이다.

우리 동방은 본래 문헌(文獻)의 나라로 일컬어져 삼국 시대 이래로 호걸스러운 선비가 없지 않았다. 그러나 도덕이 후세에 크게 빛나는 분을 찾아보면 별로 없다. **한훤 김 선생은 수천 년 뒤에 태어나 홀로 드높게 서서 고인(古人)의 학문에 힘썼으니, 그 유풍(遺風)과 여운(餘韻)이 사람의 마음을 착하게 하고 세도(世道)를 부지할 만하였다.**

지금의 학자들이 성현을 배워서 그렇게 될 수 있다는 사실을 알고 스스로 예의의 가르침에 분발하고 있는데, 이들이 어찌 그 유래를 몰라서야 되겠는가? 하늘이 우리나라의 도학(道學)이 점점 밝아지게 해서 서원의 건립이 곳곳마다 이루어지고 있으니, 이는 진실로 찬란한 태평성대의 터전이다.

다만, 제생들이 학문하는 것 또한 성현이 남겨주신 법을 얻어 나라에서 교육하는 아름다운 뜻을 저버리지 않는지는 모르겠다. 내가 들으니 **옛날에 배우는 자들은 '자신을 위한 학문(爲己之學)'을 하였는데, 지금 배우는 자들은 '남을 위한 학문(爲人之學)'을 한다고 한다. 자신을 위한 학문을 하면 성현에 이를 수 있고, 남을 위한 학문을 하면 겨우 과거에 급제하여 명예나 취하고 녹봉이나 얻는 것을 꾀할 뿐이니, 어찌 잘못이 아니겠는가?** 이제 사문(斯文)이 불행하여 철인(哲人)이 서거하셨다. **퇴계 선생께서 이미 후학 곁을 떠나셨으며, 구암공도 갑자기 별세하셨으니 우리들이 어찌 매우 애통해하지 않을 수 있겠는가? 용이 죽고 범이 떠나가면 뒷일을 또 측량할 수 없는 것이니,** 제생들은 또한 우리 도(道)의 흥하고 망하는 즈음에 감회가 있을 것이다.

인심(人心)과 천리(天理)는 끝내 없어질 수 없는 것이니, 일상생활을 하는 사이에 발현하지 않을 때가 없다. 제생들이 만일 의지를 꺾거나 변치 말고 자신을 위한 학문에 힘써서 종사한다면, 비록 전현(前賢)들이 날로 멀어진다 하더라도 도는 일찍이 여기에 있지 않음이 없을 것이니, 어찌 마음을 다하지 않겠는가? 제생들은 서로 더불어 이에 힘쓰기를 바라는 바이다. 아, 슬프다.

　융경(隆慶) 신미년(1571) 9월에 후학 고봉 기대승은 삼가 기록하다.[47)]

　이 글은 서원에 대한 누정기의 전형성을 잘 보여주는데, 유학자로
명망이 높았던 인물에 대한 추모, 그 인물을 기리며 서원을 건립하게

47) 『高峯集』卷第二. "嘉靖癸亥 龜巖李公 出宰昇平 以寒暄金先生謫是土以沒 慨然追慕 適得
臨淸臺記文一篇 意其出於先生也 旣下車 訪所謂臨淸臺故址 詢于府之人 乃知記文爲梅溪
曹公筆也 遂就其址 爲堂三間 名以景賢 以大升與聞其事 俾記之 而拜書退溪李先生 通其稟
裁竝請寫額 事在景賢錄及記語中明年乙丑 士子輩謁李公 若更立精舍 使有以守之 庶幾堂
亦有賴 久而不墜 李公諾焉 卜地於堂之右傍 地屬民家 給官田以易之 於是 量工命事 樂趨者
衆 凡五閱月而告成 其制中爲堂兩翼爲序 左右有齋 而廚庫在其後 堂扁日玉川精舍 齋日志
道 日依仁 皆退溪先生所名而書之也 落之之日 李公率士子 設先聖位于景賢之堂 且設寒暄
先生梅溪曹公位 酸以告之 告訖徹位 仍安寒暄先生位于堂之左一間 以堂爲祠 定爲俎豆之
儀 令於春秋仲月次丁行之 又爲之聚弟子員于精舍 而儲倩供億 書籍臧獲 無所不用其力 至
於倡道希賢之意 尤眷眷焉 又明年 李公丁內艱以去 而扶寧金侯啓定來尸之 周視規制以神
位在一邊爲未愜 伴質李公 更安神位于堂中 儀式旣飭 條貫亦備 隆慶戊辰夏 士子輩以精舍
之立 未有以上聞 故國家恩典 不與他書院竝 遂陳疏以請 得蒙明降 賜玉川書院之額 倂須四
書 諸生無不競勸 而後來爲守者 亦無不留心指畫 院中諸事 益完而無憾矣 初李公錄寒暄先
生遺事及構堂事始末 爲景賢錄 而精舍之役則不及錄焉 今府使年候選以書來日 景賢之事
子旣書之 而其間有所沿革 書院之故 不可無述 而向未有所屬 願吾子之終賜之也 而院生許
上舍思曾 不憚跋涉之勞 再抵弊廬 請之愈堅 且日 此非獨使君之意 亦龜巖意也 大升固不敢
辭 而疾病支離 重以人事之冗 久不能把筆 恒自愧也 抑候及諸生欲求鄙文 屢請而不置者
意其有謂 而顧以所見之昧陋 恐無以應之也 吾東方素稱文獻之邦 自三國以來 非無豪傑之
士 而求其道德之光 照於後世者 蓋寡矣 寒暄先生 生於數千載之下 挺然特立 力爲古人之學
其遺風餘韻 足以淑人心而扶世道 今之學者 頗知聖賢之爲可學 而自礪於禮義之敎者 烏可
不知其所自乎 天相國家 道術寖明書院之建 比比有之 是固爲賁飾太平之具矣 但未知諸生
所以爲學者 亦能有得於聖賢之遺法 而無負於國家敎育之美意乎 竊聞之 古之學者爲己 今
之學者爲人 夫學以爲己聖賢可至 學以爲人 則不過爲科名利祿計而已 豈不戾哉 玆者 斯文
不幸 哲人其萎 退溪先生旣棄後學 而龜巖公又俊奄忽 爲吾徒者 寧不深痛 而龍亡虎逝 事又
有不可知者 諸生其亦有感於吾道興喪之際乎 犬人心天理 不容泯滅者 無時而不發見於日用
之間 諸生苟能不挫不變 勉焉從事於爲己之學 則雖前修日遠 而道未嘗不在是也 豈不足以
盡其心乎 幸諸生之相與勉之也 噫 隆慶辛未九月日 後學高峯奇大升 謹記"
원문과 번역은 모두 한국고전종합DB(http://db.itkc.or.kr/)(번역자: 성백효)에서 가
져온 것이다. 번역은 부분적으로 수정한 곳이 있으며, 단락 구분도 약간씩 달리 하였다.

된 사연, 당대의 대유(大儒, 여기에서는 퇴계)가 편액을 써준 일, 서원의
건물 구성, 서원에서 치러진 의식, 국가에서 편액이 내려지게 된 일,
누정기를 청탁받은 후 승낙을 하게 된 전말, 후학들에 대한 권계 등이
차례로 서술되어 있다. 유교 사상을 함양하기 위해 건립한 집이 서원
이고, 그러한 서원에 대해 쓴 누정기답게 처음부터 끝까지 유교 사상
을 짙게 반영하고 있으며, 후반부의 권계 부분은 특히 그러하다.

이 글에서 분석할 수 있는 중요 사항으로는 누정기 제목, 필자, 누
정기 출전, 대상으로 한 집, 집의 건립연대, 지역명, 개념어, 추모하는
인물, 관련된 누정기, 건립자 이름, 부속 건물명, 편액을 써준 인물,
문헌명, 건축 정보, 신위를 모신 인물, 의식을 주관한 인물, 사액(賜額)
을 내려준 임금, 누정기 청탁자, 인용 고사, 집필일시 등이 있는데, 이
를 표로 정리하자면 다음과 같다.

〈표 3-17〉 기대승의 〈옥천서원기〉 본문 분석 표

제목	옥천서원기(玉川書院記)
필자	기대승(奇大升)
집필연대	1571
출전	『고봉집(高峯集)』
대상 집	옥천서원(玉川書院)
지역명	전남 순천시 임청대길 18
관련 사건	무오사화(戊午士禍)
집이름 뜻	순천 지방을 가로지르는 하천인 '옥천(玉川)'에서 이름을 따온 것이다.
집 건립자	이정(李楨)
누정기 청탁자	이선(李選), 허사증(許思曾)
건립연대	1565
개념어	승평부(昇平府), 품재(稟裁), 편액(扁額), 정사(精舍), 신위(神位), 고 유(告由), 위패(位牌), 봉안(奉安), 조두(俎豆), 중정일(中丁日), 사액

	(賜額), 사문(斯文), 인심(人心), 천리(天理)
언급된 인물	이정(李楨): 옥천서원의 건립자 김굉필(金宏弼): 옥천서원에 제향된 인물 조위(曺偉): 그가 쓴 〈임청대기문〉이 언급되었음 이황(李滉): 옥천서원 내의 건물에 편액을 써준 인물 김계(金啓): 이정을 대신해 서원 제사를 주관한 인물 선조(宣祖): 옥천서원에 사액을 내려준 임금 이선(李選): 누정기 청탁자 허사증(許思曾): 누정기 청탁자 공자(孔子): 옥천서원에 신위가 모셔진 인물
언급된 기록	조위, 〈임청대기문(臨淸臺記文)〉
언급된 집	경현당(景賢堂)
인용 고사	1) "옛날에 배우는 자들은 '자신을 위한 학문(爲己之學)'을 하였는데, 지금 배우는 자들은 '남을 위한 학문(爲人之學)'을 한다고 한다." (『논어(論語)』「헌문(憲問)」)
건축 정보	중앙은 당(堂)이고, 양익(兩翼)은 서(序)이며, 좌우에는 재(齋)가 있고, 부엌과 창고가 그 뒤에 있었으며, 당의 편액을 '옥천정사(玉川精舍)'라 하고 재는 '지도재(志道齋)'와 '의인재(依仁齋)'라 하였다.

(13) 안축(安軸, 1282~1348), 〈상주객관중영기(尙州客館重營記)〉

상주객관중영기(尙州客館重營記)

지정(至正) 3년 계미년(1343)에 나는 상주(尙州) 목사(牧使)로 부임하라는 명을 받고 이해 여름 4월에 상주에 도착하여 일을 보았다. 상주는 최근 몇 년 사이 학정(虐政)에 시달려 백성과 물산이 유리되고 흩어져 마을이 쓸쓸하였고, 예전의 관사(官舍)·학교(學校)·신사(神祠)·불사(佛寺) 등이 모두 이미 무너져 있었다. 그런데도 오직 객관(客館)만은 온전하여 크고 높으며 으리으리한 것이 영남의 으뜸이었다. 청사(廳舍)의 기초와 규모, 배치 등이 크고 넉넉하여 각기 마땅하였다. 이것은 반드시 대인군자가 계획한 것이지 일반인들의 상례(常例)에 따른 제도가 아니라고 나는 마음속으로 생각하였다. 그래서 고을 사람에게 물었더니 다음과 같이 대답하였다.

"지금 동정성랑(東征省郎) 김영후(金永煦) 상국(相國)이 지은 것입니다. 상
주는 사방으로 통하는 거리에 있어서 명을 받들고 관리로 가는 사람들이 하루
도 없는 날이 없습니다. 예전의 객관은 좁고 누추한데다가 지은 지도 오래되어
기둥이 이미 흔들려서 성질 고약한 손님들에게 항상 꾸지람을 받으니, 사람들
은 그것을 매우 괴로워하였습니다.

지난 정묘년(1327) 4월에 공께서 이 고을을 맡으시자마자 다시 새롭게 단장
을 하려는 뜻이 있었습니다. 그렇지만 백성들이 괴로워할까 걱정하여 차마 공
사를 시작하지 못하고 오로지 인애(仁愛)로써 백성들을 사랑하고 엄중하게 아
랫사람들을 다스렸을 뿐입니다. 한 해가 지나 온 고을이 덕정(德政)을 통해 안
정되어 비로소 살아갈 수 있는 희망이 생기자 백성들은 힘을 한번 써서 공의
은혜에 보답하고자 하였습니다.

이에 공은 백성들을 부려도 되겠다고 생각하고 재물을 모아 사역(事役)을
명하고 기한을 확정하였습니다. 그러자 일반 백성들은 덩실덩실 춤을 추고 즐
거워하며 노고를 잊었고, 호족(豪族)들은 머리를 숙이고 귀를 늘어뜨리며[48]
공손하게 힘을 다하였습니다. 이 때문에 사역은 백성을 상하게 하지 않았고 농
사에도 방해가 되지 않았습니다. 얼마 되지 않아 객관이 완성되었는데 또 객관
의 서쪽에 터를 닦아 소관(小館)을 별도로 지어서 손님들의 숙박에 대비하였습
니다. 그렇기 때문에 관리들과 손님들이 연이어 오가도 묵을 객관이 생겨서 고
을 사람들은 안심하게 되었습니다."

아, 공은 저처럼 얼마 되지 않는 백성을 써서 이처럼 거대한 건물을 완성하
였으니 역량이 실로 넉넉한 분이다. 비록 백성의 힘을 썼다고 해도 실제로는
공의 지혜로부터 나온 것이기에 백성들은 지금까지도 공을 칭송한다.

무릇 천하의 국가를 다스리는 일은 집을 짓는 일과 같다. 『시경(詩經)』에는
'창문을 칭칭 감는다(綢繆牖戶)[49]'라는 비유가 있고, 『서경(書經)』에는 긍당긍

---

48) 조용히 복종하는 모양을 가리킨다.
49) 창문을 칭칭 감는다(綢繆牖戶) : 앞으로 닥칠 환란에 미리 대비하여 국가를 잘 다스린
다면 아무도 업신여기지 못할 것이라는 의미이다. 『시경(詩經)』「치효(鴟鴞)」의 "비
오기 전 날씨가 좋을 때에 저 뽕나무 뿌리를 거두어다가 창문을 칭칭 감는다면, 지금

구(肯堂肯構)의 비유가 있다. 공이 묘당(廟堂)에 앉아 법도를 세우고 책략을 베풀어 왕가를 다시 번영하게 한 것을 이에서 볼 수 있다.

지정 4년 갑신년(1344)에 나는 상주 목사에서 밀직(密直)으로 들어왔고, 공은 도첨의찬성사(都僉議贊成事)로 진급하여 관직에 배수되었다가 이듬해에 좌정승(左政丞)이 되었다. 나 역시 다시 찬성사로 옮겨서 항상 의지하게 되었다. 공이 나에게 "상주의 객관은 제가 지은 것으로 그대가 보았을 것입니다. 가만히 그 일을 기록하여 후대에 전하고자 하는데 그대가 기록하여 주십시오."라고 하였다.

나는 글재주가 없어서 성대한 아름다움을 형용하기 부족하나 엄명을 어기기 어렵기에 고을 사람에게 들은 바를 대략 기록하여 객관의 동헌(東軒)에 써서 부친다.[50]

상주(尙州)에 위치해 있는 객관(客館)을 중영(重營)하게 된 사연과 중

이 아래에 있는 사람들이 혹시라도 감히 나를 업신여기겠는가?(迨天之未陰雨 徹彼桑土 綢繆牖戶 今此下民 或敢侮子)"라는 말에서 비롯된 것이다.

50) 『謹齋先生集』卷之二. "至正三年癸未 余受尙州之命 是年夏四月 到州視事 州近年來 困於苛政 民物流散 里巷蕭然 凡古之廨宇州神祠佛寺 皆已頹圮 惟客館完具 輪焉奐焉 甲於南方 其廳堂基位 規模布置 宏壯有裕 各得其宜 余心自以爲此必大人君子所指畫 非俗人循常之制也 因問邑人曰 今東征省郎金相國永煦之所營也 州在八達之衢 乘傳奉使者 無虛日也 古之客館 湫隘卑陋 而又年代綿久 棟已撓矣 常爲惡賓所嗔 人甚病焉 越丁卯四月 公出判是州 卽有重新之意 悶生民勞困 不忍興功生事 但以仁愛字民 嚴重律下而已 旣朞 而一邑安於德政 始有聊生之望 思欲一用其力 以報公恩 於是 公知民之可使 鳩材命役 立定期限 小民足蹈手舞 悅而忘勞 豪黨俯首帖耳 畏而竭力 由是 事不傷民 役不妨農 不日成之 館旣成 又闢館之西 別營小館 以待賓之次者 故雖使賓沓至 寄寓有館 邑人安焉 噫 公用如彼子遺 成如是巨構 力實恢恢 雖用民之力 實出公之智耳 民到于今稱之 夫治天下國家者 其猶作室 詩有稠繆牖戶之比 書有肯堂肯構之喻 公之坐廟堂 立陳經紀 施設方略 而再造王家 於斯可見 四年甲申 余自尙入參密直 公進拜都僉議贊成事 明年 加左政丞 余亦再遷贊成事 日常攀附 公謂余曰 尙之客館 余之所營 而子之所嘗見也 竊欲記其事 以傳於後 子其識之 余文學荒拙 不足以形容盛美 然重違嚴命 略記所聞於邑人者 寄書于館之東軒云"
원문과 번역은 모두 한국고전종합DB(http://db.itkc.or.kr/)(번역자: 서정화, 안득용, 안세현 공역)에서 가져온 것이다. 번역은 부분적으로 수정한 곳이 있다.

영자인 김영후(金永煦)에 대한 상찬이 주된 내용을 이루고 있다. 객관
의 이름이 따로 없이 그냥 '상주객관'이기 때문에 집 이름에 대한 의론
은 없지만, 김영후가 백성들을 덕으로 이끌어 객관을 중영한 정신을
적극적으로 드러내면서 집과 관련된 정신적 의미를 간과하지 않았다.
또한, 관영 건축이므로 그에 맞게 덕치(德治)라는 공공적 교훈을 강조
한 면모를 보여준다.

이 글에서 분석할 수 있는 중요 사항으로는 누정기 제목, 필자, 누
정기 출전, 대상으로 한 집, 집의 건립연대, 지역명, 개념어(관직명, 건
물명 등), 건립자 이름, 문헌명, 인용 고사, 집필연대 등이 있는데, 이
를 표로 정리하자면 다음과 같다.

〈표 3-18〉 안축의 〈상주객관중영기〉 본문 분석 표

제목	상주객관중영기(尙州客館重營記)
필자	안축(安軸)
집필연대	1344
출전	『근재집(謹齋集)』
대상 집	상주객관(尙州客館)
지역명	경북 상주시 만산동 산73-1번지
집이름 뜻	'상주'라는 지명을 그대로 붙인 것이다.
집 중수자	김영후(金永煦)
건립연대	1328
누정기 청탁자	김영후(金永煦)
개념어	목사(牧使), 신사(神祠), 객관(客館), 청사(廳舍), 동정성랑(東征省郎), 상국(相國), 호족(豪族), 묘당(廟堂), 밀직(密直), 도첨의찬성사(都僉議贊成事), 좌정승(左政丞), 동헌(東軒)
언급된 인물	김영후(金永煦): 상주객관의 중수자
언급된 문헌	『시경(詩經)』, 『서경(書經)』
인용 고사	1) '창문을 칭칭 감는다(綢繆牖戶)' (『시경(詩經)』 「치효(鴟鴞)」)

	2) '긍당긍구(肯堂肯構)' (『서경(書經)』「대고(大誥)」)
건축 정보	객관의 서쪽에 터를 닦아 소관(小館)을 별도로 지어서 손님들의 숙박에 대비하였음

(14) 박세당(朴世堂, 1629~1703), 〈석림암기(石林庵記)〉

석림암기(石林庵記)

수락산(水落山) 석림암(石林庵)은 승려 석현(錫賢)과 그 문도 치흠(致欽)이 세운 암자로 이름은 내가 지었다. 수락산은 경성(京城)에서 30리 동쪽에 자리하여 삼각산(三角山), 도봉산(道峯山)과 더불어 솥발처럼 솟아 있다. 비록 깎아지른 형세는 두 산보다 조금 못하지만 수석(水石)의 경치는 수락산이 으뜸이니, 이 산의 명칭은 이 때문에 얻어진 듯하다. 그러나 이름이 도리어 두 산에 가려져 세상에서 이 산의 이름을 부르는 사람이 드물기 때문에 요즘 사람들이 또한 이 산에 유람하러 오지 않는다.

수락산 동쪽에는 예전에 매월당(梅月堂)과 흥국사(興國寺), 은선암(隱仙庵) 등 몇 개의 절이 있었다. 매월당은 김열경(金悅卿, 김시습(金時習))이 거처하던 곳인데, 세월이 오래되어 이미 없어졌다. 열경은 이 산을 매우 좋아하여 '동봉(東峯)'이라 자호(自號)하였을 정도이다. 흥국사가 아주 컸으나 지금은 역시 없어지고, 단지 '성전(聖殿)'이란 곳만 무너지지 아니하여 승려 두셋이 살고 있을 뿐이다. 은선암은 후대에 세워졌기 때문에 그런대로 온전하여 지금 16, 7명의 승려가 살고 있다. 그러나 산 서쪽에는 유독 하나의 절도 없다. 서북쪽 봉우리 아래에 절터가 남아 있기는 하나 또 언제 세워졌는지는 모르며 지금은 절이 없다.

내가 석천(石泉)에 거처를 잡고 보니, 산 서쪽에 해당된다. 바위와 골짜기가 그윽하고 시내와 폭포가 기이하여 경성으로부터 3, 40리 사이 삼각산과 도봉산 안팎에 있으면서 세상에 명성을 독차지하여 사람들이 사모하고 구경하는 여러 샘과 골짜기도 이곳에는 견줄 수 없으니, 이는 수락산만의 가장 빼어난 경치일 뿐만이 아니다. 내가 홀로 이곳의 경치가 몹시 수려하다고 여겨 왔지만, 아쉽게도 아직까지 산을 빛내는 유명하고 아름다운 절이 없었다. 그리하여 일찍이 은선암에 이르러 노승(老僧)들과 얘기를 나누며 이를 매우 한스럽게 여겼는데, 그때 마침 석현이 곁에 있다가 묵묵히 생각하는 바가 있는 듯하였으니, 이미 마음속으로 고개를 끄덕이고 있었던 듯하다.

오래 뒤에 그 문도 치흠이 나를 찾아와 말하기를, "지난날 선생의 말씀에서 석현 스님도 느낀 점이 있었습니다. 그러나 평소에 병이 많아 몸소 할 수 없어서 저로 하여금 절을 짓도록 하였습니다. 지금은 단지 절을 지을 만한 터를 찾지 못했을 따름입니다." 하였다. 몇 달 뒤 치흠이 또 와서 말하기를, "절터를 찾았습니다. 채운봉(彩雲峯) 서남쪽 산속으로, 직소봉(直小峯)과 향로봉(香爐峯)의 북쪽에 해당하는 곳입니다. 내년에 재목(材木)을 모아 일을 시작할 터이니, 선생께서는 기다려 주십시오." 하였다.

그해 가을 내가 통진(通津) 현감(縣監)을 사직하고 떠날 때 남은 녹봉으로 그 비용을 조금 보태 주었는데, 한 해 뒤에 돌아오니 암자가 완성되었다. 두세 칸 띳집이 바위를 등지고 골짜기를 향해 있어 한적하게 속세를 벗어난 정취를 자아내니, 참으로 아름다운 곳이다. 그리하여 즉시 이름하기를 '석림암(石林庵)'이라 하였다.

아, 이 산은 천지와 더불어 영원히 존재하니, 그 승경이 애당초 옛날이라 해서 더 낫고 지금이라 해서 더 못하지 않다. 그러나 세상 사람들은 이 산을 사랑할 줄 모르고 이 산을 좋아한 자는 오직 열경 한 사람 뿐이었는데, 열경이 세상을 떠난 지가 300년이나 되니 열경을 이어 다시 이 산을 사랑하는 사람이 있겠는가? 이 암자를 지은 것이 열경과 견주어 그 뜻이 어떠한가? 석현과 치흠은 혹 알 수 있을 것이기에 나는 한스럽게 여기지 않는다.

또 옛날 혜원법사(惠遠法師)가 여산(廬山) 동림사(東林寺)에 머물 때, 종유(從遊)한 이가 도연명(陶淵明)이었다. 혜원이 결사(結社)할 때 연명이 그 모임에 들어가려 하지 않았는데, 혜원이 계율을 지키느라 객을 만날 적에 술상을 차린 적이 없었으나 유독 연명을 위해서만은 술상을 차렸으며, 전송할 적에 자신도 모르게 함께 호계(虎溪)를 넘었으니, 그 행적이 또한 몹시 기이하다 하겠다. 몸의 굴레를 벗어나 서로 교유한 사이가 아니라면 이러할 수 있었겠는가?

　　석현의 청담(淸談)과 운치(韻致)는 비록 혜원에 훨씬 미치지 못하겠지만, 진실하고 거짓이 없어 속세에 물들지 않은 점에 있어서는 유사하다. 비루한 나로 말하면 어찌 감히 망녕되이 고인(古人)에 견주겠는가? 다만 석현과 서로 기약하는 것이 또한 연명과 혜원 사이의 교유와 같기를 바랄 뿐이다.[51]

　　건립자가 승려이고 암자에 대한 누정기라는 점을 제외하면 앞에서 본 누정기들과 별 차이가 없다. '석림암(石林庵)'이라는 이름의 뜻은 직

---

51) 『西溪先生集』卷之八. "水落山石林庵 僧錫賢與其徒致欽之所爲而吾所名也 水落山 在京城東三十里 與三角, 道峯 鼎足而峙 雖峭拔之勢 少遜於二山 而水石之趣 獨勝焉 山之得名 意蓋以此 而名反爲二山所掩 俗鮮稱者 故今人遊跡亦不到 山之東 舊有梅月堂, 興國寺, 隱仙庵數寺 梅月堂 乃金悅卿所居 而年久已廢 悅卿賞愛茲山 自號東峯 興國寺最盛 今亦廢 但其所謂聖殿者未毀 居僧數人而已 隱仙 後起稍完 今有十六七僧居之 而山之西 獨無一寺 其西北峯下 有古蘭若遺址 又不知建於何時而今廢矣 余旣卜居石泉 於山爲西 巖洞之幽 泉瀑之奇 自京城三四十里間 三角道峯內外諸泉洞 擅名於世 人所慕賞者 皆未見其比 蓋不惟爲一山之最勝而已 余獨奇茲地 顧未有名藍佳刹與山添色 嘗至隱仙 與諸老宿語 深以此爲恨 時賢在傍 默然若有所念 蓋已心領之矣 久之 其徒致欽來見余曰 昨者先生之言 賢有感焉 然而素多病 不能自爲 而使欽爲之 今唯未得其地爾 後數月 欽又來曰 已得之矣 在彩雲峯西南岰中 直小香爐之北 將以明年鳩材起手 先生待之矣 其秋 余去官分津 得以廩入之餘 稍助其費 期年而歸 菴則成矣 數間茅宇 背巖面壑 蕭然有絶塵離俗之趣 眞佳處也 卽名之曰石林 嗚呼 此山與天地並立 其爲勝 初不以古今而加損 然世莫知之愛 而賞者獨有悅卿一人而已 而其人死且三百年于茲矣 復有繼之者乎 是庵之作 與悅卿意何如哉 賢與欽儻能識之者 吾又豈不恨矣 又昔惠遠師住盧山東林 從其游者淵明 遠結社 而淵明不肯入社 遠持戒見客 未嘗設酒 而獨爲淵明設酒 與其送之過虎溪而不覺 其跡亦已奇矣 非相與期於形骸之外者 能若是乎 賢之淸談雅韻 雖不及遠 眞實無僞 不染塵氣 抑有似者 若余之陋 則何敢妄擬古人 但所以與賢相期者 亦欲如陶之與遠耳"
원문과 번역은 모두 한국고전종합DB(http://db.itkc.or.kr/)(번역자: 최병준)에서 가져온 것이다. 번역은 부분적으로 수정한 곳이 있다.

관적으로 파악이 되기 때문에 그에 대한 의론은 서술하지 않았다. 주
변 자연 경관에 대한 묘사나 건립 과정에 대한 사연, 집에 담아야 할
정신적 의미, 건립자에 대한 상찬 등이 주된 구조를 이루고 있다는 점
에서 여타 누정기들과 공통점이 많다고 할 수 있다.

이 글에서 분석할 수 있는 중요 사항으로는 누정기 제목, 필자, 누
정기 출전, 대상으로 한 집, 주변의 자연 경물, 지역명, 인근에 있었다
가 없어진 집, 그 사찰에 거처했었던 인물, 개념어, 건립자 이름, 집
이름 뜻, 인용 인물, 인용 고사 등이 있는데, 이를 표로 정리하자면
다음과 같다.

<표 3-19> 박세당의 〈석림암기〉 본문 분석 표

제목	석림암기(石林庵記)
필자	박세당(朴世堂)
집필연대	17세기
출전	『서계집(西溪集)』
대상 집	석림암(石林庵)
지역명	경기도 의정부시 동일로 122
주변 자연	수락산, 북한산, 도봉산, 채운봉, 직소봉, 향로봉
집이름 뜻	절이 바위를 등지고 숲 속에 위치하고 있어 '석림(石林)'이라는 이름을 붙였다.
집 건립자	석현(錫賢), 치흠(致欽)
개념어	현감(縣監), 결사(結社)
언급된 인물	석현(錫賢): 석림암의 건립자 치흠(致欽): 석림암의 건립자. 석현의 제자 김시습(金時習): 석림암 인근에 살았던 인물 혜원법사(惠遠法師): 그와 관련된 고사가 인용됨 도연명(陶淵明): 그와 관련된 고사가 인용됨
언급된 집	매월당(梅月堂), 흥국사(興國寺), 은선암(隱仙庵), 동림사(東林寺)

인용 고사	1) '호계삼소(虎溪三笑)' 고사 (진성유(陳聖俞), 『여산기(廬山記)』)
건축 정보	두세 칸 띳집이 바위를 등지고 골짜기를 향해 있었음

제4장

누정기 자료의 집중 분석 예시:
박팽년의 〈쌍청당기〉를 중심으로

앞에서 14편의 누정기를 살펴보았는데, 여기에서 한 발 더 들어가 보다 깊이 있게 누정기를 분석해보고자 한다.

본서에서 선택한 누정기는 박팽년의 〈쌍청당기〉이다. 이 글은 앞장에서 살펴본 14편의 누정기 가운데 가장 많은 관련 요소가 추출된 누정기로서 필자가 당대의 명망가이고, 관련되는 누정기도 상당수이며, 대상 건물인 쌍청당이 지금까지 현존해 있는 명성 있는 건축물이고, 글의 내용을 보더라도 누정기를 통해 분석할 수 있는 사항들이 거의 다 포함되어 있어 본서의 집중 분석을 위한 샘플로서 좋은 조건을 갖추고 있기에 선택하였다.

집중 분석은 본문 내용뿐만이 아니라 내용 중에 드러나 있지 않더라도 관련성이 높은 정보를 함께 살펴보고자 한다. 먼저 본문 내용을 정밀하게 분석할 것이며, 그에 이어 연관된 인물을 살펴보도록 하겠다. 다음은 쌍청당에 대해 쓰여진 모든 누정기 목록과 누정기 이외의 글(편액, 시, 산문, 설화 등)을 살펴볼 것이며, 그 다음으로는 연관 인물이 건립한 집과 그 집에 대한 누정기 목록을 알아볼 것이다. 그리고 박팽년의 〈쌍청당기〉와 관련하여 함께 보면 좋을 만한 관련 자료(출판자료, 웹문서, 시청각자료)를 들어 보일 것이다.

1. 본문 내용 분석

박팽년의 〈쌍청당기〉 전문(全文)을 각 부분별로 자세히 분석하자면 다음과 같이 할 수 있을 것이다. (괄호 안 문장은 원문 속의 주석이며, 굵은 글씨와 밑줄 표시는 앞 장과 같이 각각 중요 단어 및 문장, 개념어를 가리킨다.)

쌍청당기(雙淸堂記)

(『동문선(東文選)』과 『여지승람(輿地勝覽)』에 보인다.)

이 글의 제목은 '쌍청당기(雙淸堂記)'이며, 출전은 『동문선(東文選)』과 『여지승람(輿地勝覽)』인데, 『여지승람』은 『신증동국여지승람(新增東國輿地勝覽)』을 가리킨다. 그리고 이 글은 박팽년의 문집인 『박선생유고(朴先生遺稿)』에서 가져온 것이므로 출전을 정리하자면 『박선생유고』, 『동문선』, 『신증동국여지승람』이다.

하늘과 땅 사이에는 **바람과 달**이 가장 맑다. 사람 마음의 오묘함도 역시 이것과 차이가 없으나, 형기(形氣)의 구애를 받거나 물욕(物慾)에 더럽혀지기 때문에 그 체(體)를 온전하게 보존하는 자가 적을 뿐이다. 대개 연기와 구름이 사방을 뒤덮으면 하늘과 땅은 그늘져서 어두워진다. 이럴 때 맑은 **바람**이 이것을 쓸어버리고, 밝은 달이 공중에 뜨게 되면 상하가 환하게 밝아서 털끝만한 잡티도 없게 되는데, 이러한 기상은 진실로 형용하기가 쉽지 않다. 오직 그 마음을 온전하게 보존하여 더럽히는 일이 없게 할 수 있는 사람만이 이것을 감당하여 스스로 즐길 수 있는 것이다.

서두에서부터 의론(議論)을 펼치고 있는데, 이와 같은 말을 한 이유는 집 이름이 '쌍청(雙淸)'이므로 그에 대한 견해를 밝히기 위해서이다. '쌍청'이란 중국 북송(北宋)의 시인인 황정견(黃庭堅, 1045~1105)이 자신

의 스승인 대유학자(大儒學者) 주돈이(周敦頤, 1017~1073)의 인품을 평
하면서 말하였던 '광풍제월(光風霽月, 맑은 바람과 비 개인 뒤의 밝은 달)'
에서 뜻을 가져온 것으로[1], 바람과 달을 2개의 맑음, 즉 '쌍청(雙淸)'으
로 표현한 것이다. 이와 같은 맥락은 당시의 식자(識者)라면 누구나 알
고 있었을 것이므로 굳이 '쌍청'이란 말을 꺼내기 전에 우선 바람과 달
에 관해서 자신의 생각을 적은 것이다.

'광풍제월'이란 표현은 우리나라에서도 널리 회자되어 선비들의 인
품을 상찬하는 표현으로 많이 쓰였는데, 건립자인 송유(宋愉, 1388~
1446)의 실제 삶이 이와 같았다는 의미를 지닌다. 인용문의 마지막 문
장인 '오직 그 마음을 온전하게 보존하여 더럽히는 일이 없게 할 수
있는 사람만이 이것을 감당하여 스스로 즐길 수 있는 것이다.'라는 것
은 곧 송유를 가리킨다. 송유의 호가 쌍청당(雙淸堂)이기도 하다. 이처
럼 본문에 쓰인 '바람과 달'이란 말은 〈쌍청당기〉의 핵심을 이루는 개
념이므로 중시할 필요가 있다.

밑줄 그은 '형기(形氣)'와 '체(體)'라는 말은 성리학(性理學) 전문 용어
로서 쉽게 이해하기 어려운 말이다. 그러므로 이에 대한 설명이 더해
진다면 가독성이 높아질 뿐 아니라 성리학 용어에 대한 학습 기회가
될 수도 있는데, 페이지 내에서 각주로 설명하는 방법이 있고, 용어를
클릭하면 전문 사이트로 직접 연결(link)되는 방법이 있다. 후자가 더
좋은 방법이겠지만, 전문 사이트에 해당 용어가 포함되어 있지 않다
면 각주로 설명하는 것도 대안이 될 수 있을 것이다.

그러므로 황노직(黃魯直)이 일찍이 이것을 가지고 용릉(舂陵)에 견주었

---

1) 허경진, 『대전지역 누정문학연구』, 태학사, 1998, 105면 참조.

고, 소강절(邵康節)도 〈청야음(淸夜吟)〉이란 시에서 그 맛을 아는 자가 적다고 탄식하였다. 요즘 세상에 이러한 즐거움을 아는 자가 있겠는가?

황노직(黃魯直)은 곧 황정견이며, '용릉(舂陵)'에 견주었다는 것은 앞에서도 언급한 '광풍제월' 고사를 일컫는다. 그 원문을 보자면 『송사(宋史)』 「주돈이전(周敦頤傳)」에 "용릉에 사는 주무숙(주돈이)은 인품이 몹시 높고 마음이 깨끗해서 마치 맑은 날의 바람과 비 개인 뒤의 밝은 달과 같다(舂陵周茂叔, 人品甚高, 胸懷灑落, 如光風霽月,)"라는 문장이 보인다.

소강절(邵康節)은 곧 소옹(邵雍, 1011~1077)으로 주돈이와 동시대를 살았던 학자이자 시인이다. 그의 시 〈청야음(淸夜吟)〉은 다음과 같다.

月到天心處	달은 하늘 복판에 이르고
風來水面時	바람은 수면에 닿을 때
一般淸意味	이렇듯 청아한 맛을
料得少人知	아는 이 적음을 알겠네.

바람과 달이 등장하고, 맑은 바람과 밝은 달을 말한 광풍제월(光風霽月)의 의미를 그대로 담고 있다. 인용한 고사 2편이 모두 광풍제월의 뜻을 말하고 있는데, 이는 곧 '쌍청(雙淸)'에 담긴 정신과 연결되는 것이다.[2]

시진(市津) 송유(宋愉) 공은 본래 오래전부터 벼슬을 해 오던 집안이었는데, 공명(功名)을 좋아하지 아니하고 시골로 물러가서 살고 있는 지가

---

[2] 김종서, 「박팽년(朴彭年)의 문학과 정신」, 『동방한문학』32집, 동방한문학회, 2007, 45-46면 참조.

지금 30여 년이 되었다. 그 고을은 **충청도** 회덕(懷德)이요, 마을은 백달
리(白達里)이다.

송유의 이름이 언급되었고, 그의 간략한 이력(履歷)을 소개하였다.
공명을 물리치고 시골로 내려와 살고 있다는 것인데, 고을 이름은 '충
청도 회덕 백달리'라고 분명히 밝혀두었다. 쌍청당은 지금 현존하는
집이며, 현재의 주소 체계로 하면 대전광역시 대덕구 쌍청당로 17(중
리동 71)에 위치해 있다.

> 살고 있는 집의 동쪽에 사당을 지어서 선세(先世)를 모시고, 몇 이랑의
> 밭을 두어서 제사의 음식에 이바지하게 하였다. 그리고 사당의 동쪽에 별
> 도로 당(堂)을 지었는데 모두 7칸이다. 중간을 온돌로 만들어 겨울을 나기
> 에 편리하게 하고, 오른쪽 3칸을 터서 대청을 만들어 여름철을 나기에 편
> 리하게 하고, 왼편 3칸을 터서 주방과 욕실(浴室)과 제기(祭器)를 보관하
> 는 곳을 각각 따로 만든 다음, **단청**을 하고 담장을 둘러쳤는데 화려하면서
> 도 사치스럽지는 않았다.

건축 정보가 드러나 있는 부분이다. 사당의 동쪽에 별도로 지었다
는 당(堂)이 바로 쌍청당이다. 앞 인용문의 '시진 송유 공은'이란 주어
가 계속 연결되고 있으므로 쌍청당의 건립자가 송유임이 이 부분에서
확인된다. 모두 7칸으로 중간에 온돌을 설치하고, 오른쪽 3칸은 터서
대청을 만들고, 왼쪽 3칸을 터서 각각 주방·욕실·제기 보관소로 만들
었다고 하였다. 현재의 쌍청당은 아래 그림과 같이 총 6칸으로 서쪽
2칸이 온돌, 동쪽 4칸이 대청으로 되어 있다. 중간에 구조가 변경된
것이다.[3]

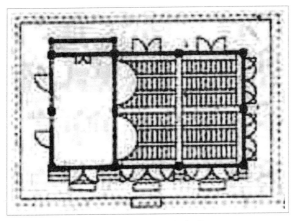

〈그림 4-1〉 쌍청당 평면도4)

그리고 단청을 했다는 말이 나오는데, 궁궐이나 사찰이 아닌 개인
별당에 단청을 하였다는 것은 주목을 요한다. 조선 초기에는 사적인
집에도 단청을 금지하지 않았지만, 고관(高官)들이 경쟁적으로 자신들
의 집을 화려하게 꾸미자 궁궐·사찰·향교에만 단청을 하고, 개인적
인 주택이나 정자에는 단청을 못하도록 국법이 정해졌다. 하지만 쌍
청당은 국법으로 금하기 전에 단청했던 별당이었으므로 제지를 받지
않았고, 이후 중건하면서도 계속 단청하여 지금도 단청되어 있는 모

---

3) 송상기의 〈쌍청당중수기〉에 다음과 같은 언급이 보인다. "가정 갑신년(1524)에 양근
(楊根) 부군(송여림)께서 중건하셨다. 송담(松潭) 부군(송남수) 때인 가정 계해년(1563)
에 옛집에 그대로 기와를 더 입혔다. 만력 정유년(1597)에 왜란으로 소실되었고, 병진
년(1616) 송담 부군이 또 새로 지었다. (……) 2월에 시작해서 5월에 일을 마쳤다. 집의
앞뒤와 좌우를 한결같이 옛날의 옥제(屋制)를 따르고 감히 바꾸지 않았다. 서쪽 2칸은
온돌을 들이고, 동쪽 4칸은 마루로 했다.(嘉靖甲申 楊根府君 重新之 至松潭府君 嘉靖癸
亥 仍舊加葺 萬曆丁酉 被倭燹 丙辰 府君又刱焉 (……) 始於二月 訖於五月 面背左右 一遵
舊制 毋敢變易 堗其西者二間 軒其東者四間" 1616년에 중건하면서 현재의 구조대로
바뀌었음을 확인할 수 있다.
4) 이왕기, 『한국의 건축문화재』, 기문당, 1999, 86면.

습을 볼 수 있다. 현재 남아 있는 사적인 전통건축 가운데 단청을 한 경우는 보기 어렵다는 점에서 쌍청당 단청의 희귀성이 있다.5)

　　매번 시사(時祀)나 기일(忌日)이 돌아오면, 공은 반드시 심의(深衣)를 입고 그 당에 들어가 재계(齋戒)하고, 공경과 정성을 다하되 무릇 제사에 관한 모든 예절은 한결같이 예경(禮經)을 준수하였다. 또 명절이 돌아오면 반드시 술을 마련해 놓고 손님을 청하여 시를 짓기도 하고 노래를 부르기도 하여, 고을 사람들과 기쁨을 함께하였다. 만년(晚年)에는 선학(禪學)을 좋아하여 그 마음을 담박하게 갖고 사물에 구애되지 않았으니, 대개 그 성품이 고명하여 명성이나 이로움을 도외시한 경향이 있었기 때문이다.

　건립자이자 집주인인 송유의 실제 삶이 어떠한지를 간략히 언급하였다. 유학을 따르는 선비로서의 자세도 충실하였고, 사람들과 기쁨을 함께 나눌 줄 알았으며, 만년에는 선학을 좋아하여 맑고도 자유로운 삶을 살았다는 것이다. '광풍제월'의 고사를 끌어오는 것이 부끄럽지 않은 면모를 보였다고 할 수 있다.

　앞에서와 같이 밑줄 그은 단어들은 설명이 필요한 개념어들이다.

　　중추(中樞) 박연(朴堧) 공이 그 당을 쌍청(雙清)으로 편액(扁額)하여 시를 지었고, 안평대군(安平大君)이 또 따라서 화답하였다고 한다.

　세종 때의 음악가로 유명하며 대제학(大提學)을 지냈던 박연(朴堧, 1378~1458)이 편액을 써주고 시도 지었다고 하였다. 여기서 '쌍청'이란 집 이름이 처음 언급되었다. 그리고 세종의 셋째 아들이자 뛰어난 예술가이기도 하였던 안평대군(安平大君, 1418~1453)이 화답시를 지었

---

5) 허경진, 앞의 책, 102-103면 참조.

다고 한다. 이 시들은 모두 송유의 후손 송규렴(宋奎濂, 1630~1709)이
편찬한『쌍청당제영(雙淸堂題詠)』에 실려 있다. 각각을 들어 보이면 다
음과 같다.

(박연 作)
雙淸小閣俯長程　쌍청당 작은 누각이 긴 길을 굽어보며
朝暮閒看走利名　아침 저녁으로 명리(名利) 좇는 사람들 한가로이 보네
霽月滿庭非假借　개인 달빛이 뜰에 가득하니 빌려온 것이 아니고
光風拂檻豈招迎　맑은 바람이 난간에 스치니 어찌 불러서 왔으리
冷侵酒斝金波灩　차가운 기운이 술잔에 스며 금 물결 가득하고
凉掃雲衢玉葉輕　서늘한 바람이 구름길 쓸어 나뭇잎 가벼워라
此景此心同意味　이 경치에 이 마음이 내 뜻과 같건만
更於何處役吾形　다시 어느 곳에 내 몸을 부려야 하나.

(안평대군 作)
堂在天南問幾程　당(堂)이 하늘 남쪽에 있다하니 몇 리 길인가
臥龍棲鳳不聞名　와룡 선생이나 서봉 선생처럼 이름나 있지도 않네
庭深茂樹生風雨　뜰이 깊고 나무가 무성하여 비바람 일렁이고
門壓長途管送迎　긴 길을 문이 누르며 손님을 맞고 전송하네
遁世登樓黃鶴遠　세상 피해 누정에 오르니 누런 학이 멀리 날고
寬身泛渚白鷗輕　몸 기울여 물가에 누우니 흰 갈매기 가볍구나
却看遺意羲皇上　오가는 세월 속에 희황제의 뜻을 남기는 듯
梁甫吟中欲寄形　양보음(梁甫吟) 읊으며 이 몸 기대고 싶어라.

閣外前程連後程　집 밖 앞길은 뒷길과 연이어 있고
行人長見七松名　행인들은 오래도록 칠송거사[6]의 명성을 보네

---
6) 당(唐) 나라 때 과거(科擧)의 시관(試官)이었던 정훈(鄭薰)이 노후에 산림 속으로 물러

半生聲利猿吟罷　반생을 명리 좇던 원숭이 울음 그만두니
一室琴書鶴舞迎　방 안 거문고와 서적들이 학춤 추며 반겼다네
日月流光從歲換　해와 달의 흐르는 빛 세월 따라 뒤바뀌고
山川奇事與雲輕　산과 시냇물 기이하여 구름처럼 가볍도다
傳孫傳子堂名久　집 이름 오래도록 자손만대에 전해져
春去春來不孤形　세월 지나도 외롭지 않으리라.7)

　모두 7언 율시이며 운자(韻字)인 '정(程)-명(名)-영(迎)-경(輕)-형
(形)'이 똑같이 사용되었다. 박연의 시에 안평대군이 화답시를 지으며
그대로 차운(次韻)한 것이다.

　　나는 이 말을 듣고 옷깃을 여미며 말하기를 "쌍청이란 바로 이런 것이구
　나!" 하였다. 백이(伯夷)는 성인 중에 청(淸)에 속하는 자인데, 공은 백이
　의 풍문을 듣고 흥기한 것인가? 대개 바람 소리는 귀로 들을 수 있고, 달은
　눈으로 볼 수 있기 때문에 사람마다 두 물건이 맑다는 것을 안다. 그러나
　자기 마음속에 그것을 부러워하지 않아도 될 만한 것이 있다는 것을 모르
　고 있다. 그렇다면 어찌 그 아는 자가 알지 못하는 자와 더불어 견줄 수
　없다는 것을 알겠는가?

　중국 은나라 말·주나라 초에 실존했다고 하며, 공자가 성인이라고
추앙하였던 백이(伯夷)를 언급하였다. 『사기(史記)』「백이열전(伯夷列
傳)」에 나와 있다시피 백이·숙제(叔齊) 형제는 은왕(殷王)을 정벌하고
주나라를 세운 무왕(武王)이 도의에 어긋나는 행위를 하였으므로 주나

───────────────

나 소나무를 심고, 칠송거사(七松居士)라 자호(自號)하였다고 한다. 여기에서는 정훈
과 같이 벼슬자리에서 물러나 산림에 은거한 쌍청당 주인 송유를 가리킨다.
7) 시 원문은 국립중앙도서관(http://www.nl.go.kr/) 소장『雙淸堂題詠』'온라인(원문)
보기'에서 옮겨 적은 것이며, 번역은 허경진, 앞의 책, 104-106면을 참조하였다.

라의 벼슬을 하지 않고 수양산(首陽山)에 들어가 고사리를 캐어 먹고 살다가 그마저도 주나라 땅의 산물이라 하여 먹지 않고, 결국 굶어 죽었다고 하는 것은 유명한 이야기이다.

박팽년도 이러한 이야기에 근거해 '백이(伯夷)는 성인 중에 청(淸)에 속하는 자인데, 공은 백이의 풍문을 듣고 흥기한 것인가'라고 한 것인데, 송유의 맑고 깨끗한 삶이 백이와도 비길 수 있다는 상찬을 한 것이다. 이렇게 보자면 본문 중에 서명(書名)이 나오진 않았지만 그 인용출전으로『사기』를 상정할 수 있을 것이다.

또한, 바람과 달에 대해서 재차 언급하고 있는데, '쌍청(雙淸)'이 곧 바람과 달이라는 것을 직접적으로 제시해 준 셈이다.

> 지금 공의 선조를 받드는 정성과 손님을 즐겁게 하는 흥취를 보건대, 그 스스로 즐기는 취미를 알 수 있겠다. 그러나 호상(濠上)에서 물고기가 즐겁게 노는 것을 보고 장자(莊子)도 그 이유를 알지 못하였고, 장자가 알지 못했던 물고기의 즐거움을 혜자(惠子)도 역시 알지 못하였는데, 내가 어찌 감히 그 한 구석인들 엿볼 수 있겠는가?

송유의 맑고 깨끗한 삶이 그 스스로 즐기는 것이라고 언급한 뒤에, 장자(莊子)의 고사를 인용하였다.『장자』에 실려 있는 원문은 다음과 같다.

> 장자(莊子)가 혜자(惠子)와 함께 호수(濠水)의 돌다리 위에서 노닐고 있었는데 장자가 말했다. "피라미가 나와서 한가로이 놀고 있으니 이것이 바로 물고기의 즐거움일세."
> 혜자가 말했다. "자네는 물고기가 아닌데 어떻게 물고기의 즐거움을 알 수 있겠는가?"

장자가 말했다. "자네는 내가 아닌데 어떻게 내가 물고기의 즐거움을 알지 못하는지 알 수 있겠는가?"

혜자가 말했다. "내가 자네가 아니기 때문에 참으로 자네를 알지 못하거니와, 그것처럼 자네도 당연히 물고기가 아닌지라 자네가 물고기의 즐거움을 알지 못하는 것이 틀림없네."

장자가 말했다. "다시 처음으로 돌아가 보세. 자네가 나를 보고 '자네가 어떻게 물고기의 즐거움을 알겠느냐'고 말한 것은, 이미 내가 그것을 알고 있음을 알고서 나에게 물어온 것일세. 나는 그것을 호수(濠水) 위에서 알았네."8)

이처럼 물고기의 즐거움을 장자도 몰랐고 혜자도 몰랐는데, 필자 또한 송유의 즐거움을 제대로 알지 못한다는 것이다. '내가 어찌 감히 그 한 구석인들 엿볼 수 있겠는가?'라고 한 것을 보면 송유의 즐거움은 마치 신선과도 같은 경지로 속세의 벼슬자리에 묶여 있는 평범한 자신으로서는 도저히 알 수 없다고 하는 의미를 지닌다고 볼 수 있다.

　　　그러나 공의 아들인 주부(主簿) 계사(繼祀)가 나를 말단에 속해 있다는 이유로 문장이 졸렬함에도 개의치 않고 기문(記文)를 쓰게 하므로, 그 말을 들은 대로 기록하였다.

박팽년에게 기문을 청탁한 사람이 송유의 아들인 송계사(宋繼祀)임을 밝히고 있다. 밑줄 그은 관직명은 설명이 필요한 단어이다.

---

8) 『莊子』「秋水」제8장. "莊子與惠子 遊於濠梁之上 莊子曰 儵魚出遊從容 是魚之樂也 惠子曰 子非魚 安知魚之樂 莊子曰 子非我 安知我 不知魚之樂 惠子曰 我非子 固不知子矣 子固非魚也 子之不知魚之樂 全矣 莊子曰 請循其本 子曰 汝安知魚樂云者 既已知吾 知之而問我 我知之濠上也" 장자, 김창환 옮김, 『장자: 외편』, 을유문화사, 2010, 422-423면; 동양고전종합DB(http://db.cyberseodang.or.kr/) 참조.

정통(正統) 10년 가을 9월 보름에 봉훈랑(奉訓郎) 집현전(集賢殿) 교리 (校理) 지제교(知製敎) 세자우사경(世子右司經) 박팽년은 기문을 쓰다.

정통(正統) 10년이라고 하였으니 1445년이 집필연대임을 알 수 있다. 그 뒤로 관직명을 적어 놓았는데, 모두 설명이 필요한 단어들이다. 그리고 필자의 이름을 적어 놓아 이 글의 필자가 박팽년임을 확인할 수 있다.

『여지승람(輿地勝覽)』에는 "호상(濠上)에서 물고기가 즐겁게 노는 것을 보고 장자는 물고기의 즐거움을 알지 못하였고 혜자도 역시 알지 못하였다."라고 되어 있다.[9]

『신증동국여지승람』에서는 『박선생유고』와는 달리 약간 다르게 쓰

---

[9] 『朴先生遺稿』 "雙淸堂記 (見東文選及輿地勝覽) 天地間 風月最淸 人心之妙 亦與之無異 焉 拘於形氣 累於物欲 於是焉能全其體者鮮矣 蓋煙雲四合 天地陰翳 而淸風掃之 明月當 空 上下洞徹 無纖毫點綴 其氣象固未易形容 惟人之能全其心而無累者 足以當之而自樂之 故黃魯直嘗以此 擬諸春陵 而邵康節亦有淸夜之唫 歎知味者之少也 蓋今世亦有知此樂者 乎 市津宋公愉 本簪履之舊 而不喜功名 退居村野今三十有餘年矣 其縣曰忠淸之 里曰白達 構祠堂於居第之東 以奉先世 置田數頃 以供祭祀之需 乃於祠東 別立堂 凡七間 埃其中以 宜冬 而右闢之者三 豁其軒以宜夏 而左闢之者三 庖廚溷浴 藏祭器各有所 丹碧繚垣 華而 不侈 每時祀與忌日 公必衣深衣 入其堂以齋 克敬克誠 凡所致享 皆遵禮經 且值佳節 必置 酒邀客 或詩或歌 以洽鄉黨之歡 晚好禪學 淡漠其心 不以事物擾之 蓋其性高明而外乎聲利 者也 中樞朴公墥 扁其堂曰雙淸而詩之 安平大君又從而和之 余聞而歆祉曰 有是乎 雙淸之 說也 伯夷 聖之淸者也 公其聞伯夷之風而興起者乎 蓋風而耳得之 月而目寓之 人皆知二物 之淸 而不知於吾一心有不羨乎彼者存焉 然則安知其知之者之不與不知者比也 今觀公奉先 之敬 娛賓之興 其自樂之趣 可知已 然濠上觀魚之樂 莊子不知 莊子不知魚之樂 惠子亦不 知 余何敢窺其涯涘哉 公之令胤主簿繼祀 以余在末屬 不鄙僻拙 俾記之 聞其說而記之 正 統十年秋九月望 奉訓郎集賢殿校理 知製敎 世子右司經 朴彭年 記 (輿地勝覽本 濠上觀魚 之樂 莊子不知魚之樂 惠子亦不知云)" 원문과 번역은 모두 한국고전종합DB(http:// db.itkc.or.kr/)(번역자: 조동영)에서 가져온 것이다. 번역은 부분적으로 수정한 곳이 있다.

인 부분이 있음을 밝혔다. 원문을 보자면『신증동국여지승람』은 "濠上
觀魚之樂 莊子不知魚之樂 惠子亦不知"라 하였고,『박선생유고』에서는
"濠上觀魚之樂 莊子不知 莊子不知魚之樂 惠子亦不知"라 하였다. 『박선
생유고』에서 "莊子不知"란 말을 한 번 더 쓴 것인데, 말하고자 하는 내
용은 다르지 않다. 옮겨 적는 과정에서 약간의 차이가 생긴 것으로 보
인다.

2. 연관 인물

박팽년의 〈쌍청당기〉와 관련된 인물은 크게 두 부류로 구분할 수
있는데, 하나는 쌍청당에 대해 글을 쓴 인물이고, 다른 하나는 송유와
그의 후손들이다.[10] 전자는 글을 썼기 때문에 기록으로 남아 그 연관
성이 확인되는 경우이며, 후자는 후손이면서 글을 쓴 경우와 쌍청당
을 물려받아 집주인이 된 경우가 있다. 〈쌍청당기〉는 곧 쌍청당을 대
상으로 쓰여진 글이기 때문에 쌍청당과 관련이 있는 인물은 주목의 대
상이 되는 것이다.[11]

한편, 〈쌍청당기〉 외에 다른 누정기들을 보면 연관 인물의 범위는
좀 더 확장된다. 예를 들자면, 서원에 제향된 인물, 그 집에 거처하였
음이 누정기 내용 중에 기록된 인물, 그 집에서 함께 교유하였음이 기
록된 인물 등이 있다. 이러한 인물들은 각각의 누정기를 분석하면서
'언급된 인물'에 포함시킬 수 있으므로 누락되지는 않는다. 그리고 여

---

10) 후손들 중에서도 쌍청당에 대한 글을 남긴 인물을 위주로 보겠지만, 후손이 아닌 인물
    들과 구분하기 위해 따로 살피겠다.
11) 누정기 내에 인용된 선현(先賢)들도 물론 중요한데, 앞에서 지식 정보로 추출하였기
    때문에 여기에서는 생략한다.

타 누정기들도 본문의 등장 인물 외에 연관 인물을 더 탐색해보면 결국 대상 집에 대해 글을 쓴 인물과 건립자의 후손(제자)들로 압축되는데, 이들만이 기록으로 남아있기 때문이다. 따라서 본서에서는 이 2가지 유형에 집중하고자 한다. 먼저 글을 쓴 사람부터 보겠다.

1) 쌍청당에 대해 글을 쓴 인물

쌍청당에 대한 글은 쌍청당을 대상으로 한 글뿐만이 아니라 쌍청당의 역대 주인(송유와 그의 후손들)에 대한 글도 포함될 수 있다. 이러한 글을 쓴 인물들을 표로 정리하자면 다음과 같다.[12]

〈표 4-1〉 쌍청당에 대해 글을 쓴 인물과 글 제목

유형	이름	제목
누정기	박팽년	쌍청당기(雙淸堂記)
	김수온	쌍청당기(雙淸堂記)
	박상	중수쌍청당기(重修雙淸堂記)
	송남수	쌍청당중수기(雙淸堂重修記)
	송상기	쌍청당중수기(雙淸堂重修記)
	송근수	쌍청당중수기(雙淸堂重修記)
	송종국	중수기(重修記)
	송원빈	중수기(重修記)
	송제영	쌍청당중수기(雙淸堂重修記)
편액	송남수	쌍청당(雙淸堂)
	김상용	쌍청당(雙淸堂)
시	박연	7언율시 (1편)

---

12) 표 작성에는 허경진, 『대전지역 누정문학연구』, 태학사, 1998, 102~122면; 한국고전종합 DB(http://db.itkc.or.kr/); 한민족 정보마당〉한국전통옛집(http://www.kculture.or.kr/korean/oldhome/) "회덕 쌍청당" 항목을 참조하였다.

	안평대군	7언율시 (2편)
	이숙함	7언율시 (1편)
	정미수	7언율시 (1편)
	이심원	7언율시 (1편)
	조위	쌍청당 송유에게 부쳐 쓰다(題寄雙淸堂宋愉)
	송시열	삼가 쌍청당 현판의 선현 운에 차운하다(謹次雙淸堂板上諸賢韻)
	김수항	쌍청당의 달밤(雙淸堂月夜)
	김육	회덕쌍청당(懷德雙淸堂)
	송규렴	쌍청당에서 지난 날을 생각하며(雙淸堂感舊)
산문	송남수	쌍청당 중건 제문(雙淸堂重建祭文)
	송준길	7대 조고 처사 쌍청당부군 행장(七代祖考處士雙淸堂府君行狀)
		선조고 쌍청당부군 묘표 자손기(先祖考雙淸堂府君墓表子孫記)
	송시열	쌍청당 안산 고송설(雙淸堂案山古松說)
		쌍청당제영록 서(雙淸堂題詠錄序)
	송상기	쌍청당을 중수할 때의 고유 제문(雙淸堂重修時告由祭文)
	김상헌	쌍청당 송공 묘표음기(雙淸堂宋公墓表陰記)
	황경원	황조배신전(皇朝陪臣傳)
	민진후	묘표음기(墓表陰記)
	이의현	이조판서 옥오재 송공 신도비명(吏曹判書玉吾齋宋公神道碑銘)

이 가운데 송씨(宋氏)들은 모두 송유의 후손들이므로 아래에서 살펴
겠으며, 나머지 인물 가운데에는 누정기 필자인 박팽년·김수온·박상
과 편액을 쓴 김상용에 주목하고자 한다. 여기에서 해당 인물의 전모
를 모두 제시할 필요는 없을 것이며, 〈쌍청당기〉와 연관된 사항을 위
주로 기술하겠다.13)

　　박팽년(朴彭年, 1417~1456)은 누정기 본문에 나오는 정보만 보자면
〈쌍청당기〉를 집필할 당시 집현전 교리의 신분이었고, 송유의 아들인

---

13) 아래의 서술에는 한국역대인물 종합정보시스템(http://people.aks.ac.kr/); 한국민
　　족문화대백과(http://encykorea.aks.ac.kr/)를 참조하였다.

송계사의 청탁으로 〈쌍청당기〉를 쓰게 되었다고 하였다. 정보를 더 찾아보면 그는 충청도 회덕(懷德) 출신으로 쌍청당이 자리한 고장에서 나고 자랐음을 알 수 있다. 따라서 연배가 비슷한 송계사와 친한 사이였으리라 짐작되며 송유와도 교유가 있었으리라 생각된다.[14] 그는 1438년(세종 20)에 사가독서(賜暇讀書)[15]하였고, 세종 때 최고 엘리트들만 선발되던 집현전의 관원이 되었다. 경술(經術)·문장·필법에 모두 뛰어났는데, 특히 필법이 출중해 널리 이름이 났다고 한다. 이러한 인물이기에 송계사가 기문을 청탁한 것일 테고, 여기에는 송유의 의중이 반영되었으리라 여겨진다. 같은 고향 출신으로 당대의 재사(才士)였던 박팽년의 기문을 받는다는 것은 상당한 영예였을 것이다. 더욱이 기문을 받을 때는 짐작도 못했겠지만 이후 박팽년이 단종 복위 운동을 벌이다 처형되고 사육신(死六臣)의 한 사람으로 추앙되면서 그가 써준 기문의 가치는 더욱 높아졌다고 할 수 있다.

박팽년이 집필한 누정기는 〈쌍청당기〉 외에 6편이 『박선생유고』에 실려 있는데, 제목만 열거하자면 〈비해당기(匪懈堂記)〉, 〈송죽헌기(松竹軒記)〉, 〈임향헌기(林香軒記)〉, 〈죽암기(竹菴記)〉, 〈화헌기(和軒記)〉, 〈망운정기(望雲亭記)〉이다. 이중에 〈비해당기〉는 안평대군의 집에 대해 기록한 누정기인데, 박팽년의 〈쌍청당기〉를 보면 안평대군이 쌍청당 시를 지었다고 언급하였으므로 서로 관계가 형성된다.

김수온(金守溫, 1410~1481)은 쌍청당이 창건되었을 무렵에 누정기를 집필한 2명 중에 한 명이다. 김수온의 고향은 충청도 영동으로 회덕과

---

14) 자료가 없어 송계사의 정확한 출생년은 알 수 없지만, 송유가 1388년생이고, 박팽년이 1417년생이므로 29살 차이가 나는 점을 보면 송유의 맏아들인 송계사와 박팽년의 나이 차이는 10살 내외였을 것으로 여겨진다.

15) 사가독서(賜暇讀書) : 유능한 젊은 관료들에게 독서에 전념케 하던 휴가 제도.

는 같은 지역권에 있다고 할 수 있다. 또한, 누정기 본문을 보면 그가 송유와 인척(姻戚, 혼인으로 맺어진 친척)의 연고가 있다고 하였으니 가족 관계로 맺어진 인연임을 알 수 있다. 그렇지만 김수온에게 누정기를 청탁한 가장 큰 이유는 두말할 것도 없이 그가 당대에 이름난 석학이자 문장가였기 때문일 것이다. 즉, 송유는 쌍청당의 영예를 드높이기 위해 당대 최고의 문사(文士)인 박팽년과 김수온에게 누정기를 청탁한 것이라 할 수 있다.16)

김수온이 집필한 누정기는 〈쌍청당기〉 외에 22편이 그의 문집인 『식우집(拭疣集)』에 실려 있는데, 제목만 열거하자면 〈민화루기(民和樓記)〉, 〈복천사기(福泉寺記)〉, 〈관풍루기(觀風樓記)〉, 〈계일정기(戒溢亭記)〉, 〈금헌기(琴軒記)〉, 〈우련당기(友蓮堂記)〉, 〈묘적사중창기(妙寂寺重創記)〉, 〈회암사중창기(檜庵寺重創記)〉, 〈열운정기(悅雲亭記)〉, 〈청원루기(淸遠樓記)〉, 〈도성암기(道成庵記)〉, 〈중은암기(中隱菴記)〉, 〈상원사중창기(上元寺重創記)〉, 〈영감암중창기(靈鑑菴重創記)〉, 〈낙지정기(樂志亭記)〉, 〈국재기(菊齋記)〉, 〈압구정기(狎鷗亭記)〉, 〈원통암중창기(圓通菴重創記)〉, 〈정인사중창기(正因寺重創記)〉, 〈청산현백운정기(靑山縣白雲亭記)〉, 〈봉선사기(奉先寺記)〉, 〈연근당기(燕謹堂記)〉이다.

박상(朴祥, 1474~1530)은 송유의 증손자인 송여림(宋汝霖)이 쌍청당을 첫 번째로 중수할 때에 누정기를 써준 인물이다. 박상 역시 당대에 이름난 문장가로서 성현(成俔)·신광한(申光漢)·황정욱(黃廷彧)과 함께 서거정 이후의 4대 문장가로 불렸다고 한다. 그가 〈쌍청당기〉 외에 집필한 누정기는 『눌재집(訥齋集)』에 2편이 실려 있는데, 〈염불사중창기(念佛寺重創記)〉와 〈청송당서(聽松堂序)〉가 있다.

---

16) 이종묵, 『조선의 문화공간』3책, 휴머니스트, 2006, 292면 참조.

김상용(金尙容, 1561~1637)은 '쌍청당' 편액을 쓴 사람으로, 그가 쓴
편액은 지금도 쌍청당에 걸려 있다. 그는 병조·예조·이조 판서를 역
임하였으며, 우의정에 임명되기도 했을 만큼 당대의 최고위 관료였
다. 또한, 글씨에 뛰어났다고 전해지는데, 그에게 쌍청당 편액을 받은
이유를 짐작할 수 있다. 송유의 후손들을 기록해 놓은 〈선조고 쌍청당
부군 묘표 자손기(先祖考雙淸堂府君墓表子孫記)〉를 보면 그가 송유의 7
대손 항렬이라 기록되어 있어[17] 가족 관계(외손(外孫))로 인맥이 닿아
있었음을 알 수 있다. 병자호란 당시 끝까지 주전론(主戰論)을 역설한
것으로 유명한 청음(淸陰) 김상헌(金尙憲)이 그의 친동생이며, 김상헌
도 송유를 추모하고 그의 인품을 칭송한 〈쌍청당 송공 묘표음기(雙淸
堂宋公墓表陰記)〉를 지었다. 김상용의 문집 『선원유고(仙源遺稿)』에는
누정기가 보이지 않으며, 김상헌의 『청음집(淸陰集)』에는 〈채씨우담신
정기(蔡氏雩潭新亭記)〉, 〈원우당기(遠憂堂記)〉, 〈용졸당기(用拙堂記)〉 등
의 누정기 3편이 실려 있다.

2) 송유와 그의 후손들

조선시대의 명문가로 유명한 은진(恩津) 송씨(宋氏)의 시조는 송대원
(宋大原, ?~?)으로 송유는 그의 6대손이다. 여기에서는 송유로부터 시
작해 그의 후손들을 살피고자 하는데[18], 모든 후손들을 열거할 필요
는 없겠고, 쌍청당에 대해 글을 쓴 사람, 쌍청당을 창건/중건한 사람,
쌍청당 인근에 집을 지어 쌍청당의 명맥을 이은 사람만을 대상으로 하

---

17) 『同春堂先生文集』卷之十八. "(……) 右議政金尙容 左議政金尙憲 參議金尙宓 參判鄭廣
    成 參判鄭廣敬 正字韓峻 師傅申碩蕃 縣監金震賢等七百餘 公之七代孫行也"
18) 쌍청당의 역사는 송유로부터 시작되므로 그의 후손이 주요 대상이 된다. 다른 집의
    경우 그 선조부터 계승된 것이라면 당연히 선조부터 살펴야 할 것이다. 또한, 서원이나
    사찰의 경우에는 스승과 제자로 이어지는 학맥이 중요시된다.

겠다. 이러한 사람들의 계보를 작성하자면 다음과 같다.[19]

〈표 4-2〉 송유 후손 계보도

- '세(世)'는 시조인 송대원부터의 항렬, '대손(代孫)'은 송유부터의 항렬을 말한다.
- 아버지에서 아들로 내려가지만 모든 아들을 다 적은 것은 아니며, 본인이나 후손 중에 대상이 되는 인물이 있는 경우에만 적은 것이다. 즉, 같은 칸으로 내려가면 아들이지만, 몇째 아들인지는 명시되지 않았다.
- 대상이 되는 인물은 굵은 글씨로 표시하였으며, 회색 칠을 한 사람은 당대의 명망가로서 쌍청당의 위상을 높이는 데에도 많은 기여를 한 인물이다.
- 송유의 11대손부터 15대손까지는 대상 인물이 없으므로 생략한다. 17대손도 생략하였다. 18대손은 현대인이다.

世	代孫	이름					
6세		송유					
7세	1대손	송계사					
8세	2대손	송요년					송순년
9세	3대손	송여림				송여즙	송여해
10세	4대손	송세훈			**송세경**	송세영	송세량
11세	5대손	**송남수**			송황생	송응서	송귀수
12세	6대손	송희원		송희진	송윤창	**송이창**	송응기
13세	7대손	송국전		**송국사**	송흥길	**송준길**	송갑조
14세	8대손	송규연	**송규렴**	송규림	송광재	송광식	**송시열**
15세	9대손	송상로	**송상기**				
16세	10대손	**송필흡**					
22세	16대손	송근수			송종국		
24세	18대손	송원빈			송제영		

이들 중 송유와 송남수·송준길에 대해 살펴보자면 다음과 같다.

송유(宋愉, 1388~1446)는 쌍청당의 창건자로서 그의 호 역시 쌍청당

---

19) 계보 작성에는 은진송씨 대종회(恩津宋氏 大宗會) 홈페이지(http://www.eunsong. biz/) "선대계보"; 한국역대인물종합정보시스템(http://people.aks.ac.kr/)을 참조하였다.

이다. 12세에 부사정(副司正)이 되었는데, 13세에 신덕왕후(神德王后) 강씨(康氏)가 별세한 뒤 위패가 태조묘(太祖廟)에 모셔지지 않자 이를 한탄하는 글을 지어 올리고, 1401년에 고향인 회덕(懷德) 백달촌(白達村)으로 돌아왔다. 이후 고향 집 옆에 쌍청당을 짓고 은거하면서 학문에 정진하는 한편 사람들과 어울리며 풍류를 즐겼는데, 이 때문에 후인들이 쌍청처사(雙淸處士)라 부르기도 하였다. 은진 송씨가 회덕에 정착한 것은 송유의 할아버지 송명의(宋明誼) 때부터이지만, 이 지역과 깊은 연고를 가지게 된 것은 송유 때부터이다. 송유가 회덕 백달촌에 와서 살기 시작하고, 그 후손들이 인근에 집을 짓고 살면서 송촌(宋村)이라는 지명이 생겼다. 쌍청당에 대한 누정기 뿐만이 아니라 그의 후손 집들에 대한 누정기에도 송유에 대한 언급은 빠지지 않을 만큼 그는 송촌의 역사를 만들어낸 시조(始祖)였다고 할 수 있다.

송남수(宋楠壽, 1537~1626)는 송유의 5대 종손(宗孫)으로 호는 송담(松潭)이다. 높은 벼슬에 오르지도 않았고, 학문적으로 뛰어난 업적을 남긴 것도 아니지만, 선조가 남긴 뜻을 잘 받들며 풍류를 누렸다.[20] 90세까지 장수하였기에 많은 활동을 하였는데, 송유의 후손 중 雙淸堂과 관련하여 가장 많은 역할을 한 사람이기도 하다. 이를 차례로 열거하자면 다음과 같다.

① 쌍청당 2차례 중건 (1563년, 1616년)
② 〈쌍청당중수기(雙淸堂重修記)〉[21] 집필 (1616년)
③ 〈쌍청당 중건 제문(雙淸堂重建祭文)〉 집필 (1616년)

---

20) 허경진, 앞의 책, 117면 참조.
21) 문집 『송담집(松潭集)』에는 〈쌍청당지(雙淸堂識)〉라는 제목으로 실려 있다. 내용은 동일하다.

④ '쌍청당' 편액을 씀 (1616년) (현재까지 걸려 있음)

⑤ 임진왜란 당시 쌍청당 제영시 현판을 모두 베껴 보관해두고, 1616
  년 중건할 때에 이 제영시들을 김현성(金玄成)에게 다시 쓰게 하여
  현판으로 걸어둠 (현재까지 걸려 있음)[22]

⑥ 1616년 쌍청당을 중건할 때 여러 문인들에게 제영시를 부탁하였고,
  이 시들은 『쌍청당제영록(雙淸堂題詠錄)』에 실려 있음[23]

이처럼 쌍청당이 현재까지 보존되어 있으며, 그 명성을 잃지 않은
데에는 송남수의 공이 컸다. 또한, 그는 송촌과 그 인근 지역에 절우
당(節友堂)·만향정(晩香亭)·피운암(披雲菴)·환벽정(環碧亭)·이화정(李花
亭) 등을 건립하여 사람들과 교유하였기에 송유 이래로 이 지역의 누
정 문화를 크게 일으킨 인물이라 하겠다.[24] 문집으로는 『송담집(松潭
集)』이 있으며, 〈쌍청당중수기〉 외에 다른 누정기는 없다.

송준길(宋浚吉, 1606~1672)은 송유의 7대손으로 호는 동춘당(同春堂)
이다.[25] 김장생(金長生)의 제자로서 서울의 정릉동에서 태어났지만,
아버지 송이창(宋爾昌)을 따라 진안·신녕 등의 임지에서 살다가 아홉

---

22) "쌍청당 제영시들이 뒷날까지 제대로 전하게 된 것은 모두 송남수의 공이다. 임진왜란
  이 일어날 당시에 그는 강원도 통천군수로 가 있었는데, 쌍청당 건물은 불타 없어지더
  라도 현판들은 간직해야겠다는 생각이 들었다. 그래서 아들 희건(希建)에게 현판의 글
  들을 모두 베껴서 통천으로 가지고 오게 하였다. 그는 이 제영시들을 상자에 잘 간직해
  두었다. 정유재란으로 쌍청당 건물이 모두 불타 없어지자 그는 1616년에 쌍청당을 두
  번째로 중건하였다. 이때 이 제영시들을 김현성(金玄成)에게 쓰게 하여 다시 현판으로
  만들고, '쌍청당(雙淸堂)'이라는 편액도 그가 다시 썼다. 이러한 사연은 그가 쓴 〈쌍청
  당기〉(〈쌍청당중수기〉)에 실려 있다. 그가 팔분체로 쓴 '쌍청당' 현판은 지금도 쌍청당
  추녀 밑에 갈려 있다." 허경진, 앞의 책, 115면.
23) 허경진, 앞의 책, 122면 참조.
24) 허경진, 앞의 책, 123-154면 참조.
25) 이하 송준길에 대해서는 이종묵, 『조선의 문화공간』3책, 휴머니스트, 2006, 294-329
  면을 참조하였다.

살 무렵에 송촌으로 돌아왔고, 송시열과 함께 지내며 학업을 익혔다. 송시열은 송유의 8대손이어서 항렬이 다르지만 나이는 한 살 밖에 차이나지 않는다. 여러 차례 벼슬이 내려졌지만 모두 사양하였고, 잠시 관직에 있더라도 바로 그만두었으며, 회덕의 송촌에서 대부분의 생애를 보냈다. 그는 〈7대 조고 처사 쌍청당부군 행장(七代祖考處士雙清堂府君行狀)〉와 〈선조고 쌍청당부군 묘표 자손기(先祖考雙清堂府君墓表子孫記)〉를 썼는데, 전자는 송유를 추모하며 그의 일대기를 기록한 글이고, 후자는 송유의 후손들에 대한 기록이다.

그는 1639년 송촌의 동쪽에 강학(講學)을 위한 공간인 비래암(飛來菴)을 건립하였는데, 이곳에서 송시열 등의 재사들과 함께 어울리며 학업을 익혔다. 세월이 지나 건물이 쇠락하여 송병헌(宋炳憲) 등이 중수하였다. 비래암에 붙어있는 수각(水閣)이 옥류각(玉溜閣)으로 송유의 9대손인 송상기가 중수한 바 있고, 현재까지 남아 있다.

1643년에는 쌍청당과 인접한 곳에 동춘당을 건립하였으며, 그로부터 10년 후 송준길의 청으로 조익이 〈동춘당기〉를 썼다. 동춘당은 쌍청당과 같은 별당 건물로 현존해 있는데, 쌍청당과 함께 은진 송씨의 정신적 토대가 되고 있다. 송준길은 1672년 동춘당에서 임종을 맞았다. 문집으로는 『동춘당집(同春堂集)』이 있는데, 누정기로는 〈양정재소기(養正齋小記)〉와 〈신녕현 환벽정 중수기(新寧縣環碧亭重修記)〉가 있다. 후자는 선조인 송남수가 건립한 환벽정에 대해 쓴 글이다.

3. 쌍청당과 관련된 누정기

쌍청당은 1432년에 창건되어 지금도 현존해 있으며, 그동안 모두 8

차례에 걸쳐 중수(重修)되었다. 창건 당시에는 2편의 누정기를 받았고, 이후 중수할 때마다 누정기를 남겼는데, 1563년 2차 중수 때에는 누정기가 없다. 이상을 표로 정리하면 다음과 같다.[26]

<표 4-3> 쌍청당(雙淸堂)에 대한 누정기 목록

차수	연대	창건자/중수자	누정기 제목	필자	집필연대
창건	1432	송유	쌍청당기	박팽년	1445
			쌍청당기	김수온	1446
중수 1	1524	송여림	중수쌍청당기	박상	1524
중수 2	1563	송남수	(없음)		
중수 3	1616	송남수	쌍청당중수기[27]	송남수	1616
중수 4	1708	송필흡	쌍청당중수기	송상기	1708
중수 5	1888	송근수	쌍청당중수기	송근수	1888
중수 6	1937	은진송씨 문중	중수기	송종국	1937
중수 7	1970	은진송씨 문중	중수기	송원빈	1970
중수 8	1980	은진송씨 문중	쌍청당중수기	송제영	1980

이 중에서 박팽년의 <쌍청당기>와 같은 시기에 집필된 김수온의 <쌍청당기> 전문(全文)을 보겠다. 박팽년의 글과 어떤 점에서 같고 다른지, 상호 보완할 정보들이 있는지를 비교 분석하도록 한다. (주목할 만한 부분은 굵은 글씨로 표시하였고, 설명의 편의를 위해 번호를 매겼다.)

---

26) 표 작성에는 허경진, 『대전지역 누정문학연구』, 태학사, 1998, 102-122면; 한민족 정보마당〉한국전통옛집(http://www.kculture.or.kr/korean/oldhome/) "회덕 쌍청당" 항목을 참조하였다.

27) 송남수의 문집『송담집(松潭集)』에는 <쌍청당지(雙淸堂識)>라는 제목으로 실려 있다. 내용은 동일하며, 여기에 1563년 2차 중수에 관한 사항도 기록되어 있다.

쌍청당기(雙淸堂記)

시진(市津, 은진) 송씨는 명문 집안이다. 쌍청공(雙淸公, 송유)께서는 관례(冠禮)를 올리기도 전에 처음 벼슬길에 올라서 몇 해 동안 조정에 있었으나, 벼슬은 높이 이르지 못했다. 벼슬길에서 물러나 회천(懷川, 회덕)의 별장으로 돌아와서 크게 집을 짓고 30여년을 보냈다. [1]회덕의 지세는 산이 높고 물이 깊으며, 땅은 기름져서 오곡에 마땅하여 때맞추어 김매고 쟁기질하면 해마다 항상 풍년이 되어 관례, 혼례, 손님맞이, 제사 등에 쓰이는 물품들이 넉넉했다.

그 동쪽 언덕 가까운 곳에 따로 집을 지으니 집의 기둥은 몇 개 되지 않았지만, 더운 여름이나 추운 겨울에 각각 거처할 만한 곳이 있었다. 벽을 바르고 단청을 입혀서 집은 아름다운데, [2]앞쪽에는 느릅나무와 버드나무를 심었다. 뒤쪽에는 소나무와 대나무를 심고, 또한 즐길 만한 여러 화훼와 식물들도 섬돌 밑이나 뜰의 귀퉁이 여기저기에 심어놓아서 그늘이 짙고 향기가 가득했다.

[3]정통(正統) 9년 계해년(1443) 가을 추부상공(樞府相公) 박연(朴堧) 공이 유성(儒城)에 목욕하러 왔다가 이곳에 들러서 곧 쌍청(雙淸)으로 집을 이름 짓고, 이에 율시를 지었다. 또 안평대군(安平大君)이 뒤따라 화답했다.

갑자년(1444) 봄에 나는 선친의 상(喪)을 당하여 풍천(楓川)에 돌아왔을 때 쌍청공이 편지를 보내어 말하기를, "[4]박연 상공께서 유림(儒林)의 뛰어난 인물로 조정에서 모습을 크게 드러내셨는데, 높은 수레에서 내리시고 저에게 집의 편액을 내려주셨습니다. (안평)대군은 곧 상서로운 구름이 감도는 궁궐의 뛰어난 후손이시고 하늘이 내신 공후(公侯)의 인물이나, 초야에 사는 사람의 명성을 위에까지 이르도록 해주고, 온화함과 조용함으로 두 편 시를 읊어주시었으니, 찬란한 문장이 누추한 산골짜기에서 빛날 줄 어찌 알았겠습니까? 오직 우리 집안 자손들의 영원한 보물일 뿐만 아니요, 장차 우리 마을의 산천과 초목이 놀라워진 것을 간직할 수 있으니 참으로 다행입니다. 그러니 기문 써주시는 일을 의리상 사양하지 마시옵소서."라고 했다.

생각건대 [5]바람과 달은 천지 사이에 있는 하나의 외물(外物)이다. 지금 떨쳐 일어나서 갑자기 흩어지고 태허(太虛)에 돌아다니고 육합(六合)에 나부껴서, 불면 초목을 눕히고 부딪히면 금석(金石)을 울리는 것이 바로 바람이다. 올 때는 참으로 때가 없으나, '바람이 좋다'고 말을 할 때가 반드시 봄이라고 하는 것은 바람의 화목함 때문이다. 희고 맑은 얼음처럼 차가운 바퀴가 계수나무 그림자 밑에서 서성이다가 동산(東山) 위로 솟아서 북두성과 견우성 사이를 스쳐 지나서 물과 땅을 밝게 하고 물상들을 빛나게 하는 것은 바로 달이다. 그 맑음은 사계절이 한결같지만, '달이 밝다'라고 말하는 때가 반드시 가을이라고 하는 것은 바람의 맑음 때문이다. 이들은 귀로 들으면 소리가 되고, 눈을 만나면 빛깔이 된다. 같은 바람이요, 같은 달이건만, 사람들의 마음의 변화와 처하는 곳에 따라서 같지 않아서 바람과 달은 달라지는 것이다.

[6]대개 쌍청공이 이 집을 지을 때 바라지창(방에 햇빛을 들게 하려고 벽 위쪽에 낸 작은 창)은 크게 하여 바람이 불면 쉽게 맑아지고, 처마는 비워서 달이 뜨면 쉽게 밝아진다.

[7]그리하여 학창의(鶴氅衣)를 풀어헤치기도 하고, 화양관(華陽冠)을 쓰기도 하고, 검은 가죽 궤안(几案)에 기대기도 하여 흰 머리털을 풀어 젖히기도 한다. 시원한 바람이 여기저기에서 불어와 옷 속에 스미기도 하고, 잠자리를 시원하게 해주기도 하여, 잠깐 동안 번뇌를 씻어주기도 하고, 상쾌한 흥취를 돋아주기도 하니, 비록 도연명(陶淵明)과 같이 한가로이 지내는 사람일지라도 이보다 낫지는 못할 것이다.

또 어떤 때는 반가운 손님들이 모이기도 하고, 과객들이 말을 멈추어 머물기도 하며, 거문고 타고 바둑 두는 일이 벌어지기도 하고, 또한 즐거움이 술 마시는 일에 있어서 술잔을 들어서 서로 권하기도 하니, 마음속의 운치는 더욱 맑아져서 표표히 속세를 떠나서 홀로 우뚝 서거나, 천기(天氣)를 몰아가며 끝없는 하늘 위에 놀기도 하고, 세상만사를 뜬 구름처럼 등한시하고, 세속에 얽매인 하찮은 자신의 몸을 잊기도 한다. 그러니 우주에 가득 찬 이 바람이 집으로 더욱 맑게 불어오고, 우주를 밝히는 달이 오당(吾黨)을 더욱 맑게 비추어준다. 이것은 바로 쌍청공이 스스로 이곳에서 즐거워하는 까닭이고, 박연 상공이 이렇게 이름을 붙여준 뜻이다.

천지가 존재한 이래로 이와 같은 바람과 달이 있었으나, [8]**바람과 달의 즐거움을 즐거워한 사람은 또한 얼마나 되는지 알 수 없다.** 그러나 혹시 여기에서 즐거움을 얻으면 저기에서 빠뜨리는 경우가 있다. 송옥(宋玉)은 부(賦)를 지어서 바람의 웅대함을 지극히 노래했지만, 보름날의 밝음을 드러내는 이야기에는 미쳐 이르지 못하여 오직 바람만 노래하고 달은 빼놓았다. 위무제(魏武帝, 조조)가 읊은 노래는 그 내용이 까막까치가 남쪽으로 날아가는 것을 슬피 노래한 것이나, 손이(巽二, 바람의 신)가 만물을 성대하게 고무시키는 것을 알지 못했으니, 달만 노래하고 바람은 소략했다. 소공(蘇公 , 소동파) 또한 적벽(赤壁)에서 노닐면서 바람과 달 두 가지의 아취를 겸비했으나, 물 위에서 노를 젓는 위태로움 속에서 즐긴 것은 집에서 편안하게 즐기는 것만 같지 못하다. 꿈속에서 학을 만난 기이함에 어찌 책을 보면서 술잔을 기울이는 즐거움이 있을 것인가? 그러니 쌍청공이 즐기는 것은 지금 세상에 짝할 사람이 드물 뿐만 아니라 대개 옛사람에서도 견줄 만한 사람은 드물다.

그뿐만 아니라 쌍청공은 젊은 나이에 잠홀(簪笏)에서 물러나 천석(泉石)을 깊이 즐기면서 평소에는 항상 사양하거나 받는 일과 취하거나 주는 일에 있어서 진실로 도의(道義)가 아니면 비록 한 터럭일지라도 구차하게 하지 않았으니, 이것은 바로 마음이 만물 밖에 초월하여 하나의 티끌에도 얽매이지 않는 것이다. [9]이것은 바로 마음과 자취가 '모두 맑은 것[雙淸]'이다. 늙은 어머니가 집에 계신데 나이가 팔순을 넘어서 얼굴은 창백하고 머리털은 하얗지만 건강하고 정정하여 병이 없다. 쌍청공은 아침저녁으로 얼굴빛을 살피고 봉양하면서도, 노래자(老萊子)와 순임금처럼 효성을 다하는 데 오직 시일이 부족하다고 여긴다. [10]이것은 바로 아들과 어미가 모두 맑은 것이다.

쌍청공은 두 아들을 두었다. 큰아들은 청렴하고 재능이 있어서 세상에 쓰이면서 조정과 외직을 좋은 벼슬을 두루 거쳤는데, 공명(功名)에 얽매이지 않음을 자부하고, 작은 아들은 영특한 무인의 능력이 있어서 흑의(黑衣)을 입고 임금을 곁에서 모셨으니, 남들보다 뛰어나다고 하겠다. 그러니 [11]이것은 형제가 모두 맑은 것이다.

대개 쌍청공의 집안은 청렴한 덕행을 두루 갖추었고 탁 트여 막힘이 없으니, 강상(綱常)과 윤리의 아름다움에 어찌 크게 중히 여기지 않겠는가? 그러니 몸을 고결히 하여 고답하게 행동하고 산속에서 초췌한 안색으로 지내면서 아침저녁으로 풍월을 읊으면서 남아 있는 바람이나 좇고 겨우 남아 있는 빛이나 우러르면서 스스로 바람과 달의 즐거움을 얻었다고 여기는 자들과는 진실로 함께 말할 수 없을 것이다.

돌이켜보건대, 나의 학문과 지식은 거칠어서 진실로 족히 성대함과 아름다움을 드러내어 휘날릴 수 없으니, 마땅히 지금의 글 짓는 사람들은 구름처럼 몰려와서 노을 옷자락을 깁고, 가을 물을 갈라야 할 것이다. 이러한데도 쌍청공께서는 저들에게서 구하지 않고 나에게서 구하니, 혹시 인척(姻戚)의 연고가 있어서 서로 잘 안다고 해서 그런 것인가? 생각건대 내 글을 발판 삼아서 당대의 뛰어난 글을 구하고자 하는 것이리라. 그래서 글 짓는 일을 사양하지 않았다.

　　창룡(蒼龍) 병인년(1446) 봄 3월 어느 날 쓰다.[28]

---

28) 『拭疣集』卷之二. "雙淸堂記 市津宋氏 世族也 至公年未冠 始筮仕 遊朝行數年 官不甚達 既而退歸于懷川之別墅 大治第宅餘卅年 懷之地山高水深 土肥衍 宜五谷 鋤耰以時 歲常稔 穫 冠昏賓祭之用裕如也 卽其東皐 別爲構屋 爲楹凡若干 夏炎冬冷 各有攸處 塗堊丹雘 有 輪有奐 前楡柳後松竹 凡花卉植物之可玩者 亦且雜藝於階除庭阤之間 綠陰香霧 空濛掩露 正統九年癸亥之秋 楓府相公朴墈 浴沂濡城 道經于此 遂以雙淸名其堂 仍賦四言 安平大君 又從而和 甲子春 余丁先君憂 來于楓川 則公致書曰 相公 儒林之偉幹 朝著之儀形 而乃屈 襜帷 賜之堂額 大君乃紫雲英胄 朱邸天人 豈謂草澤之名 得以上達 而雍容蘊籍 賡詠兩篇 奎章粲爛 輝映山谷 不唯吾一家子孫永世之寶 蓋將闡吾一邑山川草木之黌覩也 玆幸矣 子 其文之 而義無辭 余惟風月天地間一長物也 今夫蓬然而起 驟然而散 周旋乎大虛 披拂乎六 合 吹之而草木偃 觸之而金石鳴者 風也 其來也固無時 然言風之好 必曰春者 以其和也 氷 輪皎潔 桂影婆娑 出於東山之上 徘徊牛斗之間 川陸爲之輝朗 物象爲之凌亂者 月也 其明 也同乎四時 然言月之明 必曰秋者 以其淸也 是其耳得而爲聲 目遇而爲色 同一風而一月也 然隨人心之變與其處之不同 則所以爲風月者亦異 蓋公之制此堂也 疎其牖 故風來而易爲 淸 虛其簷 故月出而易爲明 或披鶴氅 或戴華陽 隱烏皮 散素髮 有風冷然左右而至 侵我衣 裳 涼我枕席 滌煩歊於暫遇 懷爽塏之逸興 則雖淵明高臥者 亦無以過此矣 其或佳賓萃止 過客停驂 琴棋旣張 樂亦旣有 擧杯相屬 襟韻益淸 飄飄如遺世而獨立 御氣而遊汗漫 等萬 事於浮雲 忘身世之眇然 則盈宇宙者此風也 而吹吾堂者益淸 明宇宙者此月也 而照吾黨者

박팽년의 〈쌍청당기〉와 비교하여 다음과 같은 사항들은 내용이 더욱 자세하다.

[1] 회덕의 지세와 환경을 언급하였다. 박팽년의 글에서 "그 고을은 충청도 회덕(懷德)이요, 마을은 백달리(白達里)이다."라고만 언급돼 있는 부분을 보완해줄 수 있는 서술이다.

[2] 쌍청당 앞뒤로 어떤 나무들을 심어놓았는지, 마당의 조경은 어떻게 하였는지를 언급하였다. 박팽년의 글에서는 없는 내용이다.

[3] "박연(朴堧) 공이 유성(儒城)에 목욕하러 왔다가 이곳에 들러서 곧 쌍청(雙淸)으로 집을 이름 짓고, 이에 율시를 지었다."라는 서술을 통해 박연이 쌍청당에 왜 오게 되었는지가 드러나고, 그가 '쌍청'이란 집 이름을 지어주었음을 명확히 하였다. 박팽년의 글에서는 "박연(朴堧) 공이 그 당을 쌍청(雙淸)으로 편액(扁額)하여 시를 지었고"라고만 되어 있어 김수온의 글이 더 많은 정보를 제공한다.

[4] 송유가 김수온에게 누정기를 청탁하면서 보낸 편지 내용을 옮겨 놓았는데, 여기에서 송유가 박연과 안평대군이 쌍청당에 글을 써

益淸 此公之所以自樂地者 而相公命名之意也 自有天地 便有此風月 而娛風月之樂者 亦不知其幾何 然或得於此而遺於彼 宋玉作賦 極雄風之大 然不及三五揚明之說 則專於風而失於月也 魏武詠歌 狀南飛之哀 然不知巽二鼓物之盛 則偏於月而略於風也 蘇公赤壁之遊 庶幾兼之二者之趣 然舟楫之危 不若堂階之安 夢鶴之怪 何有冊樽之樂 則公之爲樂 不唯求之當世而罕儷 槪之古人 亦鮮其比矣 不寧唯是 公少謝簪笏 膏盲泉石 居常辭受取與之間 苟非道義 雖一毫而不苟 此心超乎萬物之上而不累一塵 則是心迹之雙淸也 老母在堂 年俯八旬 蒼顏白髮 康強無恙 公晨昏色養 萊衣舞慕 惟日不足 則是子母之雙淸也 公有二子 長曰某 廉能致用 揚歷中外 岸然功名自許 弟曰某 英英武幹 補于黑衣 爲王侍坐 以特百夫 則是昆弟之雙淸也 蓋公一家淸德周流 洞徹無間 則其於綱常倫理之懿 豈不增重矣乎 而其與潔身高蹈 枯槁山谷 嘲弄晨夕 追餘飆仰末光 自以爲得風月之樂者 固不可同年而語矣 顧余學識荒落 固不足發揚盛美 當今作者如雲 補霞裾 剪秋水 以是也 公不丏於彼而求於余 豈以姻戚之故 相知之深歟 抑階吾文 以求當代之盛作也 是不讓云 蒼龍丙寅春三月有日 記"
원문과 번역은 한민족 정보마당〉한국전통옛집(http://www.kculture.or.kr/korean/oldhome/) 사이트에서 가져온 것이다. 번역은 부분적으로 수정한 곳이 있다.

준 것을 대단한 영예로 여기고 있다는 것을 알 수 있다. 역시 박팽년의 글에서는 보이지 않는 내용이다.

[5] 바람과 달, 즉 '광풍제월'에 대한 의론을 편 부분인데, '쌍청'이란 집 이름의 연원이 광풍제월이므로 이는 빠질 수 없는 내용이라 할 수 있다. 박팽년의 글에서도 이와 관련된 의론이 보이지만, 그것을 각자 해석하는 방식이 달라 서로 비교하며 읽을 만하다.

[6] "쌍청공이 이 집을 지을 때 바라지창(방에 햇빛을 들게 하려고 벽 위쪽에 낸 작은 창)은 크게 하여 바람이 불면 쉽게 맑아지고, 처마는 비워서 달이 뜨면 쉽게 밝아진다."라고 하여 바라지창을 크게 낸 것을 '광풍제월'의 의미와 연결시켰다. 이는 김수온만의 해석이 반영된 것이다.

[7] 송유가 쌍청당에 머물며 생활하였던 모습을 자세히 서술하였다. 그야말로 '광풍제월'에 담긴 뜻과 그대로 부합될만한 삶이었다 하겠는데, 박팽년의 글에서도 이러한 내용이 있긴 하지만 김수온의 글이 보다 자세하다.

[8] "바람과 달의 즐거움을 즐거워한 사람은 또한 얼마나 되는지 알 수 없다."라고 하면서 송옥·조조·소동파도 송유에는 미치지 못할 것이라 하였는데, 이 역시 김수온만의 생각을 글로 옮긴 것이어서 독자성이 있다.

[9][10][11] '쌍청'의 의미를 더욱 확대해 해석하고 있다. 차례로 "이 것은 바로 마음과 자취가 '모두 맑은 것[雙清]'이다.", "이것은 바로 아들과 어미가 모두 맑은 것이다.", "이것은 형제가 모두 맑은 것이다." 라고 하면서 이 모두를 집 이름인 '쌍청'과 결부시키고 있는데, 김수온만의 독창적인 해석이어서 흥미로운 대목이다.

이와 같이 김수온의 〈쌍청당기〉는 박팽년의 글에는 보이지 않는 정보들이 여럿 보이는데, 이러한 사항들이 디지털 아카이브 편찬에도 반영될 수 있을 것이다.

4. 쌍청당과 관련된 누정기 이외의 글

쌍청당을 대상으로 한 누정기 이외의 글로는 편액(扁額), 시, 산문이 있다.[29] 각각에 대해 그 전모를 살펴본다.[30]

〈그림 4-2〉 송남수의 쌍청당 편액

〈그림 4-3〉 김상용의 쌍청당 편액

1) 편액(扁額)

편액(扁額)은 2종류가 있는데, 집 이름을 크게 써서 집의 정면에 걸어 둔 것과, 누정기나 관련 시문을 집의 내부에 걸어 놓은 것이 있

---

29) 주련(柱聯)은 '시'로 분류하겠다. 그리고 집과 관련된 설화(신화·전설·민담) 기록이 있다면 여기에 포함시킬 수 있다. 이들 기록은 대중적 흥미를 유발하기에도 좋고, 문화콘텐츠로도 유용한 자료여서 적극적인 수집 대상이다. 쌍청당에 대해서는 이러한 기록이 없어 생략하지만, 염두에 두어야 할 연관 자료임을 강조해둔다.

30) 이번 절의 작성에는 허경진, 『대전지역 누정문학연구』, 태학사, 1998, 102~122면; 한민족 정보마당〉한국전통옛집(http://www.kculture.or.kr/korean/oldhome/) "회덕 쌍청당" 항목; 한국고전종합DB(http://db.itkc.or.kr/)를 참조하였다. 사진은 모두 한국전통옛집 사이트에서 가져온 것임을 밝힌다.

다.[31] 여기에서는 전자만을 대상으로 하고자 하는데, 이러한 편액은 현재 쌍청당에 2개가 걸려 있다. 하나는 송남수가 1616년에 쌍청당을 중건하면서 쓴 것이고, 다른 하나는 김상용(金尙容, 1561-1637)이 쓴 것이다.

2) 시

현재 쌍청당에 걸려 있는 현판 가운데 5개가 제영시를 담고 있는데, 이 중 2개 현판은 송남수의 서울 집인 상심헌(賞心軒)과 송남수가 회덕 지방에 건립한 절우당(節友堂)에 대한 시들이므로 여기에서는 살피지 않는다. 나머지 3개 현판에 있는 시와 『쌍청당제영』[32] 및 문집에 수록돼 있는 시만을 보도록 하겠으며, 그 목록은 다음과 같다.[33] (현판에 적힌 시에는 제목이 기재돼 있지 않아 작자의 이름으로 표기하였다.)

① 현판 1
- 이숙함 (1편) / 정미수 (1편) / 이심원 (1편) : 모두 7언율시
② 현판 2
- 조위 : 5언고시 40행 (1편)[34]
③ 현판 3
- 송시열 : 7언율시 (1편)[35]

---

31) 허균, 앞의 책, 22면 참조.
32) 이 책에도 상심헌·절우당에 대한 시들이 실려 있다.
33) 주련(柱聯)이 있다면 여기에 포함시킬 수 있다. 현재 쌍청당에는 주련이 없으므로 생략한다.
34) 『매계선생집(梅溪先生集)』 1권에 "〈쌍청당 송유에게 부쳐 쓰다(題寄雙淸堂宋愉)〉"란 제목으로 실려 있다.
35) 『송자대전(宋子大全)』 습유(拾遺) 1권에 "〈삼가 쌍청당 현판의 선현 운에 차운하다(謹 次雙淸堂板上諸賢韻)〉"란 제목으로 실려 있다.

④ 쌍청당제영

– 박연 : 7언율시 (1편)

– 안평대군 : 7언율시 (2편)

⑤ 문집

– 김수항, 〈쌍청당의 달밤(雙淸堂月夜)〉: 5언율시 (1편)[36]

– 김육, 〈회덕쌍청당(懷德雙淸堂)〉: 5언절구 (1편)[37]

– 송규렴, 〈쌍청당에서 지난 날을 생각하며(雙淸堂感舊)〉: 5언절구 (1편)[38]

〈그림 4-4〉 송시열 시 현판

이 가운데 송시열의 시를 보자면 다음과 같다.

當年風月屬周程　옛날에는 바람과 달이 주렴계와 정명도 차지였는데
我祖堂成合有名　우리 조상님 집 지으니 그 이름 합당하구나
霽處任他開戶入　문 열어 맑은 달빛 들어오게 하고
光來正喜倚闌迎　난간에 기대어 들어오는 바람 맞이하네

---

36) 『文谷集』卷之一.

37) 『潛谷先生遺稿』卷之三.

38) 『霽月堂先生集』卷之三.

子孫共保藏無盡　자손들이 함께 보전하여 다함이 없을 터이니
富貴從今捴可輕　이제부터 부귀는 모두 가볍게 여길 만하네
大極圖中尋此樂　태극도 속에서 이런 즐거움 찾게 된다면
庶幾千載踐吾形　천년 만에 내 몸으로 실천할 수 있으리.39)

1구에서 '바람과 달[風月]'을 말한 것은 물론 집 이름인 쌍청당의 연원이 되는 '광풍제월'의 뜻을 염두에 둔 것이며, 2구에서 말한 '우리 조상님'은 건립자인 송유이겠고, '그 이름 합당하구나'라고 한 것은 송유가 '광풍제월'의 뜻에 부합되는 삶을 살았음을 상찬한 것이다. 3구와 4구는 '광풍제월'의 머릿글자인 '제(霽)'와 '광(光)'으로 시작하여 이것이 곧 '달'과 '바람'을 말한 것임을 알 수 있게 하였다. 5구부터는 송유 후손들에 대한 권계를 담은 것인데, 전체적으로 보면 '주렴계', '정명도', '태극도' 등의 시어에서 확인되듯이 성리학적 사유가 깊이 반영되어 있음을 볼 수 있다.

3) 산문

여기에서는 누정기 외의 산문으로 된 한문 기록을 살필 것이다. 그렇게 보고자 할 때 현재 쌍청당에 현판으로 걸려 있는 산문은 송시열의 〈쌍청당안산고송설(雙淸堂案山古松說)〉뿐이며, 나머지는 문집에서 찾아볼 수 있다.40) 여기에 포함시키고자 하는 산문은 쌍청당에 대한 글이거나 쌍청당의 역대 주인에 대한 글이다.41) 그 목록을 열거하자

---

39) 원문과 번역은 한민족 정보마당〉한국전통옛집(http://www.kculture.or.kr/korean/oldhome/) "회덕 쌍청당" 항목에서 가져왔다.
40) 『쌍청당제영』에도 관련 산문이 실려 있는데, 문집에 모두 수록되어 있으며, 『쌍청당제영』에 없는 산문도 문집에 있는 경우가 있으므로 여기에서는 문집만을 보겠다.
41) 쌍청당 상량문(上樑文)은 전하는 것이 없으므로 여기에서는 생략하지만, 상량문이 있

면 다음과 같다.

① 쌍청당에 대한 글
- 송남수, 〈쌍청당 중건 제문(雙淸堂重建祭文)〉[42]
- 송시열, 〈쌍청당 안산 고송설(雙淸堂案山古松說)〉[43]
- 송상기, 〈쌍청당을 중수할 때의 고유 제문(雙淸堂重修時告由祭文)〉[44]

② 쌍청당 주인에 관한 글
- 송준길, 〈7대 조고 처사 쌍청당부군 행장(七代祖考處士雙淸堂府君行狀)〉[45]
- 송준길, 〈선조고 쌍청당부군 묘표 자손기(先祖考雙淸堂府君墓表子孫記)〉[46]
- 김상헌, 〈쌍청당 송공 묘표음기(雙淸堂宋公墓表陰記)〉[47]
- 황경원, 〈황조배신전(皇朝陪臣傳)〉[48]
- 민진후, 〈묘표음기(墓表陰記)〉[49]
- 이의현, 〈이조판서 옥오재 송공 신도비명(吏曹判書玉吾齋宋公神道碑銘)〉[50]

③ 쌍청당에 관한 문장들을 편찬해놓은 책의 서문
- 송시열, 〈쌍청당제영록 서(雙淸堂題詠錄序)〉[51]

는 경우 목록에 넣어야 한다.
42) 『松潭集』卷之二.
43) 『宋子大全』卷一百三十五.
44) 『玉吾齋集』卷之十六.
45) 『同春堂先生文集』卷之二十一. 송유에 대한 글.
46) 『同春堂先生文集』卷之十八. 송유의 자손들을 열거한 글.
47) 『淸陰先生集』卷之三十六. 송유에 대한 글.
48) 『同春堂先生續集』卷之十一. 송준길에 대한 글.
49) 『同春堂先生別集』卷之九. 송준길에 대한 글.
50) 『陶谷集』卷之九. 송상기에 대한 글.
51) 『宋子大全』卷一百三十九.

이 가운데 김상헌의 〈쌍청당 송공 묘표음기(雙淸堂宋公墓表陰記)〉 전문(全文)을 보도록 한다.

쌍청당 송공 묘표음기(雙淸堂宋公墓表陰記)

대개 우리 공정대왕(恭定大王)께서 다스리던 시대에 호서(湖西)의 회덕현(懷德縣)에 은둔해 사는 군자가 있었다. 송공의 휘는 유(愉)이다. 공이 젊은 시절 무사(武事)를 좋아하여 경도(京都)에서 노닐며 관직과 품계가 있었는데, 얼마 뒤에 마음속으로 이를 즐겁게 여기지 않아 드디어 관직을 버리고 향리로 돌아가 재주를 숨긴 채 스스로 곧은 마음으로 일생을 마쳤다. 이에 향리 사람들이 그 풍모와 의리를 고상하게 여겨 그 이름을 부르지 않고 그 호를 불러 쌍청당(雙淸堂)이라고 하였다.

58세가 되던 해인 정통(正統) 병인년(1446)에 집에서 졸하여 현의 남쪽 판교리(板橋里)에 있는 임방(壬方)을 등진 산등성이에 장사 지냈다. 그로부터 200여 년이 지난 뒤에 몇 대 후손인 지평(持平) 준길(浚吉)이 종친(宗親) 노인들의 요청으로 인해 공이 남긴 행적을 적은 다음 나 상헌에게 편지를 보내어 말하기를, "저의 선조이신 쌍청공의 묘소에 예전에 묘표를 새겨 놓은 것이 있었으나, 세월이 오래 지나 마멸되어 문드러졌습니다. 이에 장차 다시 세우고자 하는바, 명(銘)이 있어야만 합니다. 당신께서도 역시 송씨(宋氏)의 외손이니, 삼가 지어주시기를 부탁드립니다." 하였다. 이에 내가 감히 사양하지 못하였다. 삼가 가장(家狀)을 살펴본 다음에 다음과 같이 지었다.

공의 선대는 은진(恩津)에서 나왔다. 휘 대원(大原)이란 분이 고려 때 판사(判事)를 지냈다. 3대를 전하여 명의(明誼)에 이르는데, 사헌 집단(司憲執端)을 지냈으며, 맑은 처신과 곧은 분별로 포은(圃隱) 정몽주(鄭夢周) 등 여러 현인들의 추중을 받았다. 이분이 휘 극기(克己)를 낳았는데, 진사였다. 이분이 공의 아버지가 된다. 어머니 안인(安人) 유씨(柳氏)는 고흥백(高興伯) 유준(柳濬)의 따님이다. 공이 태어나서 네 살이 되었을 적에 아버지가 돌아가셨다. 안인께서는 안인의 부모가 일찍 과부가 된 것을 애처롭게 여겨 개가시키려고 하자,

그 뜻을 미리 알아차리고 어린 아이를 품에 안고 수백 리 길을 가 시부모에게 가서 의지하여 지냈다. 이에 여자로서의 절개가 동사(彤史, 현숙한 여인에 대한 기록을 뜻하는 말)에 실려 드러나게 되었다.

공은 이미 장성해서는 기국과 도량이 호걸스럽고 시원하여 명성이 동년배들 위에 있었으며, 집안에서의 행실이 순수하게 잘 갖추어져 있었다. 유씨 부인이 아주 늙은 나이가 되어서도 강건하였으므로 공은 화평한 얼굴빛을 하고 잘 받들어 물심양면으로 봉양을 지극히 하였다. 제사를 지냄에 있어서는 반드시 재계를 하고 정결하게 하였으며, 의식은 모두 옛 제도를 사용하였다.

공은 성품이 취사(取捨)하는 데 신중하여 추호라도 구차스럽게 하지 않았다. 일찍이 집 한 채를 지어놓고 한가하게 지내는 곳으로 삼았는데, 바로 이른바 쌍청당(雙淸堂)이라는 것이다. 그 속에서 심의(深衣) 차림에 폭건(幅巾)을 쓰고 향불을 피운 다음 고요히 앉아 세속의 일을 염두에 두지 않고 지냈으며, 오직 푸른 소나무와 대나무만을 주위에 심어 놓았을 뿐이었다. 박팽년(朴彭年)이 기문(記文)을 지어 이를 찬미하였으며, 당시의 이름난 사람들이 대부분 다 수창(酬唱)하는 시를 읊었다. 매번 좋은 시절이나 아름다운 경치를 만나면 술상을 차리고 손님을 불러 모아 글을 짓고 바둑을 두고 윷놀이를 하는 등 각자 취향에 따라 즐기면서 진솔한 아취를 맘껏 누렸으므로 향리 사람들이 모두들 부러워하면서 칭하였다.

공의 부인은 안인(安人) 손씨(孫氏)로, 훌륭한 부덕을 지녔다. 아들 둘을 두었는데, 장남 계사(繼祀)는 판관(判官)을 지내고 지평(持平)에 추증되었으며, 차남 계중(繼中)은 사과(司果)를 지냈다. 그로부터 10대를 내려오면서 자손이 더욱 번성하여 내외의 자손이 거의 1만여 명이나 되는데, 어진 신하와 바른 선비가 보첩(譜牒) 안에 줄지어 늘어서 있으니, 어쩜 그리도 성대하단 말인가. 공이 몸소 쌓았던 은덕(隱德)과 음공(陰功)이 후대에 발현되는 것을 여기에서 잘 알 수가 있다. 여러 종씨들이 합의하여 묘전(墓田)을 두고, 10월 상순에 해마다 한 차례 제사를 지낸다.

아, 공의 뜻과 행실이 지난날 이 세상에 써졌다면, 한때에 공명(功名)을 세우고 작록(爵祿)을 누린 자들에 비해서 뒤처지지 않았을 것이다. 그런데도 구원(丘園)에 숨어 지내기를 좋아하여 넉넉하고 화락하게 살며 아름다운 이름을 간직한 채 세상을 떠나 맑은 복을 누린 것으로 지금까지 전해지고 있다. 그런 즉 지난날에 고관의 자리에 올랐다가 몸이 죽자 이름도 따라서 사라져 간 자들에게 비교해 볼 때 어떻다고 하겠는가? 이것은 사람이 하는 것이지 하늘이 시키는 것이 아니다. 후대의 군자들은 여기에서 감계될 것이다. 이것으로 명(銘)을 삼는다.[52]

송유를 추모하며 그의 행적과 인품을 상찬한 글인데, 쌍청당의 건립자인 송유에 대해 자세히 서술해놓아 〈쌍청당기〉와 함께 읽어볼만한 자료적 가치가 충분하다. 김상헌이 송유의 외손이기 때문에 이 글을 청탁받았음을 밝히고 있는데, 당대의 최고 명망가였으므로 가장 우선적으로 글을 받고자 하였을 것이다. 세월이 오래 지나서도 송유가 여전히 존경받고 있으며, 은진 송씨 집안의 큰 어른으로 존숭되고

---

52) 『淸陰先生集』卷之三十六. "蓋當我恭定大王之世 湖西之懷德縣 有隱君子 宋公諱愉 始公
少年喜武事 遊京都有官階 已而意不樂 遂棄歸其鄕 含章自貞 以終其身 鄕人高其風誼 不
稱其名而稱其號曰雙淸堂 年五十八正統丙寅 卒于家 葬縣南板橋里負壬之原 後二百餘祀
幾世孫持平浚吉 以宗人耆老之請 狀其遺行 抵書屬尙憲曰 先祖雙淸公墓舊有表刻 歲久磨
滅 今將改竪 宜有銘也 子亦宋氏之彌甥 謹以爲託 尙憲不敢辭 按狀曰 公之先出恩津 有諱
大原 高麗時爲判事 三傳至明誼 爲司憲執端 淸裁直操 爲圃隱諸賢所重 生諱克己 進士 是
爲公之考 母曰安人柳氏 高興伯濬之女 公生四歲 而進士公見背 安人父母憐其早寡 欲奪志
安人知其意 身抱兒行數百里 往依舅姑 終以女節顯彤史 公旣長 器度豪爽 名出等輩上 內
行純備 柳夫人大耋强康 公怡愉承奉 備志物之養 祭祀必致齋潔 儀文悉用古制 性愼取予
一毫不苟 嘗搆一堂爲燕處之所 卽所謂雙淸者也 深衣幅巾 焚香靜坐 不以俗事經心 惟松靑
竹翠環之而已 朴公彭年作記以美之 一時名勝 多酬唱之詠 每遇良辰美景 治酌命賓 筆硏基
槊 各隨所好 以極眞率之趣 鄕人莫不艷稱 公配安人孫氏 甚有婦德 生二子 曰繼祀 判官
贈持平 曰繼中 司果 傳至十代 世益蕃衍 內外子孫殆萬餘人 賢臣正士 譜牒相望 何其盛歟
公之隱德陰功 蓄於躬而發於後者 可見於此也 諸宗姓合議置墓田 十月上旬 歲一祭之 嗚呼
以公之志之行 嚮用於世 比一時立功名享爵祿者 未必居後也 顧乃好遯丘園 寬樂令終 享有
淸福 傳誦至今 其視嚮之軒冕組紱 身歿而名埋者 何如也 此則人也 非天也 後之君子 可以
監諸 是爲銘"
원문과 번역은 모두 한국고전종합DB(http://db.itkc.or.kr/)(번역자: 정선용)에서 가
져온 것이다. 번역은 부분적으로 수정한 곳이 있으며, 단락 구분도 약간씩 달리 하였다.

있음을 확인할 수 있다.

5. 연관 인물이 건립한 집과 그에 대한 누정기

연관 인물 가운데 송유의 후손들이 건립한 집은 주목해 볼 필요가 있다. 왜냐하면 그 대부분이 쌍청당의 명맥을 잇는다는 의도를 가지고 있으며, 쌍청당 인근에 건립되어 '송촌(宋村)'을 형성하게 된 계기가 되었기 때문이다.[53] 따라서 그러한 집들의 목록을 조사해 표로 작성하였으며, 해당 집에 대한 누정기가 있다면 함께 밝혀두었다.[54]

〈표 4-4〉 송유의 후손들이 건립한 집과 해당 누정기

- 현존하는 집은 굵은 글씨로 표시하였다. 위치를 '회덕'이라 한 것은 현재의 주소지가 아니라 조선시대의 회덕현 지방임을 말하며, 모두 쌍청당 인근에 있는 집들이다.
- 위치가 '회덕'이 아닌 집은 송촌에 해당되는 집은 아니지만 같은 지역권에 있는 집이므로 기재하였다.

건립자	집	건립년	위치	누정기	필자	집필년
송세경	정우당	16C	회덕	주산정우당기[55]	송시열	1688
송남수	절우당	1564	회덕	절우당시서[56]	정곤수	1596
	만향정	1587	충남 청양			
	피운암	1615	회덕			
	환벽정	1604	회덕	신녕현환벽정중수기[57]	송준길	1671
	이화정	1604?	회덕			
송이창	청좌와	1598	회덕			

---

53) 권선정, 「지명의 사회적 구성: 과거 懷德縣의 '宋村'을 사례로」, 『국토지리학회지』38 집, 국토지리학회, 2004, 171-174면; 정하균, 「대전 동춘고택과 송촌의 역사문화환경 보존에 관한 연구」, 목원대학교 석사학위논문, 2002, 16-18면 참조.

54) 표 작성에는 이종묵, 『조선의 문화공간』3책, 휴머니스트, 2006, 291-329면; 허경진, 『대전지역 누정문학연구』, 태학사, 1998, 18-64, 117-154면; 한국고전종합 DB(http://db.itkc.or.kr/)를 참조하였다.

	읍호정	1616	회덕	읍호정중수기[58]	송시열	1673
				읍호정중수기[59]	송내희	1848
	망신거	1616	회덕			
송준길	비래암	1639	회덕			
	옥류각	1639	회덕			
	동춘당	1653	회덕	동춘당기[60]	조익	1653
	우락재	1628	대전 동구			
송시열	남간정사	1683	회덕	남간정사기[61]	이희조	1687
				남간정사중수기[62]	송달수	1858
	기국정	1654	회덕			
	화양계당	1666	충북 괴산			
	암서재	1666	충북 괴산	암서재중수기[63]	권상하	1721
	환장암	1674?	충북 괴산	환장암기[64]	심정진	18C
송국사	풍월정	1671	회덕	풍월정기[65]	송시열	1675
송규렴	제월당	1676	회덕	제월당기[66]	김창협	1698
	취백정	1701	회덕			
송상기	옥오재	1690?	회덕	옥오재기[67]	송상기	1690?

이 가운데 김창협(金昌協)의 〈제월당기(霽月堂記)〉 전문(全文)을 보겠다.

---

55) 注山淨友堂記. 『宋子大全』卷一百四十五.

56) 節友堂詩序. 『栢谷先生集』卷之一.

57) 新寧縣環碧亭重修記. 『同春堂先生文集』卷之十六.

58) 挹灝亭重修記. 『宋子大全』卷一百四十一.

59) 挹灝亭重修記. 『錦谷先生文集』卷之十一.

60) 同春堂記. 『浦渚先生集』卷之二十七.

61) 南澗精舍記. 『芝村先生文集』卷之十九.

62) 南澗精舍重修記. 『守宗齋集』卷之九.

63) 巖棲齋重修記. 『寒水齋先生文集』卷之二十二.

64) 煥章庵記. 『霽軒集』卷之二.

65) 風月亭記. 『宋子大全』卷一百四十三.

66) 霽月堂記. 『農巖集』卷之二十四.

67) 玉吾齋記. 『玉吾齋集』卷之十三.

제월당기(霽月堂記)

낮과 밤이 갈마듦에 따라 해와 달이 교대로 빛나고 사계절이 운행함에 따라 기후가 변화하여 초목이 번성하는 것은 눈을 가진 사람이라면 누구나 볼 수 있는 것이다. 그런데도 세상의 현자와 일사(逸士)들이 간혹 이것을 독점하여 자신들만의 즐거움으로 삼고 보통 사람들은 함께하지 못하는 것처럼 구는 것은 어째서인가? 권세와 이익이 외면에서 유혹하면 뜻이 분산되고 기호와 욕망이 내면에서 불타면 보고 듣는 것이 흐려지기 마련이다. 이와 같은 사람은 눈이 어지럽고 행동이 어수선하여 제 몸이 어디에 놓여 있는지도 알지 못하는데, 또 어느 겨를에 외물을 음미하여 그 즐거움을 맛보겠는가?

오직 몸은 영욕(榮辱)을 초월하고 마음은 작위(作爲)의 밖에 노닐어, 텅 비어 밝고 고요하여 전일한 정신으로 이목(耳目)에 가리어진 것이 없어야만 외물의 깊은 의미를 관찰하여 내 마음이 실로 천리(天理)와 합치될 수 있는 것이다. 이러한 즐거움이 어찌 보통 사람들이 함께 누릴 수 있는 것이겠는가? 그래서 〈귀거래사(歸去來辭)〉를 지은 도연명(陶淵明) 정도가 되어야만 북창(北窓)의 바람을 시원하게 느낄 수 있고, 〈격양가(擊壤歌)〉를 읊조린 소옹(邵雍)의 수준이 되어야만 낙양(洛陽)의 꽃을 볼 수 있었던 것이다. 이것이 우리 후곡(後谷) 송선생(宋先生, 송규렴)이 제월당(霽月堂)을 두게 된 까닭일 것이다.

제월당은 호서(湖西) 회덕(懷德)에 있는데, 바로 선생이 거처하는 집이다. 선생은 "처마는 다소 들려 올라가고 동남쪽은 넓게 트여 있어서, 맑게 갠 저녁에 달구경을 맘껏 할 수 있다. 그래서 이름을 그렇게 지은 것이다." 하였다. 선생은 평소 품성이 담박하여 조정에 벼슬한 40여 년 동안 물러난 일은 많고 나아간 일은 드물었는데, 늘그막에 변고를 치른 뒤에는 세상에 대한 생각이 더욱 없어졌다. 그리하여 제수하는 명이 여러 차례 내려졌으나 태연히 누워 일어나지 않고 한가로이 지내며 유유자적하였으니, 세상의 모든 득실(得失)과 고락(苦樂)은 심중에 거의 두지 않았다. 그 때문에 맑은 달을 특히 좋아하여 이 당에서 음미하며 즐겼던 것이다. 그렇지 않다면 번화한 서울의 고대광실(高臺廣室) 중에 어떤 집이 달과 어울리지 않아서 유독 선생만이 독점하겠는가?

송씨의 선조 중에 바람과 달을 소재로 하여 '쌍청(雙淸)'이라고 당명을 지은 은일 군자(隱逸君子)가 있었다 하니, 선생이 이 당에 비록 그중 하나만 취하여 이름을 짓긴 하였지만 해맑은 흉금만은 전후로 일치한다. 그렇다면 이 달은 송씨 집안에서 대대로 전해 내려오는 물건이라 해도 과언이 아닐 것이다. 누가 감히 여기에 이의를 제기하겠는가?

나 창협은 병들고 길이 멀어 아직 한 번도 이 당에 올라 보지 못하였으나, 선생이 누차 편지를 보내 기문(記文)을 부탁하고 나의 사양을 받아 주지 않기에 우선 이러한 내용으로 기문을 지어 보내는 바이다. 훗날 길양식을 싸고 망아지를 배불리 먹여 타고 가서 이 당에서 선생을 뵙게 되길 고대하나니, 맑은 밤 밝은 달 아래 옷깃을 여미고 꼿꼿이 앉아 황태사(黃太史, 황정견)가 주무숙(周茂叔, 주돈이)을 칭송했던 말에 대해 충분히 논함으로서 초연하고 대범한 의미를 궁구한 뒤에야 당의 이름을 이렇게 지은 깊은 뜻을 깨달을 수 있을 것이다.

무인년(1698) 섣달 14일에 안동(安東) 후인 김창협은 삼가 쓰다.[68]

---

68) 『農巖集』卷之二十四. "晝夜之相代 而日月互爲光明 四時之運行 而風雲變化 草木彙榮 此有目者之所共觀也 而世之高賢逸士 乃或專之以爲己樂 若人不得與焉者 何哉 勢利誘乎外 則志意分 嗜欲炎於中 則視聽昏 若是者 眩瞀勃亂 尙不知其身之所在 又何暇於玩物而得其樂哉 夫惟身超乎榮辱之境 心游乎事爲之表 虛明靜一 耳目無所蔽 則其於物也 有以觀其深 而吾之心 固泯然與天機會矣 此其樂 豈夫人之所得與哉 是以 必其爲歸去來賦者 然後可以涼北窻之風矣 必其爲擊壤吟者 然後可以看洛陽之花矣 此我後谷宋先生之所以有霽月堂者歟 堂在湖西之懷德 卽先生所居里第 先生之言 以其簷宇稍塞 而東南豁 於澄霽之夕 得月爲最多故名 然先生雅性沖恬 立朝四十餘年 多退少進 及晩更變故 益無意於當世 除命屢下 高臥不起 優游閒燕 以適其志 凡世之得喪欣戚嬰於中者 旣寡矣 是以於霽月 特有會焉 而得玩而樂之於斯堂之上也 不然 彼洛陽亭館高棟而危檻者 夫孰不宜月 而獨先生可以專之乎 且聞宋氏之先 嘗有隱君子以風月名其堂者 曰雙淸 先生之於是堂 雖獨取其一而名之乎 乃其襟懷淸曠 前後一致 而卽此月者 雖謂宋氏傳家之物 可也 其孰敢問焉 昌協病且路遠 尙不得一登是堂 而先生累書見屬爲記 辭不獲命 姑以是說復焉 尙俟異日裹糧秣駒 拜先生於堂之上 淸夜月明 整襟危坐 從容論黃太史稱周茂叔語 以究灑落之義然後 名堂之蘊 庶可以有發焉爾 歲戊寅臘月小望 安東後人金昌協 謹書"
원문과 번역은 모두 한국고전종합DB(http://db.itkc.or.kr/)(번역자: 송기채)에서 가져온 것이다. 번역은 부분적으로 수정한 곳이 있다.

송유의 8대손인 송규렴(宋奎濂)이 건립한 제월당(霽月堂)에 대한 누
정기인데, 집 이름만 보아도 '광풍제월'에서 따온 것임을 쉽게 알 수
있으며, 쌍청당의 명맥을 잇겠다는 의도가 엿보인다. 본 누정기에서
도 송유의 쌍청당에 대한 언급이 보이는 것을 볼 때 쌍청당의 명성이
그만큼 확고했음을 짐작케 한다.

6. 관련 자료: 출판자료, 웹문서, 시청각자료

관련 자료는 누정기와 관련이 있는 출판자료, 웹문서, 시청각자료
등이 있겠는데, 누정기의 필자, 누정기의 대상 집, 누정기의 집주인
등과 관련된 자료도 해당 누정기와 연관성이 높으므로 함께 다루도록
하겠다. 이러한 자료들은 각 대상에 대한 지식을 넓혀주고 간접경험
을 제공해주므로 누정기 디지털 아카이브에 반드시 포함되어야 할 필
요가 있다. 차례로 그 예시를 들자면 다음과 같다.

1) 출판자료 (가나다순)
[단행본]
『新增東國輿地勝覽』(연세대학교 도서관 소장본)
『국역 신증동국여지승람』, 민족문화추진회, 1969.
『懷德邑誌』(서울대학교 규장각 소장본)
안세현, 『누정기를 통해 본 한국한문산문사』, 고려대학교 민족문화연구
    원, 2015.
이왕기, 『한국의 건축문화재 (5)충남편』, 기문당, 1999.
이종묵, 『조선의 문화공간』3책, 휴머니스트, 2006.
허경진, 『대전지역 누정문학연구』, 태학사, 1998.

[연구논문]

권선정, 「지명의 사회적 구성: 과거 회덕현(懷德縣)의 '송촌(宋村)'을 사례로」, 『국토지리학회지』38집, 국토지리학회, 2004.

김종서, 「박팽년(朴彭年)의 문학과 정신」, 『동방한문학』32집, 동방한문학회, 2007.

이달훈, 「조선시대 별당(別堂) 건축의 양식에 관한 연구: 충청지방을 중심으로」, 충남대학교 석사논문, 1980.

이은창, 「회덕(懷德)의 쌍청당(雙淸堂)」, 『미술사학연구』39집, 한국미술사학회, 1963.

이향배, 「취금헌 박팽년의 문학사상」, 『유교연구』13집, 충남대학교 유학연구소, 2006.

2) 웹문서
[홈페이지]

한국고전종합DB(http://db.itkc.or.kr/itkcdb/mainIndexIframe.jsp)

한민족 정보마당〉한국전통옛집(http://www.kculture.or.kr/korean/old home/ohlist.jsp)

한국민족문화대백과사전(http://encykorea.aks.ac.kr/)

한국역대인물 종합정보시스템(http://people.aks.ac.kr/index.aks)

한국향토문화전자대전(http://www.grandculture.net/)

문화재청(http://www.cha.go.kr/)

대덕구 생태관광 포털(http://www.daedeok.go.kr/ect/ECT.do)

대덕문화원(http://ddcc.or.kr/index.php)

서울대학교 규장각 한국학연구원 지리지 종합정보(http://kyujanggak.snu.ac.kr/geo/)

은진송씨 대종회(http://www.eunsong.biz/)

[기사/칼럼]

함성호의 옛집 읽기(51) '기호예학의 단청' 쌍청당 (함성호, 동아일보, 2012. 4. 11)[69]

쌍청당 - 송유 선생 청빈한 삶·넉넉한 인품 닮은 고택 (정승열, 금강일보, 2013. 6. 5)[70]

대전대표 명문 고택 쌍청당이 다시 태어나다 (류용태, 디트NEWS24, 2013. 6. 26)[71]

대전이 좋다〈4〉대전의 건축 (송용길, Break News, 2016. 6. 12)[72]

[개인 게시글]

대전 회덕 쌍청당(雙淸堂)(여행은 행복이다, 네이버 블로그, 2016. 8. 30)[73]

쌍청당 - 민간주택으로서 단청이 있는 특별한 사례(네이버 고고학 카페, 2013. 10. 15)[74]

쌍청당(雙淸堂) 송유(宋愉)선생 묘 (좋은 터 길라잡이, Daum 블로그, 2014. 10. 11)[75]

3) 시청각자료

[사진]

한민족 정보마당〉한국전통옛집 "회덕 쌍청당" 건축사진[76]

문화재청 "회덕 쌍청당" 전경 사진[77]

---

69) http://news.donga.com/List/Series_70040100000110/3/70040100000110/20120411/45432325/1

70) http://www.ggilbo.com/news/articleView.html?idxno=131065

71) http://www.dtnews24.com/news/article.html?no=348924

72) http://www.breaknews.com/sub_read.html?uid=447561&section=sc2

73) http://blog.naver.com/ohmark/220800638821

74) http://cafe.naver.com/archaeology/15283

75) http://m.blog.daum.net/yacho2011/2202?categoryId=3

76) http://www.kculture.or.kr/korean/oldhome/ohview.jsp?view=pictrue&seq=djdd0002

77) http://www.cha.go.kr/korea/heritage/search/Culresult_Db_View.jsp?mc=NS_04_

대한민국 구석구석 "쌍청당" 관련이미지78)

[동영상]
'회덕 쌍청당'(2011 이츠대전TV 시민 VJ-홍종욱)79)
은송회 쌍청당 방문 영상80)

03_01&VdkVgwKey=21,00020000,25
78) http://terms.naver.com/entry.nhn?docId=2030462&cid=42856&categoryId=42856
79) http://blog.naver.com/126043/140146074658
80) http://tvpot.daum.net/v/CrrEnsOVYoA$

제5장
누정기 디지털 아카이브 편찬의 실제

1. 온톨로지(Ontology) 설계 내용

누정기 디지털 아카이브를 편찬하기 위한 온톨로지 설계는 1장에서 언급하였던 〈인문정보학 온톨로지 설계 가이드라인〉에 의거하였으며, '한글 문화유산 지식 정보 데이터 모델(Hangeul Heritage Data Model, hhdm)', '불탑 지식 정보 데이터 모델(Buddhist Heritage Data Model, bhdm), '문중 고문서 아카이브 데이터 모델(Historical Document Data Model, hddm)', '문화유적 안내 정보 모델(Heritage Site Data Model, hsdm)'을 참조하였다.1)2)

---

1) 출처 논문을 차례로 열거하자면 다음과 같다. 김현, 『국립한글박물관 디지털 아카이브 구축 기본 구상』, 국립한글박물관, 2013; 서소리, 「문화유산 지식 정보 데이터 모델 연구 -불탑 지식 정보망을 중심으로-」, 한국학중앙연구원 석사학위논문, 2014; 김하영, 「門中古文書 디지털 아카이브 구현 연구」, 한국학중앙연구원 석사학위논문, 2015; 김사현, 「문화유적 안내 정보 모델 연구」, 한국학중앙연구원 석사학위논문, 2015.

2) 본서에서 설계한 누정기 디지털 아카이브 편찬을 위한 온톨로지 데이터 모델은 wthdm(Writings about Traditional Houses Data Model)이라 명명하겠다. 그리고 이와 같은 데이터 모델이 웹상에서 유일하게 식별될 수 있어야 하므로 그 이름 공간(NameSpace)을 "http://www.kadhlab124.com/wiki/wthdm#"으로 지정한다. wthdm의 구성 요소인 클래스(Class), 관계(Relation), 속성(Attribute)은 모두 고유한 식별자를 가져야 하는데, 이를 OWL로 기술한 예시는 부록에 제시하였다.

1) 개체(Individual) 탐색

"온톨로지 설계를 위해 제일 먼저 할 일은 정보화 하고자 하는 지식 세계에 어떠한 지식 요소들이 있는지 탐색하고, 그 성격을 분석하는 것이다."[3] 이에 3장과 4장에서 누정기 자료를 분석한 결과를 토대로 그 안에 어떠한 지식 요소들이 있는지를 탐색하도록 하겠다. 다음은 누정기 표본자료 113편을 분석한 뒤에 도출해 낸 내용들이다.[4]

〈표 5-1〉 누정기 표본 자료 113편 분석 내용

1	누정기 제목	쌍청당기		임경당중수기		우화정기	해월루기
2		후율당중건기		석림암기		제월당기	모한재기
3		사우재기		이요정기		망하루기	담연정기
4		청풍정기		고창현 빈풍루기		용문서당 중수기	퀼리사중수기
5		풍림정사기		경양사기		남계서원기	백호서당기
6		훈련원사청기		검서청기		영덕객사기	원주법천사기
7	누정기 필자	조익	김창협	송시열		권상하	최병위
8		안명필	조학수	신관우		허균	허목
9		정약용	이근우	홍백련		안축	신숙주
10		장유	정도전	이원섭		박건화	권섭
11		김선필	박회수	정병묵		이익	황준량
12		성간	이덕무	이행		박세당	김광용
13	누정기 집필연대	1446	1524	1708	1687	1909	1945
14		1968	1670	1792	1947	1856	1401
15		1727	1998	1914	2002	1887	1979
16		1345	1602	1552	1389	1616	1516
17		1364	1611	1721	1933	1818	1550

---

3) 김현·임영상·김바로, 앞의 책, 166면.

4) 분석한 사항을 모두 기재하면 표의 분량이 너무 많아지므로 같은 유형의 요소들 중에서 20% 정도씩만 가져왔다.

18	누정기 출전	포저집	연천집	기언	여유당전서	근재집
19		회재집	입재집	고봉집	식우집	동문선
20		눌재집	옥오재집	지촌집	수종재집	농암집
21		한수재집	성소부 부고	보한재집	심암유고	계곡집
22		매천집	양촌집	호정집	가정집	삼봉집
23	누정기의 대상 집	동춘당	후율당	옥천서원	석림암	제월당
24		송애당	암서재	오죽헌	모한재	영귀정
25		낙오정	임청정	품석정	만어정	조석루
26		활래정	영남루	광한루	귈리사	고봉정사
27		신원재	사가재	도산서원	자양서당	훈련원사청
28		검서청	월파정	석정	과필헌	남간정사
29	건립(중수) 연대	1524	1432	1403	1847	1343	1675
30		1327	1363	1537	1565	1591	1724
31	집의 위치 (지명)	대전 대덕구	충북 괴산군	강원 강릉시	경남 하동군	경북 상주시	충북 청주시
32		서울 종로구	경북 의성군	경기 파주시	강원 삼척시	전북 정읍시	경기 광주시
33		경북 포항시	충북 제천시	인천 강화군	경남 함양군	전남 순천시	황해 개성시
34		서울 종로구	전북 남원시	전남 강진군	경북 예천군	경기 남양주시	서울 용산구
35	집 주변 자연 경물	계룡산	봉무산	경포호	정봉	임진강	동해
36		내연산	회학봉	계족산	화양계곡	낙산	반수
37		용문산	서강	월성포	영랑호	남산	청성산
38		보광산	한강	풍악산	비봉산	망진산	소백산
39	집 주변 시설물	순천 김씨 묘		조헌 정려각		고흥 유씨 정려각	
40	집이름 뜻 해설	중국 북송(北宋)의 시인인 황정견(黃庭堅)이 자신의 스승인 대유학자(大儒學者) 주돈이(周敦頤)의 인품을 평하면서 말하였던 '광풍제월(光風霽月, 맑은 바람과 비 개인 뒤의 밝은 달)'에서 뜻을 가져온 것으로, 바람과 달을 2개의 맑음, 즉 '쌍청(雙淸)'으로 표현한 것이다.
41		『주역(周易)』에 나오는 하늘의 네 가지 덕인 원형이정(元亨利貞) 중에 원(元)은 봄에 해당하며 인(仁)을 가리킨다. 이에 '봄을 함께 한다'

		라는 뜻의 '동춘(同春)'이란 이름을 지어 인(仁)을 추구하는 마음을 나타내었다.					
42		강릉의 옛 이름인 '임영(臨瀛)'에서 '임(臨)' 자를 따고, 집이 '경포호(鏡浦湖)'에 가까이 있기 때문에 '경(鏡)' 자를 따서 '임경(臨鏡)'이라는 이름을 붙였다. 글자대로 해석하자면 '거울에 임한다'라는 뜻이 된다.					
43		'양(養)'은 존양(存養, 착한 본마음을 잃지 않도록 잘 기름)을 말하고, '진(眞)'은 심진(心眞, 마음의 참됨)을 말하는데, 이 둘을 합쳐 '양진(養眞)'이란 이름을 붙였다. 참된 마음을 잘 기른다는 뜻이다.					
44		'반구(伴鷗)'란 갈매기와 짝이 된다는 의미이다. 갈매기와 함께 어울려 놀 만큼 순수한 마음을 지녔다는 뜻으로, 『열자(列子)』「황제(黃帝)」편에 '갈매기와 노는 아이'의 고사에서 유래한 것이다.					
45		이 곳에 머물면 우객(羽客, 신선)이 되는 집이라는 뜻에서 '우화(羽化)'라는 집 이름을 붙인 것이다.					
46	집의 건립자 (중수자)	송유	송준길	김열	조정	황희	박숙정
47		이고	박인보	김상돈	김기익	조헌	이정
48		송시열	송규렴	김유선	남상문	심홍부	정자원
49		김호	박제상	정인	각운	졸암	김응생
50	누정기에 언급된 사건	임진왜란	병자호란		기묘사화	계유정난	6·25전쟁
51	누정기에 언급된 인물	김동원	홍석보	김하주	신광한	홍현주	조기원
52		조학수	세종대왕	공자	이고	도연명	두보
53		주자	장자	남계창	김종서	이황	풍신수길
54		이성계	정몽주	이존비	홍순택	김수증	엄광
55		제갈량	영조	이현보	정구	증자	김창흡
56	누정기에 언급된 시문	박연의 시		이이, 〈호송설〉		허목, 〈유우화정서〉	
57		김내현의 시		정자의 시		조위, 〈임청대기문〉	
58	해당 집과 관련된 시문	김육, 〈회덕쌍청당〉		김수항, 〈쌍청당의 달밤〉		송남수, 〈쌍청당중건제문〉	
59		김상헌, 〈쌍청당 송공 묘표음기〉		송시열, 〈쌍청당 안산 고송설〉		조위의 시	
60	누정기에 언급된 집	총석정		사정	춘우정	후율사	경현당
61		매월당		홍국사	은선암	동림사	해산정
62	누정기에 언급된 문헌	논어	장자 (문헌)	시경	서경	경현록	주자어류

63		근사록	예기	여지승람	지리지	사기	송자대전
64		주역	맹자	중용	순자	노자 (문헌)	격몽요결
65	개념어	형기(形氣)	시사(時祀)	교리(校理)	정성(情性)	종당(宗黨)	
66		시례(詩禮)	탑본(榻本)	제영시 (題詠詩)	홍문관제학 (弘文館提學)	감실(龕室)	
67		낙성(落成)	현포(縣圃)	낭원(閬苑)	성첩(城堞)	부방(赴防)	
68		석채(釋菜)	건즐(巾櫛)	중구일 (重九日)	정려(旌閭)	품재(稟裁)	
69	누정기에 인용된 고사	황정견 - '광풍제월(光風霽月)'고사 (『송사(宋史)』「주돈이전(周敦頤傳)」)					
70		'호상(濠上)에서 물고기가 즐겁게 노는 것을 보고…' (『장자(莊子)』「추수(秋水)」제8장)					
71		'군자가 편히 쉴만한 곳' (『시경(詩經)』「소아(小雅)」)					
72		'하늘의 덕에 네 가지가 있는데…' (정이(程頤) - 『주역(周易)』건괘(乾卦)에 대한 전(傳))					
73		'마음이 조용해진 뒤에 만물을 보면…' (정이(程頤) - 『근사록(近思錄)』권4「존양류(存養類)」)					
74		정자가 안자를 '춘생(春生)'에 비유 (정호(程顥) - 『근사록(近思錄)』권14「관성현류(觀聖賢類)」)					
75		'안자만이 석달동안 인(仁)을 어기지 않았다' (『논어(論語)』「옹야(雍也)」)					
76		'긍당긍구(肯堂肯構)' (『서경(書經)』「대고(大誥)」)					
77		'한가로이 태연하게[燕申] 거처하시던' (『논어(論語)』「술이(述而)」)					
78		'이만하면 충분히 갖추었고 이만하면 충분히 훌륭하다' (『논어(論語)』「자로(子路)」)					
79	누정기에 언급된 건축정보	두세 칸 띳집이 바위를 등지고 골짜기를 향해 있었음					
80		객관의 서쪽에 터를 닦아 소관(小館)을 별도로 지어서 손님들의 숙박에 대비하였음					
81		중앙은 당(堂)이고, 양익(兩翼)은 서(序)이며, 좌우에는 재(齋)가 있고, 부엌과 창고가 그 뒤에 있었으며, 당의 편액을 '옥천정사(玉川精舍)'라 하고 재는 '지도재(志道齋)'와 '의인재(依仁齋)'라 하였다.					

82		총 7칸으로 중간에 온돌을 설치하고, 오른쪽 3칸을 터서 대청으로, 왼쪽 3칸을 터서 각각 주방·욕실·제기 보관소로 만들었음
83	집의 특징	일반 민가로서는 특이하게 단청이 되어 있음
84		현대에 쓰여진 누정기
85	누정기 특징	분량이 짧으며, 의론이 없이 기사와 사경만으로 구성돼 있음. 청탁 받은 글이 아니며, 방문한 감상을 적은 자찬 누정기. 집 건립자나 소유자에 대한 언급이 없고 단지 집에 대해서만 관심을 가진 기록.
86		허경진, 『대전지역 누정문학연구』
87		김종서, 「박팽년(朴彭年)의 문학과 정신」
88	관련 자료	한국고전종합DB(http://db.itkc.or.kr)-『박선생유고』,〈쌍청당기〉
89		문화재청(http://www.cha.go.kr/)
90		문화재청 "회덕 쌍청당" 전경 사진
91		은송회 쌍청당 방문 영상

위와 같은 각각의 요소들이 온톨로지 설계에서 '개체(individual)'가 된다. 그리고 이러한 개체들을 유사한 것들끼리 묶고 범주화시키는 작업이 필요한데, 이러한 범주가 바로 '클래스(Class)'이다.5) 위의 개체 목록을 토대로 하여 클래스를 설정해보도록 하겠다.

2) 클래스(Class) 설계 및 개체(Individual) 예시

개체 목록에서 가장 위에 놓인 것은 '쌍청당기', '임경당중수기', '우화정기' 같은 누정기 제목들이다. 이러한 제목들은 누정기를 대표하는 명칭이며 각각의 누정기 자료를 가리킨다고 할 수 있다. 따라서 누정기 한 편 한 편에 대해 "누정기" 클래스를 상정할 수 있을 것이다.

다음은 '조익', '안명필', '정약용' 등의 사람 이름이 보이는데 이들은 누정기 필자들이다. 46번까지 내려가면 '송유', '박인보', '김상돈'

등의 이름이 또 보인다. 이들은 집의 건립자이거나 중수자이다. 그리고 51번부터 보이는 '김동원', '조학수', '주자' 등은 누정기에 언급된 인물들이다. 목록에서 사람 이름은 이렇게 3가지 경우가 있는데, 이들을 모두 "인물" 클래스로 상정하고자 한다.

연대(年代) 표기를 잠시 뒤로 하고 그 다음 18번부터 보면 '포저집', '연천집', '기언' 등의 문집명이 확인된다. 이들은 누정기의 출전 문헌이다. 62번까지 내려가 보면 '논어', '근사록', '주역' 등의 책 이름이 보인다. 이들은 누정기에 언급된 문헌이다. 이 두 가지 경우를 포괄하여 "문헌" 클래스를 상정하겠다.

23번부터는 '동춘당', '송애당', '낙오정' 등의 집 이름이 보이는데, 이들은 누정기의 대상이 된 집이다. 그리고 60번까지 내려가 보면 '총석정', '사정', '춘우정' 등의 집 이름이 또 한 번 등장했음을 알 수 있다. 이들은 누정기 내에 언급된 집이다. 이들을 모두 "집" 클래스로 상정한다.

29번부터는 '1524', '1432', '1327' 등의 연대가 보인다. 이들은 집의 건립연대이거나 중수연대이다. 다시 위로 올라와 13번부터는 '1446', '1968', '1727' 등의 연대(年代) 표기가 확인된다. 이들은 누정기의 집필연대이다. 이와 같은 연대 표기는 클래스로 상정하기보다 각각 "집" 클래스의 속성, "누정기" 클래스의 속성으로 부가하도록 하겠다.

다음으로 31번부터는 '대전 대덕구', '서울 종로구', '경북 포항시' 등의 지명이 보인다. 이들은 누정기가 대상으로 한 집의 간략한 주소이다. 그 다음을 보면 '계룡산', '봉무산', '경포호' 등의 산이나 강·호수 등의 이름이 보이는데, 이들은 누정기에 언급된 주변 자연으로 해당 집 주변에 있는 것이다. 그 다음을 보면 '순천 김씨 묘', '조헌 정려각', '고흥 유씨 정려각' 등이 있는데, 이들은 누정기가 대상으로 한 집과 관련성이 높으면서 바로 옆에 있는 시설물이다. 이들을 모두 포괄하여 "장소" 클래스를 상정하고자 하며, 각각 하위 클래스로 "지명" 클래스6), "자연지형" 클래스, "인공지물" 클래스라 지칭하겠다.

다음 40번부터는 집 이름 뜻을 풀이해놓은 문장이 보인다. 이는 누정기 내의 문장이 아니라 본 연구자가 누정기 내용을 보고 집이름 뜻을 해설해 놓은 것이다. 이 내용은 집에 관한 중요한 설명이 되므로 "집" 클래스의 속성으로 부가하도록 하겠다.

그 다음의 50번을 보면 '임진왜란', '병자호란', '기묘사화' 등의 역사적 사건이 확인된다. 모든 글이 그러하겠지만 누정기 또한 쓰여진 시대적 배경이 있다. 그러한 시대적 배경이 누정기가 대상으로 한 집에 영향을 미치기도 하며, 대표적으로 임진왜란·병자호란을 들 수 있다. 특히 중수기(重修記)가 그러한데, 임진왜란으로 전소된 집을 다시 중수하였다는 식이다. 또한, 시대적 배경은 필자나 집주인에게 영향을 줄 수도 있다. 예컨대 정치적 사화(士禍)로 인해 낙향하여 집을 짓게 되었는데, 이 집에서 학문에만 몰두하며 살겠다는 태도를 갖게 될 수 있고, 그것이 누정기에 반영되어 있는 경우를 찾아볼 수 있다. 따라서 이러한 시대적 배경을 "사건" 클래스로 상정하도록 하겠다.

56번부터는 '박연의 시', '이이의 〈호송설〉', '허목의 〈유우화정서〉' 등이 보인다. 이들은 누정기 내에 언급된 시문(詩文)들이다. 한편, '김육의 〈회덕쌍청당〉', '김수항의 〈쌍청당의 달밤〉', '송남수의 〈쌍청당

---

6) 지명을 나타내는 방법은 현대의 주소체계가 가장 편리하기 때문에 "지명" 클래스의 개체는 개별 집에 대한 주소로 할 것이다. 예컨대, 쌍청당의 주소인 '대전광역시 대덕구 쌍청당로 17'이 "지명" 클래스의 한 개체가 된다. 다만, 멸실된 집의 경우 주소를 알 수 없는 경우가 대부분인데, 이와 같은 경우는 누정기 내의 내용을 근거로 대략적인 주소를 추출할 수 있을 것이다. 예컨대, '경북 안동시', '전북 전주시'와 같은 식으로 표기할 수 있을 것이다.

중건제문)' 등은 누정기 내에 언급된 것은 아니지만 4장에서 보았듯이
본 연구자가 쌍청당과 관련하여 찾아낸 기록이다. 그리고 69번부터 보
이는 '황정견의 광풍제월(光風霽月) 고사(『송사(宋史)』「주돈이전(周敦頤
傳)」)', '군자가 편히 쉴만한 곳(『시경(詩經)』「소아(小雅)」)' 등은 누정기
내에 인용된 고사(古事)들이다. 이들은 조금씩 성격이 다르지만 누정기
와 관련돼 있거나 누정기가 대상으로 한 집과 관련돼 있는 기록들이
다. 따라서 "관련기록" 클래스를 상정하고자 하며, 그 하위 클래스로
"시" 클래스, "산문" 클래스, "인용고사" 클래스를 설정하겠다.

65번으로 다시 올라가면 '형기(形氣)', '감실(龕室)', '건즐(巾櫛)' 등의
낯선 용어들이 보인다. 누정기는 한문으로 쓰인 기록이며, 한글로 번
역을 하더라도 용어는 그대로 남아 있는 경우가 많다. 이 가운데 성리
학 용어나 조선의 관직명 등 현대인들이 이해하기 어려운 단어들은 설
명이 필요하다. 따라서 이러한 단어들을 '개념' 클래스로 상정하고자
한다.

79번부터 82번까지는 누정기 내에 기록되어 있는 건축 정보이다.
이들은 "집" 클래스의 속성으로 포함시키면 좋을 것이다.

83번부터 85번까지는 누정기나 집에 대한 특이사항을 정리해둔 것
이다. 이들도 각각의 내용에 따라 "누정기" 클래스와 "집" 클래스의 속
성으로 부가하고자 한다.

마지막으로 86번부터 91번까지의 내용은 4장에서 본 것처럼 해당
누정기나 집, 혹은 누정기 필자나 집주인 등에 대해 보다 잘 알 수 있게
해주는 참고 자료들이다. 이는 누정기 내에 드러나 있는 내용은 아니지
만 유용한 정보라는 점에서 "관련자료" 클래스를 상정하고자 한다. 그리
고 그 하위 클래스로 "출판자료" 클래스, "웹문서" 클래스, "시청각자료"
클래스를 두겠다. 각각의 개체 예시를 들자면, "출판 자료" 클래스의

개체는 '허경진의 『대전지역 누정문학연구』'7), "웹문서" 클래스의 개체
는 한국고전종합DB-『박선생유고』, 〈쌍청당기〉8), "시청각 자료" 클래
스의 개체는 '문화재청 "회덕 쌍청당" 전경 사진'9) 등을 들 수 있다.
이상의 내용을 표로 정리하자면 다음과 같다.10)
(속성 정보로 부여된 것은 5.1.5항에서 제시하겠다.)

〈표 5-2〉 누정기 온톨로지 클래스 설계 및 개체 예시

클래스(Class)		코드	정의	개체(Individual) 예시
누정기		W	한 편의 누정기 자료	쌍청당기, 해월루기, 남계서원기
인물		P	누정기의 필자, 대상으로 한 집의 건립자/중수자, 누정기에 언급된 인물 등 연관 인물	조익, 정도전, 송유, 홍석보, 도연명
집		H	누정기가 대상으로 한 집	제월당, 영남루, 자양서당
장소	지명	LA	누정기가 대상으로 한 집의 지리적 위치 (현존하는 집은 주소, 멸실된 집은 대강의 지명)	대전 대덕구 쌍청당로, 경북 안동시, 전북 전주시
	자연 지형	LB	누정기가 대상으로 한 집의 주변 자연	계룡산, 임진강, 영랑호
	인공 지물	LC	해당 집과 관련하여 그 장소에 존재하는 인공적 지물	순천 김씨 묘, 조헌 정려각
사건		E	누정기와 관련된 역사적 사건	임진왜란, 병자호란, 기묘사화, 계유정난

7) 허경진, 『대전지역 누정문학연구』, 태학사, 1998.
8) 웹페이지 주소는 아래와 같다.
"http://db.itkc.or.kr/index.jsp?bizName=MM&URL=/itkcdb/text/nodeView Iframe.jsp?bizName=MM&seojiId=kc_mm_a058&gunchaId=av001&muncheId=06 &finId=051&NodeId=&setid=813341&Pos=1&TotalCount=4&searchURL=ok"
9) 모든 시청각 자료의 출처는 명확히 제시해야 한다. 해당 사진의 출처는 아래와 같다.
"http://www.cha.go.kr/korea/heritage/search/Culresult_Db_View.jsp?mc=NS_04_03_01&VdkVgwKey=21,00020000,25"
10) 각 클래스마다 고유 코드를 부여하였다.

문헌	B	누정기가 수록돼 있는 문헌, 누정기 내에 직접 언급된 문헌, 누정기에 인용된 문장의 출전 문헌	『포저집』, 『동문선』, 『논어』, 『근사록』
개념	C	누정기 내에 쓰인 설명이 필요한 단어	형기(形氣), 감실(龕室), 건즐(巾櫛)
관련 기록	시	SA	누정기와 연관이 있는 시	박연의 시, 김내현의 시, 김육의 〈회덕쌍청당〉
	산문	SB	누정기와 연관이 있는 산문	이이의 〈호송설〉, 허목의 〈유우화정서〉
	인용 고사	SC	누정기에 인용된 고사	'한가하게 살던 터(蘺軸)' (『시경(詩經)』 「고반(考槃)」)
관련 자료	출판 자료	RA	누정기와 관련된 단행본, 논문, 보고서 등의 출판자료	허경진, 『대전지역누정문학연구』
	웹문서	RB	누정기와 관련된 웹문서 자료	한국고전종합DB -〈쌍청당기〉
	시청각 자료	RC	누정기와 관련된 사진, 그림, 동영상 등의 시청각 자료	쌍청당 전경 사진 (출처: 문화재청 홈페이지)

이와 같은 클래스 설계를 그래프로 나타내면 다음과 같다.
('Thing'은 모든 클래스를 아우르는 가상의 최상위 범주이다.)

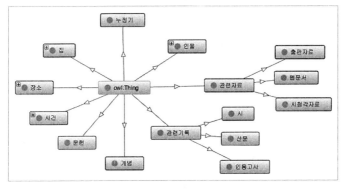

〈그림 5-1〉 누정기 온톨로지 클래스(Class) 그래프[11]

3) 관계(Relation, ObjectProperty) 설계

이번 항에서는 각 클래스 개체 사이의 관계, 클래스 내 개체 사이의 관계를 설계하도록 하겠다. 3장과 4장에서 수행하였던 누정기 분석 결과를 토대로 각 클래스별 개체들이 어떤 관계로 연결될 수 있는지 분석하였고, 그 관계성을 나타낼 수 있는 서술어를 정하였다.[12] 전체적인 관계 양상을 표로 정리하자면 다음과 같다.[13]

〈표 5-3〉 누정기 온톨로지 관계 설계

Relation	Domain(A)	Range(B)	설명
writes	인물	누정기	A는 B를 집필했다
	인물	관련기록	
isWrittenBy	누정기	인물	A는 B에 의해 집필됐다
	관련기록	인물	
hasDescriptionAbout	누정기	인물	A는 B에 대한 언급이 있다
	누정기	집	
	누정기	문헌	
	누정기	개념	
	누정기	관련기록	
	문헌	인물	
	문헌	집	
	관련기록	인물	
	관련기록	집	

---

11) 이 그래프는 온톨로지 설계 및 시각화 기능을 제공하는 프로테제(prot g) 소프트웨어를 활용해 작성한 것이다. 공식 홈페이지 "http://protege.stanford.edu/"에서 무료로 다운로드받을 수 있다.

12) "관계성 서술어는 주어와 목적어를 수반하여 RDF(Resource Description Framework) 문을 완성하게 된다. 이 때 주어 역할을 할 수 있는 개체들의 클래스를 '정의역'(定義域, domain)이라고 하고, 목적어 역할을 하는 개체들의 클래스를 '치역'(値域, range)이라고 부른다." 김현·임영상·김바로, 앞의 책, 169-170면.

13) 관계 서술어 작성은 김하영, 앞의 논문, 23-24면; 김사현, 앞의 논문, 57-63면; 김현·임영상·김바로, 앞의 책, 169-171면을 참조하였다.

Relation	Domain(A)	Range(B)	설명
isDescribedIn	인물	누정기	A는 B에 언급됐다
	집	누정기	
	문헌	누정기	
	개념	누정기	
	관련기록	누정기	
	인물	문헌	
	집	문헌	
	인물	관련기록	
	집	관련기록	
hasObject	누정기	집	A는 B를 대상으로 한다
	관련기록	집	
isObjectOf	집	누정기	A는 B의 대상이다
	집	관련기록	
isRelatedTo	누정기	사건	A는 B와 관련이 있다
	누정기	관련자료	
	인물	관련자료	
	집	사건	
	집	관련자료	
	사건	누정기	
	관련자료	누정기	
	관련자료	인물	
	사건	집	
	관련자료	집	
hasSource	누정기	문헌	A는 B를 출전으로 한다
isSourceOf	문헌	누정기	A는 B의 출전이다
hasReference	누정기	문헌	A는 B를 인용 문헌으로 한다
isReferenceOf	문헌	누정기	A는 B의 인용 문헌이다
hasCollection	인물	문헌	A는 B를 문집(어록집)으로 갖는다
isCollectionOf	문헌	인물	A는 B의 문집(어록집)이다
creates	인물	집	A는 B를 건립했다
isCreatedBy	집	인물	A는 B에 의해 건립됐다
renovates	인물	집	A는 B를 중수했다

Relation	Domain(A)	Range(B)	설명
isRenovatedBy	집	인물	A는 B에 의해 중수됐다
owns	인물	집	A는 B를 소유했다
isOwnedBy	집	인물	A는 B에 의해 소유됐다
enshrines	집	인물	A는 B를 제향한다
isEnshrinedIn	인물	집	A는 B에 제향된다
hasResidence	인물	장소_지명	A는 B에 거주했다
isResidenceOf	장소_지명	인물	A는 B의 거주지였다
isLocationOf	집	장소_지명	A는 B에 위치한다
	장소_지명	집	A는 B의 위치이다
isNearTo	집	장소_자연지형	A는 B와 인접해있다
	집	장소_인공지물	
	장소_자연지형	집	
	장소_인공지물	집	
	집	집	
mentions	인물	인물	A는 B를 언급했다
knows	인물	인물	A는 B를 안다
isFriendOf	인물	인물	A와 B는 친구이다
hasSon	인물	인물	A는 B의 아버지이다
isSonOf	인물	인물	A는 B의 아들이다
hasDescendant	인물	인물	A는 B를 후손으로 두었다
isDescendantOf	인물	인물	A는 B의 후손이다
hasRelative	인물	인물	A는 B를 친척으로 두었다
hasDisciple	인물	인물	A는 B를 문인으로 두었다
isDiscipleOf	인물	인물	A는 B의 문인이다

클래스별로 분류하여 각 개체 간의 관계를 예시하자면 다음과 같다.

1) '누정기' 클래스 개체와 '인물'/'집'/'문헌'/'개념'/'관련기록' 클래스 개체 사이의 관계
- '누정기 A'는 '인물 B'에 의해 집필됐다. (isWrittenBy)
  예) 〈승련사기〉는 이색에 의해 집필됐다.
- '인물 A'는 '누정기 B'를 집필했다. (writes)

예) 이색은 〈승련사기〉를 집필했다.
- '누정기 A'는 '집 B'에 대한 언급이 있다. (hasDescriptionAbout)
  예) 〈염선재기〉는 춘우정에 대한 언급이 있다.
- '집 A'는 '누정기 B'에 언급됐다. (isDescribedIn)
  예) 춘우정은 〈염선재기〉에 언급됐다.
- '누정기 A'는 '문헌 B'에 대한 언급이 있다. (hasDescriptionAbout)
  예) 〈후율당중건기〉는 『주자어류』에 대한 언급이 있다.
- '문헌 A'는 '누정기 B'에 언급됐다. (isDescribedIn)
  예) 『주자어류』는 〈후율당중건기〉에 언급됐다.
- '누정기 A'는 '인물 B'에 대한 언급이 있다. (hasDescriptionAbout)
  예) 〈경포신정기〉는 공자에 대한 언급이 있다.
- '인물 A'는 '누정기 B'에 언급됐다. (isDescribedIn)
  예) 공자는 〈경포신정기〉에 언급됐다.
- '누정기 A'는 '개념 B'에 대한 언급이 있다. (hasDescriptionAbout)
  예) 〈한국공정공사당기〉는 '이용감(利用監)'에 대한 언급이 있다.
- '개념 A'는 '누정기 B'에 언급됐다. (isDescribedIn)
  예) '이용감(利用監)'은 〈한국공정공사당기〉에 언급됐다.
- '누정기 A'는 '관련기록 B'에 대한 언급이 있다. (hasDescription-
  About)
  예) 〈쌍청당기〉는 박연의 시에 대한 언급이 있다.
- '관련기록 A'는 '누정기 B'에 언급됐다. (isDescribedIn)
  예) 박연의 시는 〈쌍청당기〉에 언급됐다.

2) '누정기' 클래스 개체와 '집' 클래스 개체 사이의 관계
- '누정기 A'는 '집 B'를 대상으로 한다. (hasObject)
  예) 〈쌍청당기〉는 쌍청당을 대상으로 한다.
- '집 A'는 '누정기 B'의 대상이다. (isObjectOf)
  예) 쌍청당은 〈쌍청당기〉의 대상이다.

3) '누정기' 클래스 개체와 '문헌' 클래스 개체 사이의 관계
- '누정기 A'는 '문헌 B'를 출전으로 한다. (hasSource)
  예) 〈쌍청당기〉는 『박선생유고』를 출전으로 한다.
- '문헌 B'는 '누정기 A'의 출전이다. (isSourceOf)
  예) 『박선생유고』는 〈쌍청당기〉의 출전이다.
- '누정기 A'는 '문헌 B'를 인용 문헌으로 한다. (hasReference)
  예) 〈쌍청당기〉는 『장자』를 인용 문헌으로 한다.
- '문헌 B'는 '누정기 A'의 인용 문헌이다. (isReferenceOf)
  예) 『장자』는 〈쌍청당기〉의 인용 문헌이다.

4) '누정기' 클래스 개체와 '사건'/'관련자료' 클래스 개체 사이의 관계
- '누정기 A'는 '사건 B'와 관련이 있다. (isRelatedTo)
  예) 〈동춘당기〉는 병자호란과 관련이 있다.
- '사건 A'는 '누정기 B'와 관련이 있다. (isRelatedTo)
  예) 병자호란은 〈동춘당기〉와 관련이 있다.
- '누정기 A'는 '관련자료 B'와 관련이 있다. (isRelatedTo)
  예) 〈쌍청당기〉는 '허경진, 『대전지역 누정문학연구』'와 관련이 있다.
- '관련자료 A'는 '누정기 B'와 관련이 있다. (isRelatedTo)
  예) '허경진, 『대전지역 누정문학연구』'는 〈쌍청당기〉와 관련이 있다.

5) '인물' 클래스 개체와 '집' 클래스 개체 사이의 관계
- '인물 A'는 '집 B'를 건립했다. (creates)
  예) 송유는 쌍청당을 건립했다.
- '집 A'는 '인물 B'에 의해 건립됐다. (isCreatedBy)
  예) 쌍청당은 송유에 의해 건립됐다.
- '인물 A'는 '집 B'를 중수했다. (renovates)
  예) 송남수는 쌍청당을 중수했다.
- '집 A'는 '인물 B'에 의해 중수됐다. (isRenovatedBy)

예) 쌍청당은 송남수에 의해 중수됐다.

- '인물 A'는 '집 B'를 소유했다. (owns)

　예) 허균은 사우재를 소유했다.

- '집 A'는 '인물 B'에 의해 소유됐다. (isOwnedBy)

　예) 사우재는 허균에 의해 소유됐다.

- '인물 A'는 '집 B'에 제향된다. (isEnshrinedIn)

　예) 김굉필은 옥천서원에 제향된다.

- '집 A'는 '인물 B'를 제향한다. (enshrines)

　예) 옥천서원은 김굉필을 제향한다.

6) '인물' 클래스 개체와 '장소'/'문헌' 클래스 개체 사이의 관계

- '인물 A'는 '장소_지명 B'에 거주했다. (hasResidence)

　예) 송유는 대전광역시 대덕구 쌍청당로 17에 거주했다.

- '장소_지명 A'는 '인물 B'의 거주지였다. (isResidenceOf)

　예) 대전광역시 대덕구 쌍청당로 17은 송유의 거주지였다.

- '인물 A'는 '문헌 B'에 언급됐다. (isDescribedIn)

　예) 이황은 『고봉집』에 언급됐다.

- '문헌 A'는 '인물 B'에 대한 언급이 있다. (hasDescriptionAbout)

　예)『고봉집』은 이황에 대한 언급이 있다.

- '인물 A'는 '문헌 B'를 문집으로 갖는다. (hasCollection)

　예) 기대승은『고봉집』을 문집으로 갖는다.

- '문헌 A'는 '인물 B'의 문집이다. (isCollectionOf)

　예)『고봉집』은 기대승의 문집이다.

7) '인물' 클래스 개체와 '관련기록'/'관련자료' 클래스 개체 사이의 관계

- '인물 A'는 '관련기록 B'을 집필했다. (writes)

　예) 김수항은 〈쌍청당의 달밤(雙淸堂月夜)〉을 집필했다.

- '관련기록 A'는 '인물 B'에 의해 집필됐다. (isWrittenBy)

예) 〈쌍청당의 달밤(雙淸堂月夜)〉은 김수항에 의해 집필됐다.

- '인물 A'는 '관련기록 B'에 언급됐다. (isDescribedIn)

  예) 송유는 〈쌍청당송공묘표음기(雙淸堂宋公墓表陰記)〉에 언급됐다.

- '관련기록 A'는 '인물 B'에 대한 언급이 있다. (hasDescriptionAbout)

  예) 〈쌍청당송공묘표음기(雙淸堂宋公墓表陰記)〉는 송유에 대한 언급
  이 있다.

- '인물 A'는 '관련자료 B'와 관련이 있다. (isRelatedTo)

  예) 박팽년은 '김종서, 「박팽년의 문학과 정신」'과 관련이 있다.

- '관련자료 A'는 '인물 B'와 관련이 있다. (isRelatedTo)

  예) '김종서, 「박팽년의 문학과 정신」'은 박팽년과 관련이 있다.

8) '집' 클래스 개체와 '장소' 클래스 개체 사이의 관계

- '집 A'는 '장소_지명 B'에 위치한다. (isLocationOf)

  예) 쌍청당은 대전광역시 대덕구 쌍청당로 17에 위치한다.

- '장소_지명 A'는 '집 B'의 위치이다. (isLocationOf)

  예) 대전광역시 대덕구 쌍청당로 17은 쌍청당의 위치이다.

- '집 A'는 '장소_자연지형 B'와 인접해 있다. (isNearTo)

  예) 석림암은 수락산과 인접해 있다.

- '장소_자연지형 A'는 '집 B'와 인접해 있다. (isNearTo)

  예) 수락산은 석림암과 인접해 있다.

- '집 A'는 '장소_인공지물 B'와 인접해 있다. (isNearTo)

  예) 염선재는 순천 김씨 묘와 인접해 있다.

- '장소_인공지물 A'는 '집 B'와 인접해 있다. (isNearTo)

  예) 순천 김씨 묘는 염선재와 인접해 있다.

9) '집' 클래스 개체와 '사건'/'문헌'/'관련기록'/'관련자료' 클래스 개체
사이의 관계

- '집 A'는 '사건 B'와 관련이 있다. (isRelatedTo)

　예) 동춘당은 병자호란과 관련이 있다.

- '사건 A'는 '집 B'와 관련이 있다. (isRelatedTo)

　예) 병자호란은 동춘당과 관련이 있다.

- '집 A'는 '문헌 B'에 언급됐다. (isDescribedIn)

　예) 쌍청당은 『신증동국여지승람』에 언급됐다.

- '문헌 A'는 '집 B'에 대한 언급이 있다. (hasDescriptionAbout)

　예) 『신증동국여지승람』에 쌍청당에 대한 언급이 있다.

- '집 A'는 '관련기록 B'의 대상이다. (isObjectOf)

　예) 쌍청당은 '김육, 〈회덕쌍청당(懷德雙淸堂)〉'의 대상이다.

- '관련기록 A'는 '집 B'를 대상으로 한다. (hasObject)

　예) '김육, 〈회덕쌍청당(懷德雙淸堂)〉'을 대상으로 한다.

- '집 A'는 '관련자료 B'와 관련이 있다. (isRelatedTo)

　예) 쌍청당은 '이은창, 「회덕(懷德)의 쌍청당(雙淸堂)」'와 관련이 있다.

- '관련자료 A'는 '집 B'와 관련이 있다. (isRelatedTo)

　예) '이은창, 「회덕(懷德)의 쌍청당(雙淸堂)」'은 쌍청당과 관련이 있다.

10) '집' 클래스 개체 사이의 관계

- A는 B와 인접해 있다. (isNearTo)

　예) 쌍청당은 동춘당과 인접해 있다.

11) '인물' 클래스 개체 사이의 관계

- A는 B를 언급했다. (mentions)

　예) 허균은 도연명을 언급했다.

- A는 B를 안다. (knows)

　예) 기대승은 이황을 안다.

- A와 B는 친구이다. (isFriendOf)

　예) 장유와 정자원은 친구이다.

- A는 B의 아버지이다. (hasSon)

　예) 송유는 송계사의 아버지이다.

- A는 B의 아들이다. (isSonOf)

  예) 송계사는 송유의 아들이다.

- A는 B를 후손으로 두었다. (hasDescendant)

  예) 송유는 송시열을 후손으로 두었다.

- A는 B의 후손이다. (isDescendantOf)

  예) 송시열은 송유의 후손이다.

- A는 B를 친척으로 두었다. (hasRelative)

  예) 송준길은 송시열을 친척으로 두었다.

- A는 B를 문인으로 두었다. (hasDisciple)

  예) 이이는 조헌을 문인으로 두었다.

- A는 B의 문인이다. (isDiscipleOf)

  예) 조헌은 이이의 문인이다.

이와 같은 관계 설계를 그래프로 나타내면 다음과 같다.

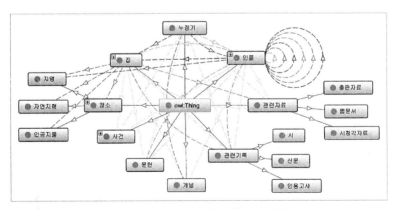

〈그림 5-2〉 누정기 온톨로지 클래스 개체 간의 관계 그래프

4) 관계 속성(Relation Attribute) 설계

관계 속성은 클래스 개체 사이의 관계에 속성을 부여하여 관계의 양상을 더욱 구체적으로 나타내는 것이다. 본서에서 설계한 관계 속성을 표로 정리하자면 다음과 같다.[14]

〈표 5-4〉 누정기 온톨로지 관계 속성 설계

Relation	Domain(A)	Range(B)	설명	관계 속성
hasDescriptionAbout	누정기	인물	A는 B에 대한 언급이 있다	- 집 건립자 - 집 중수자
isDescribedIn	인물	누정기	A는 B에 언급됐다	- 집 소유자 - 누정기 청탁자 - 관련기록 필자 - 제향된 인물 - 인용 인물
knows	인물	인물	A는 B를 안다	- 관직 선배 - 관직 후배 - 사숙(私淑) - 임금-신하 - 신하-임금
isSonOf	인물	인물	A는 B의 아들이다	- ○번째 아들
hasDescendant	인물	인물	A는 B를 후손으로 두었다	- ○대 선조 - 조부 - 증조부
isDescendantOf	인물	인물	A는 B의 후손이다	- ○대 후손
hasRelative	인물	인물	A는 B를 친척으로 두었다	- 외조부 - 외손자 - 숙부 - 외숙부 - 사위 - 조카 (……)

---

14) 각 클래스별 개체의 구체적인 관계 및 관계 속성 데이터 예시는 7.2절과 부록에 제시하였다.

클래스별로 각 개체 간의 관계 속성을 예로 들자면 다음과 같다.

1) '누정기' 클래스 개체와 '인물' 클래스 개체 사이의 관계 속성

〈표 5-5〉 '누정기' 클래스와 '인물' 클래스 개체 사이의 관계 속성

개체 간 관계	관계 속성
• 송월헌기는 남상문에 대한 언급이 있다. (hasDescriptionAbout) • 남상문은 송월헌기에 언급됐다. (isDescribedIn)	집 건립자
• 임경당중수기는 김하주에 대한 언급이 있다. • 김하주는 임경당중수기에 언급됐다.	집 중수자
• 사우재기는 허균에 대한 언급이 있다. • 허균은 사우재기에 언급됐다.	집 소유자
• 경포신정기는 박숙정에 대한 언급이 있다. • 박숙정은 경포신정기에 언급됐다.	누정기 청탁자
• 쌍청당기는 박연에 대한 언급이 있다. • 박연은 쌍청당기에 언급됐다.	관련기록 필자
• 옥천서원기는 김굉필에 대한 언급이 있다. • 김굉필은 옥천서원기에 언급됐다.	제향된 인물
• 후율당중건기는 주자에 대한 언급이 있다. • 주자는 후율당중건기에 언급됐다.	인용 인물

2) '인물' 클래스 개체 사이의 관계 속성

〈표 5-6〉 '인물' 클래스 개체 사이의 관계 속성

개체 간 관계	관계 속성
• 안축은 김영후를 안다. (knows)	관직 선배
• 기대승은 김굉필을 안다.	사숙(私淑)
• 황희는 세종대왕을 안다.	신하-임금
• 송계사는 송유의 아들이다. (isSonOf)	1번째 아들
• 송유는 송시열을 후손으로 두었다. (hasDescendant)	8대 선조
• 송시열은 송유의 후손이다. (isDescendantOf)	8대 후손
• 이존비는 졸암을 친척으로 두었다. (hasRelative)	외조부

5) 속성(Attribute, DatatypeProperty) 설계

전체 클래스에 해당되는 속성들을 모두 보이자면 다음과 같다.[15]

〈표 5-7〉 누정기 온톨로지 속성 설계

속성	예시	영역
ID	(각각의 고유한 식별자 표기)	전체
대표 표제어	쌍청당기(雙淸堂記) (박팽년)	전체
한글제목, 한글명	쌍청당기, 박팽년, 동문선	전체
한자제목, 한자명	雙淸堂記, 朴彭年, 東文選	전체
영문제목, 영문명	Park, Paeng-nyeon	전체
설명	박팽년이 1445년에 송유가 창건한 쌍청당에 대해 지은 누정기이다.	전체
URL	(연관된 정보를 얻을 수 있는 웹페이지 주소)	전체
자찬 여부	자찬 / 청탁	누정기
원문	(누정기 한문 원문)	누정기
번역문	(누정기 한글 번역문)	누정기
특이사항	(해당 누정기나 집의 독특한 점)	누정기, 집
집이름 뜻	(집이름 뜻에 관한 설명)	집
집의 이전 이름	임명각(臨溟閣), 금강사(金剛寺)	집
분류	정자, 별당, 서원 / 유교 용어, 관직명, 기관명	집, 개념
집의 형태	一자형	집
집의 구성	3칸×옆면 2칸(전체 6칸)	집
부속 건물	지도재(志道齋), 의인재(依仁齋)	집
현존 여부	현존 / 멸실	집
문화재관리번호	대전광역시 유형문화재 제2호	집
위도	북위 36° 21′ 49.37″	장소
경도	동경 127° 26′ 4.57″	장소
집필연대, 작성일	1445, 2015. 8.	누정기, 관련기록, 관련자료

15) 각각의 속성을 설정하는 데에는 유로피아나 데이터모델(edm), 더블린코어(dc), 리도(lido), 세계측지계(WGS84)를 사용한 공간정보 기술(wgs84_pos), 문화유적 안내정보 모델(hsdm)을 참고하였다. 김사현, 앞의 논문, 50면 참조.

설립연대, 간행년	1429, 1745	집, 문헌
생년, 시작년	1417, 1592	인물, 사건
몰년, 종료년	1456, 1598	인물, 사건
시대	고려 후기, 조선 중기	누정기, 인물, 집, 사건, 문헌, 관련기록
집필자	박팽년, 허경진	누정기, 문헌, 관련기록, 관련자료
간행인	박숭고, 서거정	문헌
발행처	보고사, 문화재청	관련자료
유형	단행본, 연구논문, 보고서, 웹문서, 사진, 동영상	관련자료

각 클래스별 개체의 속성 데이터 예시를 제시하자면 다음과 같다.

- ID값은 임의로 부여한 것이다.
- 누정기 제목은 제목이 같고 필자가 다른 경우가 많으므로 "쌍청당기(박팽년)"과 같이 표기하도록 한다. ID값으로 구분되기는 하지만, 제목만으로도 구분하기 위해서이다.
- 누정기 원문 및 번역문은 실제로는 전문을 다 넣어야 하지만, 여기에서는 생략한다.

(1) '누정기' 클래스

〈표 5-8〉 '누정기' 클래스 속성 데이터 예시

속성	예시
ID	W000001
대표 표제어	쌍청당기(雙淸堂記)(박팽년)
한글제목	쌍청당기(박팽년)
한자제목	雙淸堂記(朴彭年)
영문제목	Writings about *Ssangcheongdang*(Park, Paeng-nyeon)
설명	박팽년이 1445년에 송유가 창건한 쌍청당에 대해 지은 누정기이다.
원문	(누정기 원문)
번역문	(누정기 번역문)
자찬 여부	청탁
집필연대	1445

시대	조선 전기
집필자	박팽년(朴彭年)
URL	http://db.itkc.or.kr/itkcdb/text/nodeViewIframe.jsp?bizName=M K&seojiId=kc_mk_h032&gunchaId=av001&muncheId=06&finId=051

(2) '인물' 클래스

〈표 5-9〉 '인물' 클래스 속성 데이터 예시

속성	예시
ID	P000001
대표 표제어	송유(宋愉)
한글명	송유
한자명	宋愉
영문명	Song, Yoo
설명	조선 초기의 문신. 본관은 은진(恩津). 호는 쌍청당(雙淸堂). 쌍청당의 건립자.
생년	1388
몰년	1446
시대	조선 전기
URL	http://people.aks.ac.kr/front/tabCon/ppl/pplView.aks?pplId=PP L_6JOa_A1388_1_0016234

(3) '집' 클래스

〈표 5-10〉 '집' 클래스 속성 데이터 예시

속성	예시
ID	H000001
대표 표제어	쌍청당(雙淸堂)
한글명	쌍청당
한자명	雙淸堂
영문명	Ssangcheongdang
설명	송유(宋愉)가 1432년 충청도 회덕(대전 대덕구) 지방에 건립한 별당(別堂)

특이사항	민가(民家)로서는 매우 이례적으로 단청(丹靑)이 되어 있다.
집이름 뜻	황정견(黃庭堅)이 주돈이(周敦頤)의 인품을 평하면서 말하였던 "광풍제월(光風霽月, 맑은 바람과 비 개인 뒤의 밝은 달)"에서 뜻을 가져온 것으로, 바람과 달을 2개의 맑음, 즉 '쌍청(雙淸)'으로 표현한 것이다. 건립자인 송유의 실제 삶이 이와 같았다는 의미를 지닌다. 송유의 호가 쌍청당(雙淸堂)이기도 하다.
집의 이전 이름	(없음)
분류	별당(別堂)
집의 형태	一자형
집의 구성	앞면 3칸×옆면 2칸(전체 6칸)
부속 건물	(없음)
현존 여부	현존
문화재 관리번호	대전광역시 유형문화재 제2호
건립연대	1432
시대	조선 전기
URL	http://ddcc.or.kr/htm/house-10.htm

(4) '장소' 클래스

① '지명' 클래스

〈표 5-11〉 '장소_지명' 클래스 속성 데이터 예시

속성	예시
ID	LA000001
대표 표제어	대전광역시 대덕구 쌍청당로 17
한글명	대전광역시 대덕구 쌍청당로 17
한자명	大田廣域市 大德區 雙淸堂路 17
영문명	Ssangcheongdang-ro 17, Daedeok-gu, Daejeon
설명	대전광역시 서구에 위치한 지역
위도	36.364226
경도	127.434330
URL	http://terms.naver.com/entry.nhn?docId=1239959&cid=40942&categoryId=33794

② '자연지형' 클래스

〈표 5-12〉 '장소_자연지형' 클래스 속성 데이터 예시

속성	예시
ID	LB000001
대표 표제어	계족산(鷄足山)
한글명	계족산
한자명	鷄足山
영문명	Gyejok Mountain
설명	대전광역시 대덕구와 동구에 걸쳐 있는 산. 높이는 429m로, 대전광역시 동쪽에 있으며, 산줄기가 닭발처럼 퍼져 나갔다 하여 계족산이라 부른다.
위도	36.387494
경도	127.438926
URL	http://terms.naver.com/entry.nhn?docId=1193596&cid=40942&categoryId=33153

③ '인공지물' 클래스

〈표 5-13〉 '장소_인공지물' 클래스 속성 데이터 예시

속성	예시
ID	LC000001
대표 표제어	순천 김씨 묘(順天 金氏 墓)
한글명	순천 김씨 묘
한자명	順天 金氏 墓
영문명	Tomb of Madam Kim
설명	김장생의 부인이었던 순천 김씨의 묘이다
위도	36.275024
경도	127.248834
URL	http://www.kculture.or.kr/korean/oldhome/ohlist.jsp

(5) '사건' 클래스

〈표 5-14〉 '사건' 클래스 속성 데이터 예시

속성	예시
ID	E000001
대표 표제어	임진왜란(壬辰倭亂)
한글명	임진왜란
한자명	壬辰倭亂
영문명	Japanese Invasion of Korea in 1592
설명	1592년부터 1598년까지 2차에 걸쳐서 우리나라에 침입한 일본과의 전쟁
위도	1592
경도	1598
URL	http://terms.naver.com/entry.nhn?docId=795412&cid=46622&categoryId=46622

(6) '문헌' 클래스

〈표 5-15〉 '문헌' 클래스 속성 데이터 예시

속성	예시
ID	B000001
대표 표제어	박선생유고(朴先生遺稿)
한글명	박선생유고
한자명	朴先生遺稿
영문명	Anthology of Park, Paeng-nyeon
설명	조선 전기의 문신 박팽년(朴彭年)의 문집. 1권 1책. 목판본. 1658년 7대손 숭고(崇古)가 편집, 간행하였다.
위도	1658
경도	조선 후기
URL	박팽년(朴彭年)

(7) '개념' 클래스

〈표 5-16〉'개념' 클래스 속성 데이터 예시

속성	예시
ID	C000001
대표 표제어	봉훈랑(奉訓郞)
한글명	봉훈랑
한자명	奉訓郞
영문명	*Bonghoonrang*
분류	관직명
설명	조선시대 종오품(從五品) 문관(文官)에게 주던 품계(品階)
URL	http://terms.naver.com/entry.nhn?docId=371513&cid=42922&categoryId=42922

(8) '관련기록' 클래스

① '시' 클래스

〈표 5-17〉'관련기록_시' 클래스 속성 데이터 예시

속성	예시
ID	SA000001
대표 표제어	쌍청당의 달밤(雙淸堂月夜)
한글제목	쌍청당의 달밤
한자제목	雙淸堂月夜
영문제목	Moon night of Ssangcheongdang
설명	김수항이 쌍청당에 대하여 쓴 시로 5언 율시 1편이다.
집필연대	미상
시대	조선 중기
집필자	김수항(金壽恒)
URL	http://db.itkc.or.kr/itkcdb/text/nodeViewIframe.jsp?bizName=MK&seojiId=kc_mk_e019&gunchaId=av001&muncheId=01&finId=083

② '산문' 클래스

〈표 5-18〉 '관련기록_산문' 클래스 속성 데이터 예시

속성	예시
ID	SB000001
대표 표제어	쌍청당 송공 묘표음기(雙淸堂宋公墓表陰記)
한글제목	쌍청당 송공 묘표음기
한자제목	雙淸堂宋公墓表陰記
영문제목	A memorial writing about Ssangcheongdang Song, Yoo
설명	송유를 추모하며 그의 행적과 인품을 상찬한 글이다.
집필연대	17세기
시대	조선 중기
집필자	김상헌
URL	http://db.itkc.or.kr/itkcdb/text/nodeViewIframe.jsp?bizName=MK&seojiId=kc_mk_j009&gunchaId=av036&muncheId=01&finId=008

③ '인용고사' 클래스

〈표 5-19〉 '관련기록_인용고사' 클래스 속성 데이터 예시

속성	예시
ID	SC000001
대표 표제어	어진 사람은 산을 좋아하고 지혜로운 사람은 물을 좋아한다 (仁者樂山, 知者樂水)
한글제목	어진 사람은 산을 좋아하고 지혜로운 사람은 물을 좋아한다
한자제목	仁者樂山, 知者樂水
영문제목	The wise find pleasure in water, the virtuous find pleasure in hills
설명	공자의 말이며 『논어(論語)』 「옹야(雍也)」편에 보인다
집필연대	B.C.5세기
시대	중국 춘추시대
집필자	공자
URL	http://ctext.org/analects/yong-ye?searchu=%E5%

(9) '관련자료' 클래스

① '출판자료' 클래스

〈표 5-20〉 '관련자료_출판자료' 클래스 속성 데이터 예시

속성	예시
ID	RA000001
대표 표제어	박팽년의 문학과 정신
한글제목	박팽년의 문학과 정신
한자제목	朴彭年의 文學과 情神
영문제목	Literature and Spirit of Pak Paeng-Nyon
설명	박팽년의 문학 작품과 그 속에 깃든 정신에 대해 밝힌 논문
집필연대	2007
집필자	김종서
발행처	동방한문학
유형	연구논문
URL	http://www.riss.kr/search/detail/DetailView.do?p_mat_type=1a02 02e37d52c72d&control_no=42ba09289689bf08ffe0bdc3ef48d419

② '웹문서' 클래스

〈표 5-21〉 '관련자료_웹문서' 클래스 속성 데이터 예시

속성	예시
ID	RB000001
대표 표제어	한국고전종합DB-박선생유고, 쌍청당기
한글제목	한국고전종합DB-박선생유고, 쌍청당기
한자제목	韓國古典綜合DB-朴先生遺稿, 雙淸堂記
영문제목	DB of Korean classics-Anthology of Park, Paeng-nyeon, Writings about *Ssangcheongdang*
설명	『박선생유고』에 실려있는 〈쌍청당기〉의 원문과 번역문을 제공하고 있는 웹문서
집필연대	1999
집필자	한국고전번역원
발행처	한국고전번역원
유형	홈페이지
URL	http://db.itkc.or.kr/itkcdb/text/nodeViewIframe.jsp?bizName=MK &seojiId=kc_mk_h032&gunchaId=av001&muncheId=06&finId=051

③ '시청각자료' 클래스

〈표 5-22〉 '관련자료_시청각자료' 클래스 속성 데이터 예시

속성	예시
ID	RC000001
대표 표제어	쌍청당 전경 사진
한글제목	쌍청당 전경 사진
한자제목	雙淸堂 全景 寫眞
영문제목	Photo of Ssangcheongdang
설명	쌍청당의 전경을 촬영한 사진
집필연대	미상
집필자	문화재청
발행처	문화재청
유형	사진
URL	http://www.cha.go.kr/korea/heritage/search/Culresult_Db_View.jsp?mc=NS_04_03_01&VdkVgwKey=21,00020000,25

2. 각 클래스 개체 간의 관계망 예시

앞 절에서 온톨로지 관계 설계를 수행하면서 문장으로만 간단히 열거하였는데, 이것이 실제로 각각의 누정기에 적용되었을 때 전반적인 네트워크가 어떻게 형성되는지 살펴볼 필요가 있다. 이에 따라 실제 누정기 자료에 온톨로지 관계 설계를 적용하여 각 클래스 개체 간의 관계망이 어떻게 형성되는지 보이도록 하겠다.16) 여기에서는 간략하게 핵심만을 들어 보일 것이며, 보다 자세한 네트워크 양상 및 분석은 7장에서 제시하겠다.17)

---

16) 관계 설계를 적용할 누정기 자료는 113편 표본 자료 가운데 3장에서 전문을 살폈던 누정기 6편과 그 외의 누정기 6편으로 하겠다. 모두 12편으로 그 목록은 다음과 같다. (1) 박팽년, 〈쌍청당기〉 (2) 조익, 〈동춘당기〉 (3) 이언적, 〈해월루기〉 (4) 기대승, 〈옥천서원기〉 (5) 안축, 〈상주객관중영기〉 (6) 박세당, 〈석림암기〉 (7) 이정귀, 〈송월헌기〉 (8) 허균, 〈사우재기〉 (9) 장유, 〈야명정기〉 (10) 박지원, 〈담연정기〉 (11) 이곡, 〈한국공정공사당기〉 (12) 이색, 〈승련사기〉

◆ '누정기'-'인물'-'집' 클래스 개체 간의 관계망

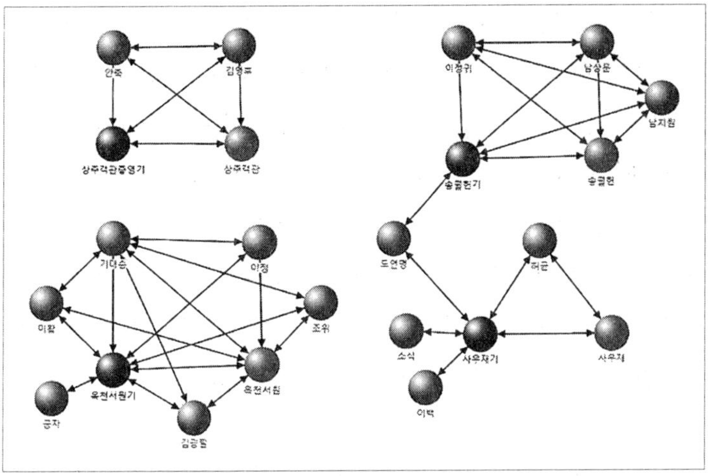

〈그림 5-3〉 '누정기'-'인물'-'집' 클래스 개체 간의 네트워크 그래프[18]

안축의 〈상주객관중영기〉, 기대승의 〈옥천서원기〉, 이정귀의 〈송월
헌기〉, 허균의 〈사우재기〉에서 해당되는 관계망을 함께 도시하였다.
이 가운데 누정기 "송월헌기"와 "사우재기"는 인물 "도연명"을 공통 개체
로 갖는다. 두 누정기에 모두 "도연명"이 언급되었기 때문이다.

다른 누정기들도 모든 클래스의 개체를 망라하고 그것을 확장해 나
가면 서로 연결되는 접점은 매우 많을 것이다. 이를 통하여 '누정기',
'인물', '집' 사이에 그려지는 다양한 네트워크를 확인할 수 있으며, 개

17) 본서에서 활용한 네트워크 그래프 소프트웨어는 "노드엑셀(NodeXL)"이다. 이 소프트
웨어는 많은 사람들이 사용하는 엑셀(Excel)을 기반으로 작동되기 때문에 초보자도
쉽게 다룰 수 있는 장점이 있다. 유료 버전(NodeXL Pro)과 무료 버전(NodeXL Basic)
이 있는데, 기본적인 네트워크 그래프는 무료 버전으로도 충분하다. 공식 홈페이지
"http://nodexl.codeplex.com"에서 다운로드받을 수 있다.
NodeXL Korea, 『NodeXL 노드엑셀 따라잡기』, 패러다임북, 2015, 82~83면 참조.
18) 흑백 인쇄본에는 보이지 않겠지만, '누정기' 클래스의 개체는 파란색, '인물' 클래스의
개체는 녹색, '집' 클래스의 개체는 빨간색으로 표시하였다.

별 누정기만 볼 때에는 알 수 없었던 사실이 새롭게 드러날 수 있다.

또한, "옥천서원"이나 "송월헌" 등과 같은 집에 관심이 생겼다고 한다면 위와 같은 네트워크를 보면서 관심의 영역이 다각도로 확장될 수 있을 것이다. 마찬가지로 "김굉필"이나 "허균" 등과 같은 인물에 대해 알아보고 싶었을 때 '한국역대인물 종합정보시스템'을 위시한 대부분의 관련 사이트들이 거의 동일한 형식으로 정보를 제공하는 데 반해, 위와 같은 네트워크는 집과 누정기를 연결고리로 한 지식 정보의 연계를 보여준다. 이는 누정기 디지털 아카이브에서만 확인할 수 있는 관계망이며, 이러한 관계망은 얼마든지 더 확장되면서 다양한 관계 양상이 드러날 수 있다.

◆ '누정기'-'집'-'장소'-'사건' 클래스 개체 간의 관계망

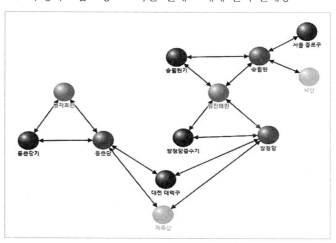

〈그림 5-4〉 '누정기'-'집'-'장소'-'사건' 클래스 개체 간의 네트워크 그래프[19)]

조익의 〈동춘당기〉, 송상기의 〈쌍청당중수기〉, 이정귀의 〈송월헌기〉

---

19) '장소' 클래스는 하위 클래스로 '지명' 클래스, '자연지형' 클래스, '인공지물' 클래스를 설정하였는데, '지명' 클래스의 개체는 보라색, '자연지형' 클래스는 연두색으로 표시하였으며, '사건' 클래스의 개체는 주황색으로 표시하였다.

에서 해당되는 관계망을 함께 도시하였다. "동춘당"과 "쌍청당"은 현존해 있는 건물로서 가까이 인접해 있는데, 이에 따라 '장소_위치' 클래스의 개체와 '장소_자연지형' 클래스의 개체가 동일하다. 다른 집들도 굳이 집과 집 사이에 '가까이 있다'라는 관계를 설정해주지 않아도 위와 같이 '장소' 클래스와의 연결을 통해 인접해 있는 집들을 파악할 수 있게 된다.

한편, "송월헌"과 "쌍청당"은 "임진왜란"이라는 공통분모를 갖는다. 두 집 모두 임진왜란 때 파괴되었다가 전란 이후 중수된 집이어서 임진왜란과 밀접한 관련이 있으며, "송월헌기"와 "쌍청당중수기"에는 그러한 사실이 기록되어 있으므로 역시 "임진왜란"과의 연결 관계가 성립된다. '장소' 클래스와 마찬가지로 '사건' 클래스도 같은 사건과 관련된 누정기와 집을 연결시켜주므로, 이를 통해 "임진왜란"과 관련된 집, "병자호란"과 관련된 누정기 등을 쉽게 파악할 수 있다.

◆ '누정기'-'문헌'-'개념' 클래스 개체 간의 관계망

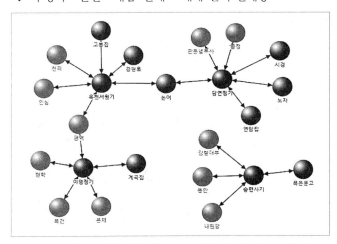

〈그림 5-5〉 '누정기'-'문헌'-'개념' 클래스 개체 간의 네트워크 그래프[20]

---

20) '문헌' 클래스의 개체는 갈색, '개념' 클래스의 개체는 분홍색으로 표시하였다.

기대승의 〈옥천서원기〉, 장유의 〈야명정기〉, 박지원의 〈담연정기〉, 이색의 〈승련사기〉에서 해당되는 관계망을 함께 도시하였다. 네트워크 그래프에서 확인되다시피 "옥천서원기"와 "야명정기"에는 공통적으로 "편액"이란 개념어가 쓰였다.[21] 그리고 "옥천서원기"와 "담연정기"는 둘 다 "논어"의 문장을 인용하였다.

각 필자들의 문집("고봉집", "계곡집", "목은문고")에는 해당 필자가 집필한 모든 누정기가 연결될 수 있으며, 나아가 해당 필자의 문장 모두가 연결될 수 있다. 이는 또한 관련된 인물, 집, 문장, 문헌 등과 네트워크를 형성하면서 다양한 관계 양상을 보이게 될 것이다.

인용한 문헌과의 네트워크도 많은 활용성을 생각해볼 수 있겠는데, 예컨대 "노자"나 "장자"를 인용한 누정기 리스트를 위와 같은 관계망을 통해 확보할 수 있으며, "사기"를 인용한 누정기, "시경"을 인용한 누정기 등도 마찬가지이다.

◆ '누정기'-'인물'-'집'-'관련기록' 클래스 개체 간의 관계망

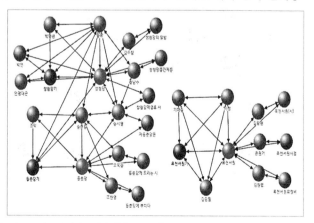

〈그림 5-6〉 '누정기'-'인물'-'집'-'관련기록' 클래스 개체 간의 네트워크 그래프[22]

---

21) 각 누정기에 언급된 개념어는 이보다 훨씬 많지만 각각 3개 정도씩만 예시하였다.

박팽년의 〈쌍청당기〉, 조익의 〈동춘당기〉, 기대승의 〈옥천서원기〉에서 해당되는 관계망을 함께 도시하였다. "송유"의 후손이 "송준길"이며, "동춘당기"에 "송유"와 "쌍청당"이 언급되어 있기 때문에 두 누정기 간에는 많은 연결 관계가 형성되어 있다. 여기에 '장소' 클래스도 추가하면 "대전 대덕구"라는 개체를 통해 "쌍청당"과 "동춘당"이 연결될 것이다.

'관련기록'과의 관계망은 이것이 누정기 간의 네트워크를 넘어 고전문학 전체를 아우르는 네트워크로 확장될 수 있음을 보여준다. 여기에는 집과 관련된 시문(詩文)만을 간략하게 들어 보였지만, 각 인물들이 집필한 모든 문장을 연결하면 방대한 네트워크가 형성될 것이며, 서로의 관계 양상이 다양하게 확인될 것이다.

◆ '인물'-'인물' 클래스 개체 간의 관계망

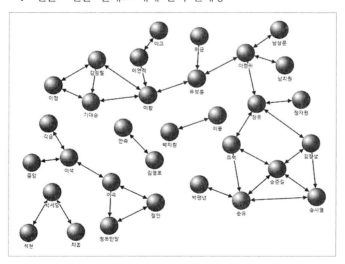

〈그림 5-7〉 '인물'-'인물' 클래스 개체 간의 네트워크 그래프

---

22) '관련기록' 클래스의 개체는 회색으로 표시하였다.

12편 누정기와 관련된 핵심 인물(필자, 건립자, 제향된 인물) 간의 관계망을 도시한 것이다. 핵심 인물에서 약간 더 확장한 경우도 있는데, "허균"의 스승인 "유성룡", "유성룡"의 스승인 "이황", "장유"·"송준길"·"송시열"의 스승인 "김장생" 등이 그러한 경우이다. 여기에서는 이 정도로만 확장했지만, 각 인물마다 관련된 인물들을 확장시켜 나가면 고려·조선시대의 모든 사대부들이 망라될 수도 있을 것이며, 그들의 관계 양상도 살펴볼 수 있게 된다. 여기에 '누정기', '집', '관련기록' 등의 클래스 개체가 추가되면 각 개체들이 연결고리가 되면서 보다 다양한 관계망이 그려질 것이다.

제6장

누정기 디지털 아카이브 위키 플랫폼 구현 예시

앞 장에서 수행한 온톨로지 설계는 누정기 디지털 아카이브 위키 문서에 그대로 반영되었다. 이는 사용자가 필요한 정보를 열람하고 직접 정보를 작성하기도 하는 플랫폼으로 기능하게 될 것이다.

누정기 온톨로지의 클래스로는 모두 9개를 설정하였는데, 이 중에 중심축이 되는 것은 '누정기' 클래스, '인물' 클래스, '집' 클래스이다. '누정기' 클래스에 속하는 개체는 본 아카이브의 중심 자원인 데다가 1장에서 밝혔듯 기존의 사이트가 제한된 정보만을 제공하고 있기 때문에 각각의 별도 항목을 작성하였다. 누정기의 대상이 되는 '집' 클래스에 속하는 개체도 '한국민족문화대백과'나 '문화재청' 등의 사이트에 해당 정보가 있기는 하지만, 역시 기본적인 정보만을 제공하는 한계가 있으므로 본 아카이브의 방향성에 맞게 별도의 항목을 작성하였다. 한편, '인물' 클래스에 속하는 개체는 '한국역대인물 종합정보시스템'이나 '한국민족문화대백과' 등의 사이트가 이미 충분한 정보를 제공하고 있으므로, 굳이 별도의 항목을 일일이 작성하기보다는 각 인물마다 해당 사이트와 연계시키는 방법을 택하였다. 다만, 누정기 필자나 집의 건립자 같은 중요 인물의 경우 개별 항목 안에 관련된 정보를 서술하여 참고할 수 있도록 하였다.

나머지 클래스인 '장소', '사건', '문헌', '개념', '관련기록', '관련자료' 클래스에 속하는 개체는 각각 '누정기' 클래스와 '집' 클래스의 세부 항목으로 적재하였다. 각 클래스에 속하는 개체의 속성 데이터도 '누정기' 클래스와 '집' 클래스의 내용 중에 포함시켰으며, 이들 모두 기존에 구축돼 있는 사이트와 연계시키는 방법을 적극적으로 활용하였다. 관계 및 관계 속성 데이터는 별도로 표를 작성하여 '누정기' 클래스와 '집' 클래스 내에 적재하였으며, 각 개체들의 관계망을 그래프로 시각화하여 나타내었다.

정리하자면 위키 플랫폼에 적재된 누정기 디지털 아카이브는 '누정기' 클래스에 해당되는 각 개체들의 항목과 '집' 클래스에 해당되는 각 개체들의 항목으로 구성되어 있다. 그리고 사용자의 편의를 위해 시작페이지를 작성하였다. 시작페이지부터 차례로 그 실제 예시를 보도록 한다.

1. 시작페이지 예시

위키 소프트웨어에서는 항목 내의 큰 제목이 4개 이상이 되면 자동적으로 목차가 생성되는데, 시작페이지의 목차는 다음과 같이 구성되었다.[1]

첫째, '일러두기'는 시작페이지의 작성 원칙에 대한 사항을 공지한 것이며, 그 내용은 다음과 같다.

1) 누정기에 대한 자세한 설명은 **누정기**(樓亭記) 항목 참조.
2) 이 아카이브에서 '집'이란 말은 인간이 활동하였던 모든 건물의 형태를 포괄하는 의미로 사용하였다.
3) 누정기의 범주 역시 모든 건물에 대한 기문(記文)으로 하였다.

---

1) 각각의 목차 제목을 클릭하면 해당 부분으로 이동한다.

4) 현존하는 집은 굵은 글씨로 표시하였다.

5) 아래 표의 차례는 가나다순으로 하였다.

(단, '시대로 분류'는 시대순으로 하였다.)

6) 집의 유형별 분류 기준에 대해서는 집/분류 참조.

7) 시대 분류 기준에 대해서는 시대 분류 참조.

여기에서 굵은 글씨는 클릭하면 해당 항목으로 이동할 수 있음을 나타낸다. (실제 화면에서는 파란색으로 표시된다.)

둘째, '누정기 문학사'는 사용자가 보고자 하는 누정기가 어떤 문학사조(文學思潮)에 속해 있는지를 확인할 수 있도록 한 것이다.

셋째, '시대배경'은 사용자가 보고자 하는 누정기가 어떠한 시대배경 하에 있는지를 확인할 수 있도록 한 것이다.[2)]

넷째, '지도에서의 집 위치'는 대한민국 지도 위에 아카이브의 대상이 된 모든 집들의 위치를 표시한 화면을 제공하는 것이다.[3)]

다섯째부터 누정기 목록을 제시하였는데, 4가지 기준으로 분류하였다. 차례대로 열거하자면 '집으로 분

목차 [숨기기]

1 일러두기
2 누정기 문학사
3 시대배경
4 지도에서의 집 위치
5 **집**으로 분류
  5.1 정자/누대
  5.2 별당/주택
  5.3 관영건축
  5.4 유교건축
  5.5 불교건축
6 **지역**으로 분류
  6.1 서울/인천
  6.2 대전/광주
  6.3 대구/부산
  6.4 경기도
  6.5 강원도
  6.6 충청도
  6.7 전라도
  6.8 경상도
  6.9 제주도
  6.10 황해도/평안도/함경도
7 **필자**로 분류
  7.1 가
  7.2 나,다,라,마
  7.3 바
  7.4 사
  7.5 아
  7.6 자
  7.7 차,타,파,하
8 **시대**로 분류
  8.1 고려시대 이전
  8.2 고려 전기/중기
  8.3 고려 후기
  8.4 조선 전기
  8.5 조선 중기
  8.6 조선 후기
  8.7 근대/현대
9 사진정보

〈그림 6-1〉 누정기 디지털 아카이브 시작페이지 목차

---

2) '누정기 문학사'와 '시대배경'에 관한 내용은 시작페이지 내에 작성하지 않고, 항목을 분리시켜 별도로 제시하였다. '누정기'나 '집' 클래스 개체의 항목에서도 바로 연결될 수 있도록 하기 위함이다.

3) '한민족정보마당〉한국전통옛집'에서 제공하는 전통문화지도와 연계되어 있다. 이 지도는 전국에 소재한 전통 옛집이 표시돼 있기는 하지만, 주거(住居)·사묘(祠廟)·재실(齋室) 건축에만 한정돼 있는 한계가 있다. 우선 이 지도를 제공하고, 누정기 디지털 아카이브 편찬 프로젝트가 추진되면 모든 전통건축을 포괄하는 지도로 보완할 수 있을 것이다.

류', '지역으로 분류', '필자로 분류', '시대로 분류'로 각각에 해당되는 누정기를 표로 제시하여 사용자가 열람하길 원하는 누정기를 편리하게 찾을 수 있도록 하였다.[4]

또한, '정자'에 관한 누정기 목록을 보고 싶다거나, '강원도'에 있는 집들을 대상으로 한 누정기 목록 보고 싶은 경우, 특정 필자가 쓴 누정기 목록을 보고 싶은 경우, 조선 전기에 쓰여진 누정기 목록을 보고 싶은 경우 등에도 편리하게 활용될 수 있다.

아홉째의 '사진정보'는 목차 옆에 자료 사진을 첨부해 두었는데, 그에 대한 설명과 사진 출처를 밝힌 것이다.[5]

시작페이지 화면을 부분적으로 들어 보이자면 다음과 같다.[6]

〈그림 6-2〉 누정기 디지털 아카이브 시작페이지 상단

---

4) '일러두기'에서도 언급하였듯이 표에서의 작성 차례는 가나다순으로 하였으며, '시대로 분류'만 시대순으로 하였다.

5) 모두 3장의 사진인데, 동춘당(同春堂)의 전경 사진, 동춘당에 걸려 있는 조익(趙翼)의 〈동춘당기(同春堂記)〉 현판 사진, 『포저집(浦渚集)』에 실려 있는 〈동춘당기〉 원문 이미지를 넣었다. 이는 대상 집, 누정기 현판, 문집에 실려 있는 누정기를 각각 예시하는 의미를 갖는다.

6) 본서는 누정기 디지털 아카이브의 편찬 방법론을 제시하는 연구 논문이며, 누정기 디지털 아카이브를 완성한 것은 아니다. 따라서 각각의 누정기 목록은 몇 가지만 예시로 들었다.

위 그림은 시작페이지 상단 부분이며 왼쪽에 목차가, 오른쪽에 자료 사진이 보이도록 하였다. 클릭하면 연결되는 '누정기 문학사' 항목은 안세현의 『누정기를 통해 본 한국한문산문사』에 수록돼 있는 내용을 옮겨 두었는데, 각각 '신라~고려 후기', '조선 전기', '조선 중기', '조선 후기'에 해당하는 누정기 문학사조 개관이 담겨 있다. '시대배경' 항목은 '고려 이전 시대', '고려 시대', '조선 시대', '대한제국/일제 강점기'로 구분하여 각각에 대해 위키백과 항목을 연결해 두었다. 다음은 '집으로 분류', '지역으로 분류', '필자로 분류', '시대로 분류'에 해당하는 예시 화면이다. 차례로 보겠다.

집으로 분류 [편집]

정자/누대 [편집]

집	건축년	집주인	누정기	필자	집필년
면앙정(俛仰亭)	1533	송순(宋純)	면앙정기(俛仰亭記) (소세양)	소세양(蘇世讓)	1560
			면앙정기(俛仰亭記) (기대승)(1)	기대승(奇大升)	1563년경
			면앙정기(俛仰亭記) (기대승)(2)	기대승(奇大升)	1564년경
			면앙정기(俛仰亭記) (심중량)	심중량(沈仲良)	1700
읍호정(挹灝亭)	1616	송이창	읍호정중수기(挹灝亭重修記) (송시열)	송시열(宋時烈)	1673

별당/주택 [편집]

집	건축년	집주인	누정기	필자	집필년
동춘당(同春堂)	1653 (창건)	송준길(宋浚吉)	동춘당기(同春堂記) (조익)	조익(趙翼)	1653
쌍청당(雙清堂)	1432 (창건)	송유(宋愉)	쌍청당기(雙清堂記) (박팽년)	박팽년(朴彭年)	1445
			쌍청당기(雙清堂記) (김수온)	김수온(金守溫)	1446
	1524	송여림(宋汝霖)	중수쌍청당기(重修雙清堂記) (박상)	박상(朴祥)	1524
	1616	송남수(宋柟壽)	쌍청당중수기(雙清堂重修記) (송남수)	송남수(宋柟壽)	1616
	1708	송필흠(宋必熻)	쌍청당중수기(雙清堂重修記) (송상기)	송상기(宋相琦)	1708

〈그림 6-3〉 누정기 디지털 아카이브 시작페이지 '집으로 분류' 목록 상단

여기에서 '집'과 '누정기' 목록을 클릭하면 아카이브 내의 해당 항목으로 이동하게 되며, 인물에 해당하는 '집주인'과 '필자' 목록을 클릭하면 관련 정보가 있는 외부 사이트로 이동하게 된다. 누정기 제목은 같은 이름이 많기 때문에 괄호 안에 필자명을 넣어 함께 표기하였고,

각 누정기의 항목명도 이와 같이 하였다.

지역으로 분류 [편집]					
서울/인천 [편집]					
집	건축년	집주인	누정기	필자	집필년
서울					
석림암(石林庵)	1671	석현(錫賢), 지흠(致欽)	석림암기(石林庵記) (박세당)	박세당(朴世堂)	17세기
인천					
사가재(四可齋)	1967	여주이씨 문중	사가재기(四可齋記) (이우성)	이우성(李佑成)	1989
대전/광주 [편집]					
집	건축년	집주인	누정기	필자	집필년
대전					
동춘당(同春堂)	1653	송준길(宋浚吉)	동춘당기(同春堂記) (조익)	조익(趙翼)	1653
쌍청당(雙淸堂)	1432	송유(宋愉)	쌍청당기(雙淸堂記) (박팽년)	박팽년(朴彭年)	1445
광주					
광주향교(光州鄕校)	1560	유경심(柳景深)	광주향교중수기(光州鄕校重修記) (기대승)	기대승(奇大升)	1560?

〈그림 6-4〉 누정기 디지털 아카이브 시작페이지 '지역으로 분류' 목록 상단

필자로 분류 [편집]				
가 [편집]				
필자	누정기	집	집주인	집필년
김수온(朴彭年)	쌍청당기(雙淸堂記) (김수온)	쌍청당(雙淸堂)	송유(宋愉)	1446
나,다,라,마 [편집]				
필자	누정기	집	집주인	집필년
남효온(南孝溫)	감정기(鑑亭記) (남효온)	감정(鑑亭)	김영숙(金榮淑)	15세기
바 [편집]				
필자	누정기	집	집주인	집필년
박팽년(朴彭年)	쌍청당기(雙淸堂記) (박팽년)	쌍청당(雙淸堂)	송유(宋愉)	1445

〈그림 6-5〉 누정기 디지털 아카이브 시작페이지 '필자로 분류' 목록 상단

각 필자마다 1개 누정기만을 예시로 들었지만, 각각의 필자들이 집필한 모든 누정기 목록이 작성되어야 한다. '지역으로 분류'에서도 각각의 집에 해당하는 모든 누정기 목록이 작성되어야 할 것이다.

시대로 분류 [편집]

고려시대 이전 [편집]

필자	누정기	집	집주인	집필년
최치원(崔致遠)🔗	신라 수창군 호국성 팔각등루기 (新羅壽昌郡護國城八角燈樓記) (최치원)	신라 수창군 호국성 팔각등루 (新羅壽昌郡護國城八角燈樓)	중알찬(重閼粲)	908?

고려 전기/중기 [편집]

필자	누정기	집	집주인	집필년
김부식(金富軾)🔗	혜음사신창기(惠陰寺新創記) 🔗	혜음사(惠陰寺)	혜관(惠觀)	1144

고려 후기 [편집]

필자	누정기	집	집주인	집필년
안축(安軸)🔗	상주객관중영기(尙州客館重營記) (안축)	상주객관(尙州客館)	김영후(金永煦)🔗	1344

조선 전기 [편집]

필자	누정기	집	집주인	집필년
박팽년(朴彭年)🔗	쌍청당기(雙淸堂記) (박팽년)	쌍청당(雙淸堂)	송유(宋愉)🔗	1445

〈그림 6-6〉 누정기 디지털 아카이브 시작페이지 '시대로 분류' 목록 상단

이와 같이 시작페이지를 구성하여 사용자의 편의를 도모하였다. 해당 누정기 제목을 검색창에 입력하여 보고자 하는 누정기를 찾을 수도 있겠지만, 각각의 분류에 해당하는 누정기 리스트가 필요하다면 이 시작페이지가 매우 유용할 것이다. 전체적으로 훑어보면서 관심 가는 집이나 필자가 있을 경우 그에 해당하는 누정기를 열어보면서 새로운 지식을 얻게 될 수도 있다.

2. '누정기' 클래스의 개체 항목 예시

누정기 항목은 모두 최상단에 기본정보를 명시하고자 하는데, 이는 해당 누정기에 관한 핵심 정보로서 그 실제 화면 예시는 아래와 같다.

기본정보	
필자	박팽년(朴彭年, 1417~1456) ▣
집필연대	1445 (조선 전기)
출전	박선생유고(朴先生遺稿) ▣, 동문선(東文選) ▣, 신증동국여지승람(新增東國輿地勝覽) ▣
대상 집	쌍청당(雙淸堂) (1432년 창건) (현존)
건립자	송유(宋愉, 1388~1446) ▣
집주인	송유(宋愉, 1388~1446) ▣
자찬/청탁	청탁 / 송계사(宋繼祀)[1](송유의 맏아들)가 박팽년에게 청탁
집이름 뜻	황정견(黃庭堅) ▣이 주돈이(周敦頤) ▣의 인품을 평하면서 말하였던 "광풍제월(光風霽月, 맑은 바람과 비 개인 뒤의 밝은 달)" ▣에서 뜻을 가져온 것으로, 바람과 달을 2개의 맑음, 즉 '쌍청(雙淸)'으로 표현한 것이다. 건립자인 송유의 실제 삶이 이와 같았다는 의미를 지닌다. 송유의 호가 쌍청당(雙淸堂)이기도 하다.
집 위치	대전광역시 대덕구 쌍청당로 17(중리동 71)
지도	옛지도 ▣ / 현재 지도 ▣ / 전국 옛집 지도 ▣
문학사적 위치	누정기 문학사/조선 전기
시대적 위치	시대배경/조선 전기
관련 사건	(없음)

〈그림 6-7〉 "쌍청당기(雙淸堂記) (박팽년)" 항목 기본정보

화살표가 붙어 있는 말들은 모두 해당되는 외부 사이트와 연계되며, 대상 집인 "쌍청당(雙淸堂)"과 "누정기 문학사/조선 전기", "시대배경/조선 전기"는 누정기 디지털 아카이브 내에 작성돼 있는 해당 항목으로 연결된다.[7] 다른 누정기 항목들도 동일한 틀 안에 내용만 새로써 넣으면 된다.

'쌍청당기(雙淸堂記) (박팽년)' 항목의 목차를 보자면 아래와 같이 구성되었다.

---

7) '송계사(宋繼祀)' 뒤에 각주 번호가 붙어 있는데, 송계사는 외부 사이트에 관련 정보가 없어서 〈선조고 쌍청당부군 묘표 자손기(先祖考雙淸堂府君墓表子孫記)〉에 있는 기록을 각주에 적어둔 것이다. 인물 및 개념어 등이 외부 사이트에 관련 정보가 없는 경우 이와 같이 각주로 보완하였다.

첫째, '필자 정보'와 '집주인 정보'는 각각 박팽년과 송유에 대한 정보를 기술해 놓은 것인데, 박팽년의 〈쌍청당기〉와 관련이 있는 사항들 위주로 작성한 것이며, 2장에서 박팽년과 송유에 대해 서술한 내용을 그대로 옮겨 놓았다. 두 인물에 대한 전반적인 정보는 외부사이트와 연계를 해 두었으므로 그것을 참고하면 된다.

둘째, '한글 번역문 / 원문'은 박팽년의 〈쌍청당기〉 번역문과 원문을 나란히 게재해둔 것이며, 내용 중에 추가 정보가 필요한 사항은 모두 외부사이트와 연계해 두었다.

셋째, '누정기 등장 인물'은 본 누정기 내에 언급된 인물을 정리해둔 것인데, '쌍청당에 대해 글을 쓴 인물'과 '인용 인물'로 구분하였다. 각각 어떤 글을 썼으며, 어떤 고사를 인용하였는지도 밝혀놓았다.

넷째, '연관 인물의 글과 집'은 누정기 내에는 드러나 있지 않지만 관련성이 높은 사항들을 정리해둔 부분인데, '연관 누정기'는 쌍청당에 대해 쓰여진 모든 누정기 목록을 밝힌 것이며, '연관 편액/시/산문'은 쌍청당에 대해 쓰여진 모든 편액·시·산문을 정리한 것이다. '송유 후손 계보도'는 쌍청당과 연관이 있는 후손들의 계보도를 작성한 것이며, '송유 후손의 집과 누정기'는 송유의 후손이 쌍청당 인근에 건립한 집과 그에 대한 누정기 목록을 밝힌 것이다.[8]

목차 [숨기기]

1 필자 정보
2 집주인 정보
3 한글 번역문 / 원문
4 누정기 등장 인물
  4.1 쌍청당에 대해 글을 쓴 인물
  4.2 인용 인물/인용 고사
5 연관 인물의 글과 집
  5.1 연관 누정기
  5.2 연관 편액/시/산문
  5.3 송유 후손 계보도
  5.4 송유 후손의 집과 누정기
6 필자의 다른 누정기 목록
7 관계 정보
  7.1 관계망 그래프
  7.2 누정기-인물
  7.3 누정기-집
  7.4 누정기-문헌
  7.5 누정기-개념
  7.6 인물-집
  7.7 인물-장소
  7.8 인물-문헌
  7.9 인물-관련 글
  7.10 집-장소
  7.11 인물-인물
8 관련자료
  8.1 출판자료
  8.2 웹문서
  8.3 시청각자료
9 연구노트
10 이야깃거리
11 각주

〈그림 6-8〉 "쌍청당기(雙淸堂記)(박팽년)" 항목 목차

다섯째, '필자의 다른 누정기 목록'은 박팽년이 〈쌍청당기〉 외에 집필한 누정기 목록을 정리해둔 것이다.[9]

여섯째, '관계 정보'는 앞 장에서 설계한 온톨로지의 관계망을 표로 정리한 것이며, 본서의 부록에 작성해둔 내용을 그대로 옮긴 것이다. 맨 위에 보이는 '관계망 그래프'는 그 아래에 작성된 모든 관계망들을 그래프로 변환하여 시각화한 것이다.

일곱째, '관련자료'는 박팽년의 〈쌍청당기〉와 관련하여 참고가 될 만한 관련 자료를 '출판자료', '웹문서', '시청각자료'로 구분하여 정리해둔 것이다. 이 또한 2장에서 작성한 사항을 그대로 옮겨 놓은 것으로서 2장에서 수행한 자료 분석이 위키 플랫폼 구현에 직접적인 기반이 되었음을 알 수 있다.

여덟째, '연구노트'는 항목 작성자가 내용을 정리하다가 떠오른 연구 주제나 연구에 도움이 될 만한 사항들을 적어둘 수 있게 해놓은 공간이다. 이 공간은 항목 작성자만이 아니라 연구자 누구나 참여하여 자유롭게 자신의 생각을 적어둘 수 있도록 개방해두려 한다. 연구자 간에 토론이 벌어지고 그 내용들이 모두 기록되는 것도 가능할 것이다.

아홉째, '이야깃거리'는 전문 연구자뿐만이 아니라 일반인 남녀노소 누구나 글을 남길 수 있게 한 자리이다. 〈쌍청당기〉나 쌍청당, 박팽년 및 송유 등과 관련하여 자신의 생각과 느낌을 자유롭게 적어놓는다면 그 또한 값진 자료가 될 것이며, 이미 개인 블로그 등에 게시된 내용도 연결시킬 수 있을 것이다. 이러한 내용들은 문화콘텐츠로도 활용될 가능성이 얼마든지 있다.

---

8) 다른 누정기에서 건립자의 후손에 대한 별다른 행적 기록이 없는 경우 '송유 후손 계보도'나 '송유 후손의 집과 누정기' 같은 부분은 작성되지 않는다.
9) 이 역시 필자의 다른 누정기 목록이 없는 경우에는 작성되지 않는다.

열 번째, '각주'는 내용 중에 설명이 필요한 부분이나 출처를 표시한 사항들이 정리돼 있는 부분이다. 내용을 읽어나가다가 해당 각주 번호를 클릭하면 바로 이 부분으로 이동된다.

그리고 목차에는 드러나 있지 않지만 각주 밑에 '분류'라는 별도의 장치가 마련되어 있다. 이에 대해서는 해당 화면을 볼 때에 자세히 설명하겠다.

이제 각 부분에 대해 차례로 그 실제 화면을 들어 보이겠다.

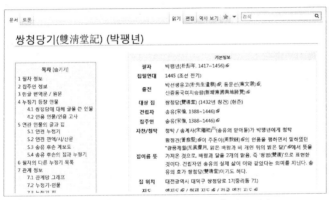

〈그림 6-9〉"쌍청당기(雙淸堂記) (박팽년)" 항목 상단

〈그림 6-10〉"쌍청당기(雙淸堂記) (박팽년)" 항목 '필자 정보', '집주인 정보' 상단

필자와 집주인의 이름을 클릭하면 해당되는 인물 정보 사이트로 이동한다. 서원이나 사당의 경우 여기에 배향된 인물에 대한 정보가 추가된다.

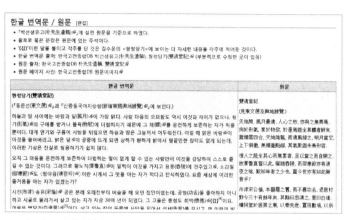

〈그림 6-11〉 "쌍청당기(雙淸堂記) (박팽년)" 항목 '한글 번역문 / 원문' 상단

출전인 『박선생유고(朴先生遺稿)』를 클릭하면 해당 문집에 대해 설명해 놓은 외부 사이트로 이동하며, '한글 번역문 출처', '원문 출처', '원문 페이지 사진' 부분을 클릭하면 한국고전종합DB의 해당 화면으로 이동한다. 경우에 따라 한국고전종합DB가 아닌 다른 사이트와 연계될 수도 있다. 그리고 '3.3. 쌍청당과 관련된 누정기'에서 김수온의 〈쌍청당기〉가 박팽년의 〈쌍청당기〉보다 자세한 내용이 있음을 정리해 두었는데, 여기에 그 내용들을 반영하였다. 본문 중에서 '(김)'이란 말이 붙어 있고, 각주 번호가 있다면 김수온의 〈쌍청당기〉에 보이는 더 자세한 내용을 각주에 적어둔 것이다.

본문 내에서 인명·지명·서명·개념어 등에 대해서는 최대한 외부 사이트와 연계해 놓았기 때문에 읽다가 해당 부분을 클릭하면 관련된 지식 정보를 얻을 수 있으며, 누정기 제목이나 집 이름이 등장한다면

본 아카이브 내의 해당 항목과 연결될 것이다.[10)]

다른 모든 누정기들도 위와 같은 방식으로 번역문 및 원문을 작성
하면 된다.

누정기 등장 인물 [편집]

쌍청당에 대해 글을 쓴 인물 [편집]

이름	내용	출전
박연(朴堧, 1378~1458)🔗	'쌍청(雙淸)'🔗이란 집이름을 지어주고, 편액을 써주었으며, 시(7언율시 1편)를 썼다.	쌍청당제영(雙淸堂題詠)🔗
안평대군(安平大君, 1418~1453)🔗	박연의 시에 화답시(7언율시 2편)를 썼다.	쌍청당제영(雙淸堂題詠)🔗

인용 인물/인용 고사 [편집]

이름	인용 고사	출전
황정견(黃庭堅, 1045~1105)🔗	광풍제월(光風霽月)🔗	송사(宋史) 〈주돈이전(周敦頤傳)
소옹(邵雍, 1011~1077)🔗	시 〈청야음(淸夜吟)〉🔗	이천격양집(伊川擊壤集)[7]
백이(伯夷, ?~?)🔗	백이가 지극히 맑은 인물이었음을 기록한 고사🔗	사기(史記) 〈백이열전(伯夷列傳)
장자(莊子, BC369~BC289?)🔗	「추수(秋水)」편 제8장🔗	장자(莊子)

〈그림 6-12〉 "쌍청당기(雙淸堂記) (박팽년)" 항목 '누정기 등장 인물'

누정기에 언급된 인물을 정리한 것이다. '쌍청당에 대해 글을 쓴 인
물'에 대해서는 그들이 쓴 글 내용과 출전을 명기하였고, '인용 인물'
에 대해서는 그들의 어떤 글이 인용되었는지와 그 출전을 밝혔다. 인
물과 출전 서명을 클릭하면 해당 정보가 있는 외부사이트로 이동하며,
인용 고사 내용을 클릭하면 실제 원문을 볼 수 있는 외부사이트로 연
결된다. 박연과 안평대군의 '7언율시'는 외부사이트에서 원문이 바로
연결되지 않기 때문에 아카이브 내부에 항목을 만들어두었으며, 클릭
하면[11)] "쌍청당/시"라는 항목으로 이동되어 해당 원문을 열람할 수 있
다. "쌍청당/시" 항목은 다음과 같다.

---

10) 이름이 명확하지 않고 '그 글', '그 집' 등과 같이 쓰여 있다 하더라도 가리키는 누정기
나 집이 무엇인지 분명하다면 해당 항목과 연결될 수 있다.
11) 실제 화면에서는 '7언율시 1편', '7언율시 2편' 부분이 파란색으로 표시되며 그 부분을
클릭하면 된다.

문서 토론 읽기 편집 역사 보기 검색

쌍청당/시

목차 [숨기기]
1 <쌍청당기>에 언급된 시
1.1 박연(朴堧) 作
1.2 안평대군(安平大君) 作
2 쌍청당 현판에 걸려 있는 시
2.1 이숙함(李淑瑊) 作
2.2 정미수(鄭眉壽) 作
2.3 이심원(李深源) 作
3 각주

<쌍청당기>에 언급된 시 [편집]

박연(朴堧) 作 [편집]

雙淸小閣俯長程 쌍청당 작은 누각이 긴 길을 굽어보며

朝暮閑看走利名 아침 저녁으로 명리(名利) 좇는 사람들 한가로이 보네

霽月滿庭非假借 개인 달빛이 뜰에 가득하니 빌려온 것이 아니고

光風檻檻寄招抑 맑은 바람이 난간에 스치니 어찌 불러서 왔으리

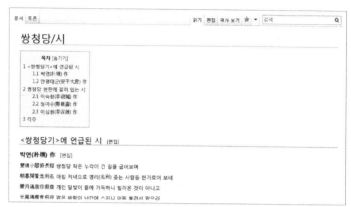

〈그림 6-13〉 "쌍청당/시" 항목 상단

'〈쌍청당기〉에 언급된 시'[12]에는 박연과 안평대군의 작품을 적어놓았으며, '쌍청당 현판에 걸려 있는 시'에는 현판에 걸려 있는 시 중에서 외부사이트와 바로 연결이 안 되는 작품들을 여기 작성해 두었다.

다음은 '연관 인물의 글과 집'인데, 4개의 작은 제목으로 구성되어 있다.

연관 인물의 글과 집 [편집]

- 송씨(宋氏)는 모두 송유의 후손들이다.

연관 누정기 [편집]

차수	연대	창건/중수자	누정기 제목	필자	집필년	출전
창건	1432	송유(宋愉)	쌍청당기(雙淸堂記) (김수온)	김수온(金守溫)	1446	식우집(拭疣集)
중수1	1524	송여림(宋汝霖)	중수쌍청당기(重修雙淸堂記) (박상)	박상(朴祥)	1524	눌재집(訥齋集)
중수2	1563	송남수(宋枏壽)	(없음)			
중수3	1616	송남수(宋枏壽)	쌍청당중수기(雙淸堂重修記) (송남수)[8]	송남수(宋枏壽)	1616	송담집(松潭集)
중수4	1708	송필흡(宋必熻)	쌍청당중수기(雙淸堂重修記) (송상기)	송상기(宋相琦)	1708	옥오재집(玉吾齋集)
중수5	1888	송근수(宋近洙)	쌍청당중수기(雙淸堂重修記) (송근수)	송근수(宋近洙)	1888	쌍청당 현판
중수6	1937	은진송씨 문중	중수기(重修記) (송종국)	송종국(宋鍾國)	1937	쌍청당 현판
중수7	1970	은진송씨 문중	중수기(重修記) (송원빈)	송원빈(宋元彬)	1970	쌍청당 현판
중수8	1980	은진송씨 문중	쌍청당중수기(雙淸堂重修記) (송제영)	송제영(宋悌永)	1980	쌍청당 현판

〈그림 6-14〉 "쌍청당기(雙淸堂記) (박팽년)" 항목 '연관 누정기'

12) 박팽년의 〈쌍청당기〉만이 아니라 김수온의 〈쌍청당기〉에서도 두 사람의 시가 언급되므로 필자 이름 없이 '〈쌍청당기〉에 언급된 시'라고 명기한 것이다.

보이는 바와 같이 쌍청당에 대해 쓰여진 모든 누정기를 정리해 놓았다. 인물과 서명을 클릭하면 해당되는 외부사이트로 이동되며[13], 누정기 제목을 클릭하면 아카이브 내의 해당 항목으로 연결된다.

연관 편액/시/산문 [편집]

유형	필자	제목	출전
편액	송남수(宋枏壽, 1537~1626)	쌍청당(雙淸堂)	쌍청당 현판
	김상용(金尙容, 1561~1637)	쌍청당(雙淸堂)	쌍청당 현판
시(詩)	이숙함(李淑瑊, ?~?)	7언율시 (1편)	쌍청당제영(雙淸堂題詠)
	정미수(鄭眉壽, 1456~1512)	7언율시 (1편)	쌍청당제영(雙淸堂題詠)
	이심원(李深源, 1454~1504)	7언율시 (1편)	쌍청당제영(雙淸堂題詠)
	조위(曹偉, 1454~1503)	쌍청당 송유에게 부쳐 쓰다 (題寄雙淸堂宋愉)	매계집(梅溪集)
	송시열(宋時烈, 1607~1689)	삼가 쌍청당 현판의 선현 운에 자운하다 (謹次雙淸堂板上諸賢韻)	송자대전(宋子大全)
	김수항(金壽恒, 1629~1689)	쌍청당의 달밤(雙淸堂月夜)	문곡집(文谷集)
	김육(金堉, 1580~1658)	회덕쌍청당(懷德雙淸堂)	잠곡유고(潛谷遺稿)
	송규렴(宋奎濂, 1630~1709)	쌍청당에서 지난 날을 생각하며 (雙淸堂感懷)	제월당집(霽月堂集)
산문	송남수(宋枏壽, 1537~1626)	쌍청당 중건 제문(雙淸堂重建祭文)	송담집(松潭集)
	송준길(宋浚吉, 1606~1672)	7대 조고 처사 쌍청당부군 행장 (七代祖考處士雙淸堂府君行狀)	동춘당문집(同春堂文集)
		선조고 쌍청당부군 묘표 자손기 (先祖考雙淸堂府君墓表子孫記)	
	송시열(宋時烈, 1607~1689)	쌍청당 안산 고송설(雙淸堂案山古松說)	송자대전(宋子大全)
		쌍청당제영록 서(雙淸堂題詠錄序)	쌍청당제영(雙淸堂題詠), 송자대전(宋子大全)
		쌍청당 중수할 때의 고유 제문	

〈그림 6-15〉 "쌍청당기(雙淸堂記) (박팽년)" 항목 '연관 편액/시/산문' 상단

쌍청당에 대해 쓰여진 편액·시·산문 등을 정리해 놓은 것이다. 다른 집의 경우 관련 설화가 존재한다면 여기에 추가할 수 있겠다. 필자 및 출전은 관련 정보가 있는 외부사이트로 연결되며, 글 제목을 클릭

---

13) 관련 정보가 없는 인물은 외부 링크를 걸어두지 않았다. '쌍청당 현판'을 클릭하면 '한민족정보마당〉한국전통옛집'의 '회덕 쌍청당' 항목으로 이동되며, 쌍청당에 걸려 있는 현판 사진과 원문 및 번역문을 열람할 수 있다.

하면 한국고전종합DB의 해당 페이지로 이동된다. 다만, '쌍청당' 현판
은 '한민족정보마당〉한국전통옛집'의 '회덕 쌍청당' 항목으로 연결되
어 실제 현판 사진을 볼 수 있도록 하였고, '7언율시 (1편)'이라 되어
있는 제목은 클릭하면 앞에서 보았듯이 아카이브 내의 "쌍청당/시"항
목으로 이동되어 해당 원문을 볼 수 있다.

송유 후손 계보도 [편집]

- '세(世)'는 은진송씨(恩津宋氏)의 시조인 송대원(宋大原)부터의 항렬, '대손(代孫)'은 송유부터의 항렬을 말한다.
- 쌍청당에 대해 글을 쓴 사람, 쌍청당을 창건/중건한 사람, 쌍청당 인근에 집을 지은 사람만을 대상으로 하였다.
- 아버지에서 아들로 내려가지만 모든 아들을 다 적은 것은 아니며, 본인이나 후손 중에 대상이 되는 인물이 있는 경우에만 적은 것이다. 즉, 같은 칸으로 내려가면 아들이지만, 몇째 아들인지는 명시되지 않았다.
- 대상이 되는 인물은 굵은 글씨로 표시하였으며, 분홍색 바탕을 한 사람은 당대의 명망가로서 쌍청당의 위상을 높이는 데 많은 기여를 한 인물이다.
- 송유의 11대손부터 15대손까지는 대상 인물이 없으므로 생략한다. 17대손도 생략하였다. 18대손은 현대인이다.
- 은진송씨의 전체 선대계보는 은진송씨 대종회(恩津宋氏 大宗會) 참조.

世	代孫	이름					
6세		송유(宋愉)					
7세	1대손	송계사					
8세	2대손	송요년				송순년	
9세	3대손	송여림(宋汝霖)			송여즙	송여해	
10세	4대손	송세훈		송세경(宋世勲)	송세영	송세당	
11세	5대손	송남수(宋柟壽)		송황생	송응서	송귀수	
12세	6대손	송희원	송희진	송윤창	송이장(宋爾昌)	송응기	
13세	7대손	송국전	송국사(宋國士)	송흥길	송준길(宋浚吉)	송갑조	
14세	8대손	송규연	송규렴(宋奎濂)	송규림	송광재	송광식	송시열(宋時烈)
15세	9대손	송상로	송상기(宋相琦)				
16세	10대손	송필흠(宋必欽)					
22세	16대손	송근수(宋近洙)	송종국(宋鍾國)				
24세	18대손	송원빈(宋元彬)	송제영(宋悌永)				

〈그림 6-16〉 "쌍청당기(雙淸堂記) (박팽년)" 항목 '송유 후손 계보도'

앞의 표들도 마찬가지이지만, '송유 후손 계보도' 또한 2장에서 정
리한 내용을 그대로 옮겨 놓은 것이다. 관련 정보가 있는 인물은 외부
사이트와 연결해 놓았으며, 관련 정보 페이지가 있다는 것은 그만큼
이름난 사람이었음을 말해준다고 할 수 있다.[14] 이 표를 통해서 사용
자들은 송유 후손 중 주요한 인물들의 계보를 쉽게 파악할 수 있다.

송유 후손의 집과 누정기 [편집]

- 현존하는 집은 굵은 글씨로 표기하였다.
- 조선시대에 회덕현이었던 곳은 모두 '회덕'으로 표기하였다. 현재의 대전광역시 대덕구 일대이다.
- 송유의 후손들은 이곳에 모여 살며 집성촌을 이루었다. 그에 따라 이곳을 "송촌(宋村)"이라 불렀다.
- 회덕현 옛지도 🔗를 보면 송촌에 모여 있던 집들의 분포를 볼 수 있다. 쌍청당을 비롯하여 아래에 제시된 집들도 여럿 보인다.

건립자	집	건립년	위치	누정기 제목	필자	집필년	출전
송세경	정우당(淨友堂)	16C	회덕	주산정우당기 (송시열)	송시열(宋時烈) 🔗	1688	송자대전 🔗
송남수 🔗	절우당(節友堂)	1564	회덕	절우당시서 (정곤수)	정곤수(鄭崑壽) 🔗	1596	백곡집 🔗
	만향정(晩香亭)	1587	충남 청양				
	피운암(披雲庵)	1615	회덕				
	환벽정(環碧亭)	1614	회덕	신녕현환벽정중수기 (송준길)	송준길(宋浚吉) 🔗	1671	동춘당문집 🔗
	이화정(梨花亭)	1604?	회덕				
송이창 🔗	청좌와(淸座窩)	1598	회덕				
	읍호정(挹灝亭)	1616	회덕	읍호정중수기 (송시열)	송시열(宋時烈) 🔗	1673	송자대전 🔗
				읍호정중수기 (송내희)	송내희(宋來熙) 🔗	1848	금곡집 🔗
	망신거(望辰居)	1616	회덕				
송준길 🔗	**비래암(飛來庵)**	1639	회덕				
	옥류각(玉溜閣)	1639	회덕				
	동춘당(同春堂)	1653	회덕	동춘당기 (조익)	조익(趙翼) 🔗	1653	포저집 🔗
	○리재(○○齋)	1639	회덕				

〈그림 6-17〉 "쌍청당기(雙淸堂記) (박팽년)" 항목 '송유 후손의 집과 누정기' 상단

　　송유 후손이 건립한 집과 그 집에 대한 누정기를 정리한 것이다. 집 이름과 누정기 제목을 클릭하면 아카이브 내의 해당 항목으로 연결되며, 필자와 출전은 관련 정보가 있는 외부사이트와 연결해 두었다. 2장에서도 언급하였듯이 이 집들은 대부분 쌍청당의 명맥을 잇는다는 의도를 가지고 있으며, 쌍청당 인근에 건립되었던 건물이어서 〈쌍청당기〉와 함께 보면 좋을 정보들이다. 각 집들에 대한 누정기도 제시되어 있으므로 관심 있는 사용자는 클릭해서 해당 내용을 열람할 수 있다.

---

14) 흑백 인쇄본에는 보이지 않겠지만, 실제 화면에서는 '송남수', '송준길', '송규렴', '송시열', '송상기' 칸에 분홍색 바탕이 되어 있다. 당대의 명망가로 쌍청당과 관련해서도 주목할 만한 인물들이다.

필자의 다른 누정기 목록 [편집]

집	집주인	제목	출전
비해당(匪懈堂)	안평대군(安平大君, 1418~1453)❧	비해당기(匪懈堂記) (박팽년)	
송죽헌(松竹軒)	잠암(潛菴, ?~?): 승려	송죽헌기(松竹軒記) (박팽년)	
임향헌(林香軒)	종계(從戒, ?~?): 승려	임향헌기(林香軒記) (박팽년)	
죽암(竹菴)	죽암(竹菴, ?~?): 승려	죽암기(竹菴記) (박팽년)	박선생유고(朴先生遺稿)❧
화헌(和軒)	휘(徽, ?~?): 승려	화헌기(和軒記) (박팽년)	
망운정(望雲亭)	하길지(河吉之, ?~?)❧	망운정기(望雲亭記) (박팽년)	

〈그림 6-18〉"쌍청당기(雙淸堂記) (박팽년)"항목 '필자의 다른 누정기 목록'

박팽년이 〈쌍청당기〉 외에 집필한 누정기들을 정리해 놓은 것이다. 사용자가 박팽년이 쓴 누정기를 더 보고 싶다면 이 표를 통해 각각의 누정기를 클릭하여 바로 열람할 수 있다.

다음은 '관계 정보'인데, 가장 먼저 관계망 그래프를 보였고, 그 아래부터 각각의 관계를 표로 정리하였다.

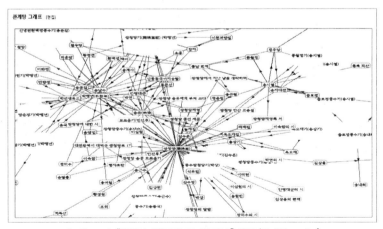

〈그림 6-19〉"쌍청당기(雙淸堂記) (박팽년)"항목 '관계망 그래프'

박팽년의 〈쌍청당기〉와 관련된 누정기·인물·집·장소·문헌·개념어·관련기록 등의 관계망을 보인 것이다. 예로 든 화면은 매우 복잡해 보이지만 마우스휠을 위아래로 움직이면 원하는 부분만 확대해서 볼 수 있다. 각 개체를 이어주는 화살표선을 클릭하면 두 개체 간의 관계 양상을 확인할 수 있으며, 각 개체명을 클릭하면 아카이브 내의 항목이나 외부사이트로 연결된다.[15]

이에 더하여 앞 장에서 살펴본 쌍청당기/쌍청당 관련 네트워크 그래프를 추가할 수 있겠는데, 다른 누정기의 경우에도 동일하게 적용할 수 있다. 각 클래스별로 세분화된 그래프를 제공하면 그만큼 각 개체들의 관계가 보다 분명히 확인될 것이다.

누정기-인물 [편집]

개체	관계	개체	관계속성
쌍청당기(雙淸堂記) (박팽년)	~의 필자는	박팽년(朴彭年) 🔗	
쌍청당기(雙淸堂記) (박팽년)	~에 언급된 인물은	송유(宋愉)	집 건립자
		송계사(宋繼祀)	누정기 청탁자
		박연(朴堧) 🔗	관련기록 필자
		안평대군(安平大君)	
		황정견(黃庭堅) 🔗	
		소옹(邵雍) 🔗	인용 인물
		백이(伯夷) 🔗	
		장자(莊子) 🔗	
쌍청당기(雙淸堂記) (김수온)	~의 필자는	김수온(金守溫) 🔗	
중수쌍청당기(重修雙淸堂記) (박상)	~의 필자는	박상(朴祥) 🔗	
쌍청당중수기(雙淸堂重修記) (송남수)	~의 필자는	송남수(宋楠壽) 🔗	
쌍청당중수기(雙淸堂重修記) (송상기)	~의 필자는	송상기(宋相琦) 🔗	
옥오재기(玉吾齋記) (송상기)			

〈그림 6-20〉 "쌍청당기(雙淸堂記) (박팽년)" 항목 '누정기-인물' 상단

15) 이 관계망 그래프는 위키 소프트웨어에 적재할 수 있도록 개발된 것으로서 개발자는 김현 교수(한국학중앙연구원 인문정보학과)이다.

 앞 장의 온톨로지 설계를 통해 각 개체간의 관계 및 관계속성을 정
의하였는데, 여기에서는 '누정기' 개체와 '인물' 개체 간의 관계 및 관
계속성을 보인 것이다.16) 이 표에서도 누정기 제목을 클릭하면 아카
이브 내의 해당 항목으로 이동하며, 사람 이름을 클릭하면 해당 외부
사이트와 연결된다.

개체	관계	개체	관계속성
쌍청당기(雙淸堂記) (박팽년)	~에 언급된 개념은	광풍제월(光風霽月) ☞	
		형기(形氣) ☞	
		체(體) ☞	
		단청(丹靑) ☞	
		시사(時祀) ☞	
		심의(深衣) ☞	
		재계(齋戒) ☞	
		예경(禮經) ☞	
		선학(禪學) ☞	
		편액(扁額) ☞	
		주부(主簿) ☞	
		봉훈랑(奉訓郞) ☞	
		집현전(集賢殿) ☞	
		교리(校理) ☞	
		지제교(知製敎) ☞	
		세자우사경(世子右司經)[18]	

〈그림 6-21〉 "쌍청당기(雙淸堂記) (박팽년)" 항목 '누정기-개념'

 '누정기' 개체와 '개념' 개체의 관계를 정리한 것이다. 개념어를 클
릭하면 관련 정보가 있는 외부 사이트와 연결된다.

---

16) 온톨로지 설계 부분에서도 드러났듯이 각 관계에는 관계속성이 추가될 수도 있고,
 아닐 수도 있다.

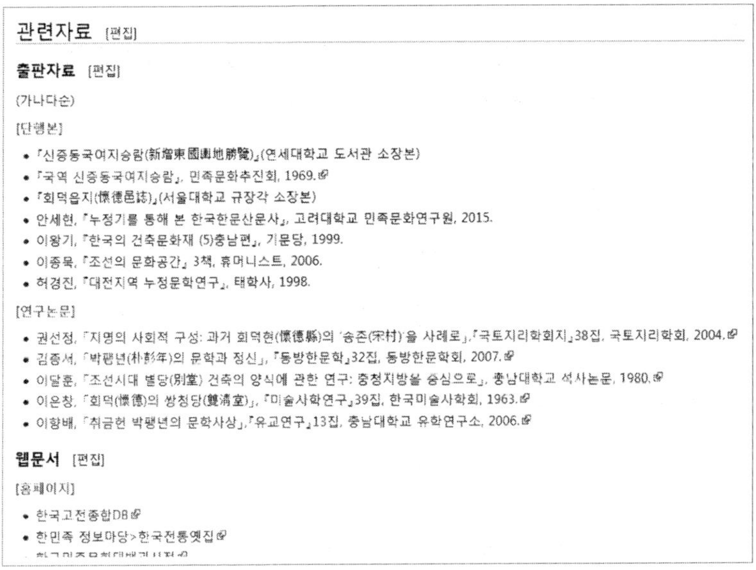
관련자료 [편집]

출판자료 [편집]

(가나다순)

[단행본]

- 『신증동국여지승람(新增東國輿地勝覽)』(연세대학교 도서관 소장본)
- 『국역 신증동국여지승람』, 민족문화추진회, 1969.
- 『회덕읍지(懷德邑誌)』(서울대학교 규장각 소장본)
- 안세현, 『누정기를 통해 본 한국한문산문사』, 고려대학교 민족문화연구원, 2015.
- 이왕기, 『한국의 건축문화재 (5)충남편』, 기문당, 1999.
- 이종묵, 『조선의 문화공간』 3책, 휴머니스트, 2006.
- 허경진, 『대전지역 누정문학연구』, 태학사, 1998.

[연구논문]

- 권선정, 「지명의 사회적 구성: 과거 회덕현(懷德縣)의 '송촌(宋村)'을 사례로」,『국토지리학회지』38집, 국토지리학회, 2004.
- 김종서, 「박팽년(朴彭年)의 문학과 정신」, 『동방한문학』32집, 동방한문학회, 2007.
- 이달훈, 「조선시대 별당(別堂) 건축의 양식에 관한 연구: 충청지방을 중심으로」, 충남대학교 석사논문, 1980.
- 이은창, 「회덕(懷德)의 쌍청당(雙淸堂)」, 『미술사학연구』39집, 한국미술사학회, 1963.
- 이향배, 「취금헌 박팽년의 문학사상」,『유교연구』13집, 충남대학교 유학연구소, 2006.

웹문서 [편집]

[홈페이지]

- 한국고전종합DB
- 한민족 정보마당>한국전통옛집

〈그림 6-22〉 "쌍청당기(雙淸堂記) (박팽년)" 항목 '관련자료' 상단

박팽년의 〈쌍청당기〉와 관련하여 참고가 될만한 자료들을 정리해 놓은 것이다. 2장에서 분류하였던 것처럼 '출판자료', '웹문서', '시청각자료' 순으로 배치하였으며, 각각에 대해서도 '단행본' 및 '연구논문', '홈페이지'·'기사/칼럼'·'개인 게시글', '사진' 및 '동영상'으로 세분하였다. 연구논문이나 웹문서, 시청각자료 등은 관련 자료가 있는 외부사이트와 연결돼 있으며, 단행본도 전체 내용을 볼 수 있는 사이트가 있다면 연결해 두었다.

연구노트 [편집]

- '광풍제월'은 집 이름에 많이 쓰였다. '쌍청'뿐만 아니라 '광풍', '제월', '풍월' 등으로 널리 활용되었다. 선인들이 광풍제월의 뜻을 그만큼 좋아했음을 알 수 있다. 이는 물론 황정견의 시 내용이 성리학을 깊이 담고 있기 때문일 것이다. '광풍제월'을 이름으로 활용한 집과 그 집에 대한 누정기를 모아 놓으면 흥미로운 연구 주제가 구성될 수 있을 듯 하다.
- 송유의 후손들 중에 기라성같은 인물이 여럿 배출되었다. 그들이 '있었기에 쌍청당의 위상이 드높아졌을 것이다. 은진송씨에 대해서는 많은 연구가 나와 있다. 다만, 은진송씨의 송촌 형성, 그들의 누정기 등을 통합적으로 본 연구는 아직 없는 듯하다.

이야깃거리 [편집]

- 쌍청당의 단청(丹靑) 🔗

박팽년의 <쌍청당기>에서 본 것처럼 쌍청당에는 단청을 했다는 기록이 나온다.

쌍청당은 과거에도 단청을 하였고, 지금도 단청이 되어 있다. 궁궐이나 사찰이 아닌 개인 별당에 단청을 하였다는 것은 주목을 요한다. 조선 초기에는 사적인 집에도 단청을 금지하지 않았지만, 고관(高官)이 경쟁적으로 자신들의 집을 화려하게 꾸미자 궁궐·사찰·향교에만 단청을 하고, 개인적인 주택이나 정자에는 단청을 못하도록 국법이 정해졌다. 하지만 쌍청당은 국법으로 금하기 전에 단청했던 별당이었으므로 제지를 받지 않고, 이후 중건하면서도 계속 단청하여 지금도 단청되어 있는 모습을 볼 수 있다. 현재 남아 있는 사적인 전통건축 가운데 단청을 한 경우는 보기 어렵다는 점에서 쌍청당 단청의 희귀성이 있다.

- 송촌(宋村)

송유의 후손들(은진송씨)이 회덕 인근에 모여 송촌(宋村)을 형성했다는 것이 흥미로운 대목이다. 송촌의 시작은 송유였으며, 송남수, 송준길, 송시열, 송규렴, 송상기 같은 뛰어난 인물이 나오면서 송촌의 위상은 높아졌을 것이다. 그런 점에서 쌍청당은 중요한 의미가 있는 집이다.

- 김수온(金守溫)

김수온은 쌍청당이 창건되었을 무렵에 누정기를 집필한 2명 중에 한 명이다. 김수온의 고향은 충청도 영동으로 회덕과는 같은 지역권에 있다고 할 수 있다. 또한, 누정기 본문을 보면 그가 송유와 인척(姻戚, 혼인으로 맺어진 친척)의 연고가 있다고 하였으니 가족 관계로 맺어진 인연임을 알 수 있다. 그럼지만 김수온에게 누정기를 청탁한 가장 큰 이유는 두말할 것도 없이 그가 당대에 이름난 석학이자 문장가였기 때문일 것이다. 즉, 송유는 쌍청당의 영예를 드높이기 위해 당대 최고의 문사(文士)인 박팽년과 김수온에게 누정기를 청탁한 것이라 할 수 있다.[15]

〈그림 6-23〉 "쌍청당기(雙淸堂記) (박팽년)" 항목 '연구노트', '이야깃거리'

'연구노트' 및 '이야깃거리' 부분은 앞에서 설명한 데로 각각 연구자와 일반인을 위해 개방해놓은 공간이다. 지금은 한 사람이 써놓은 것이어서 소략하지만 앞으로 많은 사람들이 참여하여 내용이 풍성해지기를 기대한다.

각주 [편집]

1. ↑ 송유의 맏아들이다. 생몰연대는 미상이며, <선조고 쌍청당부군 묘표자손기(先祖考雙淸堂府君墓表子孫記)> 🔗에 상주 판관(尙州判官)으로 사헌부 지평에 추증되었다는 기록이 있다.
2. ↑ 한국민족문화대백과사전 🔗 참조.
3. ↑ 한국역대인물 종합정보시스템 🔗 참고
4. ↑ 김수온의 <쌍청당기>에는 다음과 같이 더 자세히 묘사되어 있다. "회덕의 지세는 산이 높고 물이 깊으며, 땅은 기름져서 오곡에 마땅하여 때맞추어 김매고 쟁기질하면 해마다 항상 풍년이 되어 관례, 혼례, 손님맞이, 제사 등에 쓰이는 물품들이 넉넉했다."
5. ↑ 지금의 대전광역시 대덕구 송촌동이다.
6. ↑ 김수온의 <쌍청당기>에는 다음과 같이 조경에 대한 기록이 있다. "앞쪽에는 느릅나무와 버드나무를 심었다. 뒤쪽에는 소나무와 대나무를 심고, 또한 즐길 만한 여러 화훼와 식물들도 섬돌 밑이나 뜰의 귀퉁이 여기저기에 심어놓아서 그늘이 짙고 향기가 가득했다."
7. ↑ 김수온의 <쌍청당기>에는 다음과 같이 박연이 이곳에 오게 된 동기가 드러나 있다. "정통(正統) 9년 계해년(1443) 가을 추부상공(樞府相公) 박연(朴堧)공이 유성(儒城)에 목욕하러 왔다가 이곳에 들러서 곧 쌍청(雙淸)으로 집을 이름 짓고, 이에 율시를 지었다. 또 안평대군(安平大君)이 뒤따라 화답했다."
8. ↑ 김수온의 <쌍청당기>에는 다음과 같이 송유가 박연과 안평대군에게서 글을 받은 것을 매우 영예롭게 여기고 있음이 드러나 있다. "박연 상공께서 유림(儒林)의 뛰어난 인물로 조정에서 모습을 크게 드러내셨는데, 높은 수레에서 내리시고 저에게 집의 편액을 내려주셨습니다. (안평)대군은 곧 상서로운 구름이 감도는 궁궐의 뛰어난 후손이시고 하늘이 내신 공후(公侯)의 인물이나, 초야에 사는 사람의 명성을 위에까지 이르도록 해주고, 온화함과 조용함으로 두 편 시를 윤어주시고, 찬란한 문장이 누추한 산골짜기에서 빛날 줄 어찌 알았겠습니까? 오직 우리 집안 자손들의 영원한 보물일 뿐만 아니라, 장차 우리 마을의 산천과 초목이 놀라워할 것을 간직할 수 있으니 참으로 다행입니다."
9. ↑ 송유의 맏아들이다. 샘몰연대는 미상이며, <선조고 쌍청당부군 묘표자손기(先祖考雙淸堂府君墓表子孫記)> 🔗에 상주 판관(尙州

〈그림 6-24〉 "쌍청당기(雙淸堂記) (박팽년)" 항목 '각주' 상단

전체 내용에 대한 각주이다. 내용을 읽다가 각각의 각주 번호를 클릭하면 여기로 연결되며, 여기에서도 번호 뒤의 화살표를 클릭하면 다시 원래의 각주 번호 자리로 이동한다.

그리고 앞에서도 언급하였듯이 목차에는 들어있지 않지만 화면의 가장 밑에 '분류'라는 부분이 있는데, 실제 화면은 다음과 같다.

분류: 필자-박팽년 │ 대상 집-쌍청당 │ 집필시기-조선 전기 │ 출전-박선생유고 │ 출전-동문선 │ 출전-신증동국여지승람 │ 청탁 누정기 │ 집이름 뜻(누정기)-광풍제월 │ 집 위치(누정기)-대전 │ 집 위치(누정기)-대전 대덕구 │ 누정기 등장-박연 │ 누정기 등장-안평대군 │ 누정기 인용-황정견 │ 누정기 인용-소옹 │ 누정기 인용 글-청야음 │ 누정기 인용-백이 │ 누정기 인용-장자 │ 누정기 인용 글-장자 추수 8장

〈그림 6-25〉 "쌍청당기(雙淸堂記) (박팽년)" 항목 '분류'

이것은 항목 작성자가 전체 내용을 파악한 뒤에 필요한 만큼 작성해 넣는 것인데, 각각을 클릭하면 같은 분류명이 붙어 있는 항목 리스트를 볼 수 있다. 예를 들어 '필자-박팽년' 부분을 클릭하면 아래와 같은 화면으로 연결된다.

분류:필자-박팽년

박팽년이 집필한 누정기

"필자-박팽년" 분류에 속하는 문서

다음은 이 분류에 속하는 문서 7개 가운데 7개입니다.

ㅁ	ㅅ (계속)	ㅎ
• 망운정기(望雲亭記) (박팽년)	• 쌍청당기(雙淸堂記) (박팽년)	• 화헌기(和軒記) (박팽년)
ㅂ	ㅇ	
• 비해당기(匪懈堂記) (박팽년)	• 임향헌기(林香軒記) (박팽년)	
ㅅ	ㅈ	
• 송죽헌기(松竹軒記) (박팽년)	• 죽암기(竹菴記) (박팽년)	

〈그림 6-26〉 '분류:필자-박팽년' 화면

박팽년이 집필한 누정기 목록을 볼 수 있으며, 모두 7개라는 개수도 알 수 있다. 박팽년이 집필한 누정기 항목마다 '분류:필자-박팽년'이라는 태그를 붙여두었기 때문에 이와 같은 화면을 볼 수 있는 것이다. 이것은 자동으로 색인(index) 작업이 이루어지는 것으로서 상당히 유용한 기능이다.

박팽년이 집필한 누정기 목록은 내용 중에서도 표로 정리한 것이 있었지만, '청탁 누정기'는 그러한 표가 없었다. 하지만 '분류' 부분에서 '청탁 누정기'를 클릭하면 청탁받아 쓴 누정기 목록을 모두 볼 수 있다.

분류:청탁 누정기

청탁받아 쓴 누정기

"청탁 누정기" 분류에 속하는 문서

다음은 이 분류에 속하는 문서 17개 가운데 17개입니다.

ㄴ
- 남간정사기(南澗精舍記) (이희조)

ㄷ
- 동춘당기(同春堂記) (조익)

ㅁ
- 망운정기(望雲亭記) (박팽년)

ㅂ
- 비해당기(匪懈堂記) (박팽년)

ㅅ
- 송죽헌기(松竹軒記) (박팽년)
- 쌍청당기(雙淸堂記) (김수온)

ㅅ (계속)
- 쌍청당기(雙淸堂記) (박팽년)
- 쌍청당중수기(雙淸堂重修記) (송상기)

ㅇ
- 읍호정중수기(挹灝亭重修記) (송시열)
- 임향헌기(林香軒記) (박팽년)

ㅈ
- 절우당시서(節友堂詩序) (정곤수)
- 제월당기(霽月堂記) (김창협)

ㅈ (계속)
- 주산정우당기(注山淨友堂記) (송시열)
- 죽암기(竹菴記) (박팽년)
- 중수쌍청당기(重修雙淸堂記) (박상)

ㅍ
- 풍월정기(風月亭記) (송시열)

ㅎ
- 화헌기(和軒記) (박팽년)

〈그림 6-27〉 '분류:청탁 누정기' 화면

현재는 17개뿐이지만 누정기 디지털 아카이브 편찬이 완료되면 자찬 누정기와 청탁 누정기가 각각 몇 편씩인지 정확히 알 수 있을 것이다. 또한, '안평대군'이 언급된 모든 누정기 목록, '장자'를 인용한 모든 누정기 목록, '〈청야음〉'을 언급한 모든 누정기 목록 등이 바로 색인화되어 제공되므로 대단히 유용한 정보를 제공해준다. 본인의 관심을 좇아 공통점이 있는 누정기들을 열람해볼 수도 있고, 각 리스트의 총 개수를 통계화하여 논문의 근거로 활용할 수도 있는 것이다.

3. '집' 클래스의 개체 항목 예시

집에 관한 항목도 최상단에 기본정보를 명시하고자 하는데, 누정기 항목과 다른 점은 기본정보 위에 건물 사진을 넣었다는 것이다. 현존하지 않는 집의 경우에는 고지도나 관련된 그림 등을 넣으면 된다. 기본정보의 예시는 다음과 같다.

유형	별당(別堂) / 주거건축
건립연대	1432 (현존)
건립자	송유(宋愉, 1388~1446)🔗
중수연대	1524(1차), 1563(2차), 1616(3차), 1708(4차), 1888(5차), 1937(6차), 1970(7차), 1980(8차)
중수자	송여림(宋汝霖)(1차), 송남수(宋楠壽)🔗(2차/3차), 송필흡(宋必熻)(4차), 송근수(宋近洙)🔗(5차), 은진송씨 문중(6차/7차/8차)
형태/구성	一자형 / 앞면 3칸×옆면 2칸 / 전체 6칸 / 서쪽 2칸: 온돌방, 동쪽 4칸: 대청마루
집 위치	대전광역시 대덕구 쌍청당로 17(중리동 71)
주변 자연	계족산🔗, 매봉산🔗
지도	옛지도🔗 / 현재 지도🔗 / 전국 옛집 지도🔗
지정번호	대전광역시 유형문화재 제2호 (1989년 지정)
특이사항	민가(民家)로서는 매우 이례적으로 단청(丹靑)🔗이 되어 있음

〈그림 6-28〉 "쌍청당(雙淸堂)" 항목 기본정보

위와 같이 집에 관련된 핵심 정보를 항목 상단에 명기해두어 사용자의 편의를 도모하였다. 다른 모든 집의 경우에도 동일한 틀에 내용만 새로 써 넣으면 되는데, '중수연대', '중수자', '지정번호' 등이 없는 경우에는 해당 부분을 비워두면 될 것이다.

"쌍청당" 항목의 목차를 보자면 아래와 같다.

목차 [숨기기]

1 개관
2 집이름 뜻
3 평면도/투상도
4 사진/동영상
5 건립자 정보
6 송유 후손 계보도
7 연관 누정기
8 연관 편액/시/산문
9 송유 후손의 집과 누정기
10 관계 정보
  10.1 관계망 그래프
  10.2 누정기-집
  10.3 인물-집
  10.4 인물-장소
  10.5 집-장소
  10.6 집-문헌
  10.7 집-관련 글
  10.8 인물-인물
11 관련자료
  11.1 출판자료
  11.2 웹문서
12 연구노트
13 이야깃거리
14 각주

〈그림 6-29〉
"쌍청당(雙淸堂)" 항목 목차

첫째, '개관'은 쌍청당에 대한 역사적 정보·건축 정보·지역에서의 위상 등을 설명한 것으로서 여기에는 가장 자세한 설명이 있는 대덕문화원 홈페이지의 '쌍청당' 관련 내용[17]을 옮겨 놓았다.

둘째, '집이름 뜻'은 "쌍청당기 (박팽년)" 항목에도 있었던 내용을 적어둔 것이다.

셋째, '평면도/투상도'는 쌍청당에 대한 평면도와 투상도를 제시하여, 쌍청당이 실제로 어떠한 구조를 하고 있는지를 알기 쉽게 한 것이다.

넷째, '사진/동영상'은 아래의 '관련자료'에 넣을 수도 있겠지만, 집은 누정기와는 달리 물리적 실체가 주된 관심의 대상이고, 시각적으로 보여주는 것이 가장 이해하기 좋으므로 상위 목차에 배치하였다.

다섯째, '건립자 정보'부터 '송유 후손의 집과 누정기'까지는 "쌍청당기 (박팽년)" 항목에 있는 내용을 그대로 옮겨놓은 것이다. 굳이 반복하지 않고 해당 항목으로 연결시킬 수도 있겠지만, 사용자가 집 항목부터 접근할 수도 있으므로 열람의 편의를

---

17) 웹사이트 주소는 아래와 같으며, 아카이브에서도 출처를 명기해 두었다.
http://ddcc.or.kr/htm/house-10.htm

위해 여기에도 관련 정보를 넣어둔 것이다.[18]

여섯째, '관계 정보' 또한 "쌍청당기 (박팽년)" 항목에 있는 내용을 그대로 활용하는 것이 가능한데, 여기에는 집과 관련된 관계 정보만 을 넣었기 때문에 10개에서 7개로 줄었다.

일곱째, '관련자료'는 우선 "쌍청당기 (박팽년)" 항목에 있는 내용을 옮겨 놓았지만, 쌍청당과 관련된 누정기와 시·산문 등이 적지 않으므로 그와 관련된 자료들을 추가할 수 있을 것이며, 역사학계나 건축학계 등 여러 분야에서 배출된 쌍청당에 대한 자료들도 추가하면 좋을 것이다.

여덟째, '연구노트' 및 '이야깃거리'는 앞에서 언급했던 것처럼 연구 자와 일반인들을 위해 개방된 공간이다.

"쌍청당" 항목의 목차는 이와 같으며, 그 구성에서 알 수 있듯이 "쌍청 당기 (박팽년)" 항목과 유사한 부분이 많다. 따라서 "쌍청당" 항목에서만 볼 수 있는 부분을 위주로 각각의 실제 화면 예시를 들어 보이겠다.

〈그림 6-30〉"쌍청당(雙淸堂)" 항목 상단

---

18) 다른 집의 경우 '후손 계보도', '연관 누정기', '연관 편액/시/산문', '후손의 집과 누정 기' 등이 없는 경우 이 부분을 생략하면 된다.

가장 위에 쌍청당 사진을 제시하였고, 그 아래에 기본정보가 열거
되어 있다.

개관 [편집]

| 형태/구성 | 서쪽 2칸: 온돌방, 동쪽 4칸: 대청마루 |

정면 3칸(7.54m), 측면 2칸(4.4m).

대전광역시 유형문화재 제2호.

| 집 위치 | 대전광역시 대덕구 쌍청당로 17(중리동 71) |
| 주변 자연 | 계족산㉐, 매봉산㉐ |

쌍청당 건물은 1432년(세종14)에 학자 쌍청당 송
유(宋愉)가 건립한 별당인데 여러 차례의 중수를
거쳐 현재에 이르고 있다. 쌍청당을 들어가는 좌측

지도	옛지도㉐ / 현재 지도㉐ / 전국 옛집 지도㉐
지정번호	대전광역시 유형문화재 제2호 (1989년 지정)
특이사항	민가(民家)로서는 매우 이례적으로 단청(丹靑)㉐이 되어 있음

입구 부분에는 요즘에 지은 안채가 있고 안채 앞
사랑채의 당호는 '원일당'이다. 쌍청당을 들어가려면 원일당 앞을 지나야 하며 옛날에는 이 마을을 윗중리, 백달촌 또는 하송촌이라 불렀
는데 마을 동쪽은 상송촌으로 동춘당과 고택이 있다. 이 마을 앞의 약간 평평한 곳이 한촌이고 건너편 구릉 쪽으로 홈통골, 납작골이 있었
다. 지금은 모두 없어졌다. 앞을 건너便 약한 언덕이 안산을 형성하고 계족산은 조산(朝山)이 되는 풍수 지리적 국면을 만들어 주고 있다.
계족산 줄기가 북에서 남으로 흘러가면서 갈비뼈 같이 몇 개의 자락이 뻗치는 형상인데 이런 형상을 '勿'(물)자 형국이라 한다. 북에서부터
읍내동, 송촌동, 가양동 勿(물)자의 한 골씩 차지하고 있는 형상인데 이러한 '勿'자형국의 풍수로 유명한 곳은 회재 이언적선생이 태어난
월성 양동마을이다. 양동마을은 계족산에 비해 규모가 작고 한 골에 성씨 하나씩 차지하면서 세거해 오는 전통적인 모습을 잘 간직하고
있는 반면 이곳 계족산은 매우 큰 형상이어서 마을이 골마다 형성되지 않고 그 중 몇 개의 골에만 마을이 형성되어 있다.

쌍청당은 약한 구릉 언덕을 배경으로 정남향하고 있는데 흔히 '자좌오향(子座午向)'이라고 한다. 조그만 일각대문을 건물 앞에 두고 주위
는 돌담으로 둘러쌓고 담 위에는 기와를 올려 격을 높였다. 둘러진 담안에 단아한 모습으로 자리하고 있는 쌍청당은 정면 3칸, 측면 2칸에
팔작지붕집으로 되어 있다. 내부의 전체 칸수는 6칸이 되는데 이중 우측의 4칸은 마루로 하고 좌측의 2칸은 온돌방으로 꾸몄다. 온돌방의
뒤편에 반침을 내 달고 반침 밑에는 불을 지피는 아궁이 함실을 두었다. 이러한 평면 모양은 인근에 있는 동춘당이나, 송애당, 제월당과
같은 별당과 거의 비슷한 모습이다. 이 쌍청당이 가치는 규도가 마루가 전화되어 거추되어오면서도 남방성이 지역성에 절적하게 대응한

〈그림 6-31〉 "쌍청당(雙淸堂)" 항목 '개관' 상단

집이름 뜻 [편집]

황정견(黃庭堅)㉐이 주돈이(周敦頤)㉐의 인품을 평하면서 말하였던 "광풍제월(光風霽月, 맑은 바람과 비 개인 뒤의 밝은 달)"㉐에서 뜻을
가져온 것으로, 바람과 달을 2개의 맑음, 즉 '쌍청(雙淸)'으로 표현한 것이다. 건립자인 송유의 실제 삶이 이와 같았다는 의미를 지닌다. 송
유의 호가 쌍청당(雙淸堂)이기도 하다.

〈그림 6-32〉 "쌍청당(雙淸堂)" 항목 '집이름 뜻'

"쌍청당기 (박팽년)"항목에서는 해당 누정기에 설명돼 있는 집이름
뜻만을 명시하였지만, 여기에는 다른 누정기에 보이는 의론들을 추가
할 수 있을 것이다.

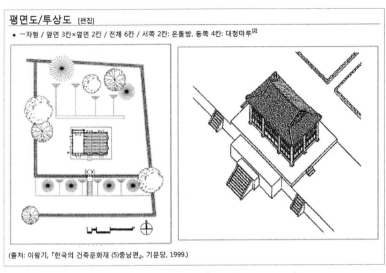

평면도/투상도 [편집]

- 一자형 / 앞면 3칸×옆면 2칸 / 전체 6칸 / 서쪽 2칸: 온돌방, 동쪽 4칸: 대청마루[2]

(출처: 이왕기, 『한국의 건축문화재 (5)충남편』, 기문당, 1999.)

〈그림 6-33〉"쌍청당(雙淸堂)"항목 '평면도/투상도'

쌍청당의 평면도와 투상도를 제시하였다. 이를 통해 쌍청당이 어떠한 구성과 배치를 하고 있는지를 쉽게 알 수 있다. 여기서 '대청마루' 옆에 보이는 각주 번호를 클릭하면 다음과 같은 주석을 볼 수 있게 해 놓았다.

2. ↑ 건립 당시의 누정기(박팽년의 <쌍청당기>)를 보면 "사당의 동쪽에 별도로 당(堂)을 지었는데 모두 7칸이다. 중간을 온돌로 만들어 겨울을 나기에 편리하게 하고, 오른쪽 3칸을 터서 대청을 만들어 여름철을 나기에 편리하게 하고, 왼편 3칸을 터서 주방과 욕실(浴室)과 제기(祭器)를 보관하는 곳을 각각 따로 만든 다음, 단청을 하고 담장을 둘러쳤는데 화려하면서도 사치스럽지는 않았다."라고 되어 있어 현재와는 구조가 달랐다는 것을 알 수 있다. 그런데 송상기의 <쌍청당중수기>에 다음과 같은 언급이 보인다. "만력 정유년(1597)에 왜란으로 소실되었고, 병진년(1616) 송담 부군이 또 새로 지었다. (......) 2월에 시작해서 5월에 일을 마쳤다. 집의 앞뒤와 좌우를 한결같이 옛날의 옥제(屋制)를 따르고 감히 바꾸지 않았다. 서쪽 2칸은 온돌을 들이고, 동쪽 4칸은 마루로 했다." 이를 통하여 1616년에 중건하면서 현재의 구조대로 바뀌었음을 확인할 수 있다.

〈그림 6-34〉"쌍청당(雙淸堂)"항목 '평면도/투상도'에 관한 각주

누정기에 수록돼 있는 기록과 현재의 평면도를 대비시켜 누정기에 대한 이해도 높이고, 이러한 평면도가 시작된 역사적 연원도 알 수 있

게 한 것이다. 관련 자료가 더 있다면 추가하도록 할 것이며, 사용자의 이해를 도울 수 있는 자료라면 제한 없이 제공되어야 할 것이다.

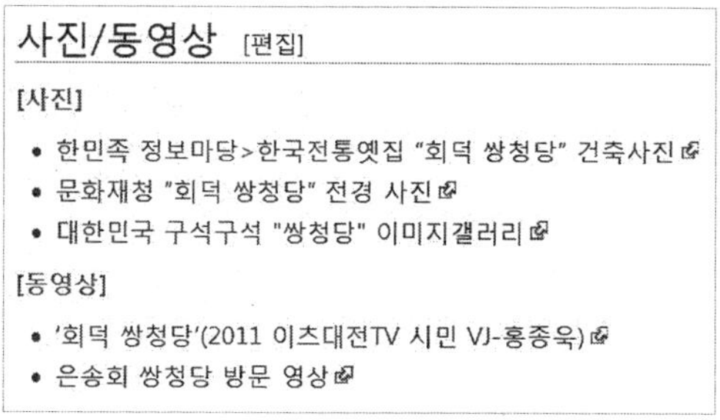

사진/동영상 [편집]

[사진]
- 한민족 정보마당>한국전통옛집 "회덕 쌍청당" 건축사진 🔗
- 문화재청 "회덕 쌍청당" 전경 사진 🔗
- 대한민국 구석구석 "쌍청당" 이미지갤러리 🔗

[동영상]
- '회덕 쌍청당'(2011 이츠대전TV 시민 VJ-홍종욱) 🔗
- 은송회 쌍청당 방문 영상 🔗

〈그림 6-35〉 "쌍청당(雙淸堂)" 항목 '사진/동영상'

사진과 동영상은 몇 가지만 예로 들어두었는데, 중복되지만 않는다면 얼마든지 추가해도 좋으며, 파노라마 영상이나 항공 영상 등도 최대한 포함시켜야 할 것이다. 또한, 여기에서는 외부사이트로 연결되도록 해두었는데, 저작권 문제가 생길 수 있고 사진을 옮겨 놓는 과정에서 화질이 떨어질 수 있기 때문에 이와 같이 한 것이다. 저작권이나 화질 문제가 없다면 사진과 동영상들을 항목 내에서 직접 제시할 수도 있다.

이하 '건립자 정보', '송유 후손 계보도', '연관 누정기', '연관 편액/시/산문', '송유 후손의 집과 누정기', '관계 정보'는 모두 "쌍청당기(박팽년)" 항목과 동일하다. 다만, '연관 누정기' 부분을 보면 박팽년의 〈쌍청당기〉도 포함되어 있다는 것이 다른 점이다.

연관 누정기 [편집]

• 송씨(宋氏)는 모두 송유의 후손들이다.

차수	연대	창건/중수자	누정기 제목	필자	집필년
창건	1432	송유(宋愉) &	쌍청당기(雙淸堂記) (박팽년)	박팽년(朴彭年)&	1445
			쌍청당기(雙淸堂記) (김수온)	김수온(金守溫)&	1446
중수1	1524	송여림(宋汝霖)	중수쌍청당기(重修雙淸堂記) (박상)	박상(朴祥) &	1524
중수2	1563	송남수(宋楠壽)&	(없음)		
중수3	1616	송남수(宋楠壽)&	쌍청당중수기(雙淸堂重修記) (송남수)[3]	송남수(宋楠壽)&	1616
중수4	1708	송필흡(宋必熻)&	쌍청당중수기(雙淸堂重修記) (송상기)	송상기(宋相琦)&	1708
중수5	1888	송근수(宋近洙)&	쌍청당중수기(雙淸堂重修記) (송근수)	송근수(宋近洙)&	1888
중수6	1937	은진송씨 문중	중수기(重修記) (송종국)	송종국(宋鍾國)	1937
중수7	1970	은진송씨 문중	중수기(重修記) (송원빈)	송원빈(宋元彬)	1970
중수8	1980	은진송씨 문중	쌍청당중수기(雙淸堂重修記) (송제영)	송제영(宋悌永)	1980

〈그림 6-36〉 "쌍청당(雙淸堂)" 항목 '연관 누정기'

이와 같이 쌍청당에 대한 모든 누정기 목록이 정리되어 있다. 연구자 입장에서는 이처럼 쌍청당에 대한 모든 누정기가 정리돼 있어 편리할 수 있겠고, 쌍청당에 관심이 있어서 이 항목에 들어온 일반 사용자라면 위와 같은 목록을 보고 관심 있는 누정기를 클릭해 볼 수도 있을 것이다. 이 아카이브가 전통 건축에 대한 관심을 누정기로도 확장시킬 수 있는 통로가 될 수 있는 것이다.

'관계 정보'는 집과 관련된 표들만 남긴 것을 제외하면 내용은 동일하며, '관련자료', '연구노트', '이야깃거리'는 앞에서 설명한 바와 같다. 가장 밑에 위치한 '분류'는 "쌍청당기 (박팽년)" 항목과는 많은 차이가 있는데, 그 실제는 다음과 같다.

분류: 별당 | 건립시기-조선 전기 | 현존 | 건립자-송유 | 집이름 뜻-광풍제월 | 집 위치-대전 | 집 위치-대전 대덕구 | 주변 자연-계족산 | 주변 자연-매봉산 | 대전광역시 유형문화재 | 민가-단청 | 송촌

〈그림 6-37〉 "쌍청당(雙淸堂)" 항목 '분류'

이와 같이 작성할 수 있겠는데, "쌍청당기 (박팽년)" 항목에서 '집 위치(누정기)-대전'과 같이 작성한 이유는 대전에 위치한 집을 대상으로 쓴 누정기 목록을 색인화하기 위한 것이며, "쌍청당" 항목에서는 '집 위치-대전'이라고 작성하여 대전에 위치한 집 목록을 색인화하고자 한 것이다.

이 가운데 '현존' 태그를 클릭해보면 다음과 같은 화면으로 연결된다.

〈그림 6-38〉 '분류 : 현존' 화면

이처럼 아카이브 내에서 현존해 있는 집들의 목록과 그 개수를 바로 확인할 수 있다. 가나다순으로 열거돼 있어 색인 작업을 하기에도 용이하다.

이상으로 위키 플랫폼 구현 예시를 들어 보였는데, 다른 누정기와 다른 집을 대상 으로 한다면 세부적인 구성에서 약간의 차이가 발생할 수 있다. 그렇지만 항목 편찬에 관한 기본적인 형식을 구체적으로 제시하였기 때문에 다른 누정기에 대해서는 훨씬 수월하게 작업할 수 있

을 것이다. 물론, 항목 작성을 진행하면서 "쌍청당기 (박팽년)" 항목이
나 "쌍청당" 항목을 수정할 수도 있다. 중요한 것은 단번에 완성을 목
표로 하는 것이 아니라 지속적으로 완성을 지향해 나가는 것이다. 위
키 소프트웨어의 최대 장점 중 하나가 다중 참여가 용이하다는 점이므
로 여러 사람들의 혜안이 결집되어 계속 발전해가는 디지털 아카이브
가 될 수 있을 것이다.

4. 기존 디지털 아카이브와의 차별성

위키 소프트웨어를 플랫폼으로 활용한 누정기 디지털 아카이브는
기존의 디지털 아카이브(DB 사이트)와는 확연히 다르다고 할 수 있다.
누정기를 열람할 수 있는 사이트만을 예로 들자면 1장에서도 언급하
였듯이 '한국고전종합DB'는 누정기 원문 및 번역문, 관련된 주석, 원
본 문집의 해당 페이지 사진을 볼 수 있으며, '한민족 정보마당〉한국
전통옛집' 사이트는 누정기 원문 및 번역문, 관련 주석, 해당 집에 대
한 기본 정보와 여러 각도에서 촬영한 사진, 누정기를 비롯한 모든 한
자기록물 현판의 사진, 지도 위에 표시된 집의 위치 등을 볼 수 있는
것이 전부이다. 하지만 누정기 디지털 아카이브는 다음과 같은 점에
서 분명한 차별성이 있다.

첫째, '시작페이지'를 두어 사용자의 편의를 도모하였다. 사용자는
특정 누정기나 특정 집에 관한 정보를 얻고자 아카이브에 접속했을 수
도 있지만, 내가 사는 지역의 전통 한옥에 대한 정보를 얻고 싶었을
수도 있고, 정자와 관련된 누정기만을 열람하고 싶을 수도 있으며, 조
선 후기에 나온 누정기들을 전체적으로 살피고자 했을 수도 있다. 이

러한 정보를 '한국고전종합DB'에서 얻고자 한다면 엄청난 시간이 소요될 것이며, 많은 시간을 들인다 해도 누락되는 정보가 적지 않을 것이다. 한편 '한민족 정보마당〉한국전통옛집'에서는 지도에 표시된 집 위치를 통해 내가 사는 지역의 전통 한옥 정보를 얻을 수 있겠지만, 이 사이트는 주거·사묘·재실 건축만을 대상으로 한 것이어서 온전한 정보를 획득할 수 없다. 자연히 정자와 관련된 누정기도 찾을 수 없으며, 특정 시기에 나온 누정기를 검색하는 것도 불가능하다. 누정기 디지털 아카이브는 앞서 밝힌 데로 '집으로 분류', '지역으로 분류', '필자로 분류', '시대로 분류'라는 기준 하에 각각의 집과 누정기를 정리해두었기 때문에 관련된 모든 정보를 손쉽게 찾을 수 있는 것이다. 또한, 애초에는 의도치 않았지만 리스트를 확인하는 과정에서 새로운 발견을 할 가능성도 얼마든지 있다.

둘째, '누정기' 항목과 '집' 항목에 대해서 핵심이 되는 사항을 기본정보로 제시하였다. '한국고전종합DB'에는 이와 같은 것이 없으며, '한민족 정보마당〉한국전통옛집'에는 집에 대해서만 기본정보가 제시되어 있다. 더욱이 누정기 디지털 아카이브는 기본정보 내에서도 중요한 요소들은 모두 외부 사이트와 연결되어 더욱 풍부한 정보를 얻을 수 있도록 해두었는데, 위의 두 사이트는 그러한 장치가 되어있지 않다. 특히 '누정기' 항목에 대한 기본정보에는 '집이름 뜻'에 대한 설명을 마련해 두었는데, 누정기에서 집이름 뜻에 대한 의론은 가장 중심이 되는 요소인데다가 그곳에 살았던 사람의 정신적 지향을 바로 파악할 수 있는 것이어서 그만큼 핵심적인 정보라 할 수 있다. 이는 연구자가 누정기를 읽고 나서 그 요점을 정리해야 하는데, 집이름 뜻에 대한 의론에는 각종 고사(古事) 및 선현들의 문장이 깃들어 있는 경우가 많아서 이를 제대로 파악하기 위해서는 전문 연구자가 반드시 이 작업을 수행해야 한다.[19] 이처럼 기본정보에 '집이름 뜻'을 포함시키면 그만큼 연구자의 노고는 커지겠지만, 사용자는 그 집에 살았던 사람의 세계관을 한 눈에 확인해볼 수 있는 것이다.

셋째, 연관되는 정보를 총체적으로 제공하였다. 이는 기존의 DB 사이트에서는 찾아보기 어려운 획기적인 지식 서비스라 할 수 있다. "쌍청당기 (박팽년)" 항목을 예로 들자면 누정기 원문/번역문뿐만 아니라 필자 정보, 집주인 정보, 대상이 되는 집에 대한 모든 누정기 목록, 대상이 되는 집에 대한 모든 문장 목록, 집주인의 후손 계보도, 집주인의 후손이 건립한 집과 그 집에 대한 누정기 목록, 필자의 다른 누정기 목록, 해당 누정기와 관련되는 연구자료·웹문서·시청각자료 등을 모두 제공하고 있으며, 각 요소들에 대해 그 내용을 볼 수 있는 외부 사이트와 연결될 수 있도록 해두었다.[20] 누정기 본문 안에서도 인물·문헌·개념어·인용 고사 등에 대해 모두 관련된 설명을 얻을 수 있는 외부 사이트와 연결된다. 이러한 총체적 정보를 구축하기 위해서는 1개 항목만 하더라도 상당한 시간이 소요된다. 그런데, 필요로 하는 누정기 정보가 수십 편 이상이라면 본 아카이브가 얼마나 큰 도움이 될지 굳이 강조하지 않아도 될 것이다. 집에 관한 항목도 마찬가지여서 연관 정보가 풍부하게 제공돼 있어 어떤 집을 검색해 보더라도 무리가 없다. 더욱이 위키 플랫폼은 다중 참여 방식을 지향하므로 정보가 지속적으로 추가될 수 있으며, 혹 잘못된 정보가 있다면 수정이 이루어지기도 쉽다. 특히 문학 전공자가 아닌 건축 전공자나 역사 전공자와 같은 타 분야 전문가가 항목 작성에 참여하여 각 분야별 전문

---

19) 당시 사대부들 사이에서는 공통 교양이었으므로 굳이 출전을 밝히지 않고 압축적으로 언급한 경우도 많기 때문에 더욱더 전문 연구자의 손길이 필요한 것이다.
20) 누정기나 집의 경우 본 아카이브 내부에서 연결된다.

성을 기할 수도 있을 것이다. 물론, 앞에서도 언급하였듯이 어떤 사안에 대해서는 전문가보다 일반인이 더 많이 알고 있을 수도 있는데, 그러한 지식들이 여기에 더해질 가능성도 충분하다.[21] 지금까지 언급한 효용성은 '한국고전종합DB'나 '한민족 정보마당〉한국전통옛집' 사이트에서는 기대하기 어려운 점이다.

넷째, 각 지식 정보간의 관계 양상을 제시하였으며 이를 그래프로 시각화하였다. '한국고전종합DB'에서는 '고전용어 시소러스' 항목[22]을 마련해두어 유형별 표제어에 대한 관련어·유의어·상위어·하위어의 관계 정보를 서비스하고 있지만, 본 아카이브에서와 같이 각 클래스별로 다양한 관계 양상을 탐색한 것이 아니어서 한계점이 명확하다. 더욱이 시소러스 서비스를 하고 있는 정보의 양도 대단히 적은데, '작품명' 유형을 보면 213개 밖에 되지 않아 '한국고전종합DB'에 등재되어 있는 수 만 건이 넘는 작품들을 생각해보면 너무도 부족하다고 할 수 있다. 이에 반해 누정기 디지털 아카이브는 아직 기초 설계 단계이지만 각 항목마다 주요한 지식 정보들은 모두 관계망 목록에 포함되어 해당되는 네트워크가 제시되도록 하였다. 지식 정보들의 관계 양상을 보이는 것이 왜 중요한지는 앞 장에서 충분히 설명하였으므로 재론하지 않겠지만, 관계망을 통해 가장 관련성이 높은 정보가 무엇인지를 바로 알 수 있게 되고, 전혀 무관해 보이던 것들도 서로 연결될 수 있다는 것을 인지하게 해준다는 점에서 누정기 디지털 아카이브에서와 같은 관계 양상 제시는 반드시 필요하다고 생각된다.

---

21) '연구노트' 및 '이야깃거리'는 이러한 전문가와 일반인의 참여를 더욱 활성화하기 위해 마련해둔 것이다. 페이스북에 글을 남기듯이 편안하게 쓸 수 있기 때문에 부담이 적으며 그만큼 다채로운 정보가 쌓일 수 있는 여지가 많다. 물론, 관련이 없는 정보라든가 광고성 글은 관리자에 의해 적절히 차단되어야 할 것이다.

22) http://thesaurus.itkc.or.kr/dir/list?pgType=main

다섯째, 위키 플랫폼이 제공하는 '분류' 기능을 통해 원하는 정보의 리스트를 바로 획득할 수 있으며, 정확한 수치가 반영되는 통계화가 가능해졌다. 이는 '한국고전종합DB'나 '한민족 정보마당〉한국전통옛 집'에서는 생각할 수 없는 점이다. 앞 절에서 몇 가지 예를 들었지만, '도연명'을 인용한 누정기, '논어'를 인용한 누정기, 집이름 뜻을 '광풍제월'에서 취한 집, 현존하는 집, '지리산'에 인접해 있는 집 등의 목록을 바로 확인해볼 수 있으며, 총 개수가 어떻게 되는지도 함께 알 수 있다. 기존 DB 사이트에서는 검색창을 통해 원하는 정보를 입력해볼 수 있는데, '한국고전종합DB' 검색창에 '도연명'을 입력한다고 해도 '도연명'을 인용한 누정기 목록을 얻을 수는 없다. 본문 속에 '도연명'이란 글자가 들어간 모든 문장들이 다 같이 검색되기 때문이다. 또한, '도연명'을 인용한 누정기라 해도 본문 중에 '도연명'이란 단어를 사용하지 않았다면 그 또한 검색이 되지 않는다. 이는 다른 모든 DB 사이트도 마찬가지이다. 이러한 점에서 누정기 디지털 아카이브의 검색 시스템은 상당히 효과적이라 할 수 있다. 항목을 작성할 때마다 관련이 되는 태그를 넣어주기만 하면 편찬이 완성된 뒤에 상당한 유용성을 주는 것이다.

이와 같이 누정기 디지털 아카이브만의 장점을 살펴보았다. 누정기뿐만이 아니라 모든 고전문학 자료가 이러한 플랫폼을 갖출 수 있다면 매우 유용하게 활용될 수 있을 것이다. 문학 장르별로 본서에서 제시한 바와 같은 위키 플랫폼이 구축되고, 그것들 간에도 서로 네트워크를 형성할 수 있다면 이는 학계에도 일반 대중들에게도 대단히 값진 자산이 되리라 확신한다.

제7장

누정기 디지털 아카이브 데이터 모델을 적용한 종합 네트워크

본서의 논의 전개를 간략히 정리하자면 3장과 4장의 누정기 분석 결과를 토대로 5장의 온톨로지 설계가 도출되었으며, 이를 누정기 디지털 아카이브 데이터 모델(이하 '누정기 데이터 모델'이라 약칭함)이라 명명하였다. 6장에서는 이러한 데이터 모델을 기반으로 위키 플랫폼을 구현하여 사용자에게 서비스하기 위한 예시를 들어보였는데, 이번 장에서는 누정기 데이터 모델이 모든 누정기에 적용 가능하다는 것을 입증해 보이고자 한다.[1] 관계 양상은 모두 그래프로 제시할 것이며, 최종적으로는 누정기 12편과 관련된 전체 네트워크를 종합적으로 분석하면서 누정기 데이터 모델의 효용성을 증명하겠다.

1. 누정기 12편을 대상으로 한 클래스별 개체 보기

누정기 데이터 모델은 모두 9개의 클래스를 가지고 있으며, 하위 클래스까지를 헤아린다면 모두 15개의 클래스로 이루어져 있다. 이 가운데 '관련자료' 클래스('출판자료', '웹문서', '시청각자료' 클래스)는 현대

---

[1] 대상 누정기는 5장에서 온톨로지 관계 설계를 적용하였던 12편으로 하겠다.

에 산출된 것으로서 누정기·집·인물 등을 보다 잘 이해하기 위한 부가 자료로서의 성격을 가지므로 여기에서는 생략하였다. 그리고 '관련기록' 클래스는 그 하위 클래스인 '시' 클래스와 '산문' 클래스를 대상으로 하였고, '인용고사' 클래스는 생략하였다.

누정기 12편에 대한 각각의 클래스별 개체를 보이자면 다음과 같다.[2]

(1) 안축, 〈상주객관중영기〉

〈표 7-1〉 안축의 〈상주객관중영기〉에 내한 클래스별 개체 보기

클래스(Class)		코드	개체(Individual)
누정기		W	상주객관중영기
인물		P	안축, 김영후, 권이진
집		H	상주객관
장소	지명	LA	경북 상주
	자연지형	LB	
	인공지물	LC	
사건		E	
문헌		B	근재집, 시경, 서경, 유회당집
개념		C	목사(牧使), 신사(神祠), 객관(客館), 청사(廳舍), 동정성랑(東征省郎), 상국(相國), 호족(豪族), 묘당(廟堂), 밀직(密直), 도첨의찬성사(都僉議贊成事), 좌정승(左政丞), 동헌(東軒)
관련 기록	시	SA	권이진, 〈상주객관유감(尙州客館有感)〉
	산문	SB	

---

2) 누정기 내에 드러나지 않았거나 관련 자료를 찾아도 해당 내용이 없는 경우는 비워두었다. 관련기록 목록을 작성하는 데에는 '한국고전종합DB(http://db.itkc.or.kr/)'와 '한민족 정보마당〉한국전통옛집(http://www.kculture.or.kr/korean/oldhome/)' 홈페이지를 참고하였다.

(2) 이언적, 〈해월루기〉

〈표 7-2〉 이언적의 〈해월루기〉에 대한 클래스별 개체 보기

클래스(Class)		코드	개체(Individual)
누정기		W	해월루기
인물		P	이언적, 김자연, 유무빈, 이고, 이몽린, 이해, 황준량, 이춘영, 신광수
집		H	해월루
장소	지명	LA	경북 포항
	자연지형	LB	동해, 내연산
	인공지물	LC	
사건		E	
문헌		B	회재집, 온계일고, 금계집, 체소집, 석북집
개념		C	성첩(城堞), 현감(縣監), 수사(水使), 수졸(戍卒), 부방(赴防), 자헌대부(資憲大夫), 의정부(議政府), 우참찬(右參贊)
관련 기록	시	SA	이해, 〈제청하현해월루(題淸河縣海月樓)〉 황준량, 〈차해월루(次海月樓)〉 이춘영, 〈차제해월루(次題海月樓)〉 신광수, 〈해월루(海月樓)〉
	산문	SB	

(3) 기대승, 〈옥천서원기〉

〈표 7-3〉 기대승의 〈옥천서원기〉에 대한 클래스별 개체 보기

클래스(Class)		코드	개체(Individual)
누정기		W	옥천서원기
인물		P	기대승, 이정, 김굉필, 조위, 이황, 김계, 선조, 이선, 허사증, 공자, 윤원거, 김광현, 정경세, 김원행
집		H	옥천서원
장소	지명	LA	전남 순천
	자연지형	LB	난봉산, 봉화산
	인공지물	LC	

사건	E	
문헌	B	고봉집, 경현록, 논어, 용서집, 수북유고, 우복집, 미호집
개념	C	승평부(昇平府), 품재(稟裁), 편액(扁額), 정사(精舍), 신위(神位), 고유(告由), 위패(位牌), 봉안(奉安), 조두(俎豆), 중정일(中丁日), 사액(賜額), 사문(斯文), 인심(人心), 천리(天理)
관련 기록	시 SA	윤원거, 〈옥천서원사경(玉川書院四景)〉 김광현, 〈옥천서원(玉川書院)〉
	산문 SB	정경세, 〈제정암선생문(祭靜庵先生文)〉 김원행, 〈옥천서원묘정비(玉川書院廟庭碑)〉

(4) 이곡, 〈한국공 정공 사당기〉

〈표7-4〉 이곡의 〈한국공 정공 사당기〉에 대한 클래스별 개체 보기

클래스(Class)		코드	개체(Individual)
누정기		W	한국공정공사당기
인물		P	이곡, 정독만달, 정인, 정성량, 정공윤, 정윤화, 정윤기, 충렬왕, 고려 성종, 고려 인종
집		H	한국공정공사당
장소	지명	LA	
	자연지형	LB	
	인공지물	LC	
사건		E	
문헌		B	가정집, 예기, 동문선
개념		C	휘정사(徽政使), 추증(追贈), 증직(贈職), 예수(禮數), 봉작(封爵), 영양군공(榮陽郡公), 영양군부인(榮陽郡夫人), 정윤(正尹), 판내부시사(判內府寺事), 전보감승(典寶監丞), 봉훈대부(奉訓大夫), 전서대감(典瑞大監), 감(監), 원(院), 사(使), 자선대부(資善大夫), 이용감(利用監), 금옥부(金玉府), 장패경(章佩卿), 전서사(典瑞使), 광록대부(光祿大夫), 제조장알사사(提調掌謁司事), 속관(屬官)
관련 기록	시	SA	
	산문	SB	

(5) 이색, 〈승련사기〉

〈표 7-5〉 이색의 〈승련사기〉에 대한 클래스별 개체 보기

클래스(Class)		코드	개체(Individual)
누정기		W	승련사기
인물		P	이색, 강호문, 각운, 홍혜국사, 졸암, 종한, 유경, 유정, 이존비
집		H	승련사
장소	지명	LA	전북 남원
	자연지형	LB	만행산
	인공지물	LC	
사건		E	
문헌		B	목은집, 동문선
개념		C	내원당(內願堂), 장로(長老), 불전(佛殿), 승무(僧廡), 선당(膳堂), 선실(禪室), 범패(梵唄), 아미타(阿彌陀), 봉안(奉安), 대장경(大藏經), 감찰대부(監察大夫), 판밀직사사(判密直司事), 참학(參學), 진사과(進士科), 갑과(甲科)
관련 기록	시	SA	
	산문	SB	

(6) 박세당, 〈석림암기〉

〈표 7-6〉 박세당의 〈석림암기〉에 대한 클래스별 개체 보기

클래스(Class)		코드	개체(Individual)
누정기		W	석림암기
인물		P	박세당, 석현, 치흠, 김시습, 혜원법사, 도연명, 윤증, 박태보
집		H	석림암
장소	지명	LA	경기도 의정부
	자연지형	LB	수락산, 북한산, 도봉산
	인공지물	LC	

사건	E	
문헌	B	서계집, 명재유고
개념	C	현감(縣監), 결사(結社)
관련 기록	시	SA	윤증, (석림암 시) 박세당, 〈천륜이 시권 첫머리에 서문을 청하다〉 박세당, (석림암 승 묘찰에게 지어준 시)
	산문	SB	박세당, 〈석림암상량문〉

(7) 장유, 〈야명정기〉

〈표 7-7〉 장유의 〈야명정기〉에 대한 클래스별 개체 보기

클래스(Class)		코드	개체(Individual)
누정기		W	야명정기
인물		P	장유, 정자원, 이명한, 두보
집		H	야명정
장소	지명	LA	서울
	자연지형	LB	한강
	인공지물	LC	
사건		E	
문헌		B	계곡집, 두소릉시집, 백주집
개념		C	서진(棲眞), 편액(扁額), 복건(幅巾), 도복(道服), 현학(玄學), 본체(本體)
관련 기록	시	SA	장유, 〈정자원에게 부침〉 이명한, 〈아침에 정자원을 보내며〉
	산문	SB	장유, 〈평사 정자원이 평안도 절도사의 종사관으로 떠나는 것을 전송한 글〉

(8) 박지원, 〈담연정기〉

〈표 7-8〉 박지원의 〈담연정기〉에 대한 클래스별 개체 보기

클래스(Class)		코드	개체(Individual)
누정기		W	담연정기
인물		P	박지원, 이풍
집		H	담연정
장소	지명	LA	
	자연지형	LB	
	인공지물	LC	
사건		E	
문헌		B	연암집, 논어, 시경, 노자(문헌)
개념		C	판돈녕부사(判敦寧府事), 종정(宗正), 비(比), 흥(興)
관련 기록	시	SA	
	산문	SB	

(9) 박팽년, 〈쌍청당기〉

〈표 7-9〉 박팽년의 〈쌍청당기〉에 대한 클래스별 개체 보기

클래스(Class)		코드	개체(Individual)
누정기		W	쌍청당기
인물		P	박팽년, 송유, 송계사, 박연, 안평대군, 황정견, 소옹, 백이, 장자, 송여림, 송남수, 송필흡, 송근수, 김상용, 송상기, 송종국, 송원빈, 송제영, 이숙함, 정미수, 이심원, 조위, 김수항, 김육, 송규렴, 송시열, 송준길, 김상헌
집		H	쌍청당
장소	지명	LA	대전 대덕구
	자연지형	LB	계족산
	인공지물	LC	
사건		E	임진왜란
문헌		B	박선생유고, 동문선, 신증동국여지승람, 쌍청당제영, 송사,

개념		C	이천격양집, 사기, 장자(문헌), 매계집, 송자대전, 문곡집, 잠곡유고, 제월당집, 송담집, 동춘당문집, 옥오재집, 청음집 형기(形氣), 체(體), 시사(時祀), 심의(深衣), 선학(禪學), 주부 (主簿), 봉훈랑(奉訓郎), 집현전(集賢殿), 교리(校理), 지제교 (知製敎), 세자우사경(世子右司經)
관련 기록	시	SA	박연, (쌍청당에 대한 시) 안평대군, (쌍청당에 대한 시) 이숙함, (쌍청당에 대한 시) 정미수, (쌍청당에 대한 시) 이심원, (쌍청당에 대한 시) 조위, 〈쌍청당 송유에게 부쳐 쓰다〉 김수항, 〈쌍청당의 달밤〉 김육, 〈회덕쌍청당〉 송규렴, 〈쌍청당에서 지난 날을 생각하며〉
	산문	SB	김상용, (쌍청당 현판) 송남수, (쌍청당 현판) 송남수, 〈쌍청당중건제문〉 송시열, 〈쌍청당제영록 서〉 송시열, 〈쌍청당안산고송설〉 송준길, 〈7대조고고처사쌍청당부군행장〉 송준길, 〈선조고쌍청당부군묘표자손기〉 송상기, 〈쌍청당을 중수할 때의 고유 제문〉 김상헌, 〈쌍청당송공묘표음기〉

(10) 조익, 〈동춘당기〉

〈표 7-10〉 조익의 〈동춘당기〉에 대한 클래스별 개체 보기

클래스(Class)		코드	개체(Individual)
누정기		W	동춘당기
인물		P	조익, 송준길, 송유, 박팽년, 안회, 정자(程子), 송시열, 김수항, 김창흡, 정두경, 남용익, 김진상, 김윤식
집		H	동춘당
장소	지명	LA	대전 대덕구
	자연지형	LB	계족산

	인공지물	LC	
	사건	E	병자호란
	문헌	B	포저집, 동춘당집, 송자대전, 문곡집, 삼연집, 동명집, 호곡집, 퇴어당유고, 운양집, 시경, 주역, 논어, 근사록
	개념	C	교리(校理), 정성(情性), 종당(宗黨)
관련 기록	시	SA	송시열, (동춘당에 대한 시) 김수항, (동춘당에 대한 시) 김창흡, 〈삼가 동춘당 선생 옛집에서 쓰다〉 정두경, 〈받들어 동춘 영형에게 부치다〉 남용익, 〈동춘당에서 이틀 밤을 묵고 나서 공손히 율시 한 수를 드리고 큰 가르침을 바라다〉 김진상, 〈삼가 차운하여 짓다〉 김윤식, (동춘당에서 읊은 시)
	산문	SB	송시열, (동춘당 현판) 송준길, 〈포저 선생께 답함〉 송준길, 〈이사심에게 답함〉

(11) 이정귀, 〈송월헌기〉

〈표 7-11〉 이정귀의 〈송월헌기〉에 대한 클래스별 개체 보기

클래스(Class)		코드	개체(Individual)
누정기		W	송월헌기
인물		P	이정귀, 남상문, 남치원, 도연명
집		H	송월헌
장소	지명	LA	서울 종로구
	자연지형	LB	낙산, 반수(泮水)
	인공지물	LC	
사건		E	임진왜란
문헌		B	월사집, 약천집, 오음유고, 월정집
개념		C	사제(賜第), 정사(精舍), 복건(幅巾), 여장(藜杖), 녹구(鹿裘), 부마(駙馬), 문아(文雅), 포의(布衣), 만뢰구적(萬籟俱寂), 지선(地仙)
관련	시	SA	남구만, 〈차운송월헌시〉

기록			윤두수, (송월헌에 대한 시) 이정귀, (송월헌에 대한 시) 윤근수, 〈남상문에 대한 만사〉
	산문	SB	이정귀, 〈첨지남공묘지명〉

(12) 허균, 〈사우재기〉

〈표 7-12〉 허균의 〈사우재기〉에 대한 클래스별 개체 보기

클래스(Class)		코드	개체(Individual)
누정기		W	사우재기
인물		P	허균, 도연명, 이백, 소식, 유하혜, 이정, 한석봉
집		H	사우재
장소	지명	LA	
	자연지형	LB	
	인공지물	LC	
사건		E	
문헌		B	성소부부고
개념		C	오륜(五倫), 처사(處士), 한림(翰林), 학사(學士), 해서(楷書), 권형(權衡), 영(令), 초복(初服), 편액(扁額), 사일(社日)
관련 기록	시	SA	
	산문	SB	

2. 클래스별 개체에 대한 관계 설계 적용

앞 절에서 누정기 12편의 클래스별 개체를 모두 확인해 보았는데, 여기에 누정기 데이터 모델의 관계 설계를 적용해보겠다. 전체를 표로 작성하였지만, 분량이 많기 때문에 박팽년의 〈쌍청당기〉에 대한 관계 및 관계속성 데이터만 여기에 제시하였고, 나머지는 부록에 넣어두었다.

〈표 7-13〉 박팽년의 〈쌍청당기〉에 대한 클래스별 개체의 관계 및 관계속성 데이터

• 누정기 제목은 제목이 같고 필자가 다른 경우가 많으므로 "쌍청당기(박팽년)"과 같이 표기하도록 한다. ID값으로 구분되기는 하지만, 제목만으로도 구분하기 위해서이다.
• 양 방향이 모두 성립하지만 개체 간의 관계와 관계 속성을 보이는 것이 주된 목적이므로 한방향만 표기하였다. 각각에 대해 반대 방향이 모두 성립한다는 것을 밝혀둔다.
• 이와 같은 데이터는 누정기 디지털 아카이브가 구축되면 누구에게나 무료로 제공될 것이다. 사용자들은 이를 활용하여 다양한 네트워크 분석을 시도할 수 있다.

해당 클래스	개체	개체	관계	관계속성
	쌍청당기(박팽년)	박팽년	isWrittenBy	
	쌍청당기(박팽년)	송유	hasDescriptionAbout	집 건립자
	쌍청당기(박팽년)	송계사	hasDescriptionAbout	누정기 청탁자
	쌍청당기(박팽년)	박연	hasDescriptionAbout	관련기록 필자
누정기-인물	쌍청당기(박팽년)	안평대군	hasDescriptionAbout	관련기록 필자
	쌍청당기(박팽년)	황정견	hasDescriptionAbout	인용 인물
	쌍청당기(박팽년)	소옹	hasDescriptionAbout	인용 인물
	쌍청당기(박팽년)	백이	hasDescriptionAbout	인용 인물
	쌍청당기(박팽년)	장자	hasDescriptionAbout	인용 인물
누정기-집	쌍청당기(박팽년)	쌍청당	hasObject	
	쌍청당기(박팽년)	박선생유고	hasSource	
	쌍청당기(박팽년)	동문선	hasSource	
	쌍청당기(박팽년)	신증동국여지승람	hasSource	
누정기-문헌	쌍청당기(박팽년)	송사(宋史)	hasReference	
	쌍청당기(박팽년)	이천격양집	hasReference	
	쌍청당기(박팽년)	사기(史記)	hasReference	
	쌍청당기(박팽년)	장자(문헌)	hasReference	
	쌍청당기(박팽년)	광풍제월(光風霽月)	hasDescriptionAbout	
	쌍청당기(박팽년)	형기(形氣)	hasDescriptionAbout	
	쌍청당기(박팽년)	체(體)	hasDescriptionAbout	
	쌍청당기(박팽년)	단청(丹靑)	hasDescriptionAbout	
누정기-개념	쌍청당기(박팽년)	시사(時祀)	hasDescriptionAbout	
	쌍청당기(박팽년)	심의(深衣)	hasDescriptionAbout	
	쌍청당기(박팽년)	재계(齋戒)	hasDescriptionAbout	
	쌍청당기(박팽년)	예경(禮經)	hasDescriptionAbout	
	쌍청당기(박팽년)	선학(禪學)	hasDescriptionAbout	
	쌍청당기(박팽년)	편액(扁額)	hasDescriptionAbout	

해당 클래스	개체	개체	관계	관계속성
누정기-개념	쌍청당기(박팽년)	주부(主簿)	hasDescriptionAbout	
	쌍청당기(박팽년)	봉훈랑(奉訓郞)	hasDescriptionAbout	
	쌍청당기(박팽년)	집현전(集賢殿)	hasDescriptionAbout	
	쌍청당기(박팽년)	교리(校理)	hasDescriptionAbout	
	쌍청당기(박팽년)	지제교(知製敎)	hasDescriptionAbout	
	쌍청당기(박팽년)	세자우사경(世子右司經)	hasDescriptionAbout	
인물-집	송유	쌍청당	creates	
	송여림	쌍청당	renovates	
	송남수	쌍청당	renovates	
	송필흡	쌍청당	renovates	
	송근수	쌍청당	renovates	
인물-장소	송유	대전 대덕구	hasResidence	
	송여림	대전 대덕구	hasResidence	
	송남수	대전 대덕구	hasResidence	
	송필흡	대전 대덕구	hasResidence	
	송근수	대전 대덕구	hasResidence	
인물-문헌	박팽년	박선생유고	hasCollection	
	조위	매계집	hasCollection	
	송시열	송자대전	hasCollection	
	김수항	문곡집	hasCollection	
	김육	잠곡유고	hasCollection	
	송규렴	제월당집	hasCollection	
	송남수	송담집	hasCollection	
	송준길	동춘당문집	hasCollection	
	송상기	옥오재집	hasCollection	
	김상헌	청음집	hasCollection	
인물-관련기록	박연	쌍청당에 대한 시	writes	
	안평대군	쌍청당에 대한 시	writes	
	이숙함	쌍청당에 대한 시	writes	
	정미수	쌍청당에 대한 시	writes	
	이심원	쌍청당에 대한 시	writes	
	조위	쌍청당 송유에게 부쳐쓰다	writes	

해당 클래스	개체	개체	관계	관계속성
인물- 관련기록	김수항	쌍청당의 달밤	writes	
	김육	회덕쌍청당	writes	
	송규렴	쌍청당에서 지난날을 생각하며	writes	
	김상용	쌍청당 편액	writes	
	송남수	쌍청당 편액	writes	
	송유	쌍청당 송유에게 부쳐 쓰다	isDescribedIn	
	송유	쌍청당중건제문	isDescribedIn	
	송유	쌍청당송공묘표음기	isDescribedIn	
	송유	7대조고처사쌍청당 부군행장	isDescribedIn	
	송유	선조고쌍청당부군묘 표자손기	isDescribedIn	
	소옹	청야음	writes	
	백이	사기 백이열전	isDescribedIn	
	송시열	쌍청당제영록 서	writes	
	송시열	쌍청당안산고송설	writes	
	송남수	쌍청당중건제문	writes	
	송준길	7대조고처사쌍청당 부군행장	writes	
	송준길	선조고쌍청당부군묘 표자손기	writes	
	송상기	쌍청당을 중수할 때의 고유 제문	writes	
	김상헌	쌍청당 송공 묘표음기	writes	
집-장소	쌍청당	대전 대덕구	isLocationOf	
	쌍청당	계족산	isNearTo	
집-사건	쌍청당	임진왜란	isRelatedTo	
집-문헌	쌍청당	박선생유고	isDescribedIn	
	쌍청당	동문선	isDescribedIn	
	쌍청당	신증동국여지승람	isDescribedIn	
	쌍청당	쌍청당제영	isDescribedIn	

해당 클래스	개체	개체	관계	관계속성
집-문헌	쌍청당	매계집	isDescribedIn	
	쌍청당	송자대전	isDescribedIn	
	쌍청당	문곡집	isDescribedIn	
	쌍청당	잠곡유고	isDescribedIn	
	쌍청당	제월당집	isDescribedIn	
	쌍청당	송담집	isDescribedIn	
	쌍청당	동춘당문집	isDescribedIn	
	쌍청당	옥오재집	isDescribedIn	
	쌍청당	청음집	isDescribedIn	
집 -관련기록	쌍청당	쌍청당 편액	isObjectOf	
	쌍청당	쌍청당에 대한 시	isObjectOf	
	쌍청당	쌍청당 송유에게 부쳐 쓰다	isObjectOf	
	쌍청당	쌍청당중건제문	isObjectOf	
	쌍청당	쌍청당 송공 묘표음기	isObjectOf	
	쌍청당	쌍청당의 달밤	isObjectOf	
	쌍청당	쌍청당제영록 서	isObjectOf	
	쌍청당	쌍청당안산고송설	isObjectOf	
	쌍청당	회덕쌍청당	isObjectOf	
	쌍청당	쌍청당에서 지난날을 생각하며	isObjectOf	
	쌍청당	7대조고처사쌍청당 부군행장	isObjectOf	
	쌍청당	선조고쌍청당부군묘 표자손기	isObjectOf	
	쌍청당	쌍청당을 중수할 때의 고유 제문	isObjectOf	
인물-인물	송유	박팽년	isFriendOf	
	송유	박연	isFriendOf	
	송유	안평대군	knows	
	박팽년	박연	mentions	
	박팽년	안평대군	mentions	

해당 클래스	개체	개체	관계	관계속성
인물-인물	황정견	박팽년	mentions	
	박팽년	소옹	mentions	
	박팽년	백이	mentions	
	박팽년	장자	mentions	
	박팽년	황정견	mentions	
	송유	송남수	hasDescendant	5대 선조
	송유	송준길	hasDescendant	7대 선조
	송유	송상기	hasDescendant	9대 선조
	송시열	송유	isDescendantOf	8대 후손
	송근수	송유	isDescendantOf	16대 후손
	송유	송계사	hasSon	
	송남수	송유	mentions	
	송준길	송유	mentions	
	송계사	박팽년	isFriendOf	
	조위	송유	mentions	
	김육	송유	mentions	
	김상헌	송유	mentions	
	송규렴	송상기	hasSon	
	송준길	송시열	isFriendOf	

3. 개별 누정기의 클래스별 개체 간 네트워크 양상

12편 누정기의 클래스별 개체 간 네트워크 양상을 차례대로 도시하
자면 다음과 같다.3)

---

3) 흑백 인쇄본에는 보이지 않겠지만 '누정기' 클래스는 파란색, '인물' 클래스는 녹색,
'집' 클래스는 빨간색, '장소_지명' 클래스는 보라색, '장소_자연지형' 클래스는 연두색,
'사건' 클래스는 주황색, '문헌' 클래스는 갈색, '개념' 클래스는 분홍색, '관련기록' 클
래스는 회색으로 나타내었다.

(1) 안축, 〈상주객관중영기〉

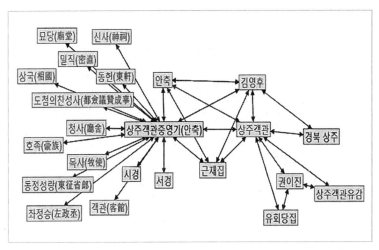

〈그림7-1〉 안축의 〈상주객관중영기〉에 대한 클래스별 개체 간 네트워크 그래프

(2) 이언적, 〈해월루기〉

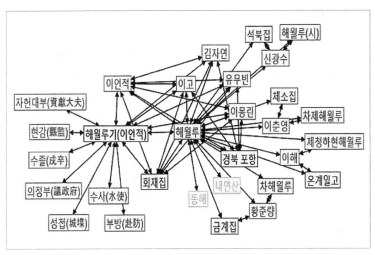

〈그림7-2〉 이언적의 〈해월루기〉에 대한 클래스별 개체 간 네트워크 그래프

(3) 기대승, 〈옥천서원기〉

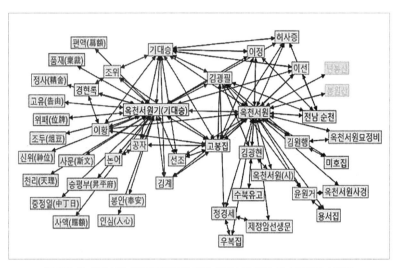

〈그림7-3〉 기대승의 〈옥천서원기〉에 대한 클래스별 개체 간 네트워크 그래프

(4) 이곡, 〈한국공 정공 사당기〉

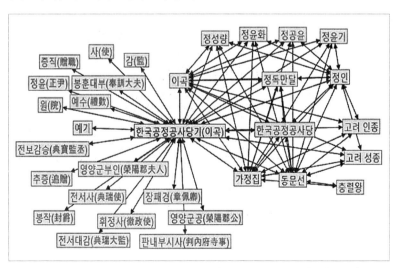

〈그림7-4〉 이곡의 〈한국공 정공 사당기〉에 대한 클래스별 개체 간 네트워크 그래프

(5) 이색, 〈승련사기〉

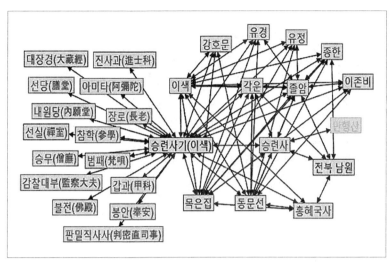

〈그림 7-5〉 이색의 〈승련사기〉에 대한 클래스별 개체 간 네트워크 그래프

(6) 박세당, 〈석림암기〉

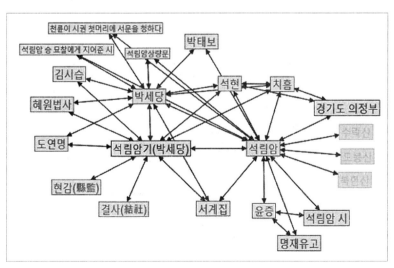

〈그림 7-6〉 박세당의 〈석림암기〉에 대한 클래스별 개체 간 네트워크 그래프

(7) 장유, 〈야명정기〉

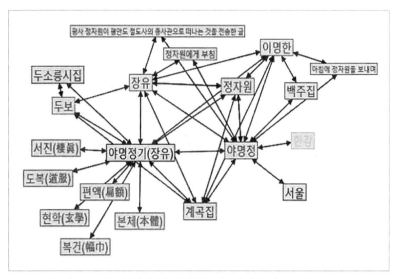

〈그림 7-7〉 장유의 〈야명정기〉에 대한 클래스별 개체 간 네트워크 그래프

(8) 박지원, 〈담연정기〉

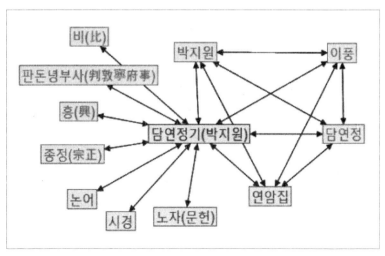

〈그림 7-8〉 박지원의 〈담연정기〉에 대한 클래스별 개체 간 네트워크 그래프

(9) 박팽년, 〈쌍청당기〉

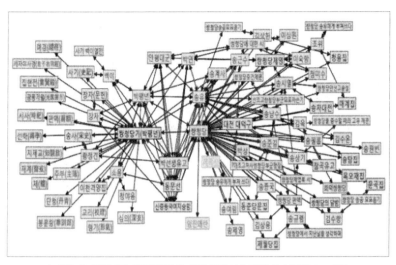

〈그림 7-9〉 박팽년의 〈쌍청당기〉에 대한 클래스별 개체 간 네트워크 그래프

(10) 조익, 〈동춘당기〉

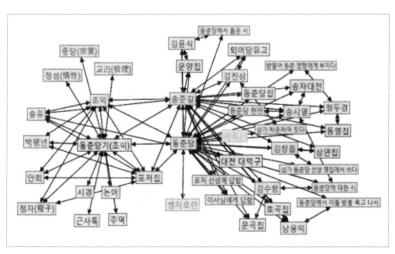

〈그림 7-10〉 조익의 〈동춘당기〉에 대한 클래스별 개체 간 네트워크 그래프

(11) 이정귀, 〈송월헌기〉

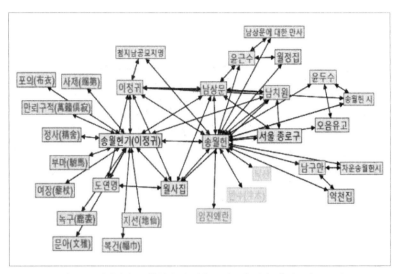

〈그림 7-11〉 이정귀의 〈송월헌기〉에 대한 클래스별 개체 간 네트워크 그래프

(12) 허균, 〈사우재기〉

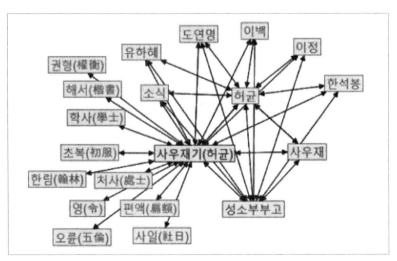

〈그림 7-12〉 허균의 〈사우재기〉에 대한 클래스별 개체 간 네트워크 그래프

4. 전체 네트워크의 종합적 분석

앞 절에서 살펴본 누정기 12편에 대한 네트워크를 모두 결합하여
그래프로 나타내면 다음과 같다.

- 연결선이 많은 개체일수록 크기가 커지도록 하였다.
- 연결되는 개체가 많을수록 개체들이 겹치게 되고 연결선도 보이지 않는데, 이는 그만큼
  개체들의 밀집도가 높다는 것을 의미한다. 이에 따라 보이지 않는 개체들도 상당수이지
  만 전체적인 양상을 보이기 위해 조정하지 않았다.
- 흑백 인쇄본에는 보이지 않겠지만, '누정기' 클래스는 파란색, '인물' 클래스는 녹색, '집'
  클래스는 빨간색으로 표시하였고, 나머지 클래스는 모두 검정색으로 나타냈다.

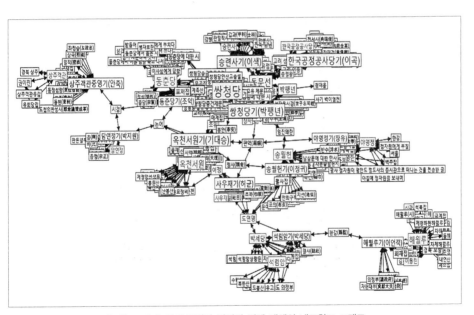

〈그림7-13〉 누정기 12편과 관련된 전체 개체의 네트워크 그래프

그래프에 보이듯이 전체 네트워크가 하나로 연결되어 있긴 하지만,
전체적인 밀집도는 높지 않다. 누정기별로 그룹화되어 있다고 볼 수

있는데, 이는 각 누정기별로 관계 설계를 하였고 대상으로 한 누정기가 12편 밖에 안 되기 때문에 누정기 상호 간의 접점이 될 만한 개체 수가 부족하기 때문이다. 다만, 서로의 연관성을 의식하지 않고 거의 무작위로 선별한 누정기들이 적어도 하나 이상의 접점을 갖는다는 점은 주목할 만하다. 위 그래프에 관한 네트워크 결과값을 보자면 다음과 같다.

	A	B
1	**Graph Metric**	**Value**
2	Graph Type	Directed
3		
4	Vertices	364
5		
6	Unique Edges	1454
7	Edges With Duplicates	124
8	Total Edges	1578
9		
10	Self-Loops	0
11		
12	Reciprocated Vertex Pair Ratio	1
13	Reciprocated Edge Ratio	1
14		
15	Connected Components	1
16	Single-Vertex Connected Components	0
17	Maximum Vertices in a Connected Component	364
18	Maximum Edges in a Connected Component	1578
19		
20	Maximum Geodesic Distance (Diameter)	14
21	Average Geodesic Distance	5.346667
22		
23	Graph Density	0.011458239
24	Modularity	Not Applicable

〈그림 7-14〉 누정기 12편과 관련된 전체 개체의 네트워크 결과값

누정기 12편과 관련된 전체 개체의 네트워크는 모두 364개의 개체(Vertices)로 이루어져 있으며, 각 개체는 1578개의 선(Total Edges)으로 연결되어 있다.[4] 그 중 노드 간에 2개 이상의 중복된 연결 관계가

---

4) 결과값 지표에 대한 해석은 NodeXL Korea, 『NodeXL 노드엑셀 따라잡기』, 패러다임

있는 것(Edges With Duplicates)이 124개이고, 나머지 1454개는 1대1로 연결되어 있는 선(Unique Edges)이다. 단일 연결이 중복 연결보다 훨씬 많은데, 그만큼 특정 개체 간의 연결성이 높다기보다 개체 각각이 다양하게 연결되었음을 나타낸다.

결과값을 좀 더 보자면 아무 연결 관계도 갖지 않는 노드(Self-Loops)는 없으며, 단일 관계망으로 연결된 그룹(Connected Components)은 하나이다. 즉, 앞에서도 언급하였듯이 모든 개체들은 단절되지 않고 하나로 연결되어 있다.

최대 연결 거리(Maximum Geodesic Distance (Diameter))는 14이며, 평균 연결 거리(Average Geodesic Distance)는 5.34이다. 2장에서 설명하였지만 이는 개체 간에 가장 먼 것은 14단계를 거쳐야만 연결될 수 있다는 것이며, 평균적으로 5~6단계면 각 개체가 연결된다는 것을 의미한다. 개체 간 연결성은 낮은 편이라 할 수 있다.

그런데, 대상으로 하는 누정기가 많아질수록 개체 간 연결성이 좀 더 높아질 것이라 예상할 수 있다. 예를 들어 "승련사기"의 필자 "이색"은 "한국공정공사당기"의 필자 "이곡"의 아들인데, 해당 누정기 내에는 그러한 정보가 없어 "이색"과 "이곡" 간의 관계가 형성되지 않는 것이다. 따라서, 2장에서 선보인 것처럼 각각의 누정기와 관련하여 개체들을 좀 더 확장해보고자 하는데, 누정기 12편을 서로 연결시켜 줄 수 있는 개체들을 위주로 다음과 같은 데이터를 추가하도록 하겠다. 이는 누정기 데이터 모델의 관계 설계에 해당되는 것만을 기술한 것이다.

북, 2015, 136-138, 189면 참조.

〈표7-14〉 누정기 12편과 관련된 확장 개체의 관계 및 관계속성 데이터

• 양 방향이 모두 성립하지만 한 방향만 적었으며, 네트워크 그래프에는 양 방향을 모두 반영시켰다.

해당 클래스	개체(A)	개체(B)	관계	관계속성
누정기-인물	소수서원기(신광한)	신광한	isWrittenBy	
	옥산서원기(허엽)	허엽	isWrittenBy	
	면앙정기(기대승)	기대승	isWrittenBy	
	문헌서원기(이항복)	이항복	isWrittenBy	
	포은재기(이색)	이색	isWrittenBy	
	경포대기(장유)	장유	isWrittenBy	
	회정당기(장유)	장유	isWrittenBy	
	비해당기(박팽년)	박팽년	isWrittenBy	
	진남루기(이정귀)	이정귀	isWrittenBy	
	진남루기(이정귀)	유성룡	hasDescriptionAbout	
	월선정기(이정귀)	이정귀	isWrittenBy	
누정기-집	소수서원기(신광한)	소수서원	hasObject	
	옥산서원기(허엽)	옥산서원	hasObject	
	면앙정기(기대승)	면앙정	hasObject	
	문헌서원기(이항복)	문헌서원	hasObject	
	포은재기(이색)	포은재	hasObject	
	경포대기(장유)	경포대	hasObject	
	회정당기(장유)	회정당	hasObject	
	비해당기(박팽년)	비해당	hasObject	
	진남루기(이정귀)	진남루	hasObject	
	월선정기(이정귀)	월선정	hasObject	
인물-집	안향	소수서원	isEnshrinedIn	
	안축	소수서원	isEnshrinedIn	
	이언적	독락당	creates	
	이언적	옥산서원	isEnshrinedIn	
	송순	면앙정	creates	
	이곡	문헌서원	isEnshrinedIn	
	이색	문헌서원	isEnshrinedIn	
	정몽주	포은재	creates	
	이명준	경포대	renovates	
	김육	회정당	creates	
	안평대군	비해당	owns	
	이정	월선정	creates	

해당 클래스	개체(A)	개체(B)	관계	관계속성
집-사건	진남루	임진왜란	isRelatedTo	
인물-인물	안축	안향	isDescendantOf	
	허엽	허균	hasSon	
	이황	이언적	knows	사숙
	허엽	이언적	mentions	
	송순	기대승	hasDisciple	
	김굉필	김종직	isDiscipleOf	
	김굉필	조광조	hasDisciple	
	이색	이곡	isSonOf	
	이색	이제현	isDiscipleOf	
	이곡	이제현	isDiscipleOf	
	이항복	이제현	isDescendantOf	
	이곡	이산해	hasDescendant	
	이산해	이덕형	hasRelative	사위
	이덕형	이항복	isFriendOf	
	정몽주	이색	isDiscipleOf	
	장유	김장생	isDiscipleOf	
	이이	김장생	hasDisciple	
	송시열	김장생	isDiscipleOf	
	송준길	김장생	isDiscipleOf	
	이명준	이항복	isDiscipleOf	
	이항복	이곡	mentions	
	이항복	이색	mentions	
	장유	이명준	mentions	
	장유	김육	mentions	
	박지원	박규수	hasDescendant	조부
	박규수	김윤식	hasDisciple	
	박팽년	안평대군	isFriendOf	
	조익	장유	isFriendOf	
	이정귀	유성룡	mentions	
	유성룡	이황	isDiscipleOf	
	이정귀	이정	mentions	
	허균	유성룡	isDiscipleOf	

이와 같은 데이터를 추가한 확장 네트워크 그래프는 다음과 같다.

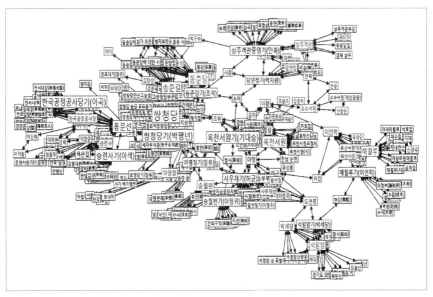

〈그림 7-15〉 누정기 12편과 관련된 전체 개체의 확장 네트워크 그래프

육안으로 보기에는 이전 네트워크와 별 차이가 없어 보이는데, 위 그래프에 관한 네트워크 결과값을 보자면 다음과 같다.

	A	B
1	Graph Metric	Value
2	Graph Type	Directed
3		
4	Vertices	401
5		
6	Unique Edges	1604
7	Edges With Duplicates	128
8	Total Edges	1732
9		
10	Self-Loops	0
11		
12	Reciprocated Vertex Pair Ratio	1
13	Reciprocated Edge Ratio	1
14		
15	Connected Components	1
16	Single-Vertex Connected Components	0
17	Maximum Vertices in a Connected Component	401
18	Maximum Edges in a Connected Component	1732
19		
20	Maximum Geodesic Distance (Diameter)	10
21	Average Geodesic Distance	4.910479
22		
23	Graph Density	0.010386534
24	Modularity	Not Applicable

〈그림 7-16〉 누정기 12편과 관련된 전체 개체의 확장 네트워크 결과값

최대 연결 거리(Maximum Geodesic Distance (Diameter))는 10이며, 평균 연결 거리(Average Geodesic Distance)는 4.91이다. 이전 네트워 크의 결과값이 각각 14 / 5.34였던 것과 비교할 때 개체 간의 연결성 이 다소 높아졌음을 알 수 있다. 내부적으로 연결 관계를 더 추가해주 었기 때문에 그만큼 관계 밀도가 상승한 것이다. 따라서, 네트워크에 반영되는 누정기 자료가 많을수록 전체 개체 간의 연결 거리는 줄어들 것이라 예상할 수 있다.

군이 평균 연결 거리를 따지지 않더라도 네트워크 분석을 통해 전 혀 무관해 보이는 개체가 서로 연관성을 갖는 경우는 얼마든지 찾아볼 수 있다. 예를 들어 공적 건물인 "해월루"와 사적 건물인 "사우재"의 관계를 생각해보자. 둘 사이에는 별다른 연관성이 없어 보이지만, "해

월루"에 대한 누정기를 쓴 "이언적"은 "옥산서원"에 제향되었는데, "옥산서원"에 대해 "허엽"이 누정기를 쓰면서 "이언적"을 언급하였고, "허엽"의 아들은 "허균"이며, "허균"은 "사우재"에 대한 누정기를 썼다. 정리하자면 다음과 같다.

해월루 ↔ 해월루기 ↔ 이언적 ↔ 옥산서원 ↔ 옥산서원기 ↔ 허엽 ↔ 허균 ↔ 사우재기 ↔ 사우재

이 관계망은 축소될 수 있는데, "해월루"에 대해 "이언적"이 누정기를 썼으므로 "해월루-이언적" 관계가, "허엽"이 "옥산서원기"에서 "이언적"을 언급하였으므로 "이언적-허엽" 관계가[5], "허균"은 "사우재"의 건립자이기도 하므로 "허균-사우재" 관계가 성립된다. 이를 다시 정리하자면 다음과 같다.

해월루 ↔ 이언적 ↔ 허엽 ↔ 허균 ↔ 사우재

이렇게 보자면 "해월루"와 "사우재" 간에는 상당한 연관성이 확인된다. "이언적"이 건립한 집은 "독락당"이므로 "해월루" 자리에 "독락당"을 넣어도 무방하다. 이는 매우 간단한 관계를 보인 것이며, 앞의 네트워크 그래프에서 제시되었듯이 복잡한 관계망 속에서 상호 간의 연관성을 찾을 수도 있을 것이다.

누정기 12편과 관련된 전체 네트워크에 대해 좀 더 분석해 보겠다. 각 개체들이 몇 개의 연결선을 갖는지 내림차순으로 정렬하면 다음과 같은 통계가 나온다.

---

5) "이언적"은 "허엽"의 스승이다. 둘을 사제 관계로 연결할 수도 있다.

1		Graph Metrics		
2	Vertex 🔽	Degree 🔽	In-Degree 🔽	Out-Degree 🔽
3	쌍청당		53	53
4	쌍청당기(박팽년)		33	33
5	동문선		31	31
6	동춘당		31	31
7	한국공정공사당기(이곡)		30	30
8	옥천서원기(기대승)		28	28
9	송유		27	27
10	송준길		27	27
11	승련사기(이색)		27	27
12	옥천서원		25	25
13	해월루		22	22
14	송월헌		19	19
15	사우재기(허균)		19	19
16	상주객관중영기(안축)		18	18
17	송월헌기(이정귀)		16	16
18	박팽년		16	16
19	석림암		16	16
20	동춘당기(조익)		15	15

〈그림 7-17〉 누정기 12편과 관련된 전체 네트워크에서의 개체 연결 순위

 이미 앞 절에서 확인하였듯이 "쌍청당"과 관련해서는 건립자·중수
자·글을 쓴 인물들이 상당히 많아서 가장 많은 연결 관계를 보였으며,
그 다음 순위인 "쌍청당기(박팽년)"은 언급된 인물·언급된 문헌·언급
된 개념이 다른 누정기에 비해 월등히 많았다. "동문선"은 "쌍청당기
(박팽년)"이 수록되어 있는 문헌이기에 박팽년의 〈쌍청당기〉에 언급된
인물들이 모두 연결되면서 순위가 높아질 수밖에 없었고, 이에 더해
"한국공정공사당기(이곡)"과 "승련사기(이색)"도 "동문선"에 수록되었
기 때문에 문헌으로서는 가장 높은 순위를 보였다. 역시 앞 절에서 확
인한 바이지만 "동춘당"과 관련해서는 글을 쓴 인물이 많아 높은 연결
순위(4위)를 보인 반면, "동춘당기(조익)"에는 언급된 인물·문헌·개념
이 적어서 상대적으로 순위가 낮다(18위).

인물 중에서는 "송유"와 "송준길"이 가장 순위가 높은데(27개 연결선), "송유"부터 보자면 "쌍청당"과 관련하여 글을 쓴 인물 중에 "송유"의 후손이 많기 때문이기도 하지만, "쌍청당" 관련 글에는 거의 빠짐없이 "송유"가 언급되어 있어 많은 연결 관계를 갖게 된 것이다. 더욱이 "송유"는 조익의 〈동춘당기〉에 언급되기도 하였는데, "송준길"도 "동춘당"의 건립자이며, "동춘당"과 관련된 글에는 대부분 "송준길"이 언급되었고, 본인이 "쌍청당"에 대한 글을 쓴데다가, 송유의 후손이기도 해서 그만큼 연결 관계가 많아졌다고 할 수 있다.

나머지 개체들의 연결 순위도 하나하나 따져보면 그럴만한 당위성을 확인할 수 있는데, 이것이 전체 누정기를 대상으로 한 데이터라면 관련 연구를 위한 빅 데이터로서 매우 유용할 것이다. 단지 누정기만을 연구가 아니라 고전문학 전반에 대한 연구, 역사학적 연구, 건축사적 연구 등에도 충분한 활용성을 기대할 수 있다. 좀 더 구체적으로 접근하자면 조선 후기에 산출된 누정기와 관련 데이터, "박지원"과 그 지인들(이른바 '연암그룹')이 집필한 누정기와 관련 데이터, "서울"에 존재했던 집들만을 대상으로 한 누정기와 관련 데이터 등을 개별적으로 분석해볼 수 있을 것이다.

한편, 특정 개체가 집단과 집단을 매개하는 정도를 따져볼 수도 있겠는데, 이러한 정도를 '매개 중심성(Betweenness Centrality)'이라 한다.[6] 이는 어떤 개체가 집단 간의 연결고리 역할을 잘 하는지를 분석하는 것으로서 누정기 12편과 관련된 전체 네트워크의 매개 중심성 순위는 다음과 같다.

---

6) 이수상, 『네트워크 분석 방법론』, 논형, 2012, 261-268면; 이재연, 「작가, 매체, 네트워크 -1920년대 소설계의 거시적 조망을 위한 시론-」, 『사이』17집, 국제한국문학문화학회, 2014, 270면 참조.

1		Graph Metrics			
2	Vertex	Degree	In-Degree	Out-Degree	Betweenness Centrality
3	쌍청당		53	53	37160.129
4	쌍청당기(박팽년)		33	33	35111.747
5	동문선		31	31	32763.956
6	편액(扁額)		4	4	32672.592
7	도연명		8	8	32635.479
8	옥천서원기(기대승)		28	28	29067.922
9	사우재기(허균)		19	19	25744.308
10	석림암기(박세당)		10	10	24750.333
11	동춘당기(조익)		15	15	20797.794
12	현감(縣監)		2	2	19372.000
13	해월루기(이언적)		14	14	19056.400
14	송월헌		19	19	16626.682
15	시경		3	3	16471.538
16	상주객관중영기(안축)		18	18	14728.000
17	송유		27	27	14628.567
18	임진왜란		2	2	13599.996
19	송월헌기(이정귀)		16	16	13092.969
20	한국공정공사당기(이곡)		30	30	12792.300

〈그림 7-18〉 누정기 12편과 관련된 전체 네트워크에서의 매개 중심성 순위

　개체 연결 순위와는 다소 다른 결과가 도출되었다는 점을 알 수 있다. 개체 연결 순위가 낮음에도 매개 중심성 순위가 높은 개체들을 보자면 "편액(扁額)", "도연명", "현감(縣監)", "시경", "임진왜란" 등이 있다. 이들은 앞의 그래프에서도 확인되듯이 서로 분리되어 있는 그룹들을 거의 혼자서 연결해주고 있는 개체들이다.

　"쌍청당", "쌍청당기(박팽년)", "동문선"이 개체 연결 순위도 높고 매개 중심성 순위도 높은 이유는 이들이 그룹 내뿐만 아니라 다른 그룹과도 연결 관계가 형성되기 때문인데, 개체 연결 순위가 높았던 "동춘당"(4위)의 매개 중심성 순위가 표에 보이지 않는 것은(30위) "동춘당"이 자기 그룹 내에서만 연결 관계가 이루어졌기 때문이다.

　이와 같이 매개 중심성 순위는 개체 연결 순위만으로는 알 수 없는 정보를 획득할 수 있게 해준다. 단지 해당 누정기 안에서만 많은 연결

관계를 갖는 개체가 아니라 다른 누정기 관련 데이터와도 활발한 관계를 형성하는 개체를 알고 싶을 때 매개 중심성 순위는 큰 도움을 줄 수 있다.

그리고 네트워크 분석에는 '위세 중심성(Eigenvector Centrality)'도 주요한 척도가 되는데, 이는 개체 자신의 영향력과 연결된 개체의 영향력을 합산한 정도를 의미한다.[7] 즉 자신도 연결 순위가 높아야겠지만 자신과 연결된 개체도 연결 순위가 높은지를 합산하여 통계화하는 것이다. 현실 사회에서도 얼마나 영향력 있는 사람과 친분이 있느냐를 중시하는 것처럼 위세 중심성도 직접 연결된 개체의 영향력을 함께 고려한다는 점에서 의미 있는 척도라 할 수 있다. 누정기 12편과 관련된 전체 네트워크의 위세 중심성 순위는 다음과 같다.

1	Graph Metrics				
2 Vertex	Degree	In-Degree	Out-Degree	Betweenness Centrality	Eigenvector Centrality
3 쌍청당		53	53	37160.129	0.041
4 송유		27	27	14628.567	0.034
5 동문선		31	31	32763.956	0.031
6 쌍청당기(박팽년)		33	33	35111.747	0.026
7 박팽년		16	16	6812.509	0.024
8 송준길		27	27	10130.806	0.023
9 동춘당		31	31	5720.705	0.017
10 박선생유고		9	9	218.010	0.016
11 신증동국여지승람		8	8	101.803	0.016
12 박연		8	8	281.095	0.015
13 안평대군		8	8	281.095	0.015
14 송시열		10	10	1506.921	0.013
15 송계사		6	6	34.971	0.013
16 대전 대덕구		8	8	595.266	0.013
17 동춘당기(조익)		15	15	20797.794	0.013
18 한국공정공사당기(이곡)		30	30	12792.300	0.012
19 조익		8	8	610.817	0.012
20 포저집		8	8	610.817	0.012

〈그림 7-19〉 누정기 12편과 관련된 전체 네트워크에서의 위세 중심성 순위

---

7) 이수상, 앞의 책, 268-269면 참조.

"쌍청당"과 "동춘당"에 관련된 개체들이 대부분을 점하고 있다. 네트워크 그래프를 다시 보더라도 개체의 위세를 땅에 비유하자면 "쌍청당" 및 "동춘당"과 관련된 개체의 땅이 가장 넓게 포진되어 있음을 분명히 확인할 수 있다. 몇 겹으로 겹쳐 있는 개체들을 모두 펼쳐내면 더욱 넓어질 것이다. 그만큼 12편 누정기 내에서 가장 높은 위세를 보이고 있는 것이다. 관련된 개체수가 많기도 하지만, 그들이 서로 긴밀히 연결되면서 위세 중심성을 높여주었다고 할 수 있다.

세부적으로 보면 개체 연결 순위에서는 "송준길"에 뒤졌던 "박팽년"이 위세 중심성 순위에서는 "송준길"보다 우위에 있는데, "박팽년"은 "쌍청당" 그룹과 주로 연결돼 있고, "송준길"은 "동춘당" 그룹과 주로 연결되어 있기 때문에 위세가 역전된 것이다. "박선생유고", "신증동국여지승람", "박연", "안평대군" 등도 개체 연결 순위는 낮은 편이지만, "쌍청당" 그룹 내에서 연결망을 형성하고 있기 때문에 위세 중심성 순위는 높게 나왔다.

이와 같이 누정기 12편 내에서는 "쌍청당" 그룹이 가장 높은 위세를 보이고 있는데, 모든 누정기 자료에 대한 네트워크가 구축된다면 또 다른 결과를 볼 수 있을 것이다. 그리고 모든 누정기 관련 데이터 중에서 위세 중심성 순위가 높은 개체는 그만큼 영향력이 컸다고 할 수 있다.

지금까지 누정기 12편과 관련된 네트워크 분석을 수행하였는데, 이는 체계적으로 정립된 관계 데이터가 없이는 불가능한 것이다. 본서에서는 누정기 데이터 모델을 기반으로 하여 체계적인 관계 데이터를 작성할 수 있었는데, 이것은 모든 누정기에 적용 가능하며 네트워크 또한 얼마든지 확장될 수 있다.

네트워크 분석이 중요한 이유는 이것이 전체적인 양상을 가장 잘

드러내주기 때문이다. 각 개체들 간의 관계 양상뿐만이 아니라 관계
망의 총합을 통해 얻어지는 개체 연결 순위, 매개 중심성 순위, 위세
중심성 순위 등의 통계 자료를 통해 계량화된 과학적 근거를 확보할
수 있는 것이다.[8]

　개인 연구자가 수 천 편이 넘는 누정기를 모두 읽고 그 안에 포함되
어 있는 개체들의 상호 연관성과 개체 전체의 종합적 패턴을 파악한다
는 것은 불가능에 가깝다. 다른 어떤 장르의 고전문학 자료라도 마찬
가지이다. 하지만 본서에서 지향하는 누정기 디지털 아카이브는 종합
적인 네트워크 데이터를 제공하여 자료에 대한 미시적 접근과 거시적
접근을 모두 가능케 할 것이다.

---

8) 이재연, 앞의 논문, 259-263면 참조.

제8장

맺음말:
고전문학 자료의 디지털 아카이브 활용 방안

　본서는 고전문학 자료를 디지털 아카이브로 편찬하기 위한 구체적인 방법론을 제기하고, 그 실제적 구현 모델을 제시하는 것을 목적으로 하였다. 이를 위해 고전문학 자료 중 한문학 산문의 한 갈래인 누정기를 대상으로 하여 종합적인 디지털 아카이브 편찬 작업을 수행하였다.

　현재 누정기 자료를 열람할 수 있는 웹사이트로는 '한국고전종합DB'와 '한민족 정보마당〉한국전통옛집'을 꼽을 수 있는데, 누정기의 원문과 번역문, 관련된 주석 등을 열람하기에는 좋지만, 풍부한 연관 지식 정보의 제공과 그것이 바로 연결될 수 있게 하는 하이퍼링크(Hyperlink), 연관 지식 정보 간의 관계 양상 제시, 원하는 정보를 빠르게 얻어낼 수 있는 검색 기능, 연구자나 일반 대중의 참여 유도 등과 같은 사항들은 여전히 미흡한 실정이다.

　따라서 본서에서는 보다 효용성이 높은 누정기 디지털 아카이브의 편찬을 기획하였으며, 그 방향성은 다음의 4가지로 요약될 수 있었다. 첫째, 지식 정보가 총체적으로 제공되도록 하는 것이다. 둘째, 지식 정보간의 관계 양상을 파악할 수 있도록 하는 것이다. 셋째, 지식 정보 전반에 대한 검색 기능이 보다 고도화되도록 하는 것이다. 넷째,

다중 참여형 지식 정보 구축을 지향한다는 것이다. 이러한 지향점을 실현하기 위하여 온톨로지(Ontology) 설계를 수행하였고, 그 결과물을 사용자가 편리하게 열람할 수 있는 플랫폼(Platform)으로 위키(Wiki) 소프트웨어를 활용한다는 편찬 방법론을 제기하였다.

2장에서는 본격적인 논의에 앞서 누정기 자료의 연구 현황과 나아갈 방향에 대해 서술하였다. 먼저 누정기가 지금까지 어떻게 연구되어 왔는지를 표로 정리해 제시하였고 이를 작가론, 작품론, 문체론, 문학사론 등으로 구분하여 살펴보았다. 그 다음에는 기존의 연구 방식에 어떠한 한계점이 있는지를 네 가지 측면에서 논하였으며, 마지막으로 누정기 연구의 나아갈 방향에 대해 언급하였는데, 디지털 아카이브 편찬을 통해 누정기 연구가 기존의 한계점들을 극복하고 더욱더 생산적인 연구가 가능하다는 점을 역설하였다.

3장에서는 본 아카이브의 대상이 되는 누정기 자료를 분석하였다. 먼저 누정기를 개관(槪觀)하는 차원에서 누정기의 범주, 누정기의 필자, 누정기의 유형, 누정기의 서술 방식 등에 대해 고찰하였다. 다음으로는 본서에서 구체적으로 분석할 누정기 표본 자료 113편을 건물 유형별로 추출하였다. 누정기 자료를 분석하기 위해서는 누정기의 내용 전문(全文)을 독해하는 것이 필수적인데, 표본 자료 중 14편을 들어 보이고 그 실제 면모를 구체적으로 확인하였으며, 각 누정기마다의 분석 결과를 표로 작성해 제시하였다.

4장에서는 누정기 한 편을 선택하여 집중적인 분석을 기하였는데, 본서에서 택한 누정기는 박팽년의 〈쌍청당기〉로서 본문 내용뿐만이 아니라, 내용 중에 드러나 있지 않더라도 관련성이 높은 정보를 함께 살펴보았다. 먼저 본문 내용을 정밀하게 분석하였으며, 이어서 연관된 인물을 살펴보았고, 다음은 쌍청당에 대해 쓰여진 모든 누정기 목록과 누정기 이외의 글(편액, 시, 산문, 설화 등)을 살펴보았으며, 그 다음으로는 연관 인물이 건립한 집과 그 집에 대한 누정기 목록을 알아보았다. 그리고 박팽년의 〈쌍청당기〉와 관련하여 함께 보면 좋을 만한 관련 자료(출판자료, 웹문서, 시청각자료)를 들어 보였다.

5장에서는 3장과 4장의 분석 결과를 토대로 누정기 디지털 아카이브 편찬을 위한 실제 설계안과 그 구현 모델을 제시하였다. 먼저 온톨로지 설계를 하였는데, 순차적으로 클래스(Class) 설계 및 개체(Individual) 예시, 관계(Relation, ObjectProperty) 설계, 관계 속성(Relation Attribute) 설계, 속성(Attribute, DatatypeProperty) 설계를 수행하였다. 이 가운데 가장 근간이 되는 클래스 설계만을 짧게 언급하자면 '누정기' 클래스, '인물' 클래스, '집' 클래스, '장소' 클래스, '사건' 클래스, '문헌' 클래스, '개념' 클래스, '관련기록' 클래스, '관련자료' 클래스 등 모두 9개 클래스를 상정하였으며, '장소' 클래스의 하위 클래스로 '지명' 클래스, '자연지형' 클래스, '인공지물' 클래스를, '관련기록' 클래스의 하위 클래스로 '시' 클래스, '산문' 클래스, '설화' 클래스를, '관련자료' 클래스의 하위 클래스로 '출판자료' 클래스, '웹문서' 클래스, '시청각자료' 클래스를 각각 설정하였다.

6장에서는 앞 장에서 체계적으로 정리한 지식 정보를 사용자가 편리하게 열람할 수 있는 플랫폼을 구현해 보였는데, 누정기 디지털 아카이브는 그러한 플랫폼으로 위키 소프트웨어를 활용하였다. 위키 소프트웨어의 가장 큰 장점은 누구나 문서 작성을 쉽게 할 수 있고, 편집과 수정이 자유롭다는 것이다. 앞서 밝혔듯 누정기 디지털 아카이브는 다중 참여 방식을 지향하므로 위키 소프트웨어야말로 가장 이상적인 플랫폼이라 할 수 있다. 앞에서 수행한 온톨로지 설계는 위키 콘텐츠를 체계적으로 조직하는 근간이 되었는데, 이를 웹상에서 실제로 구현한 위키 플랫폼 예시를 각 부분별로 자세히 설명하였으며, 이와 같은 디지털 아카이브가 기존의 사이트에 비해 어떠한 차별성이 있는지를 역설하였다.

7장에서는 누정기 디지털 아카이브 데이터 모델이 모든 누정기에 적용 가능하다는 것을 입증하기 위해 대상으로 선정한 12편 누정기의 관계 양상을 모두 그래프로 제시하였으며, 최종적으로는 누정기 12편과 관련된 전체 네트워크를 종합적으로 분석하면서 누정기 데이터 모델의 효용성을 증명하였다.

본서에서 제시한 데이터 모델은 단지 누정기 디지털 아카이브에 국한되는 것이 아니라 고전문학 자료 및 인문학 자료의 디지털 아카이브 전반에 적용될 수 있는 사항으로서 그 활용성을 3가지 차원으로 정리해보고자 한다. 첫째, 학문적 효용으로서 디지털 아카이브를 통해 새로운 연구 방법이 가능해진다는 것이다. 둘째, 교육적 기여로서 디지털 아카이브 내의 체계화된 관계망을 통해 지식의 연쇄적 습득이 가능해지고, 학생들이 직접 지식 생산에 참여함으로서 능동적 학습 효과가 발현될 수 있다는 것이다. 셋째, 대중적 활용으로서 대중들에게도 다양한 측면의 지식 정보 서비스를 제공할 수 있고, 이것이 문화콘텐츠로서도 활용될 수 있다는 것이다.[1] 각각에 대해 차례로 논하겠다.

---

[1] 김현은 디지털 인문학의 과제로 '연구', '교육', '응용'의 세 가지 차원을 강조하였으며, 본서의 논의도 이를 참고하였다. 다음의 서술이 개괄적인 이해에 도움을 줄 것이다. "우리 사회에서 통용되는 '인문학'이라는 말은 문학, 사학, 철학 등 분과 학문의 전문적인 연구만을 가리키는 것이 아니다. 학생들에게 인간과 사회의 다양한 모습을 폭넓은 시각에서 성찰하고, 바람직한 삶의 길을 탐구할 수 있게 하는 인문적인 교양 교육도 인문학의 이름으로 해야 할 일이다. 요즈음에는 고전과 역사에서 찾은 지식을 현대인의 삶을 윤택하게 하는 문화콘텐츠로 활용하는 일도 인문학의 영역에서 적극적으로 모색되고 있다. 우리가 디지털 인문학이라는 이름으로 하려는 일도 '연구', '교육', '응

첫째, 학문적 효용을 보자면 인문학 관련 연구자들이 가장 일반적으로 행하는 연구 방법은 본인이 자료를 모으고 연구 주제를 설정하여 선행 연구 성과를 참고하면서 자료를 분석한 뒤 자신만의 해석을 가미하여 논문의 형태로 학계에 발표하는 것이다. 이러한 작업은 대부분 개인적으로 이루어지며 공동 연구를 한다고 해도 몇 사람에 국한되어 논문의 집필 부분을 나누고 서로 의견을 교환하는 정도이다. 이와 같은 연구 방법은 지금까지 많은 연구 성과를 축적해왔고 앞으로도 이루어져야할 존재 가치가 충분하다고 할 수 있다. 다만, 본서에서 밝힌 바와 같은 디지털 아카이브가 전면적으로 구축된다면 새로운 연구 방법이 가능해지며, 모든 연구자들이 그 혜택을 누릴 것이다.

앞 장에서 제시하였던 누정기 디지털 아카이브를 예로 들자면 박팽년의 〈쌍청당기〉에 대하여 기본 정보뿐만이 아니라 본 누정기를 이해하는 데 필수적인 필자 정보·집주인 정보·인용 고사·본문 내의 용어풀이 및 김수온의 〈쌍청당기〉와의 비교 등을 볼 수 있으며, 쌍청당에 대해 쓰여진 모든 누정기들, 쌍청당에 대해 쓰여진 모든 시·산문·설화, 집주인 송유의 후손 계보도 및 그들이 건립한 집과 그 집에 대한 누정기들, 필자인 박팽년의 다른 누정기들, 본 누정기와 관련한 연구 자료 리스트도 바로 확인 가능하다.

누정기 한 편에 대해서 이 정도의 정보를 취합하는 데에만 며칠이 소요된다. 대상으로 하는 누정기 자료가 몇 편 정도라면 큰 상관이 없지만, 수십 편 이상이라면 처음부터 취합할 정보의 범위를 제한할 가능성이 높다. 이에 따라 연구자가 이미 제한된 정보만을 보게 되며 논문도 그 범위 안에서 쓰여질 것이다. 지금까지의 연구 방식이 이와 같

용'의 세 가지 측면에서 살펴 볼 수 있다." 김현, 「디지털 인문학과 고문헌 자료 연구」, 『열상고전연구』50집, 2016, 15면.

앉으며, 연구에 투여될 수 있는 시간 범위 안에서 연구 주제가 결정됐다고 할 수 있다.

누정기 디지털 아카이브가 구축되면 양상은 달라진다. 누정기 수백 편을 연구 대상으로 하더라도 큰 부담이 없으며, 이미 관련된 정보가 상당 부분 제시되어 있기 때문에 연구자는 기본 정보가 다 갖춰진 상태에서 그것의 분석에만 역량을 집중하면 된다. 또한, 제시되어 있는 관련 정보들을 보면서 처음엔 생각지 못했던 아이디어를 얻을 수도 있으며, 그러한 정보들이 서로 유기적으로 연결되어 있기 때문에 미처 몰랐던 관계성을 발견할 수도 있다.

누정기와 관련된 수많은 데이터가 생성되고, 이것이 방대한 규모로 축적되면 이것이 곧 빅데이터(Big Data)이다. 주지하다시피 빅데이터는 현대 사회의 중요한 이슈로 대두되고 있으며, 인문학계에서도 빅데이터를 활용한 연구 방식의 도입은 점차 확대되고 있다.[2] 간단한 예를 들자면 지금의 한국고전종합DB에서는 누정기 필자만을 따로 추출하는 일만 하더라도 상당한 시간을 필요로 하지만[3], 누정기 디지털 아카이브에서는 이미 시작페이지에서 '필자로 분류' 데이터를 작성해 두었기 때문에 누정기 필자의 목록이 즉시 추출될 수 있고, 각각 몇 편의 누정기를 집필하였는지도 알 수 있다. '시대로 분류'를 통해서는 어느 시기에 가장 많은 누정기가 산출되었는지, '지역으로 분류'를 통해서는 어떤 지역을 대상으로 한 누정기가 가장 많은지, 위키 플랫폼

---

2) 에레즈 에이든·장바티스트 미셸, 김재중 옮김, 『빅데이터 인문학: 진격의 서막』, 사계절, 2015, 231면 참조.

3) 검색창의 기사명에 '記'라고 입력하면 15,310건의 기사가 도출되는데, 그 중에서 제목만 보고 누정기를 찾아내더라도 상당한 시간이 소요된다. 제목을 보고도 알 수 없는 경우 내용을 읽어봐야 하며 더욱 많은 시간이 필요해진다. 이렇게 해서 누정기 목록을 모두 추출한 다음 각 누정기의 필자들을 추려내야 한다.

의 '분류' 기능을 통해서는 누정기에 가장 많이 인용된 문헌은 무엇인
지, 자찬 누정기와 청탁 누정기의 비율은 어떻게 되는지 등도 바로 확
인 가능해진다.

이처럼 빅데이터로 축적된 누정기 관련 지식 정보의 통계화가 이루
어지며, 이는 연구의 근거를 제시할 때에 상당한 설득력을 담보해준
다. 단지 근거 제시에 그치는 것이 아니라 객관적인 통계에 기반한 연
구 주제가 기획될 수도 있다. 인문과학 연구에도 자연과학에서와 같
이 정량적(定量的) 연구 방법이 가능해지는 것이다.[4]

관계성에 대해서도 하나의 예를 들자면 집주인은 아무에게나 글을
청탁하지 않으며, 필자도 아무에게나 글을 써주는 것이 아니다. 따라
서 필자와 집주인의 관계는 중요성을 갖는데, 이들 간의 인적 네트워
크를 전체적으로 파악하고, 이를 다시 시대별로 구분하여 살핀다면
좋은 연구 자료가 될 수 있을 것이다. 이는 4장에서 수행하였던 온톨
로지 관계 설계와 관계 속성 설계를 통해 그 관계망이 명시되며, 앞에
서 본 것처럼 위키 플랫폼에서도 그대로 제시될 수 있다. 예컨대 '박팽
년-송계사'는 필자-청탁자의 관계이며, '박팽년-송유'는 필자-집주
인의 관계이고, '송유-송계사'는 부자(父子) 관계라는 것이 명시된다.
이것은 누정기 한 편 안에서만의 관계이지만, 이것이 수 천편의 누정
기로 확대된다면 그로 인해 확인되는 인적 네트워크 양상은 연구자들
에게 흥미로운 자료가 될 것이다. 단지, 인물들 간의 관계만이 아니라
'누정기-집', '누정기-사건', '인물-집', '인물-장소' 등 다양한 관계
양상들이 확인될 수 있으며, 이것이 어떠한 관계로 맺어져 있는지가
드러난다는 점에서 새로운 연구 성과를 기대할 수 있게 한다.

---

4) 류인태, 「디지털 환경에서의 인문 지식 연구에 관한 小考」, 『열상고전연구』50집,
　2016, 112-114면 참조.

또한, 1장에서 언급하였듯이 디지털 아카이브를 통해 가능해지는 다중 참여 방식은 수많은 사람들의 협업이 가능해진다는 점에서 이전의 연구 환경과는 확연히 다른 구도가 펼쳐진다고 할 수 있다. 누정기 디지털 아카이브를 예로 들자면 연구자는 아직 존재하지 않는 누정기 항목을 새로 작성해 넣을 수 있으며, 존재하는 누정기 항목 내에서도 정보를 추가하거나 오류 사항을 수정할 수 있다.[5] 연구자 개인만이 알고 있는 단편적인 지식 하나가 아카이브 내에 기록되고, 그러한 기록들이 계속 축적된다면 그 학문적 효용성은 능히 짐작할 수 있다. 나아가 다양한 전공자들의 지식이 상호보완적으로 축적되어 전공 분야를 넘나드는 종합적인 연구 성과를 기대할 수도 있을 것이다.

한편, 다중 참여 방식은 지식의 생산에 직접 참여하는 행위 자체가 연구를 수행하는 과정이라 할 수 있다. 단지 내가 아는 정보를 글로 작성해 올리는 것도 참여라 할 수 있지만, 단편적으로라도 대상 자료에 대한 온톨로지를 설계하고 XML 태깅을 해보면 자료의 세밀한 부분까지를 명확히 파악해야 하기 때문에 기존의 독해 방식과는 차원이 다르다는 것을 체감하게 된다. 지식 정보가 체계화되는 동시에 그 관계 양상까지도 분명히 정리되는 것이다. 그만큼 연구자는 대상 자료를 밀도 있게 파악하게 되며, 이 또한 협업으로 이루어져야 하는 것이므로 많은 연구자들의 지식이 공유되어 더욱 생산적인 결과를 낳을 수 있다.[6]

둘째, 교육적 기여를 보자면 디지털 아카이브는 교육 현장에서도 크게 기여할 수 있다. 이는 학습의 차원과 참여의 차원으로 생각해볼

5) 물론 제한 없는 수정 허용은 문제를 일으킬 수 있기 때문에 관리자의 인증을 거친 후 수정이 이루어지도록 하는 방안이 필요할 것이다.
6) 류인태, 앞의 논문, 119-120면 참조.

수 있겠는데, 먼저 학습적 차원을 보자면 제공되는 지식 정보 자체가 풍부할 뿐 아니라 그것이 서로 연결되어 연쇄적인 지식 습득이 가능해 진다. 학생들은 관심 있는 정보를 클릭해가며 지식을 무한히 확장시 켜나갈 수 있으며, 세상에 존재하는 지식들이 서로 긴밀하게 연결되 어 있다는 사실을 깨닫게 될 것이다.

누정기 디지털 아카이브를 예로 들자면 학생이 거주하고 있는 지역 에 유명 전통건축이 있다면 그곳에 방문한다고 해도 안내판 정도가 있 을 뿐이고, 포털 사이트에 검색해보아도 백과사전식의 설명을 찾을 수 있을 뿐이다. 하지만 그 학생이 누정기 디지털 아카이브에 접속하 게 된다면 백과사전적 정보뿐만이 아니라 그 집에 대해 쓰여진 모든 누정기·시·산문·설화 등을 읽어볼 수 있으며, 읽어본 누정기가 박팽 년의 〈쌍청당기〉라고 했을 때 본문 내용을 통해 집 이름의 뜻이 무엇 인지를 이해할 수 있고, 황정견·소옹·장자 등에 대해서도 알게 될 수 있다. 또한, 박팽년이 쓴 다른 누정기들, 장자를 인용한 여타 누정기 들, 송유 후손이 지은 집과 그 집에 대한 누정기들 등으로 관심을 확 대해나갈 수 있을 것이며, 다른 분야의 디지털 아카이브도 구축되어 있다면 그러한 지식들도 서로 연계되어 학생의 시각을 넓혀줄 수 있을 것이다.

이러한 연쇄적 습득은 학생 개인적으로 수행될 수도 있지만, 학교 수업을 통해서도 이루어질 수 있다. 교사들은 학생들에게서 스마트폰 을 뺏으려고만 할 것이 아니라 수업을 시작할 때부터 스마트폰이나 노 트북을 켜고서 스스로 정보를 습득하고 그것을 정리하게 한다면 학생 들의 수업 참여도가 훨씬 높아지고, 그만큼 능률적인 학습 효과가 발 생할 것이다.[7)]

두 번째로 제기하고자 하는 참여의 차원은 습득의 차원보다 더욱 중요하다고 할 수 있다. 학생들이 디지털 환경을 통해 정보를 습득하고 정리하게 하는 일도 기존의 수업 방식보다는 훨씬 능률적이겠지만, 학생들 스스로 정보를 생산하게 한다면 학습 효과는 더욱 커질 것이다. 사람은 누구나 무언가를 직접 만들 때에는 몰입을 하게 되고 재미를 느끼기 때문이다.

예를 들어 김현 교수는 대학 학부 과정의 학생들에게 조선시대의 유교 서원에 관한 디지털 콘텐츠 편찬 방법을 교육하였고, 조별 과제로 한국의 서원에 대해여 위키 문서를 제작하도록 하였다. 이로 인해 학생들의 디지털 문식(文識) 능력이 크게 향상되었을 뿐만 아니라, 학생들이 '유교 서원'이라는 자칫 고리타분하게 느껴지는 대상에도 많은 관심과 흥미를 갖게 되었다고 한다. 다음과 같은 언급은 우리의 학교 교육 현장에 시사하는 바가 있을 것이다.

> '한국의 서원' 위키 백과 편찬 프로젝트는 (……) 대부분의 학생들이 이 프로젝트를 통해 디지털 세계의 소비자에서 생산자로 성장할 수 있게 되었다는 점에 크게 만족하였고 작지 않은 성취감을 느꼈다고 보인다. 학생들의 성취감은 표면적으로 디지털 콘텐츠 생산 능력을 얻게 된 것으로 보이지만, 그 능력은 특정 소프트웨어를 다룰 줄 알게 데어서 얻어진 것이라기보다 그것을 도구로 삼아 지식과 정보를 담은 데이터에 다가가서 그것과 씨름하여 자신의 틀 안에서 재구성해 내는 경험에서 얻어진 것이라고 할 수 있다. 학생들은 이 프로젝트를 통해 서원이 무엇인지, 그곳에 어떠한 건물이 있고 선비들은 거기에서 무엇을 했는지, 한국의 대표적인 유학자

---

7) 학생들은 이미 디지털 환경에 익숙해져있는 새로운 세대인데, 교사(교수)들은 과거의 수업 방식만을 답습하다보니 학생들이 자꾸만 스마트폰에 눈이 가는 것도 당연한 일이다. 물론, 전통적인 강의 방식도 분명한 존재 가치가 있겠지만, 교육 담당자들은 수업 중에 스마트폰을 금지하는 것이 아니라 스마트폰을 적극 활용하는 것에 많은 관심을 가져야 할 줄로 안다.

가 누구이고, 그들은 어떠한 업적을 남겼는지에 대해 알게 되었다. 무엇보다도 중요한 사실은 의미 있는 디지털 콘텐츠를 만들기 위해서는 무엇보다도 대상에 대한 깊이 있는 조사와 분석, 이해가 필수적임을 깨닫게 되었다는 것이다.[8]

위에서 말한 것처럼 학생들이 디지털 콘텐츠를 만들기 위해서는 대상에 대한 깊이 있는 이해가 필요하고, 콘텐츠를 만들어 나가면서 대상에 대한 이해가 더욱 심화된다는 점이 중요하다고 하겠다. 대단히 창의적이면서도 능동적인 학습이 이루어지는 것이다.

누정기 디지털 아카이브도 학생들이 스스로 참여하는 방식을 적극 권장한다. 어떠한 집이나 누정기에 대해 새로운 항목을 작성할 수도 있을 것이며, 이미 만들어진 항목에 대해 학생의 시각으로 새로운 정보를 추가해 넣을 수도 있을 것이다. 학생들은 직접 누정기 콘텐츠를 제작하면서 전통 건축에 깃든 정신적 의미를 더욱 깊이 깨달을 수 있을 것이며, 내용 중에 언급되어 있는 다양한 인물이나 고사 등을 통해서 상당한 역사적 지식을 습득할 수도 있을 것이다.

논의의 전개를 위해 학습의 차원과 참여의 차원을 둘로 나누어 설명하였지만 이 둘은 함께 가는 것이라 할 수 있다. 학습을 하면서 지식을 체계화하고 새로운 사실을 깨닫게 되면 그것이 참여로 이어질 수 있으며, 콘텐츠 제작에 참여하면서도 끊임없이 학습을 해야만 지식 생산이 가능하기 때문이다. 둘 모두 디지털 환경 속에서 더욱 풍부한 성과를 거둘 수 있다는 점에서 교육 담당자들이 이에 대해 많은 관심을 가져주길 기대한다.

셋째, 대중적 활용을 보자면 디지털 아카이브는 연구자만을 위한

---

8) 김현, 「디지털 인문학과 선비문화 콘텐츠」, 『유학연구』33집, 2015, 17면.

것이 아니며, 대중과의 소통 또한 매우 중시한다. 포털사이트의 블로그나 페이스북 등을 보면 알 수 있듯이 일반 대중들도 앎에 대한 욕구가 크며, 자신의 지식과 깨달음을 표현하고 싶어 한다. 위키백과를 보더라도 보상이 주어지는 것도 아닌데 수많은 대중들이 자발적으로 참여하여 지금과 같은 방대한 백과사전을 만들어내었다. 앞에서도 언급하였듯이 누정기 디지털 아카이브의 플랫폼을 위키 소프트웨어로 선택한 것도 이러한 이유에서이다. 전문 연구자뿐만이 아니라 일반 대중들도 자유롭게 참여할 수 있는 자리를 의도한 것이다.

일반 대중들에게 '누정기'라는 것은 다소 생소하지만, 전통 건축은 많은 관심을 받는 대상이며, 관광 코스에 포함되는 볼거리이기도 하다. 이처럼 대중들은 전통 건축에 우선적인 관심을 갖는 것이 일반적인데, 그러한 대중들이 전통 건축에 대해 웹서핑을 하다가 누정기 디지털 아카이브에 접속할 수 있을 것이다. 여타 웹사이트는 전통 건축에 대하여 대부분 비슷한 설명을 하고 있지만, 누정기 디지털 아카이브의 차별점은 집에 대한 자세한 정보도 제공하지만, 거기에 더하여 그 집에 관한 누정기 및 관련 기록까지 볼 수 있다는 점이다.

오늘날 전통 건축은 그 형태만이 남아 있지만 누정기를 보면 실제로 그 집에 머물렀던 사람들의 생활상이 드러나 있고, 그들이 자신의 집에 담고자 했던 정신적 의미도 알 수 있게 된다. 이러하기 때문에 대중들도 누정기를 한 번 접하게 되면 흥미를 가질 수 있을 것이며, 그 집에 대한 또 다른 누정기도 읽고 싶어질 것이다. 나아가 본인이 가보았던 집에 대한 누정기를 읽고 싶을 수 있고, 가보고자 하는 집에 대한 누정기를 미리 읽고 싶어질 수도 있다.

누정기 디지털 아카이브는 이러한 대중들에게 편리한 환경을 제공한다. 시작페이지에서 각각의 누정기를 '집으로 분류', '지역으로 분류'로 구분해 두었기 때문에 관련된 누정기를 쉽게 찾을 수 있는 것이다. 그리고 각 누정기 항목을 열람하다가 전혀 생각지 않았던 다른 누정기를 읽게 될 수도 있으며, 관련된 시·산문이나 고전 속의 명문장을 접하게 될 수도 있을 것이다. 이와 같이 대중을 위한 지식 서비스란 측면에서 디지털 아카이브는 상당히 유용한 도구라 하겠다.

또한, 앞에서 학생들의 참여를 강조하였던 것처럼 대중들의 참여역시 적극 권장된다. 한 지역에 대대로 살아온 사람이라거나 특정 문중의 후손 등과 같은 경우 어떠한 집에 대해서 전문 연구자도 모르는 사실을 알고 있을 수 있다. 이러한 지식들은 적극적으로 수집되어야하며, 대중들도 기본적인 위키 사용법을 익혀서 지식 생산에 자발적으로 동참할 수 있어야 할 것이다.

물론 전문적인 지식이 없다고 해도 어떤 집을 방문했을 때의 생각과 느낌, 촬영한 사진, 누정기 한 편을 읽고 난 뒤의 감상 등도 충분히 훌륭한 지식 정보로 기능할 수 있다. 이러한 정보들이 지속적으로 축적되어 대중의 생각을 읽을 수 있는 양질의 빅데이터가 형성되는 것이다.

누정기 디지털 아카이브는 문화콘텐츠로서도 활용될 가능성이 충분하다. 간단한 예를 들어 보겠다. 사극 드라마를 집필하는 작가가 주인공이 거처하는 집의 이름을 지어야 한다고 해보자. 주인공의 집이니만큼 별 뜻 없는 이름보다는 주인공이 살아온 인생과 가치관에 어울리는 그럴듯한 이름을 붙여주고 싶을 것이다. 이러할 때 누정기 디지털 아카이브에 접속한다면 시작페이지에서 수많은 전통건축의 집 이름을 볼 수 있으며, 클릭하면 바로 집 이름 뜻에 대해 정리해놓은 부분을 찾을 수 있다. 또한, 현존해 있는 집 이름을 가져다 쓰면 이름이 중복되지만, 멸실된 집 이름을 활용한다면 중복의 염려도 없어진다.

좀 더 나아가자면 집 이름에 담긴 의미를 가지고서 깊이 있는 대사가 쓰여질 수도 있고, 드라마의 주제 의식이 반영될 수도 있을 것이다.

이는 아주 단순한 예를 든 것이며, 누정기 디지털 아카이브 내에 제공되고 있는 수많은 데이터들은 활용하기에 따라 훌륭한 문화콘텐츠로서 기능할 수 있다. 누정기 내에는 수많은 사람들의 일상과 깊은 철학적 고민, 벗들과의 진지한 대화, 인생에 대한 생각, 자연에 대한 생각, 집에 대한 생각 등이 다채롭게 담겨 있기 때문이다. 누정기 디지털 아카이브는 이러한 요소들에 보다 쉽게 접근하게 해주며, 상호간에 긴밀한 연결망이 구성되어 있기 때문에 꼬리에 꼬리를 물고 관련 정보를 읽어가다 보면 흥미로운 점들을 여럿 발견하게 될 것이다.

또한, 앞에서 언급하였듯이 아카이브 마지막 부분에 '이야깃거리'라는 공간을 만들어 두었는데, 여기에는 전문 연구자를 비롯하여 남녀노소 누구나 자유롭게 글을 작성할 수 있게 해두었으므로 문화계 종사자들이 그 내용 속에서 좋은 영감을 얻을 수도 있을 것이다.

다만 유의해야 할 점은 문화콘텐츠로서의 활용을 염두에 두면서 상업화를 우선시한다거나 수익 모델의 창출에만 얽매이다보면 본질을 망각하기 쉽다는 것이다. 상업화에 치중하다보면 대중의 관심을 집중시킬 수 있는 것에만 경도되기 쉬우며 단기적 성과 위주로 아카이브 편찬 작업이 이루어질 가능성이 크다.9) 인문학 연구란 눈앞에 보이는 성과만을 추구하는 것이 아니라 장기적인 안목을 가지고 정신적 의미를 좇는 작업이다. 그러한 과정을 통해 조금씩 연구 결과들을 축적해가는 것이다. 문화계 종사자 또한 이와 같은 콘텐츠를 보고 싶어 할 것이다. 결국 인문학 연구자가 할 일이란 내실 있는 재료를 체계적으

---

9) 한동현, 「문화콘텐츠학의 새로운 포지셔닝: 디지털 인문학」, 『한국문예비평연구』40
집, 2013, 321면 참조.

로 제공하는 것뿐이며, 그것을 어떻게 활용하느냐 하는 것은 문화계 종사자들의 몫이라 할 수 있다.

본서는 누정기에 초점을 맞추어 디지털 아카이브를 편찬해 보았는데, 이러한 작업은 여타 고전문학 자료뿐만이 아니라 모든 지식 분야로 확대되어야 할 것이다. 실제로 디지털 아카이브 편찬 작업을 진행해 보니 하이퍼링크로 연결할 수 있는 웹페이지가 매우 제한적이라는 현실을 체감할 수 있었다. 지식 정보가 연쇄적인 관계를 맺으며 무한히 확장되어나길 수 있는 기술적 환경은 이미 마련되어 있지만, 막상 연결망을 타고 도달할 수 있는 콘텐츠가 부실한 것이다.

앞에서도 박팽년의 〈쌍청당기〉와 관련하여 주목해볼 수 있는 시와 산문 자료가 적지 않았는데, 이러한 분야에 대해서도 본서에서 수행한 정도의 디지털 아카이브가 구축되어 있다면 서로 간에 연결이 이루어지면서 더욱 풍부한 활용성을 기대할 수 있을 것이다. 나아가 철학·역사·건축·조경·미술·서예 등의 분야에서도 이와 같은 아카이브가 형성된다면 학제 간을 아우르는 큰 범위의 지식 통섭(統攝, Consilience)[10]이 실현될 수 있을 것이다.

본서는 이를 위한 길잡이의 역할을 담당하고자 하였으며, 이러한 아카이브 편찬은 1장에서도 언급하였듯이 대상 자료의 전문가가 적극

---

10) '통섭(統攝, Consilience)'이란 주지하다시피 에드워드 윌슨의 저서 『통섭: 지식의 대통합(Consilience: the unity of knowledge)』을 통해 유명해진 용어이다. 저자는 현재의 지나친 분과 학문의 폐해를 지적하면서 '지식의 통합'이 이루어져야 하며, 그것이 자연과 인간에 대한 이해를 높이는 길임을 역설한 바 있다. 이러한 관점에서 다음과 같은 저자의 언급은 귀담아 들을 필요가 있다고 생각된다. "통섭에 대한 탐색은 처음에는 창조성을 구속하는 것처럼 보일지도 모른다. 그러나 그 반대가 맞다. 통합된 지식 체계는 아직 탐구되지 못한 실재 영역을 확인하는 가장 확실한 수단이다." 에드워드 윌슨, 장대익·최재천 옮김, 『통섭: 지식의 대통합(Consilience: the unity of knowledge)』, 사이언스북스, 2005, 507면.

적으로 참여하여야 한다. 본서에서도 3장과 4장에서 행한 것처럼 누정기 자료에 대한 면밀한 분석이 있었기에 5장의 온톨로지 설계가 자료 내의 중요 사항들을 깊이 있게 반영할 수 있었고, 이를 위키 플랫폼으로 구현함으로서 체계적으로 정리된 전문 지식을 제공할 수 있었다. 이와 같은 토대 위에서 전문 연구자 및 일반인들이 저마다의 지식을 첨가하고, 그것이 지속적으로 축적된다면 더욱 생산적인 아카이브로 거듭날 수 있을 것이다.

참고문헌

1. 원전 자료

權尙夏, 『寒水齋集』(『韓國文集叢刊』151집)

奇大升, 『高峯集』(『韓國文集叢刊』40집)

金尙憲, 『淸陰集』(『韓國文集叢刊』77집)

金守溫, 『拭疣集』(『韓國文集叢刊』9집)

金壽恒, 『文谷集』(『韓國文集叢刊』133집)

金堉, 『潛谷遺稿』(『韓國文集叢刊』86집)

朴世堂, 『西溪集』(『韓國文集叢刊』134집)

朴趾源, 『燕巖集』(『韓國文集叢刊』252집)

朴彭年, 『朴先生遺稿』(『韓國文集叢刊』9집)

徐居正, 『東文選』(연세대학교도서관 소장본)

宋奎濂, 『霽月堂集』(『韓國文集叢刊』137집)

_____, 『雙淸堂題詠』(국립중앙도서관 소장본)

宋枏壽, 『松潭集』(『韓國文集叢刊』續4집)

宋達洙, 『守宗齋集』(『韓國文集叢刊』313집)

宋來熙, 『錦谷集』(『韓國文集叢刊』303집)

宋相琦, 『玉吾齋集』(『韓國文集叢刊』171집)

宋時烈, 『宋子大全』(『韓國文集叢刊』113집)

宋浚吉, 『同春堂集』(『韓國文集叢刊』107집)

沈定鎭, 『霽軒集』(『韓國文集叢刊』續89집)

安軸, 『謹齋集』(『韓國文集叢刊』2집)

李穀, 『稼亭集』(『韓國文集叢刊』3집)

李穡, 『牧隱集』(『韓國文集叢刊』4집)

李彦迪, 『晦齋集』(『韓國文集叢刊』24집)

李宜顯, 『陶谷集』(『韓國文集叢刊』181집)

李廷龜, 『月沙先生集』(『韓國文集叢刊』70집)

李荇, 『新增東國輿地勝覽』(연세대학교도서관 소장본)

李喜朝, 『芝村集』(『韓國文集叢刊』170집)

張維, 『谿谷集』(『韓國文集叢刊』92집)

鄭崐壽, 『栢谷集』(『韓國文集叢刊』48집)

丁若鏞, 『與猶堂全書』(『韓國文集叢刊』281집)

曺偉, 『梅溪集』(『韓國文集叢刊』16집)

趙翼, 『浦渚集』(『韓國文集叢刊』85집)

許筠, 『惺所覆瓿稿』(『韓國文集叢刊』74집)

許穆, 『記言』(『韓國文集叢刊』98집)

洪奭周, 『淵泉集』(『韓國文集叢刊』293집)

2. 단행본

김현, 『국립한글박물관 디지털 아카이브 구축 기본 구상』, 국립한글박물관, 2013.

김현·임영상·김바로, 『디지털 인문학 입문』, 휴북스, 2016.

노자, 최재목 옮김, 『노자』, 을유문화사, 2006.

문상호·강지훈·이동열, 『디지털 인문학의 이해』, 이담, 2016.

민족문화추진회, 『국역 신증동국여지승람』, 민족문화추진회, 1969.

박치완·김기홍·유제상·세바스티안 뮐러 외, 『디지털인문학이란 무엇인가?』, 꿈꿀권리, 2015.

빅토르 마이어 쇤버거·케네스 쿠키어, 이지연 옮김, 『빅 데이터가 만드는 세상』, 21세기북스, 2013.

안세현, 『누정기를 통해 본 한국한문산문사』, 고려대학교 민족문화연구원, 2015.

에드워드 윌슨, 장대익·최재천 옮김, 『통섭: 지식의 대통합(Consilience: the unity of knowledge)』, 사이언스북스, 2005.

에레즈 에이든·장바디스트 미셸, 김재중 옮김, 『빅데이터 인문학: 진격의 서막』, 사계절, 2015.

이갑규·김신곤, 『한국의 혼 누정』, 민속원, 2015.

이왕기, 『한국의 건축문화재』, 기문당, 1999.
이수상, 『네트워크 분석 방법론』, 논형, 2012.
이종묵, 『조선의 문화공간』3책, 휴머니스트, 2006.
장자, 김창환 옮김, 『장자: 외편』, 을유문화사, 2010.
허경진, 『대전지역 누정문학연구』, 태학사, 1998.
_____, 『문학의 공간 옛집』, 보고사, 2012.
허경진·구지현, 『조선시대 표류노드 시각망 연구일지』, 보고사, 2016.
허균, 『한국의 누와 정』, 다른세상, 2009.
NodeXL Korea, 『NodeXL 노드엑셀 따라잡기』, 패러다임북, 2015.
神崎正英, 황석형·양해술 공역, 『시맨틱 웹을 위한 RDF/OWL 입문』, 홍릉과학
　　출판사, 2008.
Antoniou G. and Van Harmelen F., *A Semantic Web Primer* (Second edition),
　　The MIT Press, 2008.
Berry, David M., *Understanding digital humanities*, Palgrave Macmillan,
　　2012.
Joe Fawcett, Liam R.E. Quin, Dany Ayers, *Beginning XML* (Fifth edition),
　　John Wiley&Sons, Inc., 2012.
Warwick, Claire, *Digital humanities in practice*, Facet Publishing, 2012.

3. 연구 논문

권선정, 「지명의 사회적 구성: 과거 懷德縣의 '宋村'을 사례로」, 『국토지리학회
　　지』38집, 국토지리학회, 2004.
김무조, 「조선조 누정문학 연구」, 『한국문학논총』10집, 한국문학회, 1989.
김사현, 「문화유적 안내 정보 모델 연구」, 한국학중앙연구원 석사학위논문, 2015.
김우정, 「누정기를 통해 본 조선중기 지식인의 공간의식」, 『동아시아고대학』14
　　집, 동아시아고대학회, 2006.
김은미, 「조선초기 누정기의 연구」, 이화여자대학교 박사학위논문, 1990.
_____, 「'기(記)'의 문체(文體)에 대한 시고(試考)」, 『한국한문학연구』13집,
　　1990.

김종서, 「박팽년(朴彭年)의 문학과 정신」, 『동방한문학』32집, 동방한문학회, 2007.

김종철, 「『동문선(東文選)』 소재 누정기 연구」, 울산대학교 석사학위논문, 2000.

김철범, 「한국 잡기류(雜記類) 산문의 특성과 양상」, 『동방한문학』31집, 동방한문학회, 2006.

김하영, 「門中古文書 디지털 아카이브 구현 연구」, 한국학중앙연구원 석사학위논문, 2015.

김현, 「韓國古典籍의 電算化의 成果와 課題 - 《조선왕조실록 CD-ROM》 개발 사업의 경과와 발전 방향」, 『민족문화』18집, 한국고전번역원, 1995.

____, 「인문 콘텐츠를 위한 정보학 연구 추진 방향」, 『인문콘텐츠』1집, 인문콘텐츠학회, 2003.

____, 「한국 고전적 전산화의 발전 방향 -고전 문집 지식 정보 시스템 개발 전략-」, 『민족문화』28집, 한국고전번역원, 2005.

____, 「디지털 인문학과 선비문화 콘텐츠」, 『유학연구』33집, 유학연구회, 2015.

____, 「디지털 인문학과 고문헌 자료 연구」, 『열상고전연구』50집, 열상고전연구회, 2016.

류인태, 「디지털 환경에서의 인문 지식 연구에 관한 小考 ─ 修信使 자료 DB 편찬 프로젝트를 중심으로」, 『열상고전연구』50집, 열상고전연구회, 2016.

박순, 「누정기(樓亭記)의 디지털 정보화 설계」, 『열상고전연구』50집, 열상고전연구회, 2016.

박은정, 「『신증동국여지승람』 소재 누정기 연구」, 계명대학교 석사학위논문, 2010.

서소리, 「문화유산 지식 정보 데이터 모델 연구 ─불탑 지식 정보망을 중심으로 ─」, 한국학중앙연구원 석사학위논문, 2014.

신연우, 「문화재 옛집의 주제별 스토리텔링 활용」, 『한국옛집 콘텐츠DB 구축 사업 제3차 학술대회 발표자료집』, 연세대학교 국학연구원, 2015.

안세현, 「조선중기 누정기 연구」, 고려대학교 박사학위논문, 2009.

_____, 「조선후기 누정기의 특징적 면모」, 『동양한문학연구』31집, 동양한문학회, 2010.

오용원, 「누정문학의 양식(樣式)과 문체적 특징 ―누정 상량문(上樑文)과 기문(記文)을 중심으로―」, 『어문논총』44집, 한국문학언어학회, 2006.

_____, 「누정기의 문체적 특성과 공간적 상상력」, 『어문논총』47집, 한국문학언어학회, 2007.

윤재환, 「近畿南人學統의 展開와 星湖學의 形成」, 『온지논총』36집, 2013.

윤채근, 「조선전기 누정기의 사적 개관과 16세기의 변모 양상」, 『어문논집』35집, 고려대학교 국어국문학회, 1996.

이재연, 「작가, 매체, 네트워크 ―1920년대 소설계의 거시적 조망을 위한 시론―」, 『사이』17집, 국제한국문학문화학회, 2014.

정하균, 「대전 동춘고택과 송촌의 역사문화환경보존에 관한 연구」, 목원대학교 석사학위논문, 2002.

조연수, 「조선시대 화기 정보 모델 연구」, 한국학중앙연구원 석사학위논문, 2015.

최기숙, 「조선후기 사대부의 생활공간과 글쓰기 문화 ―이계(耳溪) 홍양호(洪良浩)의 "기(記)"를 중심으로―」, 『고전문학연구』33집, 한국고전문학회, 2008.

한동현, 「문화콘텐츠학의 새로운 포지셔닝: 디지털 인문학」, 『한국문예비평연구』40집, 한국현대문예비평학회, 2013.

황의열, 「한문 문체 분류의 재검토」, 『태동고전연구』17집, 한림대학교 태동고전연구소, 2000.

Berners-Lee, T., Hendler, J. and Lassila, O., _The Semantic Web_, Scientific American, May, 2001.

Giles, Jim, _Internet Encyclopaedias Go Head to Head_, Nature, Vol.438, 2005.

Gruber, T., _A translation approach to portable ontologies_, Knowledge Acquisition, Vol. 5, 1993.

Shadbolt, N. and Hall, W., Berners-Lee, T., _The Semantic Web Revisited_, IEEE Computer Society, Vol. 21, 2006.

4. 웹사이트

국립중앙도서관(http://www.nl.go.kr/)

대덕구 생태관광 포털(http://www.daedeok.go.kr/ect/ECT.do)

대덕문화원(http://ddcc.or.kr/index.php)

동양고전종합DB(http://db.cyberseodang.or.kr/)

문화재청(http://www.cha.go.kr/)

서울대학교 규장각 한국학연구원 지리지 종합정보(http://kyujanggak.snu.ac.kr/geo/)

은진송씨 대종회(恩津宋氏 大宗會)(http://www.eunsong.biz/)

위키백과 한국어판(https://ko.wikipedia.org/wiki/)

한국고전종합DB(http://db.itkc.or.kr/)

한국민족문화대백과(http://encykorea.aks.ac.kr/)

한국역대인물 종합정보시스템(http://people.aks.ac.kr/)

한민족 정보마당〉한국전통옛집(http://www.kculture.or.kr/korean/oldhome/)

Chinese Text Project(http://ctext.org/)

The World Wide Web Consortium(W3C)(http://www.w3.org/)

부록

표본 자료 99편에서 분석할 수 있는 핵심 요소

표본 자료 113편 중 3장에서 자세히 살펴본 14편을 제외한 99편 누정기의 본문 분석 결과를 제시하도록 하겠다. 여기에서는 유형 분류 없이 핵심 요소만을 열거하였으며, 한자 병기는 생략하였다.[1] 각각의 핵심 요소는 온톨로지 설계에서 하나의 개체가 된다.

(1) 주거 건축에 대한 누정기

No.	누정기	필자	핵심 요소			
1	쌍청당기	김수온	1446	식우집	쌍청당	대전 대덕구	송유
			회덕	박연	안평대군	박연의 시	안평대군의 시
			송유가 김수온에게 보낸 편지	광풍제월	학창의	화양관	궤안
			도연명	천기	송옥	조조	소동파
			잠홀	노래자	순임금	흑의	강상
2	중수쌍청당기	박상	1524	눌재집	쌍청당	대전 대덕구	송유
			헌창	대장	청전	송여림	긍당긍구
3	쌍청당지	송남수	1616	송담집	쌍청당	대전 대덕구	송유
			임진왜란	윤필성	박연	박연	박연의 시
			안평대군	안평대군의 시	조위	조위의 시	박인수
			김수온	박상			
4	쌍청당중수기	송상기	1708	옥오재집	쌍청당	대전 대덕구	송유

No.	누정기	필자	핵심 요소				
			송여림	선조	태종	송남수	임진왜란
			당우	옥제	청전	송상엄	송병익
			송원석	송강석	송광림	송도립	송위필
			가승	송시단	송시석		
5	쌍청당중수기	송근수	1888	쌍청당 현판	쌍청당	대전 대덕구	송유
			송상기	옥제	송익로	송기로	송기순
			송병종	송병필	송휘로	송규인	송석구
			헌종	소나무	송교순		
6	중수기	송종국	1937	쌍청당 현판	쌍청당	대전 대덕구	송유
			1524	송정인	송두영	공원	도유사
			송시열	쌍청당제영록	심의	폭건	소옹
			송완빈				
7	중수기	송원빈	1970	쌍청당 현판	쌍청당	대전 대덕구	송유
			신덕왕후	태묘	고흥유씨	고흥유씨 정려각	송석준
			송병덕	송정헌	송진도	송인창	송필호
8	쌍청당중수기	송제영	1980	쌍청당 현판	쌍청당	대전 대덕구	송유
			1432	공사원	송희영	송인장	송치덕
			송진용	고흥유씨	고흥유씨 정려각	송봉섭	송준영
9	남간정사기	이희조	1687	지촌집	남간정사	대전 동구	송시열
			윤길보	태조	용흥	주자	공자
			안회	증자	자사	맹자	주렴계
			정자	장횡거	요순	왕양명	정몽주
			이황	효종	음양	도연명	
10	남간정사 중수기	송달수	1858	수종재집	남간정사	대전 동구	송시열
			박팽년	정절사	송유	주자	운곡정사
			이희조	주자의 시	주자	권상하	소나무
			주자어류	송자대전			
11	제월당기	김창협	1698	농암집	제월당	대전 대덕구	계족산
			송규렴	일사	천리	도연명	소옹
			송유	황정견	주돈이	귀거래사(도연명)	격앙가(소옹)
			쌍청당	회덕			
12	옥오재기	송상기	17세기	옥오재집	옥오재	대전 대덕구	계족산
			편액	감름	김수증	방효유	방효유의 시
13	송애당기	송시열	1640	송애당 현판	송애당	대전 대덕구	계족산

No.	누정기	필자	핵심 요소				
			김유선	옥당	미원	오대	주연
			주자	공자	증자		
14	송애당중수기	송도순	1909	송애당 현판	송애당	대전 대덕구	계족산
			김유선	효종	송준길	송시열	풍천
			세한	군탄	영광전	김정필	김명식
			춘추	김제의	김길원	긍당긍구	
15	암서재중수기	권상하	1721	한수재집	암서재	충북 괴산군	화양계곡
			기사환국	송시열	김진옥	헌창	재사
			무이정사	손작	천태부 (손작)	황강	
16	화양초당 암서재 중수기	송근수	1879	암서재 현판	암서재	충북 괴산군	화양계곡
			송시열	권상하	암서재중수기	정사	선기옥형
			암서재기	옥제	무이산	고종	황묘
			조병식	김영문	김진옥	송주산	참판
17	암서재중수기	박동식	1945	암서재 현판	암서재	충북 괴산군	화양계곡
			무이계곡	송시열	송시열의 시	영광전	손재호
			송자대전	남간사	비각	무이정사	
18	암서재중수기	이정로	1960	암서재 현판	암서재	충북 괴산군	송시열
			무이산	이이	화양동	선령	신종
			비례부동	운한각	환장사	만동묘	권상하
			화양서원	풍천재	모원루	송자대전	영광전
			정인택	박태식	유병수	이종곤	정철
			이준경	유홍	창귀	주자	관동
19	몽룡실중수기	최병위	1949	오죽헌 현판	오죽헌 몽룡실	강원 강릉시	이이
			궐리	창평	무원	홍정	고적
			권혁래	어제각	최명집	정자	안락정명 (정자)
20	오죽헌중수기	이룡	1962	오죽헌 현판	오죽헌	강원 강릉시	이이
			소공	시경	죽헌동	몽룡실	신사임당
			한동석	구국제민	박정희	율곡제	
21	오죽헌중수기	박경원	1968	오죽헌 현판	오죽헌	강원 강릉시	이이
			신사임당	박정희	김형기	권처균	
22	오죽헌중수기	정호	18세기	장암집	오죽헌	강원 강릉시	이이
			기묘사화	신명화	권처균	격몽요결	하사받은 붓
			하사받은 벼루	권윤재	정철	낙민	수사

No.	누정기	필자	핵심 요소				
			사단칠정론	기발이승일도	주자	황홍헌	극기복례 위인
			육구연	순임금	문왕	부절	맹자
			복건성	고정촌	소흥	공자	정필동
23	어제각기	맹지대	1788	오죽헌 현판	오죽헌 어제각	강원 강릉시	이이
			정조	군사	격몽요결	권한위	김재찬
			영수혼후	운한	통정대부	현감	
24	어제각복원기	안명필	1987	오죽헌 현판	오죽헌 어제각	강원 강릉시	이이
			예국	십만양병	기	리	어제각
			운한문	오죽헌정화 사업	문성사		
25	모한재기	허목	1670	기언	모한재	경남 하동군	하홍도
			한천정사	영귀대	시경	고반	석인
			태령노인				
26	양진당중수기	조학수	1808	양진당 현판	양진당	경북 상주시	조정
			임진왜란	감실	주문공가례	정침	낭무
			오가십영	류성룡	류성룡의 시	조기원	조목수
			음복	택신	조술겸	긍당	생원
27	과필헌중수기	신관우	1995	과필헌 현판	과필헌	충북 청주시	신숙주
			첨지 중추부사	신후	인경산	채제공	신윤우
			신오식	신완호	인가응보	오국진	
28	송월헌기	이정귀	17세기	월사집	송월헌	서울 종로구	한양
			낙산	반수	의성	사제	정사
			복건	여장	녹구	남상문	남치원
			부마	포의	임진왜란	소나무	만뢰구적
			도연명	지선			
29	사우재기	허균	1611	성소부부고	사우재	오륜	처사
			도연명	승화귀진	한림	이백	팔극
			학사	소식	유하혜	화광동진	이정
			한석봉	해서	권형	시상산	채석산
			상숙현	양선현	감호	사일	

(2) 조망 건축에 대한 누정기

No.	누정기	필자	핵심 요소				
1	영귀정기	허목	1660	기언	영귀정	경북 의성군	서호
			호안군	곡우			
2	이요정기	허목	1659	기언	이요정	경남 산천군	윤사수
			남포	웅계	남해	옥마산	아미산
			양각산	성대	청연	용추	영해
			오차	탐진	사비	논어	공자
3	한송정기	허목	17세기	기언	한송정	강원 강릉시	사동
			술랑정	장령봉	우통수	석조	석지
			교룡	소나무	백사정	신기루	
4	시우정기	허목	1670	기언	시우정	경기 양평군	용문산
			내소동	이호민	신익성	석동 시우정기	이경엄
			국성	우수	삼성	곡우	예기
			월령	무녀성	우제		
5	낙오정기	허목	17세기	기언	낙오정	서울 용산구	한강
			용산강	서강	서호	삼강	낙랑
			탐모라	이석형			
6	죽서루기	허목	1662	기언	죽서루	강원 삼척시	관동
			총석정	삼일포	해산정	영랑호	낙산사
			경포대	월성포	습계	기성	두타산
			태백산	관부	김효종	조관	양찬
			허확	정유청	1591	죽장사	
7	임청정기	정약용	18세기	여유당전서	임청정	경기 남양주시	소양강
			귀음	석호	숙종	정시윤	방환
			초천	반고	편액	도연명	괴송
			박문수	유산	측실	송정	
8	품석정기	정약용	18세기	여유당전서	품석정	경기 남양주시	초천
			유산	반고	두헌	허소	조조
			맹사성	부암	필탄	장량	미불
9	추수정기	정약용	18세기	여유당전서	추수정	서울 마포구	용산
			마포	정씨	추수	기녀	악대
10	만어정기	정약용	18세기	여유당전서	만어정	서울 마포구	묘당
			관각	술수	음양	낙서	마포

No.	누정기	필자	핵심 요소				
			서강	권영석			
11	반학정기	정약용	18세기	여유당전서	반학정	경북 예천군	부서
			동복	예천	정각	송옥	경적
			저포				
12	망하루기	정약용	1792	여유당전서	망하루	경남 진주시	하담
			선영	편액	초천	우제	
13	조석루기	정약용	1811	여유당전서	조석루	전남 강진군	윤개보
			서루	다산	청라곡	농산	윤군보
			용산	묘도	영모재	왕희지	도연명
			서산	남산	운당	한옥관	녹운오
			금고지	척연정	녹음정	의장해	표은곡
			앵자강	수경간	상암	옹중산	용산별업
14	활래정기	조인영	1816	운석유고	활래정	강원 강릉시	경포호
			구란	오죽헌	해운루	사문	이후
			선교장	동도주인	전당련	주자	주자의 시
			동해	춘관	활수		
15	활래정중수기	이근우	1924	활래정 현판	활래정	강원 강릉시	열화재
			평천장	녹야당	소인	묵객	조인영
			활래정기				
16	죽서루중수기	이학규	1921	죽서루 현판	죽서루	강원 삼척시	관동
			관동팔경	김수온	김수온의 기문	이범기	서시
17	죽서루중수기	홍백련	1947	죽서루 현판	죽서루	강원 삼척시	1403
			김효손	심기달	김동석	심기홍	지우범
			박희승	이재용	서기환	장강	타강
			여강	한수	진주관	기망	당성
18	중수기	김광용	1991	죽서루 현판	죽서루	강원 삼척시	관동팔경
			오십천	최규하	평삼문	1982	홍태의
19	영남루기	신숙주	15세기	보한재집	영남루	경남 밀양시	동문선
			강숙경	보동	강윤범	누사	유관
20	광한루기	신흠	1626	상촌집	광한루	전북 남원시	교룡성
			금계산	방장산	요천	부열성	청성산
			오작교	오성십이루	항아	추연	삼공
			구경	주기	시루	금굴치	명월편
			예상우의곡	계원	신감		
21	피향정기	조두순	19세기	심암유고	피향정	전북 정읍시	최치원

No.	누정기	필자	핵심 요소				
22	만세루중수기	심원열	이지굉	박숭고	유근	여민동락	이승경
			1856	만세루 현판	만세루	경북 청송군	심홍부
			묘각	심환영	지부사	번곤	의전
			심기일	심경주	절도사	관향	통훈대부
			도호부사	긍당긍구			
23	만세루중수기	이만좌	1971	만세루 현판	만세루	경북 청송군	심홍부
			보광산	찬경루	사록	택상	지부
			사정	신정	능침	규전	시경
24	야명정기	장유	17세기	계곡집	야명정	서울 용산구	정자원
			한강	풍악산	서진	이명한	편액
			두보	두보의 시	복건	도복	현학
			본체	이주			
25	영의정기	황현	19세기	매천집	영의정	전남 곡성군	순자강
			압록진	조낙현	농막	시경	민산
			아미산	지리지	태호기	동정호	삼묘호
26	담연정기	박지원	18세기	연암집	담연정	이풍	판돈녕부사
			도하	청장	종정	논어	시경
			노자(문헌)	비	홍		
27	청풍정기	이곡	1350	가정집	청풍정	경기 광주시	동문선
			낙생역	백화보	진애	춘추	장부
			공해	집우	염근		
28	석정기	정도전	14세기	삼봉집	석정	동문선	신창보
			산림연하	악악	익익	주역	
29	월파정기	권근	1401	양촌집	월파정	경북 구미시	동문선
			선산	여차	여흥백	최개	도편수
			사수감	어태	성산	왕건	주필
30	봉명루기	하륜	15세기	호정집	봉명루	경남 진주시	동문선
			비봉산	망진산	촉석봉	장백산	낭풍산
			지리산	거읍	영목사	정헌대부	전제
			황패	소분	송경		
31	고창현빈풍루기	정이오	15세기	동문선	빈풍루	전북 고창군	이종문
			성왕	주공	칠월편	후직	공유
			다가	빈나라	일식		

(3) 유교 건축에 대한 누정기

No.	누정기	필자	핵심 요소				
1	궐리사강당초건기	이원섭	1889	궐리사 현판	궐리사	충남 논산시	공자
			영전	자궁	노성산	궐리	귀몽산
			접해	영정	화상	박영환	추로
			향사	김치황	재임	도유사	김상일
			최석환				
2	궐리사중수기	양치호	1933	궐리사 현판	궐리사	충남 논산시	공자
			모성재	현송당	전사청	수사	주돈이
			정호	정이	주자	이구산	홍우태
			박주화	정대규	공윤석	양하석	강영식
			김광태	노봉식	이교문		
3	궐리사전사청수선급정전원장중수기	박건화	1935	궐리사 현판	궐리사	충남 논산시	전사청
			정전	1934	공자	정길모	김용배
			임영수	김경운	안명응	박명규	최상하
			홍순택	이종덕	이종오	안영식	
4	궐리사현송당모성재중수기	박재구	1948	궐리사 현판	궐리사	충남 논산시	현송당
			모성재	성주영	남정일	공윤석	김동순
			맹자	양주	묵적	조동옥	
5	궐리사중수기	홍익표	1954	궐리사 현판	궐리사	충남 논산시	봉심
			석전	인의	윤성중	김공평	윤모원
			박재준	공자	이민두		
6	노성궐리사모성재중수기	김용제	1998	궐리사 현판	궐리사	충남 논산시	모성재
			공자	노성산	이구봉	장의	최건식
			유사	김교진	전일순	악록서원	노성문묘
7	한수재벽서정실기	권섭	1727	한수재 현판	한수재	충북 제천시	송시열
			송준길	김수증	소기	팔분체	
8	풍림정사기	김병덕	1891	풍림정사 현판	풍림정사	충북 보은군	이진선
			풍림산	정사	이택당	소학료	박문호
			신칙	상량문	논어		
9	고봉정중수기	구철희	1914	고봉정사 현판	고봉정사	충북 보은군	왕헌지
			청전	왕희지	벌열	등림	고봉
			구병	최수성	김정	구수복	기묘사화
			당구	상서	과축	지주	
10	고봉정중수기	구윤조	1959	고봉정사 현판	고봉정사	충북 보은군	최수성

No.	누정기	필자	핵심 요소				
			김정	구수복	옥사	6·25전쟁	구철희
			김창흡	도연명	엄광	기묘사화	
11	염수재중수기	김선필	1964	염수재 현판	염수재	충남 논산시	김장생
			1847	사계전서	김집	고정산	김각수
			김봉수	김원중	김필중	곤좌	불조
12	모선재창건기	김영섭 김고현	1937	모선재 현판	모선재	충남 논산시	분묘
			광산 김씨	김극뉴	김종윤	김석	김은휘
			김계휘	종중	김정수	김응수	김학수
			장방	김용원	김유현		
13	모선재중수기	김영원	2002	모선재 현판	모선재	충남 논산시	김호
			김계휘	영사재	1937	재각	문랑
			동재	김용승	도유사	김영오	김용식
14	신원재기	김재엽	1928	신원재 현판	신원재	충남 계룡시	연산
			김집	김비	김장생	김상돈	김기익
			김재환	김성현	김유현	김도수	증자
			신종추원	김용현	김능현		
15	후율당중수기	박회수	1818	후율당 현판	후율당	충북 옥천군	난정
			좌구명	사마천	이이	임진왜란	조광조
			봉장	천구	장수양	천랑성	적조
			참창성	운향	조헌	시경	조석열
			이황	금계			
16	후율당중건기	박치복	1887	후율당 현판	후율당	충북 옥천군	조헌
			율치	임진왜란	금산	백양동	현봉
			표충사	박성일	김용하	김승래	공자
			안자	춘추	송시열	묘표	이이
			감당	제갈량	측백나무		
17	중봉조선생정려 중수기	송내희	1844	후율당 현판	후율당 정려각	충북 옥천군	조헌
			임진왜란	홍살문	송시열	영조	조영구
			조영규	조윤식	도학	의단	조완기
18	후율당중수기	정병묵	1949	후율당 현판	후율당	충북 옥천군	조헌
			회율촌	이이	임진왜란	당계	정순태
			양봉석	조종태	교서	사원	강신
19	후율당중수기	송공호	1968	후율당 현판	후율당	충북 옥천군	조헌
			이이	수민	적전	임진왜란	초간
			육병태	항의신편	정구창	육인수	조종락

No.	누정기	필자	핵심 요소			
20	하학재중수기	이홍구	2008	하학재 현판	하학재	경북 포항시	손중돈
			우재	세조	김종직	생사	경절
			동강서원	속수서원	현종	손종하	손태익
			손성훈	공자	하학상달	재숙	형병
21	경양사기	박원동	1939	경양사 현판	경양사	강원 강릉시	운계서원
			치산서원	경호	박제상	눌지	삼국사기
			세종	숙종	정조	교남	윤음
			경포	정묘	신문	협문	박용수
			박기동	박인헌	제전		
22	경포재실중수기	박영수	1948	경포재 현판	경포재	강원 강릉시	박자검
			경호	증봉	긍구	박재벽	박하승
			직실	계방	모선재	화수회	박중석
			손백조	범중엄			
23	경양사중건기	박증순	1979	경양사 현판	경양사	강원 강릉시	박제상
			관설당	묘우	박종성	박용태	박호균
			박용성	묘사			
24	한국공정공사당기	이곡	1345	가정집	한국공정공사당	정인	정독만달
			휘정사	반포	추증	예기	증직
			예수	승록대부	봉작	정성량	자선대부
			포씨	정공윤	한국태부인	정윤화	정윤기
			정부좌	충렬왕	고려 성종	고려 인종	전보감승
25	사가재기	이우성	1989	사가재 현판	사가재	인천 강화군	재사
			이규보	동국이상국집	사가재기(이규보)	윤수공	서교초당
			달단완종	향화	이필룡	이건현	신마고륜
26	백운동소수서원기	신광한	1550	기재집	소수서원	경북 영주시	죽령
			소백산	안유	여지승람	주세붕	안현
			심통원	백록동	이황	윤개	상서
			추로	송 태종	이발	숭정대부	대제학
			홍문관	예문관			
27	알도산서원기	이익	15세기	성호전집	도산서원	경북 안동시	청량산
			신택경	온계	애일당	이황	퇴계
			영지산	황지	취병	도산서당	동몽재
			진덕문	박약재	홍의재	전교당	한존재

No.	누정기	필자	핵심 요소				
28	옥동서원기	정탁	금명구	상덕사	주고	완락재	암서헌
			정우당	유정문	선기옥형	청려장	심원록
			천연대	천운대	구학정	이우	이해
			이현보	도산잡영	조목	정구	감당
			1602	약포집	옥동서원	경북 상주시	이황
			이정회	묘우	협실	유사청	빈번
			의형	대광보국숭록대부	판중추부사	봉람서원	
29	남계서원기	강익	16세기	일두집	남계서원	경남 함양군	정여창
			사도	정주	체인	암연	요임금
			순임금	정이천	유식	삼후	사우
			강석	동재	서재	명성	중용
			집의	정자	거경궁리	양정실	보인실
			애련헌	주세붕	백운동서원	독실	장수
			서구연	윤확	김우홍		
30	자양서당기	황준량	1552	금계집	자양서당	경북 영천시	김응생
			정윤량	이의서재	경동	낙성식	갱슬
			주돈이	도연명의 시	현관	몽인	낙육
			경천위지	중화위육	정몽주	임고서원	
31	백호서당기	김낙행	1758	구사당집	백호서당	경북 청송군	이황
			주자	작약산	이휘일	이유원	장수유식
			권정창	김사묵	정옥	명서암	뇌택담
			예기	순경자			

(4) 관영 건축 및 불교 건축에 대한 누정기

No.	누정기	필자	핵심 요소				
1	고려국신작 도평의사사청기	정도전	1389	삼봉집	도평의사사청	황해 개성시	공양왕
			도평의사	사사청	문하부	삼사	전곡
			밀직	삼부	주례	사사	문하찬성사
			우인열	설장수	김남득	김주	유화
			이염	수렴관청	심덕부	이성계	정몽주
			논어	당우	동량	서경	방현령
			두여회	진덕수	숙향	공손교	
2	훈련원사청기	성간	15세기	동문선	훈련원사청	서울 중구	사

No.	누정기	필자	핵심 요소				
			조종	계술	무뢰	백도	숙위
			호시	대사마	대사	향사	육예
			진무소	무선	도시	취재	연재
			과모	기고	정촉	태종	각저
3	동관신구대청기	이식	1616	택당집	동관대청	함경북도 종성군	1605
			홀자온	진장첨사	김백옥	만호	원모
			1614	유지경	현량	부곡	사진
			우청타자	기린각	연연산	병마평사	
4	검서청기	이덕무	1784	청장관전서	검서청	서울 종로구	정조
			1776	규장각	검서관	보양관	시강원
			보덕	금마문	등림	어용	호가
			표전	어제	일력	일성록	이문원
			춘방	춘궁	진강		
5	강서객관중신기	이행	1516	용재집	강서객관	평양시	서경
			대동강	무학산	객사	일도	낙성
			조수천	안윤덕	통정대부	홍문관부제학	지제교
6	영덕객사기	권근	1393	양촌집	영덕객사	경북 영덕군	동문선
			해사	이인실	김적	동해	
7	승련사기	이색	1364	목은문고	승련사	전북 남원시	강호문
			각운	금강사	홍혜국사	내원당	졸암
			종한	1361	선당	선실	범패
			아미타	봉안	유경	유정	이존비
			참학	진사과	갑과		
8	원주법천사기	허균	1609	성소부부고	법천사	강원 원주시	비봉산
			유방선	권남	한명회	서거정	이승소
			성간	지관	묘암	명봉산	지광
			탑비	이원	허금	권총	맹교
			가도	여지승람	두보	두보의 시	이윤겸

누정기 디지털 아카이브 데이터 모델의 이름 공간(NameSpace)과 식별자 표기

본서에서 설계한 누정기 디지털 아카이브 편찬을 위한 온톨로지 데이터 모델은 wthdm(Writings about Traditional House Data Model)이라 명명하였으며, 이와 같은 데이터 모델이 웹상에서 유일하게 식별될 수 있어야 하므로 그 이름 공간(NameSpace)을 "http://www.kadhlab124.com/wiki/wthdm#"으로 지정하였다.[1] wthdm의 구성 요소인 클래스(Class), 관계(Relation, ObjectProperty), 속성(Attribute, Datatype-Property)은 모두 고유한 식별자를 가져야 하는데, 이를 OWL로 기술한 예시를 차례로 열거하자면 다음과 같다.[2]

(1) 클래스(Class)

⟨owl:Class rdf:about="http://www.kadhlab124.com/wiki/wthdm#누정기"/⟩
⟨owl:Class rdf:about="http://www.kadhlab124.com/wiki/wthdm#인물"/⟩
⟨owl:Class rdf:about="http://www.kadhlab124.com/wiki/wthdm#집"/⟩
⟨owl:Class rdf:about="http://www.kadhlab124.com/wiki/wthdm#장소_지명"/⟩

---

1) 이름 공간이 웹 주소와 같은 형식으로 지정되었는데, 이는 위와 같은 웹 주소가 고유성을 갖기 때문에 차용한 것이며, 실제로 이에 대응하는 웹페이지가 존재하는 것은 아니다. 김현·임영상·김바로, 『디지털 인문학 입문』, 휴북스, 2016, 154면 참조.
2) 김하영, 앞의 논문, 29-30면; 조연수, 「조선시대 화기 정보 모델 연구」, 한국학중앙연구원 석사학위논문, 2015, 73-74면 참조.

〈owl:Class rdf:about="http://www.kadhlab124.com/wiki/wthdm#장소_자연지형"/〉
〈owl:Class rdf:about="http://www.kadhlab124.com/wiki/wthdm#장소_인공지물"/〉
〈owl:Class rdf:about="http://www.kadhlab124.com/wiki/wthdm#사건"/〉
〈owl:Class rdf:about="http://www.kadhlab124.com/wiki/wthdm#문헌"/〉
〈owl:Class rdf:about="http://www.kadhlab124.com/wiki/wthdm#개념"/〉
〈owl:Class rdf:about="http://www.kadhlab124.com/wiki/wthdm#관련기록_시"/〉
〈owl:Class rdf:about="http://www.kadhlab124.com/wiki/wthdm#관련기록_산문"/〉
〈owl:Class rdf:about="http://www.kadhlab124.com/wiki/wthdm#관련기록_인용고사"/〉
〈owl:Class rdf:about="http://www.kadhlab124.com/wiki/wthdm#관련자료_출판자료"/〉
〈owl:Class rdf:about="http://www.kadhlab124.com/wiki/wthdm#관련자료_웹문서"/〉
〈owl:Class rdf:about="http://www.kadhlab124.com/wiki/wthdm#관련자료_시청각자료"/〉

(2) 관계(Relation, ObjectProperty)

〈owl:ObjectProperty rdf:about="http://www.kadhlab124.com/wiki/wthdm#isWrittenBy"〉
〈rdfs:domain rdf:resource="http://www.kadhlab124.com/wiki/wthdm#누정기"/〉
〈rdfs:range rdf:resource="http://www.kadhlab124.com/wiki/wthdm#인물"/〉
〈/owl:ObjectProperty〉

〈owl:ObjectProperty rdf:about="http://www.kadhlab124.com/wiki/wthd m#writes"〉
〈rdfs:domain rdf:resource="http://www.kadhlab124.com/wiki/wthdm#인물"/〉
〈rdfs:range rdf:resource="http://www.kadhlab124.com/wiki/wthdm#누정기"/〉
〈/owl:ObjectProperty〉

〈owl:ObjectProperty rdf:about="http://www.kadhlab124.com/wiki/wthdm#hasDescrip
  tionAbout"〉
〈rdfs:domain rdf:resource="http://www.kadhlab124.com/wiki/wthdm#누정기"/〉
〈rdfs:range rdf:resource="http://www.kadhlab124.com/wiki/wthdm#인물"/〉
〈/owl:ObjectProperty〉

〈owl:ObjectProperty rdf:about="http://www.kadhlab124.com/wiki/wthdm#isDescribed
  In"〉
〈rdfs:domain rdf:resource="http://www.kadhlab124.com/wiki/wthdm#인물"/〉
〈rdfs:range rdf:resource="http://www.kadhlab124.com/wiki/wthdm#누정기"/〉
〈/owl:ObjectProperty〉

⟨owl:ObjectProperty rdf:about="http://www.kadhlab124.com/wiki/wthdm #Object"⟩
⟨rdfs:domain rdf:resource="http://www.kadhlab124.com/wiki/wthdm#누정기"/⟩
⟨rdfs:range rdf:resource="http://www.kadhlab124.com/wiki/wthdm#집"/⟩
⟨/owl:ObjectProperty⟩

⟨owl:ObjectProperty rdf:about="http://www.kadhlab124.com/wiki/wthdm #related"⟩
⟨rdfs:domain rdf:resource="http://www.kadhlab124.com/wiki/wthdm#누정기"/⟩
⟨rdfs:range rdf:resource="http://www.kadhlab124.com/wiki/wthdm#사건"/⟩
⟨rdfs:range rdf:resource="http://www.kadhlab124.com/wiki/wthdm#문헌"/⟩
⟨rdfs:range rdf:resource="http://www.kadhlab124.com/wiki/wthdm#관련자료"/⟩
⟨/owl:ObjectProperty⟩

⟨owl:ObjectProperty rdf:about="http://www.kadhlab124.com/wiki/wthdm#mentioned"⟩
⟨rdfs:domain rdf:resource="http://www.kadhlab124.com/wiki/wthdm#누정기"/⟩
⟨rdfs:range rdf:resource="http://www.kadhlab124.com/wiki/wthdm#개념"/⟩
⟨/owl:ObjectProperty⟩

⟨owl:ObjectProperty rdf:about="http://www.kadhlab124.com/wiki/wthdm #owner"⟩
⟨rdfs:domain rdf:resource="http://www.kadhlab124.com/wiki/wthdm#인물"/⟩
⟨rdfs:range rdf:resource="http://www.kadhlab124.com/wiki/wthdm#집"/⟩
⟨/owl:ObjectProperty⟩

⟨owl:ObjectProperty rdf:about="http://www.kadhlab124.com/wiki/wthdm#residence"⟩
⟨rdfs:domain rdf:resource="http://www.kadhlab124.com/wiki/wthdm#인물"/⟩
⟨rdfs:range rdf:resource="http://www.kadhlab124.com/wiki/wthdm#장소_지명"/⟩
⟨/owl:ObjectProperty⟩

⟨owl:ObjectProperty rdf:about="http://www.kadhlab124.com/wiki/wthdm #related"⟩
⟨rdfs:domain rdf:resource="http://www.kadhlab124.com/wiki/wthdm#인물"/⟩
⟨rdfs:range rdf:resource="http://www.kadhlab124.com/wiki/wthdm#문헌"/⟩
⟨rdfs:range rdf:resource="http://www.kadhlab124.com/wiki/wthdm#관련기록"/⟩
⟨rdfs:range rdf:resource="http://www.kadhlab124.com/wiki/wthdm#관련자료"/⟩
⟨/owl:ObjectProperty⟩

⟨owl:ObjectProperty rdf:about="http://www.kadhlab124.com/wiki/wthdm #located"⟩

⟨rdfs:domain rdf:resource="http://www.kadhlab124.com/wiki/wthdm#집"/⟩
⟨rdfs:range rdf:resource="http://www.kadhlab124.com/wiki/wthdm#장소_지명"/⟩
⟨/owl:ObjectProperty⟩

⟨owl:ObjectProperty rdf:about="http://www.kadhlab124.com/wiki/wthdm #isNear"⟩
⟨rdfs:domain rdf:resource="http://www.kadhlab124.com/wiki/wthdm#집"/⟩
⟨rdfs:range rdf:resource="http://www.kadhlab124.com/wiki/wthdm#장소_자연지형"/⟩
⟨/owl:ObjectProperty⟩

⟨owl:ObjectProperty rdf:about="http://www.kadhlab124.com/wiki/wthdm #related"⟩
⟨rdfs:domain rdf:resource="http://www.kadhlab124.com/wiki/wthdm#집"/⟩
⟨rdfs:range rdf:resource="http://www.kadhlab124.com/wiki/wthdm#사건"/⟩
⟨rdfs:range rdf:resource="http://www.kadhlab124.com/wiki/wthdm#관련기록"/⟩
⟨rdfs:range rdf:resource="http://www.kadhlab124.com/wiki/wthdm#관련자료"/⟩
⟨/owl:ObjectProperty⟩

⟨owl:ObjectProperty rdf:about="http://www.kadhlab124.com/wiki/wthdm#mentioned"⟩
⟨rdfs:domain rdf:resource="http://www.kadhlab124.com/wiki/wthdm#집"/⟩
⟨rdfs:range rdf:resource="http://www.kadhlab124.com/wiki/wthdm#문헌"/⟩
⟨/owl:ObjectProperty⟩

⟨owl:ObjectProperty rdf:about="http://www.kadhlab124.com/wiki/wthdm #isFriend"⟩
⟨rdfs:domain rdf:resource="http://www.kadhlab124.com/wiki/wthdm#인물"/⟩
⟨rdfs:range rdf:resource="http://www.kadhlab124.com/wiki/wthdm#인물"/⟩
⟨/owl:ObjectProperty⟩

⟨owl:ObjectProperty rdf:about="http://www.kadhlab124.com/wiki/wthdm#mentioned"⟩
⟨rdfs:domain rdf:resource="http://www.kadhlab124.com/wiki/wthdm#인물"/⟩
⟨rdfs:range rdf:resource="http://www.kadhlab124.com/wiki/wthdm#인물"/⟩
⟨/owl:ObjectProperty⟩

⟨owl:ObjectProperty rdf:about="http://www.kadhlab124.com/wiki/wthdm#hasRelative"⟩
⟨rdfs:domain rdf:resource="http://www.kadhlab124.com/wiki/wthdm#인물"/⟩
⟨rdfs:range rdf:resource="http://www.kadhlab124.com/wiki/wthdm#인물"/⟩
⟨/owl:ObjectProperty⟩[3]

(3) 속성(Attribute, DatatypeProperty)

⟨owl:DatatypeProperty rdf:about="http://www.kadhlab124.com/wiki/wthdm #ID"⟩
⟨rdfs:domain rdf:resource="http://www.kadhlab124.com/wiki/wthdm#누정기"/⟩
⟨rdfs:domain rdf:resource="http://www.kadhlab124.com/wiki/wthdm#인물"/⟩
⟨rdfs:domain rdf:resource="http://www.kadhlab124.com/wiki/wthdm#집"/⟩
⟨rdfs:domain rdf:resource="http://www.kadhlab124.com/wiki/wthdm#장소_지명"/⟩
⟨rdfs:domain rdf:resource="http://www.kadhlab124.com/wiki/wthdm#장소_자연지형"/⟩
⟨rdfs:domain rdf:resource="http://www.kadhlab124.com/wiki/wthdm#장소_인공지물"/⟩
⟨rdfs:domain rdf:resource="http://www.kadhlab124.com/wiki/wthdm#사건"/⟩
⟨rdfs:domain rdf:resource="http://www.kadhlab124.com/wiki/wthdm#문헌"/⟩
⟨rdfs:domain rdf:resource="http://www.kadhlab124.com/wiki/wthdm#개념"/⟩
⟨rdfs:domain rdf:resource="http://www.kadhlab124.com/wiki/wthdm#관련기록_시"/⟩
⟨rdfs:domain rdf:resource="http://www.kadhlab124.com/wiki/wthdm#관련기록_산문"/⟩
⟨rdfs:domain rdf:resource="http://www.kadhlab124.com/wiki/wthdm#관련기록_인용
고사"/⟩
⟨rdfs:domain rdf:resource="http://www.kadhlab124.com/wiki/wthdm#관련자료_출판
자료"/⟩
⟨rdfs:domain rdf:resource="http://www.kadhlab124.com/wiki/wthdm#관련자료_웹문
서"/⟩
⟨rdfs:domain rdf:resource="http://www.kadhlab124.com/wiki/wthdm#관련자료_시청
각자료"/⟩
⟨rdfs:range rdf:resource="&xsd;string"/⟩
⟨/owl:DatatypeProperty⟩[4]

⟨owl:DatatypeProperty rdf:about="http://www.kadhlab124.com/wiki/wthdm #원문"⟩
⟨rdfs:domain rdf:resource="http://www.kadhlab124.com/wiki/wthdm#누정기"/⟩
⟨rdfs:range rdf:resource="&xsd;string"/⟩
⟨/owl:DatatypeProperty⟩

⟨owl:DatatypeProperty rdf:about="http://www.kadhlab124.com/wiki/wthdm#번역문"⟩
⟨rdfs:domain rdf:resource="http://www.kadhlab124.com/wiki/wthdm#누정기"/⟩

---

3) '인물' 클래스 간의 관계는 여기에서 얼마든지 더 추가할 수 있다.
4) 전체 클래스를 영역으로 갖는 속성들은 모두 이와 같은 방식으로 기술된다.

```
<rdfs:range rdf:resource="&xsd;string"/>
</owl:DatatypeProperty>


<owl:DatatypeProperty rdf:about="http://www.kadhlab124.com/wiki/wthdm#자찬여부">
<rdfs:domain rdf:resource="http://www.kadhlab124.com/wiki/wthdm#누정기"/>
<rdfs:range rdf:resource="&xsd;string"/>
</owl:DatatypeProperty>


<owl:DatatypeProperty rdf:about="http://www.kadhlab124.com/wiki/wthdm#집이름뜻">
<rdfs:domain rdf:resource="http://www.kadhlab124.com/wiki/wthdm#집"/>
<rdfs:range rdf:resource="&xsd;string"/>
</owl:DatatypeProperty>


<owl:DatatypeProperty rdf:about="http://www.kadhlab124.com/wiki/wthdm#집의이
    전이름">
<rdfs:domain rdf:resource="http://www.kadhlab124.com/wiki/wthdm#집"/>
<rdfs:range rdf:resource="&xsd;string"/>
</owl:DatatypeProperty>


<owl:DatatypeProperty rdf:about="http://www.kadhlab124.com/wiki/wthdm#분류">
<rdfs:domain rdf:resource="http://www.kadhlab124.com/wiki/wthdm#집"/>
<rdfs:range rdf:resource="&xsd;string"/>
</owl:DatatypeProperty>


<owl:DatatypeProperty rdf:about="http://www.kadhlab124.com/wiki/wthdm#집의이
    전이름">
<rdfs:domain rdf:resource="http://www.kadhlab124.com/wiki/wthdm#집"/>
<rdfs:range rdf:resource="&xsd;string"/>
</owl:DatatypeProperty>


<owl:DatatypeProperty rdf:about="http://www.kadhlab124.com/wiki/wthdm #분류">
<rdfs:domain rdf:resource="http://www.kadhlab124.com/wiki/wthdm#집"/>
<rdfs:domain rdf:resource="http://www.kadhlab124.com/wiki/wthdm#개념"/>
<rdfs:range rdf:resource="&xsd;string"/>
</owl:DatatypeProperty>
```

〈owl:DatatypeProperty rdf:about="http://www.kadhlab124.com/wiki/wthdm#집의구성"〉
〈rdfs:domain rdf:resource="http://www.kadhlab124.com/wiki/wthdm#집"/〉
〈rdfs:range rdf:resource="&xsd;string"/〉
〈/owl:DatatypeProperty〉

〈owl:DatatypeProperty rdf:about="http://www.kadhlab124.com/wiki/wthdm#부속건물"〉
〈rdfs:domain rdf:resource="http://www.kadhlab124.com/wiki/wthdm#집"/〉
〈rdfs:range rdf:resource="&xsd;string"/〉
〈/owl:DatatypeProperty〉

〈owl:DatatypeProperty rdf:about="http://www.kadhlab124.com/wiki/wthdm#현존여부"〉
〈rdfs:domain rdf:resource="http://www.kadhlab124.com/wiki/wthdm#집"/〉
〈rdfs:range rdf:resource="&xsd;string"/〉
〈/owl:DatatypeProperty〉

〈owl:DatatypeProperty rdf:about="http://www.kadhlab124.com/wiki/wthdm#문화재관
  리번호"〉
〈rdfs:domain rdf:resource="http://www.kadhlab124.com/wiki/wthdm#집"/〉
〈rdfs:range rdf:resource="&xsd;string"/〉
〈/owl:DatatypeProperty〉

〈owl:DatatypeProperty rdf:about="http://www.kadhlab124.com/wiki/wthdm#위도"〉
〈rdfs:domain rdf:resource="http://www.kadhlab124.com/wiki/wthdm#장소"/〉
〈rdfs:range rdf:resource="&xsd;string"/〉
〈/owl:DatatypeProperty〉

〈owl:DatatypeProperty rdf:about="http://www.kadhlab124.com/wiki/wthdm#경도"〉
〈rdfs:domain rdf:resource="http://www.kadhlab124.com/wiki/wthdm#장소"/〉
〈rdfs:range rdf:resource="&xsd;string"/〉
〈/owl:DatatypeProperty〉

〈owl:DatatypeProperty rdf:about="http://www.kadhlab124.com/wiki/wthdm#집필연대"〉
〈rdfs:domain rdf:resource="http://www.kadhlab124.com/wiki/wthdm#누정기"/〉
〈rdfs:domain rdf:resource="http://www.kadhlab124.com/wiki/wthdm#관련기록"/〉
〈rdfs:range rdf:resource="&xsd;int"/〉

⟨/owl:DatatypeProperty⟩

⟨owl:DatatypeProperty rdf:about="http://www.kadhlab124.com/wiki/wthdm #작성일"⟩
⟨rdfs:domain rdf:resource="http://www.kadhlab124.com/wiki/wthdm#관련자료"/⟩
⟨rdfs:range rdf:resource="&xsd;int"/⟩
⟨/owl:DatatypeProperty⟩

⟨owl:DatatypeProperty rdf:about="http://www.kadhlab124.com/wiki/wthdm#설립연대"⟩
⟨rdfs:domain rdf:resource="http://www.kadhlab124.com/wiki/wthdm#집"/⟩
⟨rdfs:range rdf:resource="&xsd;int"/⟩
⟨/owl:DatatypeProperty⟩

⟨owl:DatatypeProperty rdf:about="http://www.kadhlab124.com/wiki/wthdm#간행년"⟩
⟨rdfs:domain rdf:resource="http://www.kadhlab124.com/wiki/wthdm#문헌"/⟩
⟨rdfs:range rdf:resource="&xsd;int"/⟩
⟨/owl:DatatypeProperty⟩

⟨owl:DatatypeProperty rdf:about="http://www.kadhlab124.com/wiki/wthdm#생년"⟩
⟨rdfs:domain rdf:resource="http://www.kadhlab124.com/wiki/wthdm#인물"/⟩
⟨rdfs:range rdf:resource="&xsd;int"/⟩
⟨/owl:DatatypeProperty⟩

⟨owl:DatatypeProperty rdf:about="http://www.kadhlab124.com/wiki/wthdm#몰년"⟩
⟨rdfs:domain rdf:resource="http://www.kadhlab124.com/wiki/wthdm#인물"/⟩
⟨rdfs:range rdf:resource="&xsd;int"/⟩
⟨/owl:DatatypeProperty⟩

⟨owl:DatatypeProperty rdf:about="http://www.kadhlab124.com/wiki/wthdm#시작년"⟩
⟨rdfs:domain rdf:resource="http://www.kadhlab124.com/wiki/wthdm#사건"/⟩
⟨rdfs:range rdf:resource="&xsd;int"/⟩
⟨/owl:DatatypeProperty⟩

⟨owl:DatatypeProperty rdf:about="http://www.kadhlab124.com/wiki/wthdm#종료년"⟩
⟨rdfs:domain rdf:resource="http://www.kadhlab124.com/wiki/wthdm#사건"/⟩
⟨rdfs:range rdf:resource="&xsd;int"/⟩

```
</owl:DatatypeProperty>


<owl:DatatypeProperty rdf:about="http://www.kadhlab124.com/wiki/wthdm#시대">
    <rdfs:domain rdf:resource="http://www.kadhlab124.com/wiki/wthdm#누정기"/>
    <rdfs:domain rdf:resource="http://www.kadhlab124.com/wiki/wthdm#인물"/>
    <rdfs:domain rdf:resource="http://www.kadhlab124.com/wiki/wthdm#집"/>
    <rdfs:domain rdf:resource="http://www.kadhlab124.com/wiki/wthdm#사건"/>
    <rdfs:domain rdf:resource="http://www.kadhlab124.com/wiki/wthdm#문헌"/>
    <rdfs:domain rdf:resource="http://www.kadhlab124.com/wiki/wthdm#관련기록"/>
    <rdfs:range rdf:resource="&xsd;string"/>
</owl:DatatypeProperty>


<owl:DatatypeProperty rdf:about="http://www.kadhlab124.com/wiki/wthdm#집필자">
    <rdfs:domain rdf:resource="http://www.kadhlab124.com/wiki/wthdm#누정기"/>
    <rdfs:domain rdf:resource="http://www.kadhlab124.com/wiki/wthdm#문헌"/>
    <rdfs:domain rdf:resource="http://www.kadhlab124.com/wiki/wthdm#관련기록"/>
    <rdfs:domain rdf:resource="http://www.kadhlab124.com/wiki/wthdm#관련자료"/>
    <rdfs:range rdf:resource="&xsd;string"/>
</owl:DatatypeProperty>


<owl:DatatypeProperty rdf:about="http://www.kadhlab124.com/wiki/wthdm#간행인">
    <rdfs:domain rdf:resource="http://www.kadhlab124.com/wiki/wthdm#문헌"/>
    <rdfs:range rdf:resource="&xsd;string"/>
</owl:DatatypeProperty>


<owl:DatatypeProperty rdf:about="http://www.kadhlab124.com/wiki/wthdm#발행처">
    <rdfs:domain rdf:resource="http://www.kadhlab124.com/wiki/wthdm#관련자료"/>
    <rdfs:range rdf:resource="&xsd;string"/>
</owl:DatatypeProperty>


<owl:DatatypeProperty rdf:about="http://www.kadhlab124.com/wiki/wthdm#유형">
    <rdfs:domain rdf:resource="http://www.kadhlab124.com/wiki/wthdm#관련자료"/>
    <rdfs:range rdf:resource="&xsd;string"/>
</owl:DatatypeProperty>
```

11편 누정기 클래스별 개체의 관계 및 관계 속성 데이터

7장에서 개체 간 네트워크를 살펴보았던 12편 누정기 중 박팽년의 〈쌍청당기〉를 제외한 11편 누정기를 대상으로 한 것이다.

양 방향이 모두 성립하지만 개체 간의 관계와 관계 속성을 보이는 것이 주된 목적이므로 한 방향만 표기하였다. 각각에 대해 반대 방향이 모두 성립한다는 것을 인지해두면 좋을 것이다.

이와 같은 데이터는 누정기 디지털 아카이브가 구축되면 누구에게나 무료로 제공될 것이다. 사용자들은 이를 활용하여 다양한 네트워크 분석을 시도할 수 있다.

(1) 안축, 〈상주객관중영기〉

해당 클래스	개체	개체	관계	관계속성
누정기-인물	상주객관중영기(안축)	안축	isWrittenBy	
	상주객관중영기(안축)	김영후	hasDescriptionAbout	집 건립자
누정기-집	상주객관중영기(안축)	상주객관	hasObject	
누정기-문헌	상주객관중영기(안축)	근재집	hasSource	
	상주객관중영기(안축)	시경	hasReference	
	상주객관중영기(안축)	서경	hasReference	
누정기-개념	상주객관중영기(안축)	목사(牧使)	hasDescriptionAbout	
	상주객관중영기(안축)	신사(神祠)	hasDescriptionAbout	
	상주객관중영기(안축)	객관(客館)	hasDescriptionAbout	
	상주객관중영기(안축)	청사(廳舍)	hasDescriptionAbout	
	상주객관중영기(안축)	동정성랑	hasDescriptionAbout	

해당 클래스	개체	개체	관계	관계속성
		(東征省郞)		
	상주객관중영기(안축)	상국(相國)	hasDescriptionAbout	
	상주객관중영기(안축)	호족(豪族)	hasDescriptionAbout	
	상주객관중영기(안축)	묘당(廟堂)	hasDescriptionAbout	
	상주객관중영기(안축)	밀직(密直)	hasDescriptionAbout	
	상주객관중영기(안축)	도첨의찬성사(都僉議贊成事)	hasDescriptionAbout	
	상주객관중영기(안축)	좌정승(左政丞)	hasDescriptionAbout	
	상주객관중영기(안축)	동헌(東軒)	hasDescriptionAbout	
인물-집	김영후	상주객관	creates	
인물-장소	김영후	경북 상주	hasResidence	
인물-문헌	안축	근재집	hasCollection	
	권이진	유회당집	hasCollection	
인물-관련기록	권이진	상주객관 유감	writes	
집-장소	상주객관	경북 상주	isLocationOf	
집-문헌	상주객관	근재집	isDescribedIn	
	상주객관	유회당집	isDescribedIn	
집-관련기록	상주객관	상주객관 유감	isObjectOf	
인물-인물	김영후	안축	knows	관직 선배

(2) 이언적, 〈해월루기〉

해당 클래스	개체	개체	관계	관계속성
누정기-인물	해월루기(이언적)	이언적	isWrittenBy	
	해월루기(이언적)	김자연	hasDescriptionAbout	
	해월루기(이언적)	유무빈	hasDescriptionAbout	
	해월루기(이언적)	이고	hasDescriptionAbout	집 건립자
	해월루기(이언적)	이몽린	hasDescriptionAbout	
누정기-집	해월루기(이언적)	해월루	hasObject	
누정기-문헌	해월루기(이언적)	회재집	hasSource	
누정기-개념	해월루기(이언적)	성첩(城堞)	hasDescriptionAbout	
	해월루기(이언적)	현감(縣監)	hasDescriptionAbout	
	해월루기(이언적)	수사(水使)	hasDescriptionAbout	

해당 클래스	개체	개체	관계	관계속성
	해월루기(이언적)	수졸(戍卒)	hasDescriptionAbout	
	해월루기(이언적)	부방(赴防)	hasDescriptionAbout	
	해월루기(이언적)	자헌대부 (資憲大夫)	hasDescriptionAbout	
	해월루기(이언적)	의정부 (議政府)	hasDescriptionAbout	
인물-집	김자연	해월루	renovates	
	유무빈	해월루	renovates	
	이고	해월루	renovates	
인물-장소	이언적	경북 포항	hasResidence	
	김자연	경북 포항	hasResidence	
	유무빈	경북 포항	hasResidence	
	이고	경북 포항	hasResidence	
	이몽린	경북 포항	hasResidence	
인물-문헌	이언적	회재집	hasCollection	
	이해	온계일고	hasCollection	
	황준량	금계집	hasCollection	
	이춘영	체소집	hasCollection	
	신광수	석북집	hasCollection	
인물- 관련기록	이해	제청하현해월루	writes	
	황준량	차해월루	writes	
	이춘영	차제해월루	writes	
	신광수	해월루(시)	writes	
집-장소	해월루	경북 포항	isLocationOf	
	해월루	동해	isNearTo	
	해월루	내연산	isNearTo	
집-문헌	해월루	회재집	isDescribedIn	
	해월루	온계일고	isDescribedIn	
	해월루	금계집	isDescribedIn	
	해월루	체소집	isDescribedIn	
	해월루	석북집	isDescribedIn	
집-관련기록	해월루	제청하현 해월루	isObjectOf	
	해월루	차해월루	isObjectOf	
	해월루	차제해월루	isObjectOf	
	해월루	해월루(시)	isObjectOf	
인물-인물	이언적	이고	mentions	

해당 클래스	개체	개체	관계	관계속성
	이언적	김자연	mentions	
	이언적	유무빈	mentions	
	이언적	이몽린	mentions	

(3) 기대승, 〈옥천서원기〉

해당 클래스	개체	개체	관계	관계속성
누정기 -인물	옥천서원기(기대승)	기대승	isWrittenBy	
	옥천서원기(기대승)	이정	hasDescriptionAbout	집 건립자
	옥천서원기(기대승)	김굉필	hasDescriptionAbout	제향된 인물
	옥천서원기(기대승)	조위	hasDescriptionAbout	관련기록 필자
	옥천서원기(기대승)	이황	hasDescriptionAbout	관련기록 필자
	옥천서원기(기대승)	김계	hasDescriptionAbout	
	옥천서원기(기대승)	선조	hasDescriptionAbout	
	옥천서원기(기대승)	이선	hasDescriptionAbout	누정기 청탁자
	옥천서원기(기대승)	허사증	hasDescriptionAbout	누정기 청탁자
	옥천서원기(기대승)	공자	hasDescriptionAbout	인용 인물
누정기-집	옥천서원기(기대승)	옥천서원	hasObject	
누정기 -문헌	옥천서원기(기대승)	고봉집	hasSource	
	옥천서원기(기대승)	경현록	hasReference	
	옥천서원기(기대승)	논어	hasReference	
누정기 -개념	옥천서원기(기대승)	승평부(昇平府)	hasDescriptionAbout	
	옥천서원기(기대승)	품재(稟裁)	hasDescriptionAbout	
	옥천서원기(기대승)	편액(扁額)	hasDescriptionAbout	
	옥천서원기(기대승)	정사(精舍)	hasDescriptionAbout	
	옥천서원기(기대승)	신위(神位)	hasDescriptionAbout	
	옥천서원기(기대승)	고유(告由)	hasDescriptionAbout	
	옥천서원기(기대승)	위패(位牌)	hasDescriptionAbout	
	옥천서원기(기대승)	봉안(奉安)	hasDescriptionAbout	
	옥천서원기(기대승)	조두(俎豆)	hasDescriptionAbout	
	옥천서원기(기대승)	중정일(中丁日)	hasDescriptionAbout	
	옥천서원기(기대승)	사액(賜額)	hasDescriptionAbout	
	옥천서원기(기대승)	사문(斯文)	hasDescriptionAbout	

해당 클래스	개체	개체	관계	관계속성
	옥천서원기(기대승)	인심(人心)	hasDescriptionAbout	
	옥천서원기(기대승)	천리(天理)	hasDescriptionAbout	
인물-집	이정	옥천서원	creates	
	김굉필	옥천서원	isEnshrinedIn	
인물-장소	이정	전남 순천	hasResidence	
	김굉필	전남 순천	hasResidence	
	이선	전남 순천	hasResidence	
	허사증	전남 순천	hasResidence	
인물-문헌	기대승	고봉집	hasCollection	
	윤원거	용서집	hasCollection	
	김광현	수북유고	hasCollection	
	정경세	우복집	hasCollection	
	김원행	미호집	hasCollection	
	공자	논어	hasCollection	
인물-관련기록	윤원거	옥천서원사경	writes	
	김광현	옥천서원(시)	writes	
	정경세	제정암선생문	writes	
	김원행	옥천서원묘정비	writes	
집-장소	옥천서원	전남 순천	isLocationOf	
	옥천서원	난봉산	isNearTo	
	옥천서원	봉원산	isNearTo	
집-문헌	옥천서원	고봉집	isDescribedIn	
	옥천서원	용서집	isDescribedIn	
	옥천서원	수북유고	isDescribedIn	
	옥천서원	우복집	isDescribedIn	
	옥천서원	미호집	isDescribedIn	
집-관련기록	옥천서원	옥천서원사경	isObjectOf	
	옥천서원	옥천서원(시)	isObjectOf	
	옥천서원	제정암선생문	isObjectOf	
	옥천서원	옥천서원묘정비	isObjectOf	
인물-인물	이정	기대승	knows	
	기대승	김굉필	knows	사숙
	기대승	이황	knows	
	기대승	조위	mentions	
	기대승	김계	mentions	
	기대승	선조	mentions	

해당 클래스	개체	개체	관계	관계속성
	기대승	이선	mentions	
	기대승	허사증	mentions	
	기대승	공자	mentions	
	기대승	이선	mentions	
	기대승	허사증	mentions	
	윤원거	김굉필	mentions	
	김광현	김굉필	mentions	
	정경세	김굉필	mentions	
	김원행	김굉필	mentions	

(4) 이곡, 〈한국공 정공 사당기〉

해당 클래스	개체	개체	관계	관계속성
누정기 -인물	한국공정공사당기(이곡)	이곡	isWrittenBy	
	한국공정공사당기(이곡)	정독만달	hasDescriptionAbout	집 건립자
	한국공정공사당기(이곡)	정인	hasDescriptionAbout	제향된 인물
	한국공정공사당기(이곡)	정성량	hasDescriptionAbout	
	한국공정공사당기(이곡)	정공윤	hasDescriptionAbout	
	한국공정공사당기(이곡)	정윤화	hasDescriptionAbout	
	한국공정공사당기(이곡)	정윤기	hasDescriptionAbout	
	한국공정공사당기(이곡)	정인	hasDescriptionAbout	
	한국공정공사당기(이곡)	고려 성종	hasDescriptionAbout	
	한국공정공사당기(이곡)	고려 인종	hasDescriptionAbout	
누정기-집	한국공정공사당기(이곡)	한국공정공사당	hasObject	
누정기 -문헌	한국공정공사당기(이곡)	가정집	hasSource	
	한국공정공사당기(이곡)	동문선	hasSource	
	한국공정공사당기(이곡)	예기	hasReference	
누정기 -개념	한국공정공사당기(이곡)	휘정사(徽政使)	hasDescriptionAbout	
	한국공정공사당기(이곡)	추증(追贈)	hasDescriptionAbout	
	한국공정공사당기(이곡)	증직(贈職)	hasDescriptionAbout	
	한국공정공사당기(이곡)	예수(禮數)	hasDescriptionAbout	
	한국공정공사당기(이곡)	봉작(封爵)	hasDescriptionAbout	
	한국공정공사당기(이곡)	영양군공 (滎陽郡公)	hasDescriptionAbout	
	한국공정공사당기(이곡)	영양군부인 (滎陽郡夫人)	hasDescriptionAbout	

해당 클래스	개체	개체	관계	관계속성
	한국공정공사당기(이곡)	정윤(正尹)	hasDescriptionAbout	
	한국공정공사당기(이곡)	판내부시사 (判內府寺事)	hasDescriptionAbout	
	한국공정공사당기(이곡)	전보감승 (典寶監丞)	hasDescriptionAbout	
	한국공정공사당기(이곡)	봉훈대부 (奉訓大夫)	hasDescriptionAbout	
	한국공정공사당기(이곡)	전서대감 (典瑞大監)	hasDescriptionAbout	
	한국공정공사당기(이곡)	감(監)	hasDescriptionAbout	
	한국공정공사당기(이곡)	원(院)	hasDescriptionAbout	
	한국공정공사당기(이곡)	사(使)	hasDescriptionAbout	
	한국공정공사당기(이곡)	장패경(章佩卿)	hasDescriptionAbout	
	한국공정공사당기(이곡)	전서사(典瑞使)	hasDescriptionAbout	
인물-집	정독만달	한국공정공사당	creates	
	정인	한국공정공사당	isEnshrinedIn	
인물-문헌	이곡	가정집	hasCollection	
집-문헌	한국공정공사당	가정집	isDescribedIn	
	한국공정공사당	동문선	isDescribedIn	
인물-인물	정독만달	정인	isSonOf	3번째 아들
	정성량	정인	hasSon	
	정공윤	정인	hasDescendant	조부
	정윤화	정인	isSonOf	1번째 아들
	정윤기	정인	isSonOf	2번째 아들
	고려 성종	정인	knows	임금-신하
	고려 인종	정인	knows	임금-신하
	이곡	정인	mentions	
	이곡	정성량	mentions	
	이곡	정공윤	mentions	
	이곡	정윤화	mentions	
	이곡	정윤기	mentions	
	이곡	고려 성종	mentions	
	이곡	고려 인종	mentions	

(5) 이색, 〈승련사기〉

해당 클래스	개체	개체	관계	관계속성
누정기-인물	승련사기(이색)	이색	isWrittenBy	
	승련사기(이색)	각운	hasDescriptionAbout	집 건립자
	승련사기(이색)	졸암	hasDescriptionAbout	집 건립자
	승련사기(이색)	강호문	hasDescriptionAbout	누정기 청탁자
	승련사기(이색)	홍혜국사	hasDescriptionAbout	
	승련사기(이색)	종한	hasDescriptionAbout	
	승련사기(이색)	유경	hasDescriptionAbout	
	승련사기(이색)	유정	hasDescriptionAbout	
	승련사기(이색)	이존비	hasDescriptionAbout	
누정기-집	승련사기(이색)	승련사	hasObject	
누정기-문헌	승련사기(이색)	목은집	hasSource	
	승련사기(이색)	동문선	hasSource	
누정기-개념	승련사기(이색)	내원당(內願堂)	hasDescriptionAbout	
	승련사기(이색)	장로(長老)	hasDescriptionAbout	
	승련사기(이색)	불전(佛殿)	hasDescriptionAbout	
	승련사기(이색)	승무(僧廡)	hasDescriptionAbout	
	승련사기(이색)	선당(膳堂)	hasDescriptionAbout	
	승련사기(이색)	선실(禪室)	hasDescriptionAbout	
	승련사기(이색)	범패(梵唄)	hasDescriptionAbout	
	승련사기(이색)	아미타(阿彌陀)	hasDescriptionAbout	
	승련사기(이색)	봉안(奉安)	hasDescriptionAbout	
	승련사기(이색)	대장경(大藏經)	hasDescriptionAbout	
	승련사기(이색)	감찰대부(監察大夫)	hasDescriptionAbout	
	승련사기(이색)	판밀직사사(判密直司事)	hasDescriptionAbout	
	승련사기(이색)	참학(參學)	hasDescriptionAbout	
	승련사기(이색)	진사과(進士科)	hasDescriptionAbout	
	승련사기(이색)	갑과(甲科)	hasDescriptionAbout	
인물-집	각운	승련사	creates	
	졸암	승련사	creates	
인물-장소	각운	전북 남원	hasResidence	
	졸암	전북 남원	hasResidence	
	홍혜국사	전북 남원	hasResidence	
	종한	전북 남원	hasResidence	
인물-문헌	이색	목은집	hasCollection	

집-장소	승련사	전북 남원	isLocationOf	
	승련사	만행산	isNearTo	
집-문헌	승련사	목은집	isDescribedIn	
	승련사	동문선	isDescribedIn	
인물-인물	강호문	이색	knows	
	졸암	각운	hasDisciple	
	종한	졸암	isDiscipleOf	
	유경	졸암	hasDescendant	
	유정	졸암	hasRelative	형
	이존비	졸암	hasRelative	외조부
	이색	졸암	mentions	
	이색	종한	mentions	
	이색	유경	mentions	
	이색	유정	mentions	
	이색	이존비	mentions	
	이색	홍혜국사	mentions	

(6) 박세당, 〈석림암기〉

해당 클래스	개체	개체	관계	관계속성
누정기-인물	석림암기(박세당)	박세당	isWrittenBy	
	석림암기(박세당)	석현	hasDescriptionAbout	집 건립자
	석림암기(박세당)	치흠	hasDescriptionAbout	집 건립자
	석림암기(박세당)	김시습	hasDescriptionAbout	
	석림암기(박세당)	혜원법사	hasDescriptionAbout	
	석림암기(박세당)	도연명	hasDescriptionAbout	인용 인물
누정기-집	석림암기(박세당)	석림암	hasObject	
누정기-문헌	석림암기(박세당)	서계집	hasSource	
누정기-개념	석림암기(박세당)	현감(縣監)	hasDescriptionAbout	
	석림암기(박세당)	결사(結社)	hasDescriptionAbout	
인물-집	석현	석림암	creates	
	치흠	석림암	creates	
	박태보	석림암	renovates	
인물-장소	석현	경기도 의정부	hasResidence	
	치흠	경기도 의정부	hasResidence	
인물-문헌	박세당	서계집	hasCollection	
	윤증	명재유고	hasCollection	

해당 클래스	개체	개체	관계	관계속성
인물- 관련기록	윤증	석림암 시	writes	
	박세당	천륜이 시권 첫머리에 서문을 청하다	writes	
	박세당	석림암 승 묘찰에게 지어준 시	writes	
	박세당	석림암상량문	writes	
집-장소	석림암	경기도 의정부	isLocationOf	
	석림암	수락산	isNearTo	
	석림암	북한산	isNearTo	
	석림암	도봉산	isNearTo	
집-문헌	석림암	서계집	isDescribedIn	
	석림암	명재유고	isDescribedIn	
집-관련기록	석림암	석림암 시	isObjectOf	
	석림암	천륜이 시권 첫머리에 서문을 청하다	isObjectOf	
	석림암	석림암 승 묘찰 에게 지어준 시	isObjectOf	
	석림암	석림암상량문	isObjectOf	
인물-인물	석현	치흠	hasDisciple	
	박세당	김시습	knows	사숙
	박세당	박태보	hasSon	1번째 아들
	박세당	혜원법사	mentions	
	박세당	도연명	mentions	

(7) 장유, 〈야명정기〉

해당 클래스	개체	개체	관계	관계속성
누정기 -인물	야명정기(장유)	장유	isWrittenBy	
	야명정기(장유)	정자원	hasDescriptionAbout	집 건립자
	야명정기(장유)	이명한	hasDescriptionAbout	관련기록 필자
	야명정기(장유)	두보	hasDescriptionAbout	인용 인물
누정기-집	야명정기(장유)	야명정	hasObject	
누정기	야명정기(장유)	계곡집	hasSource	

해당 클래스	개체	개체	관계	관계속성
-문헌	야명정기(장유)	두소릉시집	hasReference	
누정기 -개념	야명정기(장유)	서진(棲眞)	hasDescriptionAbout	
	야명정기(장유)	편액(扁額)	hasDescriptionAbout	
	야명정기(장유)	복건(幅巾)	hasDescriptionAbout	
	야명정기(장유)	도복(道服)	hasDescriptionAbout	
	야명정기(장유)	현학(玄學)	hasDescriptionAbout	
	야명정기(장유)	본체(本體)	hasDescriptionAbout	
인물-집	정자원	야명정	creates	
인물-장소	정자원	야명정	hasResidence	
인물-문헌	장유	계곡집	hasCollection	
	두보	두소릉시집	hasCollection	
	이명한	백주집	hasCollection	
인물- 관련기록	장유	정자원에게 부침	writes	
	이명한	아침에 정자원을 보내며	writes	
	장유	평사 정자원이 평안도 절도사의 종사관으로 떠나는 것을 전송한 글	writes	
집-장소	야명정	서울	isLocationOf	
	야명정	한강	isNearTo	
집-문헌	야명정	계곡집	isDescribedIn	
	야명정	백주집	isDescribedIn	
집 -관련기록	야명정	정자원에게 부침	isObjectOf	
	야명정	아침에 정자원을 보내며	isObjectOf	
	야명정	평사 정자원이 평안도 절도사의 종사관으로 떠나는 것을 전송한 글	isObjectOf	
인물-인물	정자원	장유	isFriendOf	
	장유	이명한	mentions	
	장유	두보	mentions	
	이명한	정자원	mentions	

(8) 박지원, 〈담연정기〉

해당 클래스	개체	개체	관계	관계속성
누정기-인물	담연정기(박지원)	박지원	isWrittenBy	
	담연정기(박지원)	이풍	hasDescriptionAbout	집 건립자
누정기-집	담연정기(박지원)	담연정	hasObject	
누정기-문헌	담연정기(박지원)	연암집	hasSource	
	담연정기(박지원)	논어	hasReference	
	담연정기(박지원)	시경	hasReference	
	담연정기(박지원)	노자(문헌)	hasReference	
누정기-개념	담연정기(박지원)	판돈녕부사 (判敦寧府事)	hasDescriptionAbout	
	담연정기(박지원)	종정(宗正)	hasDescriptionAbout	
	담연정기(박지원)	비(比)	hasDescriptionAbout	
	담연정기(박지원)	흥(興)	hasDescriptionAbout	
인물-집	이풍	담연정	creates	
인물-문헌	박지원	연암집	hasCollection	
집-문헌	담연정	연암집	isDescribedIn	
인물-인물	이풍	박지원	knows	

(9) 조익, 〈동춘당기〉

해당 클래스	개체	개체	관계	관계속성
누정기-인물	동춘당기(조익)	조익	isWrittenBy	
	동춘당기(조익)	송준길	hasDescriptionAbout	집 건립자
	동춘당기(조익)	송유	hasDescriptionAbout	
	동춘당기(조익)	박팽년	hasDescriptionAbout	관련기록 필자
	동춘당기(조익)	안회	hasDescriptionAbout	인용 인물
	동춘당기(조익)	정자(程子)	hasDescriptionAbout	인용 인물
누정기-집	동춘당기(조익)	동춘당	hasObject	
누정기-문헌	동춘당기(조익)	포저집	hasSource	
	동춘당기(조익)	시경	hasReference	
	동춘당기(조익)	주역	hasReference	
	동춘당기(조익)	논어	hasReference	
	동춘당기(조익)	근사록	hasReference	
누정기-개념	동춘당기(조익)	교리(校理)	hasDescriptionAbout	
	동춘당기(조익)	정성(情性)	hasDescriptionAbout	

해당 클래스	개체	개체	관계	관계속성
	동춘당기(조익)	종당(宗黨)	hasDescriptionAbout	
인물-집	송준길	동춘당	owns	
인물-장소	송준길	대전 대덕구	hasResidence	
	송유	대전 대덕구	hasResidence	
인물-문헌	송준길	포저집	hasCollection	
	송준길	동춘당집	hasCollection	
	송시열	송자대전	hasCollection	
	김수항	문곡집	hasCollection	
	김창흡	삼연집	hasCollection	
	정두경	동명집	hasCollection	
	남용익	호곡집	hasCollection	
	김진상	퇴어당유고	hasCollection	
	김윤식	운양집	hasCollection	
인물-관련기록	송준길	포저 선생께 답함	writes	
	송준길	이사심에게 답함	writes	
	송시열	동춘당 현판	writes	
	송시열	동춘당에 대한 시	writes	
	김수항	동춘당에 대한 시	writes	
	김창흡	삼가 동춘당 선생 옛집에서 쓰다	writes	
	정두경	받들어 동춘 영형에게 부치다	writes	
	남용익	동춘당에서 이틀 밤을 묵고 나서	writes	
	김진상	삼가 차운하여 짓다	writes	
	김윤식	동춘당에서 읊은 시	writes	
집-장소	동춘당	대전 대덕구	isLocationOf	
	동춘당	계족산	isNearTo	
집-사건	동춘당	병자호란	isRelatedTo	
집-문헌	동춘당	포저집	isDescribedIn	
	동춘당	동춘당집	isDescribedIn	
	동춘당	송자대전	isDescribedIn	
	동춘당	문곡집	isDescribedIn	
	동춘당	삼연집	isDescribedIn	
	동춘당	동명집	isDescribedIn	
	동춘당	호곡집	isDescribedIn	

해당 클래스	개체	개체	관계	관계속성
	동춘당	퇴어당유고	isDescribedIn	
	동춘당	운양집	isDescribedIn	
집-관련기록	동춘당	동춘당 현판	isObjectOf	
	동춘당	포저 선생께 답함	isObjectOf	
	동춘당	이사심에게 답함	isObjectOf	
	동춘당	동춘당 현판	isObjectOf	
	동춘당	동춘당에 대한 시	isObjectOf	
	동춘당	동춘당에 대한 시	isObjectOf	
	동춘당	삼가 동춘당 선생 옛집에서 쓰다	isObjectOf	
	동춘당	받들어 동춘 영형에게 부치다	isObjectOf	
	동춘당	동춘당에서 이틀 밤을 묵고 나서	isObjectOf	
	동춘당	삼가 차운하여 짓다	isObjectOf	
	동춘당	동춘당에서 읊은 시	isObjectOf	
인물-인물	송준길	송유	isDescendantOf	7대 후손
	조익	송유	mentions	
	조익	박팽년	mentions	
	조익	안회	mentions	
	조익	정자(程子)	mentions	
	송준길	송시열	hasRelative	
	송시열	송준길	mentions	
	김수항	송준길	mentions	
	김창흡	송준길	mentions	
	정두경	송준길	mentions	
	남용익	송준길	mentions	
	김진상	송준길	mentions	
	김윤식	송준길	mentions	

(10) 이정귀, 〈송월헌기〉

해당 클래스	개체	개체	관계	관계속성
누정기-인물	송월헌기(이정귀)	이정귀	isWrittenBy	
	송월헌기(이정귀)	남상문	hasDescriptionAbout	집 건립자
	송월헌기(이정귀)	남치원	hasDescriptionAbout	

해당 클래스	개체	개체	관계	관계속성
	송월헌기(이정귀)	도연명	hasDescriptionAbout	인용 인물
누정기-집	송월헌기(이정귀)	송월헌	hasObject	
누정기-문헌	송월헌기(이정귀)	월사집	hasSource	
누정기-개념	송월헌기(이정귀)	사제(賜第)	hasDescriptionAbout	
	송월헌기(이정귀)	정사(精舍)	hasDescriptionAbout	
	송월헌기(이정귀)	복건(幅巾)	hasDescriptionAbout	
	송월헌기(이정귀)	여장(藜杖)	hasDescriptionAbout	
	송월헌기(이정귀)	녹구(鹿裘)	hasDescriptionAbout	
	송월헌기(이정귀)	부마(駙馬)	hasDescriptionAbout	
	송월헌기(이정귀)	문아(文雅)	hasDescriptionAbout	
	송월헌기(이정귀)	포의(布衣)	hasDescriptionAbout	
	송월헌기(이정귀)	만뢰구적(萬籟俱寂)	hasDescriptionAbout	
	송월헌기(이정귀)	지선(地仙)	hasDescriptionAbout	
인물-집	남상문	송월헌	creates	
	남치원	송월헌	owns	
인물-장소	남상문	서울 종로구	hasResidence	
	남치원	서울 종로구	hasResidence	
인물-문헌	이정귀	월사집	hasCollection	
	남구만	약천집	hasCollection	
	윤두수	오음유고	hasCollection	
	윤근수	월정집	hasCollection	
인물-관련기록	남구만	차운송월헌시	writes	
	윤두수	송월헌 시	writes	
	윤근수	남상문에 대한 만사	writes	
	이정귀	송월헌 시	writes	
	이정귀	첨지남공묘지명	writes	
집-장소	송월헌	서울 종로구	isLocationOf	
	송월헌	낙산	isNearTo	
	송월헌	반수(泮水)	isNearTo	
집-사건	송월헌	임진왜란	isRelatedTo	
집-문헌	송월헌	월사집	isDescribedIn	
	송월헌	약천집	isDescribedIn	
	송월헌	오음유고	isDescribedIn	
	송월헌	월정집	isDescribedIn	
집-관련기록	송월헌	차운송월헌시	isObjectOf	
	송월헌	송월헌 시	isObjectOf	

해당 클래스	개체	개체	관계	관계속성
	송월헌	남상문에 대한 만사	isObjectOf	
	송월헌	송월헌 시	isObjectOf	
	송월헌	첨지남공묘지명	isObjectOf	
인물-인물	이정귀	남치원	mentions	
	남치원	남상문	hasSon	1번째 아들
	이정귀	도연명	mentions	
	윤근수	남상문	mentions	

(11) 허균, 〈사우재기〉

해당 클래스	개체	개체	관계	관계속성
누정기-인물	사우재기(허균)	허균	isWrittenBy	
	사우재기(허균)	허균	hasDescriptionAbout	집 소유자
	사우재기(허균)	도연명	hasDescriptionAbout	인용 인물
	사우재기(허균)	이백	hasDescriptionAbout	인용 인물
	사우재기(허균)	소식	hasDescriptionAbout	인용 인물
	사우재기(허균)	유하혜	hasDescriptionAbout	인용 인물
	사우재기(허균)	이정	hasDescriptionAbout	
	사우재기(허균)	한석봉	hasDescriptionAbout	
누정기-집	사우재기(허균)	사우재	hasObject	
누정기-문헌	사우재기(허균)	성소부부고	hasSource	
누정기-개념	사우재기(허균)	오륜(五倫)	hasDescriptionAbout	
	사우재기(허균)	처사(處士)	hasDescriptionAbout	
	사우재기(허균)	한림(翰林)	hasDescriptionAbout	
	사우재기(허균)	학사(學士)	hasDescriptionAbout	
	사우재기(허균)	해서(楷書)	hasDescriptionAbout	
	사우재기(허균)	권형(權衡)	hasDescriptionAbout	
	사우재기(허균)	영(令)	hasDescriptionAbout	
	사우재기(허균)	초복(初服)	hasDescriptionAbout	
	사우재기(허균)	편액(扁額)	hasDescriptionAbout	
	사우재기(허균)	사일(社日)	hasDescriptionAbout	
인물-집	허균	사우재	owns	
인물-문헌	허균	성소부부고	hasCollection	
집-문헌	사우재	성소부부고	isDescribedIn	
인물-인물	허균	이정	knows	

해당 클래스	개체	개체	관계	관계속성
	허균	한석봉	knows	
	허균	도연명	mentions	
	허균	이백	mentions	
	허균	소식	mentions	
	허균	유하혜	mentions	

감사의 글

　보잘 것 없는 이 논저가 나오기까지 많은 분들의 가르침과 격려가 있었다. 먼저 나의 은사님이신 허경진 선생님께 감사드린다. 선생님을 뵌 지도 벌써 9년째이다. 선생님에게서 학문을 배웠던 시간들, 홍콩으로 대만으로 그리스로 함께 학술대회를 다녔던 시간들, 디지털 인문학을 하라고 처음 권해주셨던 말씀들, 선생님과 주고받았던 수많은 메일들, 연구실에서 마주앉았던 짧은 순간들을 기억한다. 그 시간 동안 선생님이 너무도 큰 산처럼 느껴져서 늘 어렵고 조심스러웠지만 그럼에도 선생님과 함께 할 수 있는 시간들이 좋았다. 선생님, 존경하고 사랑합니다.

　공부길에 한국 고전문학의 깊이를 알게 해주신 이윤석 선생님, 박무영 선생님, 박애경 선생님, 구지현 선생님께 깊이 감사드리며, 논문의 심사위원으로서 값진 충고 해주신 김영희 선생님과 학문적으로 많은 격려 해주신 구사회 선생님, 권혁래 선생님, 전관수 선생님, 김경미 선생님께도 감사드린다. 그리고 나에게 디지털 인문학을 가르쳐주셨으며 부족한 논문을 꼼꼼하게 살펴봐 주신 김현 선생님께 고개 숙여 감사드린다. 이처럼 훌륭하신 선생님들께 큰 배움을 얻었는데 제대로 좇아가지 못한듯하여 송구스러울 따름이다. 내게 베풀어주신 사은(師恩)을 가슴 깊이 새기고 부단히 정진할 것을 약속드린다.

내 삶의 등대와 같은 구연상 선생님, 오랜 벗 남욱, 석구, 우문연의 학문 동지, 응원과 격려를 아끼지 않은 유춘동 선배, 박상석 선배, 이상욱 선배, 임미정 선배, 같은 선생님 아래서 함께 공부했던 강혜종, 장진엽, 문순희, 최해연, 박혜민, 최영화, 김성은, 조영심, 유선기, 탁승규, 디지털 인문학 공부를 성심성의껏 도와준 류인태, 김바로, 김사현, 강혜원, 서소리, 김누리 님께도 깊이 감사드린다.

나의 부모님과 장인·장모님, 동생 주원과 처남 용범, 지금은 다른 세상에 계신 할아버지·할머니께 다 표현하지 못할 감사와 사랑의 마음을 전한다. 그리고 늘 내 곁에 있는 아내 진아와 이제 곧 세상에 나올 사람에게 우리 오래도록 행복하자는 사랑의 인사를 건넨다.

2017. 봄 한창

박 순

▌ 저자약력

박 순

2017년 2월 연세대학교 국어국문학과 졸업(문학박사)
고전문학(한문학) 전공
현재 연세대, 방송통신대 강사

디지털인문학연구총서 2

고전문학 자료의 디지털 아카이브 편찬 연구

2017년 5월 26일 초판 1쇄 펴냄

저 자 박순
발행인 김흥국
발행처 보고사

책임편집 이경민
표지디자인 손정자

등록 1990년 12월 13일 제6-0429호
주소 경기도 파주시 회동길 337-15 보고사 2층
전화 031-955-9797(대표)
　　　02-922-5120~1(편집), 02-922-2246(영업)
팩스 02-922-6990
메일 kanapub3@naver.com / bogosabooks@naver.com
http://www.bogosabooks.co.kr

ISBN 979-11-5516-455-6
　　　979-11-5516-513-3　94810(세트)
ⓒ 박순, 2017

정가 20,000원